O DESPERTAR DAS MONÇÕES

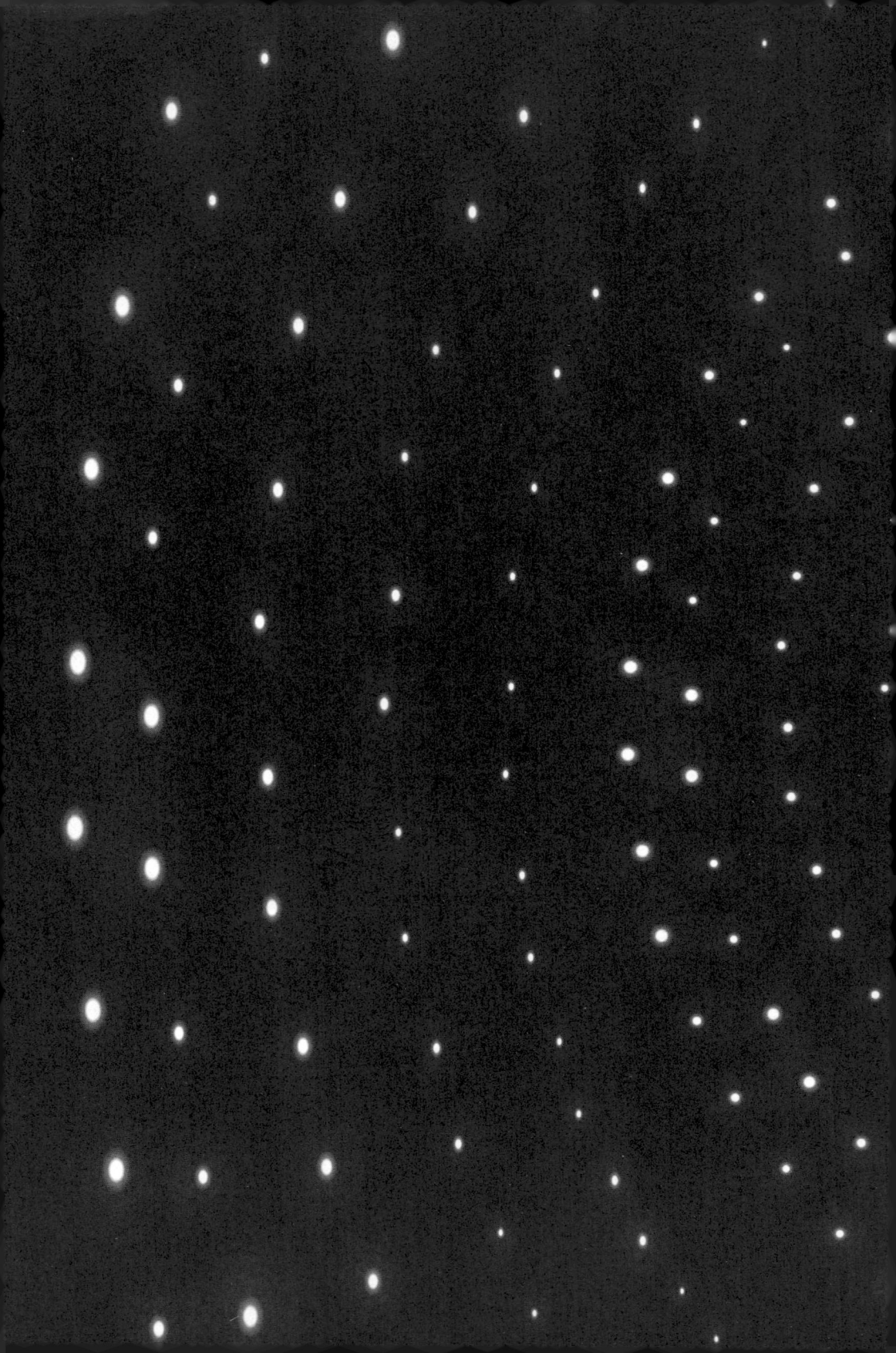

O
DESPERTAR
DAS
MONÇÕES

VOLUME 2

THEA
GUANZON

Tradução de Laura Pohl

intrínseca

TÍTULO ORIGINAL
A Monsoon Rising

PREPARAÇÃO
Ilana Goldfeld

REVISÃO
Rachel Rimas

DIAGRAMAÇÃO E ADAPTAÇÃO DE PROJETO GRÁFICO
Ilustrarte Design e Produção Editorial

IMAGENS DE MIOLO
Virginia Allyn (aberturas de capítulo e de parte)
starline | Freepik (páginas 2 e 3)
victoriaartwork | Vecteezy (molduras das aberturas de parte)

ARTE DE CAPA
© Kelly Chong

DESIGN DE CAPA
© HarperCollins*Publishers* Ltd 2024

MAPA
Virginia Allyn

ADAPTAÇÃO DO MAPA
Henrique Diniz

CIP-BRASIL. CATALOGAÇÃO NA PUBLICAÇÃO
SINDICATO NACIONAL DOS EDITORES DE LIVROS, RJ

G946d

    Guanzon, Thea
        O despertar das monções / Thea Guanzon ; tradução Laura Pohl. - 1. ed. - Rio de Janeiro :
Intrínseca, 2025.
        336 p. ; 23 cm. (A guerra dos furacões ; 2)

Tradução de: A monsoon rising
Sequência de: A guerra dos furacões
ISBN 978-85-510-1349-6

1. Ficção filipina. I. Pohl, Laura. II. Título. III. Série.

25-95829   CDD: 899.213
                                            CDU: 82-3(599)

Meri Gleice Rodrigues de Souza - Bibliotecária - CRB-7/6439

[2025]
Todos os direitos desta edição reservados à
EDITORA INTRÍNSECA LTDA.
Av. das Américas, 500, bloco 12, sala 303
22640-904 – Barra da Tijuca
Rio de Janeiro – RJ
Tel./Fax: (21) 3206-7400
www.intrinseca.com.br

Para todos aqueles que… hã… amam a "biblioteca".

PARTE I

CAPÍTULO 1

Uma brisa que anunciava o derretimento da neve nas Terras Altas se lançou pelas planícies áridas e entrou assoviando pela janela solitária no salão particular do Regente. Chocou-se com os feixes rodopiantes de magia das sombras que flutuava entre as pedras e foi engolida por elas, sumindo junto ao resto da luz do sol. O breu dominava o cômodo, exceto por um canto iluminado, onde um sariman estava depositado em um facho de luz solar, preso à mesa por mãos enluvadas em couro.

O pássaro se debateu apavorado contra seus três captores, as lamúrias guinchadas saindo do bico curvado e dourado. Os olhos se arregalaram quando um quarto Feiticeiro se aproximou com uma seringa de vidro, e o brilho gélido de uma agulha oca de aço irrompeu da escuridão quando seu detentor adentrou o campo de magia nulífera.

Os Feiticeiros de Gaheris pareciam ainda mais aflitos que o sariman. Não era fácil sentir a magia dentro de si se esvaindo, ver-se tomado por um vazio onde a alma do éter antes estava. Mesmo a uma distância segura, diante do trono do pai, Alaric sentia o nervosismo se espalhar por suas veias com uma memória tão visceral que os dedos enluvados estremeceram com a urgência de acessar o Sombral, só para garantir que ele ainda era capaz de fazer isso.

— Esse animal maldito passa o tempo todo cantando. — O grunhido saído do trono em formato de adaga se embrenhou no choro melodioso do sariman. — Mesmo que seu tempo em Nenavar não tenha trazido conhecimento algum sobre as vantagens que essa besta pode nos dar, você ao menos aprendeu como fazê-la se calar?

Alaric pensou na configuração de amplificação, no círculo de fios e jarras de metalidro dispostas no piso de mármore do Teto Celestial. Nos centros derretidos de sangue vermelho-rubi, suspensos com magia safira.

Ele balançou a cabeça.

— Por que me dei ao trabalho de perguntar? — O rosto de Gaheris evidenciava sua decepção amarga, delineada em rugas, cicatrizes e fissuras. — Você navegou a sudeste e não descobriu nada. Para que você *serve*, imperador?

A canção do sariman alcançou uma nota mais estridente quando a agulha foi fincada na jugular do pássaro. O som era como de unhas de ferro arranhando uma porcelana, porém sete vezes mais alto, e cravava suas garras no âmago de Alaric. Contudo, ele não poderia deixar transparecer o quanto aquilo o afetava. Não na frente de Gaheris.

O Regente aparentava ter envelhecido uma década nos dez dias desde que a delegação imperial de Kesath retornou de Nenavar e a comodora Mathire lhe presenteou com o pássaro. Gaheris estava mais magro e mais extenuado, com olheiras profundas entalhadas na pele enrugada sob os olhos cinzentos tão parecidos com os de Alaric.

— Pai, se a cantoria do pássaro impede seu sono — arriscou-se Alaric, ciente de que Gaheris levava consigo o sariman para todos os lugares —, talvez seja melhor que ele fique no corredor quando o senhor se recolher à noite.

— Para que todas as criadas enxeridas da cozinha e todos os cavalariços estúpidos na Cidadela possam fofocar sobre essa vantagem inestimável que agora possuímos? — Gaheris deu um soco no braço do trono, e os feixes de sombra que o rodeavam irromperam até muito alto, alimentados por sua fúria e sua paranoia. — Você insiste em balbuciar bobagens quanto à minha saúde quando deveríamos estar discutindo a situação da *sua esposa*.

Assustados com a explosão do Regente, os Feiticeiros se apressaram para terminar a tarefa, transferindo a seringa cheia de sangue de sariman para um frasco tampado, passando um desinfetante herbáceo no animal, no ponto de extração, e então devolvendo-o à gaiola de latão ornamentada. Eles fizeram mesuras para Gaheris e depois para Alaric antes de fugirem do cômodo, com o Sombral seguindo seus passos.

— Preste atenção, meu filho — vociferou Gaheris quando ele e Alaric se encontravam sozinhos. — Depois da Escuridão Sem Luar, a magia da Tecelã de Luz terá servido a seu propósito. Do mesmo modo, não haverá mais necessidade para esse fingimento de paz com Nenavar. Precisamos atacar depressa a fim de conquistar aquelas ilhas e anexá-las ao domínio do Império da Noite. Portanto, assim que você e sua esposa tiverem impedido a sobrecarga da Fenda Nulífera, você trará sua esposa para cá... Usará como pretexto a cláusula de seu contrato matrimonial que declara que ela precisa reinar na corte na Cidadela de tempos em tempos.

— E se você não tiver encontrado uma forma de arrancar a magia dela até lá?

— Ainda teremos o sariman para mantê-la sob controle.

— Você quer fazê-la de refém — constatou Alaric, sem expressar qualquer emoção.

— Os nenavarinos serão mais prestativos se estivermos com sua Lachis'ka à nossa mercê, não concorda? — Gaheris sorriu, um repuxar sem humor dos lábios finos como pergaminho. — Se não for o caso, ora... teremos que lembrá-los de como seus dragões lidaram com nossos canhões nulíferos.

A mente de Alaric foi invadida por imagens abomináveis. Talasyn sem a Luzitura, os dragões abatidos no céu, os cadáveres cobertos por necrose afundando sob o Mar Eterno. A Sombra recaindo sobre o Domínio, os porta-tempestades kesatheses transformando uma civilização orgulhosa e milenar em destroços, assim como fizeram com as nações sardovianas.

— Nós ferimos um único dragão, e os nenavarinos contam com mais centenas deles. — Alaric forçou aquelas palavras a saírem, sentindo o gosto da bile. — Não tenho certeza de que nosso suprimento do Nulífero pode...

— Deixe isso comigo e meus Feiticeiros — interrompeu Gaheris. — Caso usemos tudo no ataque, é possível obtermos mais, junto dos cristais de éter novos e das demais riquezas de Nenavar. Seu único trabalho, *imperador*, é trazer sua esposa para cá. — Ele fez uma pausa, a boca formando um sorriso desdenhoso. — Não se preocupe. Ela é mais útil para nós viva do que morta, ainda mais quando deixar de ser uma Tecelã de Luz e sua presença se tornar suportável. Não vou matá-la. — A declaração seguinte foi carregada de desprezo: — Eu não faria isso com você.

— O casamento foi insistência sua — respondeu Alaric, tomando cuidado para não demonstrar qualquer sinal de hesitação. — Ela não significa nada para mim.

— Espero mesmo que isso seja verdade — retrucou Gaheris, seco. — Ela cresceu no Continente. Ela lutou pela Sardóvia. Existem elos fortes ali, e você *não* pode confiar nela.

Alaric sempre soubera disso, mas ouvir uma declaração daquela de seu pai... feriu algo dentro do peito dele. Manteve-se em silêncio, suportando a dor.

— Quando ela chegar para a coroação daqui a alguns dias — continuou Gaheris —, mantenha-a por perto e sempre sob vigilância. Não podemos deixá-la correr por aí e descobrir sobre as agitações recentes. Informe aos generais para não dizerem uma palavra sequer sobre o assunto, ou vamos pregar a língua de cada um nos portões da cidade.

As "agitações recentes", como Gaheris chamara, foram uma série de insurreições ocorridas em diversas cidades em todo o antigo território da Confederação. O Regente estivera ocupado sufocando-as enquanto Alaric estava em Nenavar, a ausência do filho sem dúvida contribuindo para a irritação do Regente. Foram insurreições locais, porém... pequenas, em pontos isolados e insignificantes.

— A Tecelã de Luz não vai arriscar romper a paz só por causa de alguns rebeldes da resistência — protestou Alaric. — Ela entende o que está em jogo.

A Fenda Nulífera transbordaria em pouco menos de quatro meses, espalhando a morte ametista e furiosa por todos os cantos de Lir. A única forma de impedir que isso acontecesse era unir luz e sombra. Talasyn prometera cooperar. Ela não iria...

— Você me disse uma vez que era pouco aconselhável deixar que o coração de uma mulher determinasse nosso futuro — disse Gaheris. — Também não vou permitir que a segurança do nosso povo dependa de tal capricho.

Alaric respirou fundo, e Gaheris se curvou, um movimento infinitesimal, como se o peso da própria declaração se acomodasse sobre seus ombros. Como se um fio estivesse esticado entre os dois naquele instante, repuxado pelo passado de tantos anos. Pai e filho emaranhados.

— Lembre-se da sua mãe — murmurou Gaheris. — Lembre-se de como ela nos deixou quando a nossa missão ficou difícil. Quando o que ela queria não se alinhava mais com o que Kesath precisava ser para poder sobreviver.

Ainda vou trabalhar com você, dissera Talasyn certa vez num terraço de Nenavar, com os olhos em chamas, *mas você nunca vai me convencer de que o Império da Noite salvou a Sardóvia de si mesma... Mesmo que você construa um mundo melhor, sempre vai ter sido construído em cima de sangue.*

— Sim — disse Alaric, com a voz rouca. — Eu me lembro.

— Ótimo. Não deixe que sua esposa saia da vista da Legião durante essa próxima visita. Ela vai ajudar os rebeldes na primeira oportunidade que tiver. Tenho certeza disso.

As montanhas eternas da cordilheira Belian no Domínio de Nenavar carregavam o início da temporada de chuvas em seus rochedos escarpados, nuvens cinza como ferro e pesadas com a promessa de chuva pairando sobre a selva verdejante que forrava os picos elevados. Do cume mais alto, porém, uma pilastra colossal de luz dourada se irradiou, rompendo os céus cinzentos, enchendo o ar enevoado por quilômetros com um hino estrondoso que parecia ecoar de sinos de vidro.

No coração daquela coluna radiante, em meio a toda a luz dourada e o poder pulsante, havia uma mulher. O brilho cintilante distorcia suas feições, mas duas coisas eram nítidas: as miçangas de argila refratária que adornavam sua testa lisa e a criança aos prantos em seus braços, enrolada em um tecido bordado.

A magia tremulou e depois entrou em foco, revelando impressões de prédios, escadas e pontes... todos entalhados em uma terra rachada e ocre. Juntos, uniam-se para formar uma cidade árida empilhada sobre si própria até se elevar sobre o extenso mar de grama e arbustos secos da Grande Estepe.

A mulher avançou por um caminho de lama, passando pelas multidões apáticas sem ser notada, segurando a criança com força contra o peito. Parou diante de um prédio tão indigno e coberto de ferrugem quanto todos os outros e deixou seu fardo, que se mexia, nos degraus.

— Vai tudo ficar bem — sussurrou, acariciando a cabeça da criança. — Você precisa ser forte, Alunsina.

Talasyn se inclinou para a frente, tentando examinar o rosto da mulher mais de perto, porém a cena era feita apenas de éter e memória. Sumiu quando a Luzitura esvaneceu, e Talasyn cambaleou para trás, saindo da fonte de arenito, sem sentir mais as ondas da sua magia no ponto de conexão dela. Ao cair de bunda no chão de pedra, Talasyn soltou um palavrão grosseiro por conta da dor que atravessou os quadris e a coluna. Um palavrão que foi logo seguido de um relâmpago delineado contra a copa das árvores ancestrais, de um arroubo de trovão vindo dos céus e, por fim, da chuva.

Ela se pôs de pé com um grunhido. A água escorreu pelo cabelo trançado e invadiu os olhos enquanto ela tentava entender o que acabara de ver. O que o etercosmos acabara de lhe mostrar.

Era o dia em que ela fora abandonada no orfanato na cidade de terra batida que era Bico-de-Serra. A mulher... aquelas miçangas a marcavam como uma criada da corte nenavarina. As palavras que ela falara tinham sido antes evocadas em sonhos de Talasyn, no interior oco da árvore ancestral.

Talasyn lembrou que o nome da ama designada para acompanhá-la era Indusa. O destino da jornada delas era as Ilhas da Aurora, onde deveriam ter aguardado o fim da guerra civil nenavarina, a salvo com o povo da mãe de Talasyn.

No entanto, Indusa levara Talasyn na direção oposta. A noroeste, para o Continente, para a nação mais pobre da Confederação Sardoviana.

Por quê? Será que tinham se perdido? Talasyn fora informada de que duas guardas reais também embarcaram no navio que partira com elas da capital do Domínio, enquanto a guerra era travada abaixo. Onde estavam elas, naquelas memórias? E por que Indusa deixara a herdeira do Trono Dragão em um lugar tão desolado?

Talasyn olhou com raiva para a fonte vazia no meio do pátio coberto de vegetação no santuário em Belian, tentando fazer com que a Fenda de Luz fluísse das calhas em formato de cabeça do dragão com o poder de sua mente. Estava desesperada para seguir aquela nova pista, um fio na tapeçaria enigmática do seu passado. No entanto, exceto pelas gotas de chuva que escureciam a pedra, a fonte permaneceu imóvel.

Depois que a frota de Alaric partiu dos céus do Domínio, Talasyn só esperara alguns poucos dias antes de debandar para o santuário dos Tecelões de Luz, deliciando-se com a nova liberdade que conseguira após confrontar Urduja. Ela estava acampada ali havia quase uma semana, praticando magia, explorando e ignorando as águias mensageiras preocupadas que o pai enviava de Eskaya. Aquela era a primeira vez que o ponto de conexão transbordava durante sua estadia. Não parecia que o feito se repetiria antes que precisasse partir, o que era muito frustrante.

Ao menos a Fenda de Luz revelara algo útil, em vez de todas as lembranças que ela passava as horas acordada tentando apagar, sem sucesso. Imagens vagas e sensações fantasmas da sua noite de núpcias, lábios ávidos em sua pele nua, roupas afastadas às pressas, um pescoço pálido ficando corado, uma voz rouca na escuridão do seu quarto, mãos fortes incentivando-a se deixar levar, enquanto a puxavam para mais perto...

Um galho estalou atrás dela.

Talasyn se virou. Meses antes, algo daquele tipo acontecera, alguém se esgueirara às suas costas enquanto ela encarava a fonte, sob o entardecer, e ela voara para cima de Alaric com uma fúria cega. Os dois lutaram, luzes contra as sombras, os olhos prateados cintilando com as faíscas do éter.

O Imperador da Noite se encontrava em Kesath. O homem que a encarava no momento, de uma distância respeitosa, era Yanme Rapat, o oficial da divisão de fronteiras que apreendera Alaric e ela na primeira vez que Talasyn estivera naquelas ruínas. Parecia que uma vida inteira tinha se passado desde então.

Rapat prestou continência. Gotas de chuva se acumulavam nas flores de lótus de ouro embutidas na sua couraça de latão.

— Vossa Graça. — Ele hesitou, e então se corrigiu: — Vossa Majestade.

Talasyn sentiu a pele formigar, mas dispensou o pedido de desculpas implícito.

— Eu era a Lachis'ka antes de me tornar a Imperatriz da Noite.

Será que ela já possuía aquele título? Na teoria, seu marido precisava coroá-la primeiro, certo?

Seu marido. Deuses. De todos os termos que ela poderia usar para se referir a Alaric Ossinast, escolhera logo aquele...

— Antes de ser qualquer uma das duas coisas, a senhora era minha prisioneira. — O tom do kaptan era de arrependimento. — Estou verdadeiramente...

— Você estava cumprindo seu dever. — Talasyn se apressou em tranquilizá-lo. Afinal, era por causa daquele homem que ela conseguira reencontrar o que restara da sua família. — Mas o que você está fazendo *aqui*?

Ela foi tomada por desconfiança, acompanhada da mesma raiva latente que sentia de Urduja por nunca deixá-la em paz.

— Foi minha avó que mandou você vir até aqui?

— Hoje, não. — Rapat gesticulou de forma vaga na direção da fonte de arenito. — Sua mãe, lady Hanan, visitava esse lugar com frequência, Lachis'ka. Às vezes, venho até aqui para me recordar, e para viver o luto.

Talasyn até ficou *um pouco* constrangida por julgar que as motivações do homem para estar ali não eram lisonjeiras, mas o sentimento foi logo substituído por uma empolgação elétrica percorrendo suas veias.

— Você conhecia bem minha mãe? Eram amigos?

— Sua Alteza sentia-se muito solitária em Eskaya — contou Rapat. — Detestava política e não tinha paciência para... todas as formalidades e estratagemas. Eu fui um dos seus poucos confidentes.

Talasyn refletiu sobre aquelas palavras. Na corte de sua avó, no Teto Celestial, o nome de Hanan Ivralis era um tabu. Sempre que Talasyn tentava trazer o passado à tona, os nobres mudavam de assunto e os criados fugiam. Conversar com Elagbi sobre aquilo estava fora de cogitação, uma vez que o pai era assombrado pela guerra civil e pela morte da esposa. A mera menção ao assunto fazia com que seus olhos gentis fossem tomados pela dor, e

Talasyn não desejava atormentá-lo. Não quando o reencontro entre os dois era tão recente.

Talvez Rapat pudesse enfim proporcionar a conexão que Talasyn buscava. Ainda assim, ela ficou confusa com a declaração do oficial.

— Você ia muito à corte na época, kaptan?

A pergunta mal saíra de seus lábios quando ela se lembrou de algo que o príncipe Elagbi lhe dissera na noite em que se conheceram, na sala de interrogatório do quartel. *Yanme Rapat é um bom homem. Um bom soldado, apesar de não ter se recuperado do rebaixamento que sofreu dezenove anos atrás.*

Rapat deu um sorriso leve e passou a mão na cabeça raspada.

— Agora sou kaptan dos regimentos das fronteiras. Eu *era* o general da frota Huktera, no comando das defesas em Eskaya. Era minha missão impedir que os rebeldes de Sintan Silim conseguissem se estabelecer na capital, e eu fracassei.

Talasyn franziu o cenho.

— Mas os rebeldes não acabaram sendo derrotados?

— Graças aos feitos do seu pai, não dos meus — disse Rapat. — Cometi muitos erros táticos que forçaram a Zahiya-lachis a evacuar a cidade, assim como levaram à sua partida. Foi devido à minha incompetência que você ficou perdida por tantos anos. Sinto apenas gratidão pela rainha Urduja ter decidido ser misericordiosa.

A última frase foi dita de maneira um tanto vazia, e os olhos do homem revelavam um sentimento que não parecia muito sincero. Não era malícia, e sim *amargor*. Talasyn não podia culpá-lo por se sentir assim, e não só porque sua relação com a avó se tornara mais complicada desde o confronto entre as duas na manhã seguinte ao casamento.

É ruim governar pelo medo, concluiu ela. *É ruim punir aqueles que são leais a você.*

— Mas deixe-me ir. Não quero atrapalhá-la — disse Rapat.

— Não, espere...

Havia tantas coisas que Talasyn desejava perguntar a ele. Sobre Hanan, sobre como Hanan fora manipulada pelo cunhado, Sintan, a enviar navios de guerra para o noroeste do Continente. Rapat, porém, parecia muito ciente de que compartilhara informações demais.

— Eu insisto, Vossa Graça — disse ele. — A senhora é a filha de lady Hanan. Tem mais direito a esse lugar do que eu.

Ele prestou outra continência, e, com um nó na garganta, Talasyn o observou se afastando. As árvores ancestrais balançavam na brisa úmida.

No entanto, pouco antes de desaparecer na abertura cavernosa de um dos muitos corredores desmoronados que cercavam o pátio, Rapat parou, seus ombros cobertos pela armadura carregados de tensão. Ele se virou para Talasyn com uma expressão solene, quase comovente.

— Lachis'ka. — A voz de Rapat era baixa, mas as palavras ecoaram naquele altar de pedras, folhas e magia à espreita, uma corrente austera sob as gotas de chuva, pontuada pelo estrondo ocasional de trovões. — Jurei pela minha vida que iria servir ao Trono Dragão com lealdade, mas eu não seria amigo de lady Hanan se não lhe informasse que a relação entre ela e a rainha Urduja não era das mais calorosas. A Zahiya-lachis ficou furiosa com a recusa de lady Hanan de ser nomeada sua herdeira, e lady Hanan, por sua vez, não queria que sua filha, a senhora, recebesse o título antes que estivesse em posição de fazer essa escolha por si própria. Então... entenda isso da forma que preferir.

Talasyn sentiu os pelos da nuca se arrepiarem. As palavras de Rapat soavam como um aviso, e mais perguntas pularam para a ponta da sua língua. Antes que pudesse dar voz a qualquer uma delas, no entanto, o homem já tinha partido.

Quando ela se virou para levantar acampamento, de súbito o mundo ao redor ficou borrado. As ruínas de Belian se desfizeram em...

... águas azuis profundas, passando abaixo como se fossem vistas do ar, no meio de um voo...

... uma mão, cheia de nódulos e rugas, segurando uma ponta afiada branca...

Mais um trovão irrompeu no céu, e Talasyn se sobressaltou. As imagens desapareceram, e o pátio de pedra voltou a ficar nítido diante de seus olhos.

O que foi *aquilo*?

Não era a primeira vez que tinha visões. Quando ainda era uma timoneira nos regimentos sardovianos, ela vira os dragões nenavarinos e a coroa de Urduja muito antes de se encontrar diante deles quando adulta. Muito antes de descobrir quem era de fato, ela sonhara com Eskaya, e Indusa, e com sua mãe se despedindo.

Naquela época, não soubera o que os vislumbres significavam. Tampouco entendia o que eram as novas visões.

Talasyn encarou a fonte vazia. Ela se sentiu impotente e confusa. Queria muito permanecer ali até a Fenda de Luz se ativar outra vez, em busca de mais respostas.

Se ela não fosse embora *naquele momento*, porém, se atrasaria para sua reunião.

CAPÍTULO 2

O saguão de treinamento ecoava com o guincho gutural do Sombral, invocado do etercosmos na forma de garras: adagas pequenas e curvas que remetiam a garras de águia, e que costumavam ser o último recurso de um soldado kesathês em um embate corpo a corpo, quando não restavam mais tiros de besta e as espadas e lanças tinham caído além de seu alcance. Com uma garra em cada mão, Alaric e Sevraim se enfrentavam no meio do saguão, desferindo golpes e os bloqueando, sempre alertas ao menor indício de um ponto fraco na defesa do oponente.

Em geral, Alaric considerava os treinos com Sevraim previsíveis, por praticarem juntos desde que eram crianças. Naquele dia, no entanto, o legionário esguio e de pele marrom-escura adotara uma nova tática para abalar seu adversário: tagarelar sobre a esposa de Alaric.

— Está lerdo, Vossa Majestade — comentou Sevraim, ofegante, enquanto deslizava sob um golpe em forma de arco vindo de Alaric. — O casamento finalmente domou a fúria letal do Imperador da Noite?

Alaric revirou os olhos. A sola de sua bota encontrou o torso de Sevraim, derrubando-o no chão. O legionário caiu de costas com um grunhido, atirando uma das facas em Alaric, que deu um passo para o lado e com facilidade desviou do projétil escuro como tinta.

Então andou na direção do oponente tombado, brincando distraído com as próprias garras nas mãos enluvadas. Sevraim estava esparramado no chão, pelo visto alheio à violência a qual seria submetido no futuro imediato, com um sorrisinho irreverente.

— Está com saudade da sua bela noivinha? — sugeriu ele. — Contando os minutos para reencontrá-la? Não o culpo. Talasyn é uma garota fascinante. Ou será que eu deveria chamá-la de Alunsina Ivralis? Dá pra ver por que você...

Alaric decidiu desferir o golpe final. Sevraim se pôs de pé num pulo. Bloqueou o ataque com a garra que lhe restava, conjurou uma nova na mão livre e ainda tentou enfiá-la entre as costelas de Alaric. O oponente, porém, já esperava por aquilo, e Alaric se virou, prendendo Sevraim em um mata-leão e levando uma lâmina forjada de sombras ao pescoço dele.

Sevraim continuou impassível.

— Você acha que seus filhos vão ser Forjadores ou Tecelões? — perguntou ele, animado. — Meu coração frio e amargo fica tão feliz ao imaginar um principezinho minúsculo iluminando esses corredores sombrios. Mas vai que Vossa Majestade tem como primogênito uma filha, aí vocês vão precisar continuar tentando...

Ele parou de falar quando a lâmina curvada da garra pressionou ainda mais seu pescoço.

— Tudo bem, eu me rendo! — gritou Sevraim, afastando os braços de Alaric, os ombros se agitando com uma risada silenciosa e as adagas pretas em sua mão desaparecendo em fiapos de fumaça. — E lá se foi minha nova técnica de distração.

— Eu dificilmente chamaria isso de *técnica*.

Alaric fez as próprias armas sumirem e foi até o fundo do salão. Retirou uma toalha de uma prateleira e a mergulhou em um barril de água das chuvas, limpando o suor da testa.

Sevraim logo apareceu ao seu lado.

— Bom, não dá pra me culpar por tentar abalar você. Desde que voltamos, você está num mau humor insuportável. Pior que o normal.

Ignorando as toalhas, o legionário apenas enfiou a cabeça inteira no barril.

Uma veia saltou na têmpora de Alaric. Não somente a água estava nojenta, mas ele estava *mesmo* abalado, mais do que queria deixar transparecer. Desde que deixara Nenavar, era assombrado pelo último vislumbre de Talasyn, parada nos degraus do Teto Celestial, observando-o se afastar. Naquele instante, enquanto pensava nela, Talasyn devia estar se preparando para a viagem de embarcação aérea que duraria três dias até Kesath, onde seria coroada imperatriz de Alaric. A ideia de vê-la outra vez, não nas florestas quentes de Nenavar e sim no Continente, onde os ecos da guerra dos dois ainda pairava no ar, deixava Alaric *desconfortável*.

E de nada ajudava Sevraim mencionar a questão da prole. No passado, pensar no assunto teria deixado Alaric com repulsa, mas, no momento, aquilo só lhe invocava lembranças involuntárias da noite de núpcias. De como teria sido mais fácil puxar Talasyn para mais perto, ir mais fundo e...

Não deveríamos ter feito isso, dissera Talasyn na ocasião, com o cabelo castanho desgrenhado e os lábios inchados dos beijos que trocaram. O aroma leve e adocicado do clímax dela pairava no quarto, e o gozo de Alaric se espalhava pelos dedos esguios de Talasyn.

Alaric lutou para afastar a lembrança. Talasyn não deixara margens para dúvidas. Ele enterrou as próprias emoções turbulentas antes que pudesse decifrá-las. Tinha pendências a resolver antes da chegada da esposa.

— Tem algo que precisamos discutir — disse ele, quando Sevraim por fim reapareceu das profundezas do barril.

Apesar do comportamento arrogante, Sevraim sabia quando seu comandante estava falando sério. Ele passou uma toalha pelos cabelos encharcados e esperou, alerta e sagaz.

— Meu pai... — Alaric se calou.

Encontravam-se sozinhos no salão de treinamento, mas cautela nunca era demais entre as paredes da Cidadela.

Ele baixou a voz.

— Meu pai conseguiu um sariman de Nenavar. Sem que eu estivesse ciente, a comodora Mathire capturou um espécime enquanto vasculhávamos o arquipélago em busca dos resquícios do exército sardoviano.

— Aqueles pássaros esquisitos que nos impedem de acessar o Sombral? — Sevraim coçou a cabeça, perplexo. — *Odeio* esses pássaros. O que o Regente Gaheris quer com eles?

Alaric observou Sevraim com cuidado. Desde que saíra dos aposentos do pai naquela manhã, estivera avaliando a situação, ponderando os riscos. Relevar o que sabia era traição e colocava tanto ele quanto Sevraim em perigo. Se Alaric estivesse subestimando a lealdade do companheiro a Gaheris, tudo desmoronaria. Os dois se conheciam praticamente a vida inteira e lutaram lado a lado, desafiando a morte juntos. Ainda assim, a amizade entre os dois seria testada naquele momento.

Ele não tinha escolha, porém. Apenas dois kesatheses estavam no átrio quando Ishan Vaikar explicara como os Feiticeiros do Domínio suspenderam o sangue de sariman na magia de Aguascente para que manipulassem seus efeitos. Alaric precisava se certificar de que tal conhecimento jamais alcançasse os ouvidos de Gaheris.

Alaric ainda acreditava que o Império da Noite era a chave para o futuro. Que seria o Império o responsável por restaurar a ordem e a estabilidade do Continente, por manter os Forjadores de Sombras seguros daqueles que desejavam aniquilá-los. Quando se tratava *daquela questão*, Alaric e o pai estavam de acordo.

No entanto, a visão de Gaheris de um futuro melhor se baseava na posição que ocupava, ainda preso às amarras do passado. Ele acreditava que a guerra era a única opção. E, por mais que Alaric soubesse que não podia confiar em Talasyn, ele precisava descobrir um jeito de garantir o sucesso do Império da Noite sem destruir a esposa e o Domínio.

Precisava ganhar tempo.

Foi alarmante o tamanho do esforço exigido de Alaric para manter a expressão neutra e o tom firme.

— O Regente Gaheris acredita que o sariman é a chave para remover a magia de Talasyn. De forma permanente.

Sevraim arqueou a sobrancelha, mas se manteve sério.

— É imprudente se virar contra os nenavarinos — apressou-se a explicar Alaric. — O acordo mercantil e o tratado de defesa mútua que foram garantidos com a aliança matrimonial são muito mais benéficos para Kesath que qualquer outra coisa que possamos esperar obter por meio de conflitos, em especial tão pouco tempo depois da Guerra dos Furacões. Meu pai é um homem sábio, mas, nesse caso, creio que o ódio que ele nutre pelos Tecelões de Luz acaba turvando sua visão e o levando a agir de forma inconsequente. É uma atitude compreensível, mas ainda assim inconsequente.

— E qual é a *sua* opinião sobre os Tecelões? — perguntou Sevraim.

Alaric quase recuou, se contendo no último segundo.

Avaliando mais de perto, ele pôde ver que o brilho nos olhos de Sevraim era mais brincalhão do que maldoso. No entanto, Alaric sabia que, como combatente, Sevraim tinha um talento para enganar o inimigo e golpear com força quando ele achava que estava fora de perigo. Então seria sensato Alaric permanecer alerta.

— A magia de luz é uma praga no mundo — respondeu Alaric, ecoando as palavras que ouvira do pai tantas vezes. — Mas a linhagem sanguínea de Talasyn nos dá acesso a Nenavar, e precisamos do poder dela. Por enquanto. Até a Escuridão Sem Luar.

As palavras pesaram sobre sua língua, como se evocassem uma mentira. Alaric não poderia admitir a Sevraim que, por mais que soubesse que a Luzitura era abominável, ele sentia uma angústia profunda ao imaginar Talasyn perdendo para sempre sua conexão com a magia. A magia que incendiava seus olhos, iluminava sua pele por dentro e quase matara Alaric em mais de uma ocasião. Mas que, mesmo assim, era capaz de se fundir com a magia dele e criar algo nunca antes visto em toda Lir.

Algo que pertencia somente aos dois.

Sevraim avaliou Alaric por um tempo inquietante. Por fim, deu de ombros, como se não estivessem discutindo nada importante.

— Desejo sorte ao nosso estimado Regente no novo projeto, mas não faço ideia de como os Feiticeiros dele vão dar um jeito nisso, considerando que os sarimans cancelam a magia do etercosmos.

Por fim, o peso que Alaric estivera carregando desde que ouvira o lamuriar do pássaro ecoando pela sala escura do pai começou a ceder.

— Você não faz ideia? — repetiu Alaric, mal ousando acreditar.

— Nem um pouquinho. — Sevraim abriu um sorriso, brilhante e sagaz. — Os nenavarinos não nos explicaram nada sobre essas coisas, certo? Eles só mantêm todos em jaulas para o caso de precisarem se proteger dos etermantes.

Alaric engoliu em seco. Era como se os dois tivessem dezesseis anos outra vez, cambaleando de volta para a Cidadela depois de experimentar vinho de arroz e murta de rosas, e Sevraim estava jurando por sua vida, aos berros, com promessas arrastadas para Alaric, jurando que não contaria nada a Gaheris. No momento, a questão era bem mais séria do que dois adolescentes quebrando as regras, mas Sevraim não o traíra naquele dia, e a atmosfera na sala de treino era a mesma: de solidariedade. E de rebeldia.

É o melhor para Kesath, disse Alaric a si mesmo. *Não podemos arcar com os custos de iniciar mais uma guerra.*

Aquilo não amenizou a culpa que o corroía nem o arroubo de adrenalina que era tão parecido com o que sentira naquela rara noite de rebelião a que ele se permitira na juventude. Foi com uma gratidão de anos acumulados que ele concordou com a declaração de Sevraim.

— Não. Eles nunca explicaram nada.

Lidagat, a ilha mais ao sul entre as sete principais do arquipélago do Domínio, era um território de lagos conectados por uma combinação curiosa de faixas de terra, de vegetação e de uma ou outra plataforma de embarcação. As lendas diziam que os lagos foram formados pelas lágrimas de um dragão — no caso, as de Bakun, o Devorador de Mundos, que chorou quando seu amor mortal, Iyaram, a primeira Zahiya-lachis, chegou ao fim da vida. Assim que terminou de chorar todas as suas lágrimas, Bakun se elevou aos céus e jurou vingança ao mundo que tanto o fizera sofrer.

Talasyn pensava na lenda enquanto esperava sentada em uma sala particular no último andar de uma casa de chá, olhando pela janela. Encontrava-se em Eset, a segunda maior cidade de Lidagat. Como todos os outros assentamentos na ilha, Eset surgira a partir de um lago. As construções de madeira, com seus telhados curvos de quinas ascendentes e com uma pintura vibrante, erguiam-se sobre palafitas, e eram conectadas por enormes pontes que se elevavam como morros. A casa de chá não era exceção, e o quarto que Talasyn alugara oferecia uma vista para as ondulações abaixo, tão cinzentas quanto o céu acima delas.

Com o queixo apoiado na mão, ignorando o chá e os doces diante de si, Talasyn ficou absorta nas profundezas do lago. Imaginou Bakun levantando voo havia muito tempo, um leviatã serpenteante no meio de um redemoinho de fúria e luto, abrindo a bocarra grande o bastante para esmagar a oitava lua de Lir entre os dentes afiados e devastadores.

Segundo a lenda, foi assim que a rara pedra preciosa vulana surgiu em Nenavar. Era mais dura que um diamante, mais brilhante que moissanita, e dizia-se que era feita dos pedaços da oitava lua que caíram nas ilhas enquanto Bakun a mastigava.

Talasyn levantou a outra mão, desviando a atenção da água escura e das nuvens mais escuras ainda. Franziu a testa ao observar a aliança de casamento, onde a pedra de vulana brilhava como uma estrela retirada dos céus, encrustada em um aro de ouro. Uma pedra igual ornava o anel de Alaric, por mais que ele desconhecesse o significado do objeto.

— Você não deveria se importar se ele acha isso importante ou não — repreendeu-se Talasyn.

Ela deu um pulo quando alguém deslizou a porta de bambu do cômodo.

Após trancar a porta, a recém-chegada baixou o capuz do traje marrom, revelando cachos grisalhos e um tapa-olho de cobre e aço no lado esquerdo do rosto.

Talasyn se levantou e prestou continência, um gesto instintivo, resultado de anos de treinamento.

— Não há necessidade disso. — Ideth Vela gesticulou apressada para que ela se sentasse. — Você não é mais uma soldada. Na verdade, sou eu que deveria prestar continência a *você*.

— Por favor, não faça isso — pediu Talasyn, enfática.

Era a primeira vez que se encontrava com Vela desde o casamento, e por um momento uma onda de culpa atingiu Talasyn, roubando-lhe o fôlego. Se Vela algum dia descobrisse o que a jovem fizera com Alaric...

Compostura. Aquele era o primeiro passo para que Vela jamais descobrisse. Talasyn precisava manter a compostura.

— Como está todo mundo? — perguntou Talasyn, sentindo uma pontinha de orgulho pela normalidade da voz, sem parecer em nada a garota tola que fora levada ao auge da traição por uma volúpia incontrolável.

— Sobrevivendo.

Com o semblante carrancudo, a amirante sentou-se de frente para ela.

Talasyn lhe mandara o recado na véspera, então Vela devia ter deixado a ilha de Sigwad na calada da noite para não ser vista pelas patrulhas nenavarinas e passado o dia escondida em Lidagat até a hora do encontro.

Sem paciência para jogar conversa fora, Vela logo mudou de assunto.

— O jovem lorde que levou seu recado e me trouxe até aqui... Você tem certeza de que podemos confiar nele? No caminho até aqui, ele foi muito... — Os lábios dela se curvaram em desdém. — Tagarela.

— Surakwel Mantes tem uma dívida do ser comigo — explicou Talasyn. — Ele não tem apreço pelo Império da Noite e, na verdade, tentou convencer a rainha Urduja a ajudar a Confederação durante a Guerra dos Furacões.

Além do mais, pensou ela, *ele e Alaric tentaram se matar na primeira vez que se encontraram.*

— Podemos confiar nele — concluiu ela.

— Muito bem. — A amirante serviu a mistura verde de baunilha do bule nas duas xícaras. — Falando na sua avó, me surpreende que você tenha conseguido fugir dela em plena luz do dia.

— A Zahiya-lachis não pode mais determinar aonde vou ou deixo de ir.

Como era *incrível* poder falar aquilo. Talasyn não sentia remorso algum por estar quebrando sua promessa para Urduja de não entrar em contato com os sardovianos. O que os olhos da avó não viam, o coração não podia sentir.

— Agora eu moro em Iantas — continuou Talasyn. — Tenho minha própria casa.

— É verdade. Porque você é uma mulher casada... — O olhar de Vela fixou-se em Talasyn com severidade. — Uma mulher casada que logo será a Imperatriz da Noite.

Talasyn se ocupou de despejar diversas colheres generosas de mel no próprio chá. Queria tirar um pouco da amargura da bebida, que ela provavelmente sempre detestaria, mas também fugir do escrutínio de Vela.

Alguém bateu à porta. Vela e Talasyn trocaram olhares alertas, se puseram de pé e se aproximaram da entrada do cômodo com cautela, os dedos flexionados e preparados para invocar a magia do éter.

Vela se posicionou na parede longe da linha de visão da porta, e Talasyn a destrancou, pronta para falar de amenidades caso a pessoa do outro lado fosse uma funcionária da casa de chá. No entanto, se ela e a amirante tivessem sido descobertas, a magia que despontava em suas veias estava pronta para ser usada. A jovem deslizou a porta de bambu e encontrou... um par de olhos castanhos como nogueiras a encarando.

— Era para você ficar de vigia! — sibilou Talasyn, puxando Surakwel Mantes para dentro do cômodo pelo colarinho.

Atrás deles, uma Vela igualmente exasperada voltou a trancar a porta.

— Um grupo de lordes menores que estão passando por Eset me viu. — Surakwel foi direto se servir de um pouco de chá. — Expliquei que tinha vindo encontrar um amigo, uma desculpa bem menos suspeita que ficar à espreita, sozinho, em um corredor. — Sob uma franja de cabelos castanhos desgrenhados, ele encarou as duas mulheres com expectativa. — Então, sobre o que estamos conversando?

Vela não pareceu nem um pouco impressionada por aquele desdobramento, porém se recusou a perder mais tempo. Ela e Talasyn se juntaram a Surakwel à mesa.

— O processo de reparos e modificações nas nossas embarcações aqui no Domínio está muito lento — informou a amirante. — Não é uma tarefa fácil combinar tecnologia nenavarina com a sardoviana, mas estamos chegando lá.

— Isso não é o suficiente — disse Talasyn, baixinho. — Precisamos da frota Huktera, mas a corte do Domínio vai se rebelar caso a rainha Urduja desrespeite o tratado com Kesath por uma empreitada tão arriscada, com um resultado tão incerto. Se formos convencê-los, vamos precisar ter números maiores. Precisamos de mais aliados.

— Exato. E é por isso que recomecei a enviar representantes para as outras nações — concordou Vela. — Meus melhores espiões e políticos. Podemos contar com eles para se infiltrarem discretamente e firmarem acordos com as pessoas certas, aquelas que não vão nos entregar para Kesath. É óbvio que estão em desvantagem, porque não podemos revelar nosso esconderijo, mas vale a pena pelo menos tentar. E eles dispõem de tempo, já que só vamos poder agir *depois* da Escuridão Sem Luar.

— Mas isso não é perigoso? — questionou Talasyn. — Se a rainha Urduja descobrir...

— Nada nessa situação é seguro. — Vela tomou um gole de chá. — Mas acho que os nenavarinos não estão mais patrulhando as águas a sudoeste do Olho do Deus Tempestade por um motivo. Acredito que sua avó espera que eu faça bom uso desse tempo e reúna nações simpatizantes à causa sardoviana. Ela pode contar com essas tropas a mais como um argumento para convencer a corte a se decidir pela guerra. — Ela avaliou Talasyn por cima da borda de porcelana da xícara. — Você também precisa fazer bom uso desse tempo. Assim como da sua nova posição.

Surakwel estava demonstrando a deferência adequada dos homens nenavarinos, ao deixar que as mulheres falassem sem interrupções. Diante da menção da "nova posição" de Talasyn, porém, ele se manifestou:

— Como consegue *suportar*, Lachis'ka? Estar casada com aquele... com aquela personificação do mal...

— O casamento de Talasyn com o Imperador da Noite vai permitir que libertemos o Continente das garras do Império dele — lembrou-o Vela.

— Ainda assim! — Surakwel se virou para Talasyn. — Nunca ficou tentada a enfiar uma adaga no coração de Alaric Ossinast enquanto ele estava deitado na sua cama?

— Em minha defesa, ele só deitou na minha cama uma vez — retrucou Talasyn. *Antes de eu chutá-lo para fora dela, depois de fazermos algo que eu juro que jamais contarei para outra alma viva.* — Mas eu aviso a você quando chegar a hora de enfiar uma adaga nele.

Uma brisa surgiu, agitando as beiradas dos mantos dos três e as cortinas diáfanas que emolduravam a janela. O mar de cata-ventos de Eset rodopiaram frenéticos enquanto as nuvens negras que assombravam o céu durante a tarde finalmente cumpriram sua promessa. Uma chuva pesada começou a cair, água sobre água, o lago agitando-se em volta das palafitas que sustentavam a cidade acima dele.

— Lachis'ka, você parte para Kesath amanhã, certo? — perguntou Surakwel.

— Sim — respondeu Talasyn. — Tem uma tempestade chegando. Vai ser uma jornada difícil nesse tempo.

— Uma tempestade e tanto — acrescentou Vela, encarando o lago.

Fosse lá o que a encarou de volta, fosse lá o que viu naquele redemoinho cinzento de ondas e relâmpagos, fez com que prendesse o fôlego.

— Depois da Escuridão Sem Luar, Talasyn — repetiu ela. — Esteja pronta.

Talasyn só pôde assentir. As águas de Eset borbulharam nas margens, e um vento gélido invadiu seu coração.

CAPÍTULO 3

Ele estava usando a máscara quando se reencontraram.

Talasyn desceu da rampa da escuna diplomática que a levara das margens de Kesath até a capital e então parou para estudar os arredores. Encontravam-se no alto de uma das extensas docas em espiral acopladas à torre de controle da Cidadela, como os tentáculos de um polvo. O ar fresco da primavera atravessou seus ossos, uma sensação estranha depois da longa ausência do Continente Noroeste.

Até então, ela só vira a Cidadela em mapas. Alguns anos antes, em um surto de desespero, Ideth Vela e o restante do Conselho de Guerra da Confederação Sardoviana tinham considerado a ideia de resgatar seus soldados aprisionados, mas acabaram desistindo de qualquer plano do tipo quando ficou evidente o que estariam enfrentando.

Andando acima da Cidadela com a avó, o pai, a dama de companhia e as guardas reais, as Lachis-dalo, Talasyn entendia por que Vela abandonara aquela ideia.

O lugar mais parecia uma fortaleza militar que uma cidade viva e movimentada. Uma série de construções de pedras brutas e pátios vazios estavam escondidos atrás de muralhas grossas, repletas de torres de vigilância e plataformas de balistas. Ao contrário dos assentamentos nenavarinos, onde os céus se enchiam de navios metendo-se uns na frente dos outros e disputando entre si as melhores plataformas e docas, ali as embarcações sofisticadas exibiam a quimera da Casa de Ossinast nas velas e vagavam pelo ar em um ritmo tranquilo, em pistas cuidadosamente controladas. Além das paredes, não havia nada exceto campos estéreis e hangares de porta-tempestades estendendo-se na direção do horizonte.

— Faz cinco minutos que cheguei e já estou deprimida — resmungou Jie ao seguir atrás de Talasyn, com o restante da delegação nenavarina.

— Silêncio — sibilou a rainha Urduja.

Talasyn escutou o príncipe Elagbi dar uma risadinha antes de também ser repreendido pela mãe.

Talasyn estava inclinada a concordar com sua dama de companhia, mas a silhueta alta e larga de Alaric, imóvel a alguns passos aguardando para recebê-la, exigia toda a sua atenção. Ele vestia trajes de batalha: ombreiras de espinhos e luvas com garras, uma túnica de cota de malha e couraça com cinto, uma mistura de preto como a noite e escarlate como sangue. Mechas do cabelo escuro ondulado caíam sobre seu rosto pálido. Os olhos cinzentos a encararam por cima da máscara de obsidiana, talhada para dar a impressão de que os dentes de um lobo estavam prestes a devorar sua presa.

Atrás de Alaric, estavam Sevraim e duas figuras idênticas de armadura. As gêmeas Forjadoras. A Coisa e a Outra Coisa, como Talasyn as apelidara em sua mente.

Talasyn não fazia ideia do que Alaric poderia estar pensando conforme ela se aproximava, forçando suas pernas a continuarem firmes. A sensação era de que a passarela, construída com grades de metal estendidas muito acima da cidade que não era uma cidade, ameaçava se estilhaçar a cada passo que dava.

Quando parou diante dele, Alaric se aproximou até Talasyn ser forçada a se inclinar para trás e erguer o olhar para encarar o marido.

— Lachis'ka — murmurou ele.

Fazia só quinze dias desde que Talasyn o vira pela última vez, mas o tempo não diminuíra em nada o efeito que aquela voz exercia sobre ela. O tom profundo, com um toque de hidromel e carvalho, parecia abafado e rouco por conta da máscara, e fez com que um arrepio percorresse o corpo dela.

— Imperador — respondeu Talasyn, com o máximo de calma que conseguiu reunir.

Alaric observou os céus, quase distraído.

— Você trouxe seus navios de guerra — comentou ele, agindo como se de fato conseguisse ver, pairando sobre o Mar Eterno, os coracles mariposas e as embarcações que ela deixara no porto kesathês, e não como se já não tivesse sido informado da presença deles pela guarda do porto. — Talvez eu devesse me sentir ofendido.

— Foi você que veio me receber de armadura completa — rebateu Talasyn.

— Estávamos treinando. Você chegou mais cedo do que o esperado. — Por cima da cabeça dela, Alaric se dirigiu aos companheiros da esposa. — Rainha Urduja. Príncipe Elagbi. Sejam bem-vindos.

— E eu sou o quê, sopa de fígado de bode estragada? — questionou Jie em um sussurro meio alto, e Talasyn precisou se esforçar muito para não cair na risada.

Alaric deu meia-volta e os conduziu até a torre de controle. A delegação nenavarina o seguiu... parecendo mais um bando de patinhos bem-vestidos, percebeu Talasyn, achando certa graça naquilo.

O divertimento logo sumiu, quando as duas legionárias idênticas se posicionaram uma de cada lado dela.

Diferente dos elmos que os Forjadores de Sombras usavam, incluindo Sevraim, o modelo alado das gêmeas deixava exposto um bom pedaço do rosto das duas. Elas tinham a pele clara como a de Alaric, com longos cabelos escuros como penas de corvo presos no topo da cabeça e olhos da cor de uma corça — olhos que se estreitavam ao avaliar Talasyn com desgosto. Tinham se encontrado pela última vez na batalha de Refúgio-Derradeiro, onde as gêmeas estavam decididas a matá-la. Talasyn, por sua vez, desejava aniquilá-las. Sem a adrenalina do combate para esmorecer os detalhes, Talasyn pôde enfim notar as diferenças entre as gêmeas: aquela que estava à sua direita, que no momento ela decidiu que seria a Coisa, exibia uma pintinha na bochecha.

— Oi, Tecelãzinha — disse a Coisa, desdenhosa. — Ou agora devo chamar você de *Princesa*?

— Ela até que sabe se arrumar, não é? — opinou a Outra Coisa, à esquerda de Talasyn. — Quase não a reconheci.

— Ah, eu reconheceria esse cheiro em qualquer lugar — comentou a Coisa, alegre. — Tem cheiro de escória sardoviana.

Guinchos de protesto ecoaram de Jie e Elagbi, assim como houve uma movimentação perceptível entre as Lachis-dalo. Antes que alguém da delegação nenavarina pudesse agravar a situação ao tentar defendê-la, o que certamente era a intenção das gêmeas, Talasyn ergueu a cabeça e falou:

— Eu sou a Lachis'ka nenavarina, não uma princesa. — Ela encarou um ponto fixo adiante, nas costas de Alaric, que ficara tenso ao ouvir sua voz. — Vocês podem se dirigir a mim como "Vossa Graça" e, depois da minha coroação como Imperatriz da Noite, irão me chamar de "Vossa Majestade".

Um silêncio perplexo tomou o grupo, pontuado apenas pelo som de passos desacelerando na passarela de metal. Talasyn se preparou para um contra-ataque, a magia nas veias borbulhando àquela altura. Deuses, se elas decidissem empurrá-la dali...

Sevraim deu uma gargalhada, tão alta quanto um trovão.

— Ah, *parabéns*, Lachis'ka! — Ele olhou para trás, apontando com a mão enluvada para a gêmea à direita de Talasyn, a que tinha uma pintinha. — Essa é Ileis. — Ele então indicou a gêmea à esquerda. — E essa é Nisene. E eu *nunca* vi ninguém fazer as duas calarem a boca tão rápido. — Ele deu uma cotovelada brincalhona em Alaric. — Não foi impressionante, Vossa Majestade?

O Imperador da Noite o ignorou.

— Talasyn — chamou ele, sem se virar. — Venha aqui.

Estava dando a ela uma desculpa conveniente para se livrar das gêmeas. Ainda assim, Talasyn se empertigou com a dureza de sua voz e abriu a boca para criticá-lo por isso...

— Acompanhe seu marido, Lachis'ka — instruiu a rainha Urduja atrás dela.

O aviso estava implícito em seu tom majestoso: Talasyn não podia causar mais nenhuma cena.

Talasyn se afastou de Ileis e Nisene, sentindo a nuca pinicar com o peso dos olhares ressentidos das duas. Talvez, afinal, houvesse *alguma* vantagem em poder mandar em seus antigos inimigos. Ela não podia negar que sentia certa satisfação em ter dado a última palavra, com o lembrete de que logo todos na Legião Sombria seriam seus súditos. Quase valia a pena ter se casado com Alaric para obter aquilo.

Ela se apressou para alcançá-lo, encaixando a mão na dobra do cotovelo que o marido lhe oferecia. Os dedos de Talasyn se fecharam na braçadeira de couro escamado esticada sobre os músculos torneados, e então a lembrança surgiu para engoli-la: a sensação de tocar os braços nus dele. Talasyn ia explodir a qualquer instante, e não conseguiu se impedir de olhar de esguelha para o perfil indecifrável de Alaric enquanto entravam nos corredores mal iluminados da Cidadela. Em nome de todos os deuses e ancestrais, como ele podia estar tão *calmo*?

Se bem que os dois tinham concordado que o beijo no anfiteatro do monte Belian e tudo o mais que acontecera na cama dela não havia significado nada. Alaric estava apenas cumprindo com sua palavra. Não significava nada porque não *era* nada, então ele estava tratando o ocorrido como se não fosse nada. O que era de fato o caso. Ela deveria fazer o mesmo.

— Está tentando cortar a circulação do meu braço, Vossa Graça? — questionou ele em um tom grave, e aquilo a trouxe de volta de seus devaneios.

— Desculpe. — Talasyn afrouxou o aperto firme.

Alaric ficou em silêncio. Os olhos cinzentos a encararam, demorando-se tempo demais antes de se afastarem outra vez. Será que ele também estava pensando na noite de núpcias? Para ele, também era um fantasma que andava entre os dois, a corrente invisível que tremia com a consciência da presença um do outro?

Pense em outra coisa, ordenou Talasyn a si mesma. Ela não viajara até Kesath só para ser coroada Imperatriz da Noite. Assim que tivessem um momento a sós, ela precisava perguntar a Alaric se ele encontrara Khaede. Ele prometera que a procuraria nas prisões da Cidadela... e se Khaede *estivesse* mesmo lá, Talasyn de forma alguma iria embora sem a amiga.

Ela precisava estar focada para conseguir isso.

No fim, a delegação nenavarina foi levada a aposentos com cômodos conectados entre si, onde deveriam ficar até a coração de Talasyn na tarde seguinte. Além dos quartos, havia também uma sala de jantar e uma de estar, todas feitas de pedra escura, com lareiras grandes e móveis simples e polidos, com algumas poucas tapeçarias antigas. As sobrancelhas da rainha Urduja se arquearam em surpresa quando, ao final daquele breve tour, Alaric declarou que todas as refeições lhes seriam trazidas por criados.

— Não jantará conosco, Vossa Majestade? — questionou a Zahiya-lachis.

— Minha agenda não permite, Harlikaan — respondeu ele, com uma voz seca e polida. — No entanto, haverá um baile amanhã depois da coroação. Iremos dividir uma refeição nessa ocasião.

Urduja assentiu, um pouco mais tranquila ao ver que nem *todos os indícios* de hospitalidade tinham sido abandonados naquele novo e estranho mundo.

Alaric partiu sem dar mais uma palavra, deixando Talasyn encarando o espaço vazio onde até então ele se encontrava. Em todos os cenários de reencontro que imaginara, aflita, ela não esperava que fosse tão... anticlimático. Ela ficou *incomodada* e irritada com ele.

Marchou até uma mesa com uma seleção de vinhos e pequenos pratos, onde Jie e Elagbi estavam se servindo.

Jie experimentou os cubinhos de carne de pato assado com sangue, mastigando devagar, e fez uma careta.

— Não tem gosto de nada! — exclamou ela, espantada.

Elagbi fez um muxoxo para os restos do rolinho de legume entre os dedos.

— Os brotos de feijão estão empapados, e o molho é bastante sem graça.

— Acho que caberá a Sua Graça apresentar as excelências da culinária do Domínio à corte do Imperador da Noite — declarou Jie.

Talasyn a encarou, sem entender, as bochechas estufadas ao comer um bolinho de arroz coberto de ovo. Os dois a observaram, e ela deu de ombros, logo se servindo de camarões ao vinagre e uvas marinhas sem nem um pouco de remorso. Afinal, comida era comida.

Em determinado momento, Talasyn precisou parar de comer, pois fora convocada pela rainha Urduja a se juntar a ela perto da única janela do cômodo. Relutante, a jovem foi até a avó. Estavam ignorando uma à outra desde a briga que de certa forma dera um pouco de liberdade a Talasyn dentro das fronteiras de Nenavar, mas a Tecelã deveria saber que aquela alegria duraria pouco.

— Eu nunca saí do Domínio de Nenavar — disse a Zahiya-lachis, como se aquilo fosse um motivo do qual se orgulhar. Para ela, provavelmente era. A rainha estava falando em Marinheiro Comum. — Até agora, não estou impressionada com o que vi. É um país muito maltrapilho.

Talasyn queria dizer para a avó que a beleza estava a apenas poucas horas de viagem. Que aquilo ficaria evidente assim que visse a cordilheira das Terras Altas, cobertas de neve, e entendesse por que era chamada de Espinha do Mundo. Ela ansiava por dizer que era primavera e que os cânions das Terras Interiores estariam com os rios azuis-prateados cheios, e os desfiladeiros se encontrariam cobertos de vegetação, e as campinas, repletas de flores.

No entanto, tudo aquilo pertencia a uma Sardóvia que não existia mais, então, em vez disso, ela falou:

— Só precisa aguentar até o dia depois de amanhã, Harlikaan.

— É verdade. — Urduja estendeu o braço delgado coberto de seda e joias preciosas e indicou diversos pontos com o dedo pontiagudo. — Precisará de algumas fontes ali, ali, e ali também. Uma passarela conectando os diversos edifícios também não seria ruim, talvez com algumas árvores floridas.

— Não acho que beleza seja uma grande prioridade para o Império da Noite — comentou Talasyn.

— Pois deveria ser. O povo aprecia um pouco de charme. Essa cidade é o coração do seu império, não é? É preciso deixar seus habitantes felizes, e, para fazer *isso*, é preciso que seja um lugar habitável.

— Bom, não é o *meu* império... — Talasyn começou a protestar, mas Urduja a interrompeu, balançando a cabeça com impaciência.

— Não adianta mais pensar dessa forma, Alunsina. Não tem como fugir da situação. Ninguém sabe o que o futuro nos reserva, mas, por enquanto...

— A Zahiya-lachis gesticulou para o céu outra vez, como se para indicar tudo que as cercava. — O Império da Noite é seu, as terras dele são suas, e o *poder* dele é o seu. Chegou a sua hora de governar.

— A senhora parece bem entusiasmada com isso. — Talasyn semicerrou os olhos para a avó. — *Gosta* da ideia de ter uma neta sentada no trono kesathês.

— E por que eu não deveria gostar? — retrucou Urduja. — Que matriarca reprovaria sua casa obter mais influência e prestígio? "Vamos nos tornar uma potência mundial." Foi o que você me disse, no dia seguinte ao seu casamento.

Isso não vai durar para sempre. O Império da Noite vai *cair*, era o que Talasyn queria argumentar, mas, naquele instante, Urduja dobrou as mãos e tamborilou o dedo indicador direito de forma deliberada e cuidadosa.

Talasyn congelou, reconhecendo o gesto pelo que era. Ela estudou a sala, ciente de todos os centímetros da estrutura que as cercava.

Todos os centímetros da *arquitetura*, para ser mais precisa.

As paredes curvadas. O teto abobadado. Certas salas no Teto Celestial foram construídas da mesma forma, arquitetadas para que o som reverberasse para certo ponto...

O dedo de Urduja cessou seu tamborilar e apontou para uma lareira enorme de ébano que ocupava uma porção da parede, estendendo-se do chão ao teto.

Era grande o bastante para esconder uma passagem para outra sala, onde alguém talvez pudesse escutar as conversas que aconteciam ali.

Como Urduja sabia?

— Eu considero todas as possibilidades — lembrou a Zahiya-lachis, baixando a voz e passando a usar o idioma nenavarino só por precaução, ecoando as palavras que dissera duas semanas antes. — E nunca sou pega desprevenida.

Ocorreu a Talasyn que Urduja quisera dar a fosse lá quem estivesse as escutando uma falsa noção de cooperação, convencendo-os de que o Domínio estava mais do que satisfeito com sua nova posição, ocupando-se de questões triviais como redecorar o castelo, em vez de esconder o último bastião da Confederação Sardoviana dentro de suas fronteiras.

— Também não deixo de notar — acrescentou Urduja — que seu marido nos colocou nessa ala em um canto desprezado, isolado do resto da Cidadela. — Ela manteve um tom de voz leve, para deixar que qualquer um que escutasse a conversa acreditasse que ainda falavam de algo frívolo, mesmo que o ouvinte não compreendesse as palavras. — O que insinua que ele quer limitar a exposição do povo dele a você, e *isso*, por sua vez, significa que ou existe algo que ele não queira que você saiba, ou que ele não tem um verdadeiro interesse em uma aliança duradoura. Ou ambas as coisas.

Talasyn sentiu o estômago se revirar. Será que fora o rolinho de legumes questionável que comera? Não, aquela era uma dor diferente, que se espalhava por seu corpo, deixando-a entorpecida.

O que Urduja dizia fazia sentido, mas Talasyn não deveria se importar que Alaric escondesse coisas dela. Ela também escondia coisas dele.

No entanto, considerando a recepção fria que ele lhe dera, ver-se diante daquela realidade doeu.

Talasyn ia traí-lo. Aquele sempre foi o plano. Ela só precisava ser ainda mais cautelosa, porque Alaric também tinha alguma carta na manga, continuava sendo o inimigo. *Deveria* continuar sendo. E ainda assim...

O que está acontecendo comigo? Por que fiquei magoada?

Talvez ela estivesse *mesmo* com alguma intoxicação alimentar.

— O que eu deveria fazer? — perguntou Talasyn.

Urduja deu um tapinha no braço da neta.

— Fique de cabeça baixa e mantenha o foco. Na sua coroação amanhã, eu cumprirei com meu papel e serei encantadora e sociável. Descobrirei o que puder. Ou, ao menos, vou entender como está o clima por aqui.

— Se sua intuição estiver certa, os kesatheses não vão falar muito — argumentou Talasyn.

A Zahiya-lachis abriu um sorrisinho.

— Eu adoro desafios.

Você nunca fica cansada de sempre ter que estar um passo à frente de todo mundo?, pensou Talasyn, desejando poder perguntar aquilo à avó. Ela não conseguia imaginar como era viver a vida daquela forma. Era hora de aprender.

A noite em Kesath era uma escuridão profunda e gélida sob um cobertor de nuvens escondendo as estrelas. Talasyn encarou o painel solitário de meta-lidro do seu aposento, observando a Cidadela que se estendia abaixo dela, em camadas de um preto quase sólido, parecendo infinito. Sua janela era a única iluminada àquela hora da madrugada, e nem mesmo a lamparina de fogo acesa na mesa de cabeceira conseguia dissipar por completo as sombras opressoras.

Em sua mente, ela voava em um coracle vespa, com as velas listradas exibindo a fênix da Confederação. Ela o guiava pela Cidadela, passando por todos os assentamentos nas vastas planícies kesathesas, e por fim subia os penhascos e descia até o que antigamente eram as Terras Fronteiriças da Sardóvia. Ela avançou cada vez mais, além da Grande Estepe, onde crescera, subindo as Terras Altas, onde Khaede e Sol tinham se casado e ele morrera na batalha apenas horas mais tarde. Depois das montanhas, vinham as Terras Interiores, o palco das últimas batalhas, as cidades desde então em ruínas depois que os porta-tempestades do Império da Noite passaram por lá. O mesmo império que avançara e dominara todo o Continente.

Talasyn espalmou a mão na janela. O metalidro frio em sua pele a trouxe de volta das ruínas da Sardóvia para o presente.

A culpa, sua constante companheira naqueles últimos tempos, cravava suas garras na alma de Talasyn. Depois de tudo aquilo, ela voltara ao Continente... casada com o homem que fora essencial para destruir a maior parte dele.

Eu precisei fazer isso, disse ela ao seu reflexo, que a repreendia com o olhar no vidro escuro. *Dessa forma, todo mundo pode viver.*

Menos Gaheris.

Por enquanto, Talasyn não poderia fazer nada contra ele. Nenavar precisava manter sua relação amigável com Kesath para impedir que o Nulífero matasse a todos. Depois, porém, ela poderia pensar em uma forma de chegar até o Regente e matá-lo. Assim, ajudaria o exército sardoviano a reivindicar seu lar.

Depois. Ela se permitiria acreditar que existia um depois.

CAPÍTULO 4

Embora Urduja fosse exímia na arte de seguir os próprios conselhos, a forma como sua sobrancelha direita ameaçava se juntar prematuramente aos seus ancestrais no Céu Acima do Céu tornava fácil para Talasyn perceber que a Zahiya-lachis estranhava bastante o fato de os coquetéis serem servidos *antes* da coroação.

Era a perspectiva dos subsequentes refrescos que mantinha a corte nenavarina moderadamente bem-comportada durante as cerimônias importantes. Talasyn acreditava naquilo tanto quanto acreditava que os kesatheses precisavam de uma quantidade copiosa de álcool para sobreviver *àquela* ocasião em particular.

Nenhum dos oficiais em trajes pretos e prateados no saguão cavernoso desejava que ela recebesse o título de Imperatriz da Noite. Verdade seja dita, nem o próprio Imperador da Noite queria aquilo. Alaric ao menos não tinha se juntado aos seus companheiros, que ficavam vagando pelos cantos murmurando por trás das taças de vinho cheias e lançando olhares ocasionais para Talasyn que iam de desconfiança a ressentimento.

Ela recorreu a todo o seu autocontrole para não devolver os olhares sombrios dos oficiais. A Guerra dos Furacões estava tão fresca nas lembranças dela quanto nas deles. Talasyn se encontrava cercada de antigos inimigos, enfiada em um vestido pouco prático, um redemoinho de preto e vermelho: as saias tinham camadas e uma cauda de fitas fluía do corpete estruturado, que tinha um decote assimétrico e mangas até os punhos. Sua roupa a fazia se sentir ridícula e em grande desvantagem caso precisasse lutar ou fugir. E, contemplando aquelas duas opções, qualquer uma lhe traria enorme alegria.

Preto e vermelho. Eram as cores do traje de batalha de Alaric. Talasyn não sabia se a escolha fora mera coincidência ou se Urduja e a costureira tinham se aliado para lhe pregar uma peça muito elaborada. Ela se perguntou como Alaric se sentia sobre a questão, mas as feições entalhadas em granito dele permaneciam indecifráveis como sempre conforme os dois, segurando suas taças de vinho de lichia, aceitavam os parabéns contidos e aplausos fingidos de diversos convidados.

O evento não contava com a grandiosidade esperada de uma cerimônia tão histórica. Apenas os comodoros e generais estavam presentes, e alguns poucos governadores regionais, o que conferia certa validação à teoria de Urduja de que Alaric queria limitar a interação entre seu povo e os nenavarinos.

— Seu pai não quis nos agraciar com sua presença? — perguntou Talasyn a Alaric, depois que o último convidado lisonjeador se afastara.

Não que ela se importasse muito com o que Gaheris escolhia ou não fazer, mas o fato de não estar presente na coroação da nora era suspeito. Além disso, se ela estivesse sendo sincera, precisava admitir sua impaciência em finalmente ficar diante daquele homem, em ver como ele era em pessoa, o espectro assombrado que habitava os pesadelos de todas as crianças sardovianas. O arquiteto de toda a destruição que assolara o Continente durante anos.

— Ele não faz mais aparições públicas — respondeu Alaric. — Sua avó, por outro lado, parece estar aproveitando muito.

Talasyn seguiu o olhar dele até onde a Zahiya-lachis estava sendo adulada por um círculo de governadores regionais, mas não emitiu qualquer opinião.

— Estão consolidando relações diplomáticas — explicou ele —, para facilitar o fluxo comercial e seus lucros.

— No caso, você quer dizer que cada um está puxando o saco da minha avó para que ela priorize a importação de mercadorias de suas respectivas regiões.

— Não só isso. Cada região também está ávida para ser o destino da primeira rota de comércio direta para Nenavar.

— Esse privilégio não iria para a capital?

— Talvez não. — Ele coçou o queixo, com certo ar de insegurança. — Eu tenho pensado na questão. Uma economia nacional robusta requer desviar o foco do centro, em vez de deixar as outras regiões mais isoladas. Acredito que esse era um dos problemas da Confederação Sardoviana. A maioria dos acordos comerciais costumava beneficiar apenas as Terras Interiores, enquanto as outras nações ficavam debilitadas.

Talasyn ficou em silêncio, atordoada. Não havia muitas oportunidades de emprego em Bico-de-Serra, ou em qualquer outro lugar da Grande Estepe. A maioria das pessoas com alguma habilidade ou educação migrava para o sul, abandonando de vez aquelas pradarias áridas.

— As coisas vão mudar — jurou Alaric, como se decifrasse corretamente a expressão no rosto dela. — Eu... *nós* vamos melhorar as coisas. Você é minha imperatriz e vai governar do meu lado.

Era uma oportunidade para mudar as coisas. Para distribuir as riquezas de que dispunham e certificarem-se de que nenhuma criança precisaria crescer como ela cresceu, que ninguém precisaria sofrer como ela sofreu. Alaric estendeu a possibilidade daquele futuro para ela de forma tão cuidadosa que os barulhos do ambiente no saguão sumiram, e de súbito só restavam os dois ali, prestes a... *fazer alguma coisa*. Alguma coisa que remetia a uma promessa, a um horizonte distante.

No entanto, toda aquela esperança logo foi destruída, quando Talasyn se lembrou do que aquela promessa já lhes custara. O futuro que Alaric imaginava — um Continente com Kesath no controle — só era possível por causa da guerra que ela e seus camaradas perderam. A guerra em que tantos morreram.

E, no momento, ele escondia algo dela, algo que era uma ameaça em potencial para Nenavar e para o ataque sardoviano iminente que ela escondia *dele*.

Eles não podiam confiar um no outro. Talasyn jamais poderia se esquecer disso. A relação dos dois precisava voltar a como era antes do dia no anfiteatro, antes da noite de núpcias.

— Isso vai ser antes ou depois de matarmos todos os rebeldes no Continente? — perguntou ela, com uma falsa animação na voz. — *Depois* seria mais conveniente, a meu ver. Assim, não sobrará ninguém para nos impedir de fazer o que bem entendermos. De qualquer forma, é tudo em nome de nobres propósitos, né?

Os olhos cinzentos de Alaric ficaram duros como pedra.

— Pelo visto os nenavarinos lhe ofereceram um excelente treinamento na arte do sarcasmo. Pena que não lhe cai bem, milady.

Talasyn encontrou o olhar dele, audaciosa. *Nós somos as lâminas das nossas nações.*

— Que infelicidade, uma vez que a sua opinião importa tanto para mim — ironizou ela, só para atormentá-lo, e ele... se afastou, enfurecido.

Alguém observando a cena talvez achasse que o Imperador da Noite apenas se dirigira à entrada para cumprimentar os generais que chegavam. Apenas Talasyn sabia que seu golpe fora certeiro, levando Alaric a aproveitar a primeira oportunidade conveniente para se afastar dela o mais rápido possível.

Ela sequer pôde se deleitar com seu triunfo mesquinho sobre Alaric, porque logo se viu sozinha, pouco à vontade. Talasyn se virou, decidida a encontrar Elagbi ou Jie, mas parou de forma abrupta, os dedos apertando a haste da taça quando ela se deparou com um oficial kesathês barbudo que surgira às suas costas. A última pessoa que ela queria encontrar na Cidadela.

— Lachis'ka — cumprimentou o comodoro Darius, o antigo comandante sardoviano que traíra a Confederação nos meses finais da Guerra dos Furacões. — Ou melhor... imperatriz.

As últimas notícias que Talasyn tivera de Darius foram fornecidas por Alaric, enquanto os dois se dirigiam às ruínas do santuário dos Tecelões de Luz. Ele fizera um comentário mordaz sobre o novo posto do traidor, uma recompensa que o homem recebera por revelar aos kesatheses informações sobre as defesas da Confederação Sardoviana nas Terras Interiores, além de contar aos inimigos sobre Talasyn e providenciar um mapa para a Fenda de Luz em Nenavar.

Ela não reconheceu nenhum traço do comandante gentil que a levara, aos catorze anos, para longe dos destroços de Bico-de-Serra, a mesma pessoa em que outrora Ideth Vela confiara de olhos fechados. Também não havia nenhum traço do veterano desesperado e assustado do lado de fora do gabinete da amirante, trazendo notícias da rendição das Terras Altas, sussurrando que todos ali iriam morrer. Darius portava um uniforme de gala feito sob medida, impecável. Tinha um olhar frio e uma expressão séria e indiferente, como se ele e Talasyn jamais tivessem trocado uma palavra.

Aquilo, porém, não a impediu de se imaginar enfiando uma adaga tecida de luz bem no coração dele. Ou talvez cortando a cabeça dele com um machado...

Por fim, Talasyn se obrigou a falar.

— Imagino que *imperatriz* seja uma melhoria, já que da última vez que falou comigo eu ainda era *timoneira* — disse Talasyn, com grosseria, embora, a seu ver, aquele comportamento fosse justificado.

— Uma melhoria considerável — concordou Darius. — Se bem que nunca imaginei que você fosse o tipo de pessoa que gosta de andar por aí mandando nas outras.

— Pois é. Nunca se sabe o que as pessoas são capazes de fazer, comodoro.

Darius chamou uma criada e pegou uma taça de conhaque de ameixa antes de mandar a desconhecida se afastar. Ele estudou a taça, girando o líquido.

— Também nunca dá para saber como a necessidade de sobrevivência pode mudar as pessoas — comentou ele, solene. — Pode me odiar o quanto quiser, mas alguns de nós não podem contar com uma ascendência real em uma terra distante.

— A amirante teria morrido por você — sibilou Talasyn.

— Essa é a coisa mais ridícula que já ouvi. — Ele soltou uma risadinha silenciosa e depreciativa. — Ideth teria morrido pela Sardóvia, é verdade. Teria morrido para derrotar o Império da Noite. Mas não morreria por mim nem por você. Éramos apenas pecinhas de xadrez em sua guerra, e éramos descartáveis. Por que mais ela enviaria uma menina tão jovem para atravessar o mar e procurar uma Fenda de Luz, sozinha e em território inimigo? — Ele ergueu o olhar e encarou Talasyn, dando de ombros. — Mas no fim deu tudo certo para nós dois, não é?

Talasyn se perguntou se a recriminariam por jogar o vinho que mal tinha bebido na cara dele. Estudou por um momento o saguão e decidiu que era melhor não correr o risco. Alguns oficiais kesatheses observavam, ávidos, sua conversa com Darius. Era óbvio que antecipavam algum tipo de cena entre a nova consorte do imperador e o homem que traíra o lado dela na guerra.

Como abutres das estepes, rondando um boi-almiscarado, pensou ela, enojada.

Os nenavarinos a prepararam para situações do tipo, no entanto. Talasyn nunca foi tão grata pelo tempo passado na corte do Domínio quanto naquele instante. Ela aprumou a postura e ofereceu a Darius o sorriso enigmático e gélido no qual a rainha Urduja era muito, muito boa.

— Eu *estou* de fato contente com minha posição — afirmou ela.

Darius contraiu os lábios.

— E eu suspeito que Ideth Vela ainda não morreu pela Sardóvia — comentou o homem.

Em uma demonstração gigantesca de autocontrole, Talasyn se manteve imóvel e sem expressão, tentando esconder o pânico que sentiu se desdobrando nas profundezas da sua alma, entorpecendo todos os seus músculos. *Aquele* era o maior perigo, o que ela e todo mundo que sabia dos planos não considerara no momento em que estavam desesperados por uma saída, por uma forma de seguir em frente. Darius conhecia a amirante muito bem. Fora seu braço direito durante uma década. Sabia que era uma mulher astuciosa e determinada, e com muitos truques na manga.

Sabia que Vela jamais teria sido derrotada tão facilmente.

Talasyn sentiu uma vontade terrível de vomitar os poucos goles de vinho que conseguira tomar até então. Contudo, foi poupada pela chegada do pai, que segurou o braço dela com delicadeza e a levou para longe de Darius.

— Minha nossa, o que Ossinast estava pensando, deixando você sozinha assim? — resmungou o príncipe Elagbi. — O mínimo que ele podia fazer era escoltar você até onde eu estava, ou até a sua avó. Suponho que você deve também apresentar bons modos à corte dele, além de uma culinária melhor. — Ele lhe lançou um olhar de soslaio, preocupado. — Espero que eu não tenha me equivocado ao intervir, querida. Você parecia tão desconfortável conversando com aquele homem. Quem era, por sinal? Será que devo ir até lá brigar com ele?

— Eu te conto tudo depois, Amya — assegurou Talasyn, sentindo-se fraca.

Sua Graça, Alunsina Ivralis, do Domínio de Nenavar, foi coroada imperatriz de Kesath enquanto um chuvisco primaveril caía dos céus da capital. Protegida da chuva pelo telhado do enorme terraço da Cidadela, de onde pendiam os estandartes pretos e prateados com a quimera da Casa de Ossinast, Talasyn se ajoelhou diante do marido. A cauda cor de sangue e meia-noite do vestido se esparramou sobre o piso de obsidiana polido enquanto Alaric erguia a coroa dela.

A peça era outra coisa que alimentava a fúria de Talasyn. Fora forjada com a platina extraída das antigas Terras Fronteiriças sardovianas, onde se encontravam os únicos depósitos do metal no Continente, e era incrustrada de pérolas da Costa, além de rubis das Terras Interiores. Para os padrões nenavarinos, a coroa não tinha *nada de excepcional*, mas tratava-se de um símbolo poderoso do domínio completo do Império da Noite sobre aquele canto de Lir. Era um objeto pequeno, que ficava menor ainda nas mãos enluvadas de Alaric, que erguia a coroa acima da cabeça de Talasyn sob os olhares atentos de todos os presentes: desde oficiais do Alto-Comando kesathês e representantes do Domínio presentes no terraço até os esquadrões de soldados e legionários enfileirados meticulosamente na praça enorme abaixo, a chuva molhando os uniformes de gala e as armaduras negras.

Os joelhos de Talasyn começaram a doer. Ela desejava poder apressar Alaric.

— Você jura governar o povo do Império da Noite de acordo com nossas leis e nossos costumes e os preceitos dos nossos deuses? — perguntou ele, os olhos pétreos nunca deixando o rosto dela.

— Eu juro.

A declaração ecoou pelo ar, calma e firme, embora Talasyn estivesse diante de pessoas que considerava seus piores inimigos. A amirante sardoviana estava saudável e viva em Nenavar, angariando aliados. Tinham um plano, e saber daquilo enchera Talasyn de convicção. Ela poderia cooperar por enquanto, porque, um dia, Kesath iria ruir.

— Você jura lealdade à minha coroa e obediência à minha vontade enquanto estivermos unidos em matrimônio?

Aquela era a parte de que ela menos gostava.

— Eu juro.

Um tom um pouco agressivo tomou conta da sua voz, e ela chegou perigosamente perto de revirar os olhos. *Obediência à vontade dele*. Até parece!

A boca de Alaric se curvou em um leve sorriso, como se ele soubesse *exatamente* no que Talasyn estava pensando, e, por um breve segundo, os dois sentiram algo semelhante a cumplicidade, como se não tivessem discutido mais cedo. A voz de Alaric ficou mais gentil conforme ele prosseguia para as frases finais do juramento.

— Você jura ficar ao meu lado? — perguntou ele. Em meio às construções de obsidiana, a chuva e as quimeras prateadas nos estandartes pretos que sopravam com o vento, ele acrescentou: — Você jura lutar comigo, contra meus inimigos, para me ajudar a construir meu império?

— Eu juro — disse Talasyn, o coração acelerando, embora sentisse um calafrio ao saber que estava mentindo.

Alaric pousou a coroa na cabeça de Talasyn, deixando as mãos descerem para o rosto dela, os dedos enluvados em seda preta roçando as bochechas da Tecelã. Foi um toque breve, suave, e provavelmente acidental, mas ainda fez o coração de Talasyn bater mais forte.

Ela estava com a cabeça inclinada para cima, concentrada em Alaric, então foi a primeira a ver: nos céus, um porta-tempestades surgia entre as nuvens pesadas de chuva. Mergulhou em uma descida acelerada rumo à Cidadela. Toda a parte inferior da embarcação dispunha de canhões de relâmpagos prontos para disparar, como se fossem centenas de braços e pernas metálicos. Em um pedaço extenso de metalidro translúcido que compunha o casco elíptico, havia sido pintada uma fênix sardoviana, de um laranja vibrante que reluzia até sob a luz fraca do sol.

Em choque, Talasyn reconheceu o *Chiton*, um dos três porta-tempestades da Confederação que sobreviveram à batalha de Refúgio-Derradeiro e o único que não fora encontrar o exército no Olho do Deus Tempestade, em Nenavar. Assim como todo mundo, ela presumira que o *Chiton* havia sido destruído em alguma busca kesathesa ou então fugido para o outro lado do mundo. Ali se encontrava a embarcação, porém, um colosso monstruoso acima dela, aproximando-se em velocidade impensável da cerimônia de coroação, que irrompeu em completo caos.

Alaric puxou Talasyn para que ela ficasse de pé e a empurrou para longe da balaustrada do terraço, na direção da delegação nenavarina. Os relâmpagos foram disparados em ondas, saindo dos canhões do *Chiton* em explosões e faixas azuis esbranquiçadas que cortavam o ar, as construções e os corpos com uma fúria incandescente. Enquanto Alaric invocava um escudo escuro para se proteger do ataque, os olhos de Talasyn encontraram os do pai na sombra do porta-tempestades. Ela começou a correr, sem pensar em mais nada além de levá-lo para algum lugar seguro, assim como pretendia fazer com Urduja e Jie. Talasyn estava quase alcançando a delegação, a apenas alguns passos das Lachis-dalo — que estavam prontas para arrastá-la até seu círculo de proteção e conduzir os nobres nenavarinos para dentro —, quando o espaço diante dela irrompeu em uma barreira ofuscante de relâmpagos.

O chão se desintegrou, e então Talasyn estava caindo, junto da chuva de pedras quebradas que antes era o terraço.

Uma adaga dourada surgiu na mão de Talasyn, e ela a enfiou com força em uma coluna em ruínas ao seu alcance. A lâmina radiante faiscou preta, provocando uma rachadura na obsidiana, uma fenda que se expandia conforme Talasyn despencava, parando a dois metros do chão, segurando-se desesperadamente ao cabo da arma.

Entre os destroços, um gancho foi invocado do Sombral e se afundou na coluna ao lado da dela. A corda escura à qual o gancho estava preso foi logo encurtada, até que Alaric estivesse pendurado nela, um pouco abaixo de onde Talasyn se encontrava.

— Pule!

Era tão raro Alaric gritar que Talasyn obedeceu de imediato, sem pensar. Ela se soltou e caiu no chão da praça, e ele fez o mesmo, aterrissando ao lado da esposa enquanto mais uma onda gigantesca de relâmpagos destruía as colunas nas quais eles estiveram pendurados apenas segundos antes.

De bruços, Talasyn olhou em volta, frenética. Coracles vespas estavam saindo dos hangares do porta-tempestades, atirando bestas em qualquer alvo em movimento. A maior parte das torres de defesa antiaérea da praça foram obliteradas pela primeira onda de relâmpagos, e tanto os soldados kesatheses quanto os legionários Forjadores de Sombras estavam atordoados, tentando se proteger atrás de pilastras, arcos e pedaços do teto que desmoronava.

Uma rebelião. Desconcertada, Talasyn tentou compreender a situação. Havia uma rebelião no Continente. Os sardovianos não tinham aceitado a derrota e o governo de Kesath.

Ainda assim, aquela era uma missão suicida. No segundo em que a Cidadela conseguisse que os próprios porta-tempestades levantassem voo, algo que aconteceria a qualquer momento, os sardovianos seriam massacrados. E, com eles, o *Chiton*, a arma mais valiosa que poderiam ter à sua disposição. Qual era o objetivo do ataque?

E será que Khaede estava no navio?

Talasyn se sentou e Alaric se ajoelhou no chão. Os dois tinham perdido as coroas.

— Minha família... — Foi tudo que Talasyn conseguiu dizer em meio ao alvoroço da batalha.

— Eu os vi entrando no palácio antes de o terraço desmoronar. Meus homens cuidarão deles.

Ele invocou o Sombral na forma de uma adaga e então cortou a saia dela.

— *O que você está fazendo?* — berrou Talasyn, enquanto ele rasgava o tecido de seda, arrancando as camadas, rompendo as anáguas e cortando a cauda volumosa.

Ela teria chutado o marido, mas *não* queria atrapalhar a dança delicada e perigosa que a lâmina sussurrante fazia ao deslizar tão perto de suas pernas nuas.

— Tornando mais fácil para você correr.

Satisfeito com o trabalho, Alaric se pôs de pé... bem a tempo de encarar uma força terrestre de sardovianos que pulavam de uma chalupa surrada que aterrissara no meio da praça sob a cobertura dos relâmpagos do *Chiton*.

Eram um grupo maltrapilho, sem qualquer uniforme, a não ser por faixas amarelas e laranja no braço. Alguns contavam com bestas, outros com espadas, mas a maioria portava apenas instrumentos de agricultura. Talasyn não conseguiria salvar todos eles, mas precisava tentar. Se desse um jeito, sem que fosse descoberta, de dizer a eles para recuar... Se ao menos pudesse falar para eles não desperdiçarem o porta-tempestades, para aguardarem a ordem da amirante...

Um objeto de cerâmica redondo com uma base cônica foi lançado no espaço entre ela e Alaric. Foi por instinto, simples e inconsciente, como se a guerra nunca tivesse abandonado os ossos de Talasyn, que ela se jogou para longe bem a tempo. A granada explodiu assim que atingiu o chão, causando uma explosão que fez seus ouvidos rugirem enquanto o mundo se dissolvia em estilhaços de argila, cal e enxofre.

Talasyn nem sequer pôde ver o que tinha acontecido com Alaric, porque um coracle vespa mergulhou antes que a poeira se assentasse, atirando uma série de disparos de besta na direção dela.

Mas o que...

Havia algo de familiar no timoneiro no comando da embarcação, mas era óbvio que ele não a reconhecia. Talasyn invocou um escudo e o posicionou diante de si, torcendo para que aquela prova de magia de luz fosse o suficiente para que o sardoviano se lembrasse dela. O timoneiro continuou atirando, porém, e ela correu em busca de um abrigo melhor. Os virotes de ferro bateram na sua defesa de etermancia sem causar estragos e, desviados, acabaram por acertar um dos legionários que fazia uma barricada na porta.

Ele desmoronou, um virote atravessando o peito e outro, a barriga. A barra cortada da saia de Talasyn roçou o cadáver dele quando ela correu para se abaixar atrás de uma pilha de destroços. Os companheiros do legionário atingido liberaram sua própria magia, com ódio, criando lanças de energia sombria que voaram pelo ar e rasgaram o coracle vespa e o timoneiro em pedacinhos.

Talasyn relutou contra uma onda de enjoo. A coisa mais sensata a se fazer era permanecer ali, junto à Legião. Porém, ela não podia só se esconder e deixar que mais sardovianos morressem. Ela havia feito acordos e implorado, recebido treinamento em política e etermancia, tinha se afastado de tudo que lhe era familiar e unido seu destino ao de seu maior inimigo... tudo aquilo para evitar mais mortes.

E ela também não podia deixar que o marido acabasse se matando. Examinou a praça até encontrá-lo, lutando em uma formação que exalava anos de prática com Sevraim, Ileis e Nisene. Alaric estava desgrenhado, os trajes elegantes maculados pelas cinzas, mas ele estava inteiro, e era só aquilo que importava — de uma forma que ia além do tratado entre suas nações e da necessidade de vencer o Nulífero. Era perigoso demais reconhecer aquilo, e Talasyn certamente não ia refletir sobre seus sentimentos *naquele momento*, porque ela viu Hiras ali perto.

Hiras. O jovem cadete que Talasyn salvara da Legião na batalha de Refúgio-Derradeiro. Ela sequer notara que ele fora deixado para trás durante a retirada em massa. Ele crescera desde então. E se tornara um jovem desengonçado com marcas na pele e adotara uma posição defensiva com quatro outros rebeldes atrás de duas pilastras, com uma parede atrás deles.

O *Chiton* lançou mais uma torrente de relâmpagos contra a praça, e Talasyn aproveitou a oportunidade para correr até Hiras enquanto os kesatheses estavam distraídos. Correntes brancas incendiárias queimaram seus calcanhares enquanto ela passava por pedras desmoronadas e cadáveres, enfim alcançando a parede atrás do pequeno grupo de rebeldes. Ela chamou o nome de Hiras e...

Ele se virou, junto aos outros quatro sardovianos. Escondidos pelos cabelos ruivos, os olhos castanhos do garoto se arregalaram quando o soldado a reconheceu. Talasyn abriu a boca para avisar que eles precisavam fugir enquanto era possível ou para perguntar de Khaede — ela não conseguia decidir qual das opções.

Mas, naquele meio segundo de hesitação, as feições pueris de Hiras se retorceram em fúria.

— Aí está ela!

O garoto ergueu a besta, mirando na cabeça de Talasyn enquanto seus companheiros avançavam na direção dela, erguendo picaretas e facões de caça.

— A traidora! *Matem-na!*

CAPÍTULO 5

O tempo desacelerou, e o gatilho da besta sendo acionado reverberou no intervalo de tempo entre as batidas do coração de Talasyn. Uma espada em curva com uma ponta fina como a de um espinho se materializou na mão da Tecelã, e ela a manejou em um arco comprido, cortando ao meio o virote de ferro que Hiras lançara. Talasyn foi tomada por uma epifania, como o calafrio de uma febre incurável.

O timoneiro do coracle vespa *tinha* a reconhecido. Os sardovianos que foram deixados para trás no Continente sabiam do seu casamento com Alaric, mas não sabiam do acordo que Ideth Vela fizera com o Domínio de Nenavar. Eles presumiam que Talasyn os traíra. Seu objetivo era matá-la a qualquer custo.

— Esperem! — berrou Talasyn enquanto os camaradas de Hiras se aglomeravam ao seu redor.

Ela invocou um escudo de luz para bloquear os facões de caça, e a lâmina tecida de luz arrancou um pedaço de uma das picaretas. Suas manobras eram puramente defensivas, porque optara por dosar a etermancia. Ela não queria machucar nenhum dos agressores. Não se lembrava do nome deles, mas, de perto, todos lhe eram familiares. Talasyn lutara ao lado deles, compartilhara dormitórios e refeições nos mesmos salões, unidos por uma causa em comum.

— Esperem — tentou Talasyn outra vez, encurralada contra a parede, o homem com a picareta remanescente golpeando o escudo dela, procurando uma fenda na sua magia já fraca. — Por favor, vocês não entendem...

— O que eu *entendo* — disse o homem, cuspe voando de sua boca — é que você era a nossa Tecelã de Luz, e agora não passa de uma puta a serviço do Imperador da Noite. E logo vocês dois vão morrer.

Ele deu um soco no rosto de Talasyn, por cima da beirada irradiante do escudo. O rebelde tinha o corpo musculoso de um fazendeiro, e seu golpe fez a visão da Tecelã ficar embaçada pela dor agonizante. Sua espada e seu escudo piscaram e sumiram quando ela se chocou contra a parede, deslizando até o chão, os ouvidos zumbindo e a mente embotada, sem nenhuma defesa restante. Os rebeldes investiram com suas armas, cercando-a por todos os lados de uma só vez, e não havia como se salvar, exceto...

A forma mais eficaz de usar a Luzitura era moldá-la para gerar ferramentas de acordo com a intenção de seu etermante, cuja mente precisava estar afiada para que a magia pudesse ser ainda mais afiada, quer o objetivo fosse poupar ou destruir. Às vezes, entretanto, a mente conhecia apenas o desespero e só sabia como salvar o corpo.

Uma explosão de ouro flamejante rasgou o ar da batalha, atingindo os quatro rebeldes tão rapidamente quanto o raiar do dia iluminava um quarto em que as cortinas tinham acabado de ser afastadas. Quatro silhuetas, paralisadas onde estavam. Devoradas por um lampejo de sol e éter, seus corpos pulverizados e iluminados de dentro para fora.

Está vindo de mim, percebeu Talasyn, aturdida. A magia dela estava irradiando de suas veias, explosiva, reunindo-se ao redor dela ao mesmo tempo que consumia todo e qualquer um que quisesse atacá-la. A luz rodopiava e rugia, delineando a cada pulsar ácido o contorno de ossos e a careta de esqueletos. Os gritos dos rebeldes rasgaram o ar, e os olhos de Talasyn se encheram de lágrimas. Quatro silhuetas, desmoronando no chão, gravadas a fogo em sua memória. Mais um dos muitos pecados de Talasyn.

A Luzitura deixou borrões escuros na visão de Talasyn depois que se apagou. O zumbido dentro de sua cabeça pareceu se abrandar, mas o mundo continuou um pouco borrado diante de seus olhos marejados. Hiras tremia ao ver os camaradas caídos, a pele cheia de bolhas, queimada até os ossos. Corroída pela luz.

— *Por quê?* — O tom lamurioso na voz falha do garoto distanciava-o da imagem de soldado e possível assassino de Talasyn, aproximando-o da criança que jamais tinha sido, do garoto que crescera na sombra de furacões. — Era para você... para você nos *salvar*...

Ele ergueu a besta mais uma vez, soluçando, e Talasyn só conseguiu encará-lo, aos prantos, de costas para a parede em uma praça tomada pela fumaça e pelas últimas correntes de relâmpagos chiando enquanto o *Chiton* exauria o Tempória em seus canhões. Era o fim da linha, para o porta-tempestades e para Talasyn, porque a Tecelã *não seria capaz* de matar Hiras, não havia saída ...

Então, ela ouviu um rosnado furioso e um guincho de éter quando o Sombral foi aberto, e o farfalhar de uma capa rasgada quando Alaric pulou na frente dela, usando a foice de guerra para acertar a besta nas mãos de Hiras.

O rebelde soltou um grito de pânico quando sua arma foi cortada ao meio. Ele desviou do golpe seguinte de Alaric, dando um passo para o lado, mas logo o medo o congelou no lugar. Talasyn viu os dois de perfil. Hiras tremia da cabeça aos pés, e não havia nada além de uma fúria gélida nos olhos prateados do Imperador da Noite enquanto ele se preparava para desferir o golpe final e atingir a cabeça do rebelde.

— *Não, Alaric!* — gritou Talasyn.

O Imperador da Noite congelou. A foice sumiu, a pouco mais de um fio de cabelo de acertar o alvo. Alaric se virou para encará-la.

Atrás dele, um rebelde ergueu sua espada.

E, porque Alaric estava de costas para aquele novo inimigo, porque era tarde demais para qualquer outra coisa, porque eles precisavam de Alaric vivo...

... como *ela* precisava dele vivo...

Talasyn usou o último vestígio de força que tinha para moldar uma lança de Luzitura. Ela a atirou no rebelde sardoviano que se esgueirava às costas de Alaric. A lâmina se afundou no peito do homem, e a vida sumiu dos olhos dele, que tombou no chão assim que Hiras foi derrubado por duas figuras de armadura preta e elmo, a salvo de uma faca que havia sido atirada por um Forjador de Sombras.

— Precisamos de um deles vivo para o interrogatório! — gritou Sevraim para o legionário que atirara a arma, enquanto ajudava Ileis a prender Hiras no chão. — *Sinceramente*, viu.

A alguns metros de distância, Nisene fez um gesto grosseiro para ele. No céu, para além do casco do *Chiton*, cinco esquadrões de coracles lobos kesatheses fechavam o cerco ao redor da praça, acompanhados pelo espectro fantasmagórico de um porta-tempestades do Império da Noite.

Hiras estava de bruços, Ileis e Sevraim quase sentados em cima dele, torcendo os braços do garoto às suas costas.

Eu deveria matá-lo.

O pensamento atravessou a mente nebulosa de Talasyn. Hiras ia preferir um breve momento de agonia a dias nas mãos de torturadores kesatheses. Seria uma gentileza que ela concederia ao garoto.

E o que seria uma vítima a mais?

— Vá em frente — disse ele, entredentes.

Num primeiro momento, Talasyn pensou que o rebelde falava com ela, mas então percebeu que o garoto olhava para o *Chiton*.

— Vá em frente — repetiu ele, o olhar amargurado fixo na silhueta tenebrosa de uma criatura marítima, elevada aos céus. — Por tudo que nós perdemos.

O porta-tempestades sardoviano, com os corações de éter embutidos de Vendavaz brilhando com uma luz verde venenosa, *despencou*, para longe da frota kesathesa e na direção da praça. Milhares de toneladas de aço e painéis de metalidro cairiam sobre suas cabeças. O *Chiton* era grande o bastante para arrasar um quarto da Cidadela, grande o bastante para que fosse tarde demais para fugirem.

Talasyn enfim compreendeu o plano dos rebeldes. Toda a liderança política e militar do Império da Noite aparecera para a coroação dela. Todos a bordo do *Chiton* morreriam, era verdade, mas levariam com eles a Casa de Ossinast, o Alto-Comando kesathês e a Legião Sombria.

E não havia nada que alguém pudesse fazer para impedir aquele ataque. Legionários ergueram seus escudos escuros sobre as cabeças, preparando-se, enquanto os oficiais militares e seus subordinados abandonavam a luta e fugiam na direção de qualquer coisa que servisse de abrigo nos prédios nos arredores, que logo seriam esmagados até só restar poeira. Talasyn ficou em pé, lenta demais, trêmula demais, e Alaric correu até ela, de olhos arregalados.

Ela teria gritado o nome dele, teria dito para ele fazer um escudo ou voltar para o castelo, para ele se proteger, mas as palavras evaporaram a caminho da garganta, perdidas nos gritos que a rodeavam e na certeza da morte, na luz do dia que se esvaía enquanto o *Chiton* fazia sua derrocada.

A escuridão irrompeu a nordeste. Algumas torres naquela direção haviam sido demolidas pelas ondas de relâmpagos, deixando Talasyn com uma visão desobstruída de uma das construções de pedra insípida da Cidadela. A construção estava tremendo nos alicerces enquanto o Sombral se derramava de uma abertura no telhado.

De início, a magia parecia tão espessa que dava a impressão de que a construção estava pegando fogo por dentro. No entanto, toda a fumaça preta logo se direcionou ao porta-tempestades que caía, uma onda gigantesca de noite, assumindo uma forma que remetia às quimeras, as criaturas exibidas no brasão imperial de Kesath, havia muito extintas no Continente.

Naquele instante, porém, elas foram trazidas a uma vida espectral: energia obsidiana do etercosmos transformada em corpos semelhantes aos de enguias, com cabeças de leão emitindo um som gutural do Sombral e cascos de antílope galopando pelo ar. As quimeras preencheram o céu, feitas de fumaça preta e pesadelos, um feito da etermancia que Talasyn jamais acreditaria ser possível se não estivesse testemunhando em primeira mão.

Alaric alcançou a esposa no instante em que a manada de quimeras sombrias consumiu o porta-tempestades sardoviano. Ele a pressionou contra a parede, cobrindo o corpo de Talasyn enquanto uma chuva de metalidro e aço jorrava sobre a praça, e o Sombral despedaçava o *Chiron* por completo.

Inundado por alívio, Alaric encarou a parede enquanto a magia de seu pai assolava os céus acima da capital. Não precisava observar a cena para saber o que estava acontecendo: as quimeras estavam se enrolando ao redor do porta-tempestades, arrancando seu casco e devorando tudo — e *todos* — lá dentro. Usar um poder como aquele tinha o seu custo, mas era um sacrifício necessário. Naquele dia, a Cidadela não encontraria o seu fim.

Alaric sentiu Talasyn arfar trêmula contra o seu corpo e se abaixou mais, afundando-se mais nela, movido por um instinto protetor que era tudo que tinha para dar naquele momento. Ele ficou abalado ao se dar conta de que Talasyn quase fora assassinada... e pelas mãos de um de seus antigos compatriotas. O Imperador da Noite mal conseguiu compreender que ela salvara a vida dele, que ela matara um dos seus antigos camaradas para defendê-lo. Alaric ficou angustiado com a facilidade com que ele e seus súditos tinham sido alvos tão vulneráveis, completamente despreparados para um porta-tempestades sobrevivente.

Assim como a Cidadela estava despreparada para o ataque dos Tecelões de Luz de Solstício, todos aqueles anos atrás.

Alaric observou a poeira descer pela parede enquanto se fechava ainda mais sobre Talasyn, da mesma forma que a mãe o protegera enquanto seu pai sangrava e o avô morria em algum lugar além da porta trancafiada, naquela mesma cidade onde a guerra e a ruína de novo rugiam desenfreadas. *É por isso que precisamos continuar lutando*, pensou ele na cacofonia de aço retorcido, metalidro estilhaçado e da explosão dos corações de éter. *Tudo pode ser destruído em um piscar de olhos. Nunca vai parar.*

Os inimigos estão por toda parte.

Os soluços devastados pareciam vir de um lugar remoto, embora o cômodo no qual a delegação nenavarina construíra uma barricada não fosse grande o suficiente para que alguém estivesse choramingando tão longe.

Com receio — um sentimento vago, enterrado sob camadas de torpor e de adrenalina, que começava a se esvair —, Talasyn chegou a cogitar que os soluços vinham *dela*, mas ao avaliar o ambiente notou Jie encolhida em uma poltrona ao lado, em prantos enquanto Elagbi dava tapinhas em suas costas em uma tentativa atrapalhada de consolo. De vez em quando, ele erguia o olhar para Talasyn, como se não pudesse acreditar que a filha estava viva. Quando Alaric a levou até Elagbi, o príncipe do Domínio a pegara nos braços e chorara copiosamente. Foi terrível. No momento, era Jie que estava aterrorizada.

— Que tipo de país é esse? — lamentava a coitadinha, tremendo dos pés à cabeça. — Meus Ancestrais, eu quero voltar para casa!

Em sua antiga vida, Talasyn teria ficado confusa e talvez até irritada com toda a choradeira, mas agora ela compreendia que as pessoas agiam diferente quando cresciam rodeadas por luxos, e não pela guerra. Além do mais, Jie só tinha dezesseis anos. Com certeza era um choque para uma jovem, ainda mais de uma nação como Nenavar, ver-se abruptamente em meio ao tipo de violência que podia irromper longe das ilhas harmoniosas do Domínio.

Urduja, porém, já *enfrentara* uma guerra, e ela foi rápida em cuidar daquele assunto, sem paciência para alardes.

— Erga a cabeça, lady Jie. Isso é exatamente como a política da corte em Nenavar, com diferentes facções tentando chegar ao poder, embora utilizem de métodos mais bárbaros. Você é a dama de companhia da Imperatriz da Noite. Se quiser sobreviver a esse novo jogo, precisa ser forte.

Jie assoou o nariz educadamente em um lenço de seda.

— Eu… — Ela deu um soluço, com os olhos marejados e vermelhos. — Vou tentar, Harlikaan.

Talasyn teria ficado ofendida com a indiferença com que a avó tratara os esforços da Confederação para recuperar suas terras, mas ela estava com dificuldade de sentir qualquer coisa que fosse. Sabia que, de alguma forma, estava em choque. Tudo soava abafado aos seus ouvidos, e ela não conseguia parar de fitar as mãos, pensando no que tinham feito mais cedo. Todas as pessoas que tinham matado.

— Lady Jie não está tão errada assim — pontuou Elagbi. — Precisamos voltar para o Domínio assim que possível. Não podemos ficar aqui. Quem pode garantir que não haverá novos ataques?

— Tenho plena intenção de partirmos dentro de uma hora — declarou Urduja. — Por mais que acredite que os rebeldes arriscaram tudo em uma estratégia que fracassou, não há como saber o que mais pode acontecer nessas terras estranhas. No entanto, *existe* um lado bom nessa situação deplorável. Finalmente os kesatheses vão parar de questionar se ainda existe alguma relação amigável entre Alunsina e a Confederação.

Esse não é meu nome, pensou Talasyn, com uma brasa quase apagada de rebeldia. Alunsina Ivralis era a Imperatriz da Noite, a traidora. Ela não queria ser aquela mulher. Ela queria voltar para a época em que Hiras contava piadas em volta de uma fogueira na floresta.

Deuses, os kesatheses haviam arrastado o garoto para longe depois que a poeira abaixou. No momento, ele devia estar nas entranhas da prisão da Cidadela, junto aos demais rebeldes sobreviventes, aguardando seu destino ser selado. Ele não era muito mais velho que Jie.

Ao ouvirem vozes do outro lado da porta e o som de uma tranca se abrindo, as Lachis-dalo dentro da sala pegaram suas armas, relaxando um pouco — mas não totalmente — com a chegada de Alaric, ainda alertas a qualquer perigo.

— Ah, Vossa Majestade, aí está — disse Urduja. — Se pudesse fazer a gentileza de liberar nossa partida, deixaremos a capital de imediato. Tenho certeza de que entende, considerando a situação...

— Que já está sob controle — interrompeu Alaric, sucinto. — O baile da coroação foi adiado para hoje à noite, mas *será* realizado, e preciso que Talasyn compareça. Podem partir pela manhã.

— Que absurdo! — exclamou Elagbi. — Quer que minha filha seja exibida por aí horas depois de um ataque mortal? Não vou permitir uma coisa dessas.

— A alternativa — retorquiu Alaric — é a *minha esposa* ir até as docas quando nossos interrogadores ainda não extraíram informações úteis do movimento rebelde e nossas patrulhas aéreas não terminaram as buscas por mais embarcações inimigas. Eu preferiria não dar aos sardovianos a oportunidade de emboscarem seu comboio. Por enquanto, o lugar mais seguro de Kesath é aqui, na Cidadela.

— Então eu devo ter me enganado — falou Elagbi —, e deve ter sido alguma *outra* cidade que teve seu centro dizimado.

Ao ouvir o sarcasmo cortante, Alaric lançou um olhar severo para Talasyn.

— Agora entendo de quem você herdou.

Ele não se deu ao trabalho de explicar do que estava falando para as outras pessoas da sala e decidiu continuar discutindo com o príncipe do Domínio.

— Somente a praça foi completamente destruída, e vocês já testemunharam como lidamos de forma eficiente com os agressores. Testemunharam o poder do meu pai. Não há motivos para cancelar o baile.

— Então esse é o plano? — perguntou Urduja, bufando, numa tentativa de desvendar as intenções dele. Como sempre, buscava enxergar além do óbvio. — Deseja celebrar não só sua nova imperatriz, mas também sua vitória contra os rebeldes e o abate de um porta-tempestades sardoviano?

— A mensagem perderia sua força se a convidada de honra colocasse o rabo entre as pernas e fugisse de volta para casa — afirmou Alaric. — Também é do interesse nenavarino mostrar ao Continente que sua nação e Kesath estão unidos frente a todos os perigos.

Ele se aproximou de Talasyn, que estava sentada. Só então a Tecelã notou que o marido trazia a coroa dela na mão enluvada. A superfície de platina estava um pouco arranhada, e um dos rubis tinha uma ranhura pouco perceptível. Alaric estendeu o objeto para Talasyn, e ela o encarou, confusa. Franzindo o cenho, ele depositou a coroa no colo da esposa com cuidado.

Então, Alaric se ajoelhou diante dela, para que ficassem na mesma altura. Os olhos de Alaric se demoraram no hematoma na bochecha dela com uma intensidade que era tanto furiosa quanto assustadoramente possessiva. Os lábios dele estavam contraídos, rígidos, e os dedos seguravam o braço da poltrona, roçando o cotovelo dela. Aqueles lábios que ela beijara, os dedos que estiveram dentro dela...

Os sardovianos que ela matara para salvar a si mesma.

O sardoviano que ela matara para salvar *Alaric*.

Não sou nada além da puta a serviço do Imperador da Noite, pensou ela, com amargura. Foi assim que seu antigo camarada se referira a ela antes de morrer, e era verdade. Ela era uma traidora.

— Por que você correu até eles? — perguntou Alaric, baixinho. — Nisene disse que viu você indo na direção deles.

Pense. Ela tinha que pensar. Talasyn forçou sua mente lenta a inventar uma desculpa razoável, e pareceu tempo demais... como se eras tivessem se passado antes de ela falar.

— Não teve nada de lógico nisso. Eu só... os conhecia. De antes. E queria que eles parassem. Eu não conseguia acreditar quando começaram a me atacar. Eu não estava agindo de forma racional.

Era um labirinto de meias verdades que, somadas, formavam uma mentira. Talasyn quase seguiu o exemplo de Jie e chorou com um alívio inquieto quando Alaric pareceu aceitar aquela explicação.

— E agora nós sabemos que a Sardóvia não vai parar até destruir nós dois — disse ele. — Mas você tem a mim e, portanto, minha proteção, e não precisa ficar com medo. Venha ao baile hoje. Você estará segura.

Talasyn assentiu devagar. O que mais poderia fazer? Aquilo ajudava seu disfarce.

— Era isso que estava escondendo de nós? — questionou ela. — Uma rebelião?

Alaric cerrou a mandíbula com força.

— Era. Houve algumas insurgências espalhadas pelo Continente, mas todas logo foram contidas. Não fazíamos ideia até hoje que os rebeldes tinham se organizado, ou que possuíam um porta-tempestades.

O que a Lachis'ka nenavarina diria? Aquela que nasceu para governar, que não precisava despistar a desconfiança do marido?

— Isso foi uma ameaça à nossa segurança. — Ela forçou aquelas palavras, a garganta fechada como se estivesse cheia de espinhos. — E você manteve isso em segredo, não compartilhou isso com a minha delegação porque...

— Porque meu pai não confiava em você. — Alaric desviou o olhar por um instante. — *Eu* não confiava em você. Mas você salvou minha vida hoje. — Alaric encontrou o olhar de Talasyn, que viu sinceridade no rosto dele. — Todos viram você usar magia de luz para matar seus agressores, além do rebelde que quase me acertou por trás.

— Ele não teria te acertado se eu não tivesse distraído você.

Por que estava discutindo com ele? Talvez porque, se Alaric ficasse com raiva, ela acabaria se sentindo melhor, e os dois voltariam a um estado que Talasyn era capaz de compreender. Talvez porque nada fosse pior do que ter ganhado a confiança dele... ao custo das vidas sardovianas que ela tirara.

Alaric deu de ombros.

— Você mesma disse: você os conhecia e não foi uma decisão racional. Mas não muda em nada o que os eventos de hoje nos demonstraram. — Havia uma franqueza evidente no rosto dele. — Somos mais fortes juntos, Talasyn.

Você não deveria confiar em mim, ela queria gritar.

Se ele não confiasse, porém, tantos teriam morrido em vão.

E, se ele fosse menos rápido, se fosse menos hábil com sua magia, mesmo por um segundo — se um relâmpago ou um virote de besta tivesse acertado o alvo, se *ela* tivesse sido lenta demais em derrubar aquele rebelde com a espada —, Alaric estaria entre os mortos da Legião Sombria naquele dia.

Era uma possibilidade que obrigava Talasyn a confrontar uma pergunta que estivera evitando com afinco.

Se, no fim, ele precisasse morrer para que a Confederação triunfasse, será que ela conseguiria permitir que aquilo acontecesse? Poderia ela desferir o golpe fatal em Alaric, se fosse necessário?

A resposta deveria ser óbvia. *Era* óbvia, meses antes, até tudo acontecer. No momento, porém, ao examinar o marido, com a sujeira da batalha ainda cobrindo suas feições pálidas, suavizadas pela solenidade da promessa dele, Talasyn percebeu que não tinha mais tanta certeza. E o prazo que tinha para descobrir a resposta estava se esgotando.

— Khaede. — Talasyn se apegou ao nome como se fosse sua salvação. Queimou a língua dela, como uma acusação. — Você a encontrou? Ou ela estava...

No porta-tempestades, ou em um dos coracles vespas, ou lá no chão...

— Vou continuar procurando — disse Alaric.

Foi só quando ele já estava na porta, prestes a sair dos aposentos da delegação, que Talasyn finalmente conseguiu despertar do seu estupor. Correu até ele, ignorando as expressões perplexas de Jie e da família. Sua mente latejava com uma pergunta. Ela precisava saber a resposta.

— Alaric. — Talasyn segurou o braço dele.

O marido a encarou, sem expressão.

— O rebelde com a besta. Por que você não o matou?

Os olhos cinzentos se demoraram na mão dela tocando a manga de sua roupa, e então se voltaram para o rosto de Talasyn.

— Porque você me pediu.

CAPÍTULO 6

Ao cair da noite, o choque de Talasyn quase havia se esvaído, e ela já elaborara os passos seguintes que colocaria em prática. Descobriria onde Hiras e os outros rebeldes estavam sendo mantidos e quais as medidas de segurança empregadas. Ao retornar a Nenavar, ela procuraria Vela, com todas as informações necessárias para uma missão de resgate. Então, acamparia no santuário em Belian o máximo de tempo que conseguisse, sem perder uma única oportunidade de entrar em comunhão com a Fenda de Luz sempre que ela transbordasse.

Sua etermancia era a única coisa que talvez lhes desse esperanças de enfrentar o poder do Sombral de Gaheris. Talasyn não fazia ideia de como desenvolveria uma habilidade que rivalizasse com a de seu oponente, mas ela tentaria. Seguiria em frente, aos tropeços, como sempre fez.

Primeiro, porém, ela precisava sobreviver ao baile.

Seu vestido da coroação era um caso perdido, então Jie a enfiara em outra engenhoca nenavarina de fibras de abacá azul-claras como gelo, bordada com fios de prata e incrustada de pérolas para combinar com a coroa retorcida. A peça ficara pavorosamente torta na parte de trás, mas Talasyn se consolou ao lembrar que ficaria sentada durante a maior parte do evento... mesmo que estivesse sentada ao lado de Alaric, bem no meio de uma daquelas mesas compridas de banquete repleta de seus oficiais.

A atmosfera no geral era de comemoração. Ou o máximo de comemoração a que os kesatheses conseguiam se entregar. Os generais parabenizavam uns aos outros por conter o ataque à praça. Entoavam elogios ao Imperador da Noite e ao Regente, exaltando o poderio da magia de sombras inúmeras vezes. Brindaram à destruição do *Chiton*. Enquanto Talasyn mantinha a expressão o mais neutra possível, suas entranhas se reviravam com bile, e a comida tinha gosto de papelão em sua boca.

Ela notou que os kesatheses não choravam pelos seus mortos, como se aceitassem que todos que perderam a vida no campo de batalha mais cedo apenas tinham cumprido seu dever. Bem, não dava para dizer que era diferente no restante da Confederação. Os rebeldes estavam dispostos a sacrificar um porta-tempestades e todos que estavam a bordo. E, mesmo antes daquele episódio, no meio da guerra...

Talasyn se lembrava de Sol, a vida se apagando dos olhos preto-azulados, o convés do *Veraneio* salpicado com seu sangue. Não houve tempo para sofrer por ele enquanto fugiam. A morte do amigo foi uma dentre muitas, pouco mais de uma nota de rodapé no girar do universo.

Como era de se esperar, pensar em Sol fez Talasyn pensar em Khaede. Alaric não conseguira encontrá-la, o que significava que a amiga poderia estar viva ou morta. Se estivesse viva, então Khaede já devia ter dado à luz seu filho — seu filho com Sol —, isso se não tivesse perdido a criança. Khaede poderia estar viva e bem em algum lugar, com seu bebê, ou poderia ser uma das pessoas esmagadas sob os destroços daquela tarde. Ou a embarcação dela podia ter sido alvejada durante a retirada dos sardovianos do Continente e as criaturas das profundezas estariam se alimentando de seu corpo, até reduzi-lo a meros ossos. Talasyn não sabia, e tornava-se cada vez mais provável que jamais descobrisse o destino da amiga.

Khaede não era uma nota de rodapé. Era uma história que não possuía um fim.

Talasyn tentou assistir ao entretenimento escolhido da noite, ao menos como uma maneira de se distrair dos pensamentos que a atormentavam. No canto norte do salão, uma orquestra de gongos de bronze, flautas de bambu e xilofones de palissandro em formato de barcos tocava uma batida profunda e animada, acompanhada por dançarinos em trajes de cota de malha, dando piruetas e rodopios nas fileiras entre as mesas. Eles faziam malabarismos com bastões em chamas, atirando-os para o alto e soprando labaredas de fogo em uma imitação inteligente da etermancia, feita através de gases de combustível e movimentos precisos. Talasyn achou a situação horripilante: tanta alegria na mesma cidade em que o Sombral arrasara um navio naquela mesma tarde, reduzindo embarcação e embarcados a pedacinhos.

O olhar dela encontrou o de Darius em outra mesa. Ele inclinou a cabeça em uma mesura rápida que de certa forma também era um pedido de perdão. Talasyn se esforçou para não fazer uma carranca quando percebeu que o homem presumia que dali em diante os dois seriam aliados de verdade — após a tentativa dos sardovianos de matá-la e o testemunho dos kesatheses de Talasyn matando os *sardovianos*.

Pelo visto, aquela era uma opinião compartilhada pelos oficiais sentados à mesa de Talasyn. A comodora Mathire, que se mostrara rígida e ameaçadora durante as negociações de casamento, no momento oferecia sorrisos respeitosos e encorajava Talasyn a experimentar as ameixas fermentadas. Quando Talasyn só comeu um pouco (e só para ser educada), a comodora estalou a língua, gentil.

— Suponho que os ratos sardovianos acabem mesmo com o apetite de *qualquer um*. Não tema, imperatriz. Ele nunca mais vão incomodar Vossa Majestade.

Um dos generais deu uma risadinha.

— Mesmo que façam isso, Sua Majestade, a imperatriz, facilmente os derrotará.

— De certo. — O sorriso de Mathire se transformou em algo quase lupino sob o brilho das chamas bruxuleantes. — A sombra e a luz há muito são inimigas, e por um bom motivo, mas o dia de hoje nos mostrou que tudo pode ser alcançado quando trabalham juntas.

— Basta. — Alaric rompeu o silêncio soturno em que mergulhara ao lado de Talasyn. — Minha consorte teve um dia longo. Deixem-na jantar em paz.

Alaric estava olhando para Mathire com o que parecia ser raiva, e Talasyn ficou confusa diante da intensidade que ele emanava. Afinal, repreendera a oficial pelo simples motivo de ela ter interrompido a refeição de Talasyn.

— Óbvio, imperador Alaric. — O sorriso de Mathire diminuiu, mas não desapareceu de todo.

Antes que Talasyn pudesse refletir sobre aquela estranha interação, sua atenção se dirigiu a um ponto preto em movimento entre os dançarinos e as labaredas de chamas vermelhas e douradas. Um dos homens da Legião Sombria entrou no salão, dirigiu-se a Alaric e murmurou algo em seu ouvido. Talasyn estava perto o bastante para ouvir o homem dizer:

— Vossa Majestade, o Regente deseja vê-lo.

Alaric esperou o legionário ir embora e então apertou de leve o ombro de Talasyn, a luva preta oferecendo um toque breve e aveludado.

— Você vai ficar bem? — questionou ele.

Talasyn precisou se conter para não implorar — ou melhor, *ordenar* — que ele não a deixasse sozinha no meio daquele covil de lobos. Contudo, Talasyn estava muito ciente de que, na mente de Alaric, ela jamais viria antes de Gaheris. E talvez a partida do marido fosse uma bênção inesperada: sem ele ali por perto, talvez Talasyn conseguisse dar início ao seu plano de extrair informações.

— Vou ficar bem — afirmou ela. — É óbvio que você deve ir encontrar seu pai ao ser convocado por ele.

Um leve rubor surgiu nas bochechas do marido. Ela dissera certa vez que Alaric era o cão do pai, então não tinha certeza de que as palavras que haviam acabado de sair de sua boca foram ou não um acidente. Talvez ela estivesse atacando Alaric para se sentir um pouco menos impotente, talvez porque ele merecesse... e talvez ela o tivesse encarado por tempo demais quando ele se levantou e se afastou.

Embora a ala particular de Gaheris só ficasse a algumas construções de distância (uma caminhada de dez minutos, no máximo), o local parecia pertencer a um mundo completamente diferente daquele que recebia o baile. Tudo ali era silencioso e mal iluminado. O sariman na gaiola estava adormecido na gaiola sob raios de luar, a cabeça de penas douradas escondida embaixo de uma asa iridescente bastante depenada.

Não havia sombras naquela noite. Em geral, Gaheris enchia seu cômodo de magia, para abafar as conversas confidenciais que aconteciam ali, mas até ele precisava de tempo para se recuperar depois de recorrer à etermancia para transformar um porta-tempestades inteiro em poeira.

Alaric ficou de joelhos diante do trono em formato de adaga, aguardando seu julgamento.

— Sabe o que isso significa, não é? — A voz de Gaheris era dolorosamente rouca, e ele soltava arfadas fracas.

O coração de Alaric doía ao ver o pai tão enfraquecido, e tudo por causa *dele*, do *seu* fracasso.

— Ou Ideth Vela está viva em algum lugar do Continente, ou alguém assumiu o posto dela — continuou Gaheris. — Estamos lidando com uma rebelião completa.

— Sim, pai.

— Estou curioso — começou Gaheris. — O que teria feito hoje se eu não tivesse interferido?

Alaric engoliu em seco.

— Estava estranhamente nublado, e os rebeldes usaram as nuvens para ocultar sua aproximação. É uma tática que só funcionaria uma única vez, porque no futuro ficaremos alertas...

— Não haveria um futuro se não fosse por mim. Você foi de uma incompetência *assombrosa*. — Gaheris se endireitou no trono, como se a raiva lhe conferisse mais força. — Foi tão incompetente que a Tecelã de Luz precisou salvar sua pele, depois que sua magia fraquejou em vez de exterminar um inimigo. Sem mencionar todos os seus defeitos ao lidar com toda a situação de Nenavar. O que tem de *errado* com você ultimamente?

— Peço perdão. — A resposta de Alaric foi automática.

O campo de batalha estivera repleto de legionários, e não havia por que se questionar qual deles o delatara ao pai. Podia ter sido qualquer um, exceto por Sevraim, Ileis e Nisene... e, mesmo assim, Alaric não tinha tanta certeza quanto à lealdade das gêmeas.

Então o que você é? O tom zombeteiro de Talasyn irradiou nas profundezas de sua mente. *Imperador da Noite não passa de um título vazio?*

Seja lá quem o tivesse delatado, porém, era evidente que a pessoa não tinha notado que fora Talasyn a responsável por impedir que Alaric agisse, uma vez que Gaheris não mencionou tal fato.

Era assim que as rebeliões começavam. Nas pequenas rachaduras por onde as pessoas se esgueiravam.

Aquele pensamento serpenteou de um canto relegado na mente de Alaric. Era perigoso e, ainda assim, estranhamente tentador. Como se ele pudesse ceder a tal ideia, e então seus fracassos importariam um pouco menos.

— E agora a opinião que nosso povo tem da Tecelã melhorou — murmurou Gaheris. — Foi o pior desfecho possível para essa crise.

— Ela matou diversos dos seus antigos camaradas hoje — argumentou Alaric. — Eles ameaçaram Talasyn e sua família. E ela escolheu a minha vida, e não a de um rebelde...

— Isso não é motivo de orgulho. Se a *Tecelã* precisou vir ao seu resgate, então era melhor que você tivesse morrido.

Aquilo doeu, é claro. Como uma facada abrupta, bem entre suas costelas. Alaric insistiu.

— Por mais que seja o caso, isso não prova que a lealdade da Lachis'ka não pertence mais à Confederação? Talvez ela esteja de fato disposta a ajudar Kesath.

— Talvez — concordou Gaheris, relutante.

— Talvez não seja necessário continuar os experimentos com o sariman...

Alaric sabia que tinha cometido um erro assim que as palavras saíram de seus lábios. Os olhos do Regente escureceram e então ficaram prateados.

As sombras se ergueram.

Não deveria ter sido possível. Não depois de toda a magia que Gaheris gastara naquele dia.

O ódio era um combustível poderoso.

— Como meu filho se esquece rápido das lições ensinadas pelo passado — vociferou o Regente. — Você parece disposto a fazer Kesath trabalhar lado a lado com a mesma magia que buscou destruir nossa nação. Parece disposto a confiar na mesma raça de etermante que matou seu avô. Em vez de desferir o primeiro golpe, parece disposto a deixar nosso império vulnerável aos caprichos da Rainha Dragão.

Alaric abaixou a cabeça.

— Então é verdade. Você não estava pronto. É uma pena. Tudo que o Império da Noite poderia conquistar, se estivesse nas mãos de um governante capaz... — Gaheris se calou, as feições retorcidas e enojadas.

Então por que você não assume o poder outra vez, se eu sou tão ruim nisso?, pensou Alaric, em um arroubo de rebeldia repentina. *Ah, é. Jamais vai fazer isso, porque não quer que as pessoas saibam que o Sombral envelheceu você, e muito, e que você enxerga assassinos em toda parte.*

Pego de surpresa pela própria insolência, ele baixou o olhar.

— Deixei você fazer o que quisesse por tempo demais — concluiu o Regente. — Sua esposa vai ter que seguir no banquete de coroação sem você. Agora... erga-se e me encare, garoto.

Alaric se pôs de pé, preparando-se para o que viria a seguir. Um desespero vazio o tomou quando percebeu que foi por *isso* que pensou que tinha saído incólume quando voltou de Nenavar. Gaheris aguardara para aplicar aquela punição no momento mais humilhante para o filho: quando a nova imperatriz de Alaric e sua família estivessem na Cidadela, perguntando-se, junto a seus oficiais, para onde ele tinha ido durante uma celebração importante. Em uma noite que celebrava o triunfo e um ponto de virada do seu governo, ele voltaria para seus aposentos sozinho e gravemente ferido, como um cão de rua atropelado por um carrinho de mercador.

Gaheris estava lembrando Alaric de seu devido lugar. E não havia nada que ele pudesse fazer enquanto as sombras o envolviam.

Nada exceto continuar em pé, contando que seu orgulho o ajudaria a reprimir os ganidos entre as ondas de uma dor debilitante, de chicotes de magia rasgando sua pele, os olhos enxergando apenas a escuridão, rodopiando com partículas de éter como estrelas fantasmagóricas em uma noite escura. Ele não podia fazer nada além de aguentar firme, respirando enquanto correntes de fluxo agoniante o queimavam até os ossos.

Ainda assim, havia uma parte dele que parecia sentir tudo aquilo de uma distância muito grande. Um pedaço minúsculo deixara seu corpo e estava envolto pela luz do sol, protegido em algum lugar invocado por suas memórias, em um lugar onde Talasyn acariciava seus cabelos e ele estava deitado em cima dela. O toque mais gentil que Alaric já sentira.

Enquanto a dor aumentava, esse lugar ensolarado cresceu...

... e quando o chicote de sombras seguinte estalou e provocou uma nova ferida em suas costas...

... quando os joelhos ameaçaram ceder diante do ataque incessante...

Alaric tomou o controle da magia do pai e, com os braços cortando o ar, virou as sombras furiosas na direção do trono.

Ele não tinha ideia de como conseguira fazer aquilo. Nem sequer compreendera o que tinha feito até a poeira baixar e as ondas de escuridão se romperem da forma de Gaheris, revelando que o Regente conseguira invocar um escudo antes de ser consumido.

Através da névoa de agonia que ainda rasgava seus nervos como adagas, Alaric registrou o sorriso de alegria distorcida no rosto de Gaheris.

— A dor é o maior instrumento de ensino — sussurrou Gaheris. — Entende agora como faz com que você encontre a excelência? Nem eu consigo manipular a etermancia alheia. Você irradia um poder bruto, filho da escuridão. Vou garantir que aprenda a cultivar isso, e que aprenda a *governar* devidamente, para que sempre possa manter nosso povo seguro.

Algo quente e molhado escorreu pela bochecha de Alaric. Ele presumiu que começara a chorar devido ao desgaste físico, mas, quando piscou, os cílios se emaranharam em algo pegajoso demais para ser uma lágrima.

Era sangue que escorria de um corte em sua cabeça. O cômodo tornou-se um borrão diante dos seus olhos.

— P-pai... — Percebeu que gaguejava. — Eu não...

— Você vai conseguir — disse Gaheris. Fiapos negros de energia mágica o rodeavam de novo, preparando-se para o próximo ataque. — Você é meu filho. Seu avô nos observa dos salgueiros. Você vai suportar isso e se provar digno do legado de nossa família.

E então o Sombral tomou Alaric outra vez, e ele não conseguiu conter um grito quando seu tormento recomeçou.

CAPÍTULO 7

A Guerra dos Furacões moldara Talasyn de muitas formas. A mais evidente, em sua opinião, era a tendência dela de ficar profundamente desconfiada quando as coisas davam certo.

Porque foi quase fácil *demais*. E ela precisava agradecer aos seus companheiros nenavarinos pelo sucesso, quer eles soubessem daquilo ou não.

No começo, o clima foi de um constrangimento extremo depois da saída de Alaric. De vez em quando, os olhares questionadores dos oficiais kesatheses se voltavam para o assento vazio ao lado dela, desconcertados sem a presença de um líder que indicasse o que deveriam fazer. A implicação óbvia era que o Imperador da Noite desprezava tanto seu casamento político que não sentia remorso por abandonar a esposa em uma celebração que deveria ser em honra dela.

Era uma humilhação excruciante, com toda a certeza, mas Talasyn teria preferido limpar a cera do ouvido do Pai Universal a demonstrar que a situação a afetava. Ela sentou-se ereta, de cabeça erguida sob o peso da nova coroa, mas logo Urduja, Elagbi e Jie por fim vieram resgatá-la. Não havia ninguém como os nenavarinos quando estavam dispostos a encantar os outros, e a tensão de alguma forma se dissipou enquanto os três, juntos, esforçavam-se para atrair até o mais taciturno dos convidados até a mesa deles, com uma conversa leve e perfeitamente apropriada para a ocasião. Dali em diante, foi só esperar que uma oportunidade surgisse quando os oficiais tivessem relaxado e o álcool houvesse soltado suas línguas.

Somente quando Mathire ficou distraída é que Talasyn se pôs em ação. Apesar de, durante as negociações que antecederam o casamento, os nobres do Domínio terem provado sua superioridade diplomática em relação à comodora, deixando evidente que o talento dela residia na força política bruta em vez de na astúcia, Talasyn ainda não confiava naquele sorrisinho discreto que vira mais cedo. Algum instinto que cultivara nos meses sob a tutela de Urduja a avisavam que não deveria fazer joguinhos com Mathire. Portanto, foi só quando a kesathesa estava absorta em uma discussão com outros comodoros que Talasyn se voltou para o general ao seu lado.

— General Vim, o senhor não pode imaginar meu alívio ao saber que todos os rebeldes sobreviventes do ataque de hoje foram presos — comentou Talasyn, recorrendo a seu ar mais esnobe de Lachis'ka, com esperanças de que o homem não enxergasse a farsa. — É louvável a rapidez e a *coragem* com que seus homens agiram diante de uma emergência de tamanha magnitude.

Talasyn conseguia ouvir a voz de Urduja em sua cabeça ao observar o peito do general se estufar de orgulho. *Se não tiver peças fortes no tabuleiro, então jogue com as fraquezas dos seus oponentes. Inflar o ego quase sempre é o caminho mais confiável para arquitetar a derrocada de alguém.*

Aquele era um dos muitos sábios conselhos que a Zahiya-lachis sempre mencionava ao longo de todas as longas e tediosas lições no seu pavilhão no Teto Celestial. Talasyn ficou contente por ter prestado atenção ao menos àquela.

— De fato. As estrelas jamais irão se apagar no Império da Noite — proclamou o general Vim, tomando mais um gole de conhaque. Seu sorriso era largo, as bochechas estavam coradas, e ele não media palavras. — A Confederação zarpou até a Cidadela acreditando que estava em posição de superioridade. Agora, os rebeldes vão perecer nas nossas celas.

Embaixo da mesa, Talasyn agarrou as saias, segurando o tecido com tanta força que uma das pérolas se soltou. Ela se inclinou na direção de Vim, arregalando os olhos e fingindo inocência.

— E temos certeza absoluta de que vão ficar lá?

A voz dela saiu trêmula, fruto de sua exasperação para obter logo uma resposta sobre os prisioneiros, e Talasyn torceu para que o homem arrogante e bêbado acreditasse que o que ela sentia era medo.

— Não se preocupe, imperatriz Alunsina. — Vim pegou um guardanapo da mesa e limpou as migalhas do seu bigode, grande como o de uma morsa. — A ala leste da prisão é tão fortificada com plataformas de catapultas e torres de sentinela que a Legião nem sequer precisa patrulhá-la. Fica ao lado do refeitório também, então, a qualquer hora do dia, muitos dos melhores soldados do Império da Noite responderão ao primeiro sinal de transtorno.

Talasyn sorriu.

— Fico feliz em ouvir isso, general.

Realmente, era fácil demais fazer com que as pessoas falassem, mas o pavor nebuloso no âmago de Talasyn se recusou a ceder até que toda aquela situação apreensiva fosse resolvida. Ela e sua delegação deixaram o salão, acompanhados apenas por seus guardas e Nordaye, o criado de Alaric. Talasyn o reconheceu como o garoto que servira vinho para eles a bordo do porta-tempestades enquanto Kesath vasculhava o território de Nenavar.

Liderando o grupo de forma silenciosa, Nordaye fora encarregado de, na ausência de Alaric, levar a Imperatriz da Noite de volta aos próprios aposentos. O criado era baixinho e magrelo, com o cabelo castanho em formato de cuia e uma expressão perpetuamente ofendida. Era o jovem mais esquecível que Talasyn já encontrara — um traço que, pelo visto, Urduja atribuía a espiões, já que a Zahiya-lachis manteve a voz cuidadosamente baixa, andando atrás do garoto e ao lado de Talasyn e Elagbi, segurando os braços deles.

— É estranho que o Regente não se mostre para nós — comentou Urduja em nenavarino. — Sair do governo não incapacita um indivíduo de cumprimentar sua nova família, certamente. Ao menos deveríamos receber uma audiência particular. E ainda acredito que ele teria gostado de celebrar sua vitória contra os rebeldes junto aos súditos!

— Acho que ele está doente — disse Elagbi. — Escutei alguns oficiais conversando sobre a saúde dele. Ninguém parece saber como as coisas de fato estão. Tamanho esforço para manter algo em sigilo só tende a acontecer quando se deseja evitar um estado generalizado de pânico.

— Talvez seja por isso que Alaric ascendeu ao trono — sugeriu Talasyn. — Uma nação no pós-guerra fica vulnerável, ainda mais com um líder doente.

— Você está aprendendo. — Urduja apertou o braço dela. — Mas, com frequência, a resposta mais simples é um estratagema. Ou é a superfície de uma raiz bem mais profunda.

Talasyn mordeu o lábio, ponderando.

— Mesmo se Gaheris *estiver* doente, a influência dele não diminuiu em nada. Todos nós vimos que Alaric saiu às pressas para responder ao chamado dele. Acho que o Regente encontrou uma forma de rechaçar as dúvidas sobre sua condição física enquanto ainda governa nas sombras.

E isso significa que eu estava certa ao chamar Alaric de marionete e dizer a Vela que Gaheris é o verdadeiro poder por trás do Império da Noite.

— Eu certamente ficaria frustrada se não pudesse governar em meu próprio reinado. — O tom de Urduja era casual, mas a leveza tinha o intuito de despistar. Havia algo a ser lido nas entrelinhas. — Só nos resta ficar maravilhados com a devoção filial demonstrada por Alaric.

Talasyn estava sem paciência para decifrar os enigmas da avó. Só sabia que queria falar com Alaric. Exigiria saber para onde ele tinha ido e por que não tinha voltado.

Uma risadinha melodiosa ecoou à frente. Nordaye ficara vermelho como um pimentão, desde a nuca até as raízes do cabelo de cuia. Jie, que pelo visto tinha se recuperado por completo da crise de antes, caminhava ao lado dele piscando com exagero e parecendo feliz demais com seu trabalho.

— Lady Jie, pare de torturar o coitado do menino — ralhou Urduja. — Venha *cá*, sua tola.

Nordaye recuperou-se a tempo de conduzi-los a sua ala. Depois de desejar boa-noite a todos e se ver a sós com Nordaye, Talasyn partiu para a ação.

Ela encarou o criado com seu olhar mais implacável, aquele que aprendera com Urduja. O garoto estremeceu.

— Me leve até o meu marido — ordenou Talasyn.

Nordaye era molenga demais para oferecer qualquer resistência. Ele a escoltou até os confins da fortaleza, se retirando com tanta pressa que mais parecia um fantasma. Sevraim, porém, era outra história.

— De jeito nenhum, imperatriz.

O legionário mascarado estava de braços cruzados e pés um pouco espaçados, parado embaixo do arco severo que levava aos aposentos de Alaric.

— Quem é você? — perguntou Talasyn, irritadiça.

O legionário soltou um guincho por trás do elmo de obsidiana.

— Sou eu! Sevraim!

Ela já sabia daquilo, mas não resistiu à vontade de provocá-lo.

— Ora, então me deixe passar.

— Não *posso*. Sua Majestade nem chegou ainda.

— Então fico aqui esperando.

— Não pode só entrar no quarto do Imperador da Noite desacompanhada...

Ela forçou a passagem.

— Você pode abandonar seu posto aqui e ficar me vigiando por estar no quarto dele... onde eu, como esposa de Alaric, tenho todo o direito de estar... Ou você pode tentar me impedir de entrar ao apontar uma arma na direção de sua nova imperatriz. A escolha é sua.

— Faça o que bem entender — respondeu Sevraim, rabugento. — Mas estou avisando que, se Sua Majestade pedir minha cabeça por isso, eu *vou* pedir asilo político em Nenavar!

— Vou correr esse risco — rebateu Talasyn, sem se virar.

Havia cinco portas de cada lado do corredor no qual entrara. Ela hesitou.

— Terceira porta à direita — informou Sevraim, com um grunhido.

Talasyn adentrou um quarto de móveis austeros que, de forma muito evidente, pertencia a Alaric.

Tinha o cheiro dele.

Ela nunca desenvolvera o hábito de associar aromas a certas pessoas. Em Bico-de-Serra, todo mundo tinha o cheiro da Grande Estepe, de poeira e sol, e os integrantes dos regimentos sardovianos usavam todos o mesmo tipo de sabonete. Já na corte nenavarina, a mistura de diversos perfumes e óleos era confusa demais para se distinguir alguma coisa em particular... e podia até ser enjoativo, tanto que às vezes ela espirrava em um corredor com muitas pessoas.

Com Alaric, era diferente. Talasyn só percebera aquele fenômeno quando entrou em um quarto no qual nunca esteve antes e soube de imediato que pertencia a ele graças aos aromas que pairavam no ar. Havia a fragrância quente de mirra doce do sabonete, misturada com o zimbro e a nota marcante da água de sândalo que ele usava depois de se barbear, além de um toque de mel do creme de cabelo. Sob tudo aquilo, também havia o aroma um pouco ácido de café, o terroso de couro e traços de papel e tinta.

Ela passou eras parada no meio do quarto, angustiada, sem saber se era mais apropriado se sentar à escrivaninha dele ou continuar em pé, à espera de Alaric. Também não sabia se estava ali para repreendê-lo por tê-la abandonado na festa ou para tentar arrancar mais informações dele. Talasyn ainda não tinha se decidido quando Alaric finalmente entrou, cambaleando.

Os olhos dos dois se encontraram e então se arregalaram ao mesmo tempo, enquanto a porta se fechava. Havia um corte feio na testa dele. Seus ombros estavam curvados, e o corpo tombou para a frente, o indício de uma queda lenta e terrível.

Talasyn correu até Alaric, apoiando-o em seus braços antes que ele atingisse o chão.

— Você está machucado!

— Seus poderes de observação são...

A frase foi interrompida por um sibilo penetrante, quando ele pressionou as costelas com a mão enluvada.

Com o vestido e os sapatos de salto limitando seus movimentos, Talasyn precisou de certo esforço para levá-lo até a cama, mas por fim conseguiu. O rosto dele estava de uma cor cinzenta preocupante contra os lençóis pretos, e sua túnica elegante estava ensopada de... de sangue...

Ela arrancou a túnica e as luvas de gala dele, o coração se apertando a cada grunhido que ele soltava ao se deitar, e então se sentou ao lado do corpo estendido do marido. Alaric se encontrava nu da cintura para cima, mas Talasyn se recusava a se sentir envergonhada. Toda a sua atenção estava concentrada nos hematomas e lacerações que rasgavam a pele dele como um perverso mapa celeste.

— O que aconteceu? — exigiu saber Talasyn, a veemência perfurando seu tom.

Não se tratava de ferimentos de batalha. Cortes tão concentrados em um único local significavam que Alaric estava imóvel na hora em que foi atingido. E ela reconhecia os sinais característicos de feridas provocadas pelo Sombral.

— Quem fez isso com você? — insistiu.

Alaric virou a cabeça, evitando o olhar dela, os lábios contraídos.

— Me diga. — Talasyn levou a mão à bochecha dele, forçando-o a encará-la. — Ou vou procurar seus guardas e perguntar para eles.

— *Não.*

Dentro das profundezas das pupilas dele, faíscas de éter prateado cintilaram. No entanto, a invocação da magia provocada pelo arroubo de emoção desapareceu com tanta rapidez quanto apareceu, seu detentor exaurido, o orgulho dele se esvaindo diante da teimosia dela.

— Foi meu pai — admitiu Alaric, com a voz rouca, cada palavra parecendo ter sido arrancada de sua garganta. — Foi uma punição pelos meus defeitos... — Ele estremeceu com uma nova onda de dor, as pálpebras trêmulas enquanto ele as fechava, as bochechas pálidas. — Uma lição.

É óbvio que Talasyn sabia que Gaheris era cruel, mas nunca lhe ocorrera que a crueldade se estenderia ao próprio filho. *É assim que ele o mantém aprisionado.* A epifania fez com que ela sentisse uma onda de náusea. Ver que o mestre da Legião Sombria não oferecera qualquer resistência aos ataques do pai dizia a ela que aquilo acontecia havia muito tempo. Que Alaric fora *ensinado* a não resistir.

Talasyn esticou a mão para limpar um pouco do sangue do rosto dele com o dedão, e seu estômago se revirou quando o marido se encolheu com o toque dela. A Tecelã pensou nos cuidadores do orfanato, e em como batiam nela e nas outras crianças, e em como ela acabou fugindo assim que conseguiu.

A mãe de Alaric tinha partido. Ele não tinha a quem recorrer.

— Vou pedir a Sevraim para chamar um curandeiro — anunciou Talasyn, se levantando.

— Ele já se ofereceu. Eu falei para ele ir se lascar. — Os dedos grandes de Alaric se fecharam ao redor do pulso de Talasyn, fazendo-a se sentar na cama novamente. — Ninguém pode ver isso.

Ela hesitou, não totalmente convencida, ainda preocupada. Com a voz fraca e apertando o pulso dela com mais força, Alaric acrescentou:

— Não faça nada, Talasyn.

O pânico evidente na voz dele a impediu de contestar. Um líder não podia parecer vulnerável diante de seu povo, não logo após uma guerra. Ele roçou o dedo na pele macia do pulso de Talasyn, e a mão dela se mexeu como se por vontade própria, envolvendo a dele e a apertando para assegurá-lo de que faria o que ele pedira.

— Você tem ataduras, então? — perguntou Talasyn. — Eu posso...

— Não, não precisa fazer nada — disse Alaric, entredentes. — Eu mesmo cuido disso.

— Você não está em condições de...

— Eu consigo...

— Não, você *não* consegue!

Alaric se sobressaltou ao ouvir o tom de voz exaltado dela, o corpo poderoso estremecendo, como se ele quisesse se encolher e se enroscar, para se proteger. Sentindo-se mal por ter berrado, Talasyn segurou o rosto de Alaric, e as muralhas que construíra com tanto cuidado ao redor de si para resistir a ele foram desmoronando.

— Alaric — pediu ela —, me deixe te ajudar.

— Você nem deveria estar aqui.

Apesar das palavras ásperas e difíceis, Alaric cedeu cada vez mais ao toque dela, com um desespero silencioso que disse a Talasyn tudo que a Tecelã precisava saber.

— Mas estou mesmo assim. Você não vai se livrar de mim assim tão fácil.

Alaric abriu os olhos e, de repente, ela estava encarando aquela prata líquida, repleta de terror e angústia. O suor se acumulava na testa dele.

Alguns instantes demorados se passaram antes de Alaric falar outra vez. O semblante dele deixou transparecer várias decisões conflitantes, mas, acima de tudo, mostrava a ânsia que sentia para ser reconfortado. Para ter um alívio do seu sofrimento.

— O pior são as minhas costas — confessou ele.

Talasyn precisou se segurar para não brigar com ele por demorar tanto tempo para informá-la daquilo. Ela o ajudou a virar de lado na cama, quase arfando ao ver o estado do corpo dele. A magia de Gaheris dilacerara Alaric com chicotes de espinhos e calor. As feridas criavam marcas entrecruzadas ao longo das costas, soltando pingos escarlate sobre a pele queimada. Como Alaric tinha sobrevivido a uma coisa daquelas? Como *qualquer um* poderia ter sobrevivido? Que tipo de pai faria aquilo com o próprio filho?

Depois, pensou ela. Talasyn podia fazer perguntas depois. Por enquanto, precisava se concentrar na tarefa intimidadora que tinha diante de si.

CAPÍTULO 8

Havia um jogo de chá em cima da escrivaninha, e Talasyn preparou a raiz de valeriana que encontrou ao vasculhar o baú de ervas. Alaric apagaria, mas a bebida o ajudaria com a dor, e ele bebeu da xícara que Talasyn levou a seus lábios sem que ela precisasse forçá-lo... embora sua expressão insatisfeita dissesse muito sobre a habilidade de Talasyn em fazer chás, ou, no caso, sobre sua falta de habilidade. Ela também encontrou no banheiro ataduras, toalhas e um pote de bálsamo de ervas que tinha um cheiro pavoroso. Levou todos os suprimentos para o quarto, junto a um balde de água quente misturada com sabão.

A hora seguinte transcorreu em silêncio, quase sem movimento, exceto pelas ondulações leves da cama quando Talasyn mergulhava no balde as toalhas com que limpava os ferimentos, e pelas respirações entrecortadas de Alaric, quando ela cuidadosamente espalhava o bálsamo sobre suas costas.

Fizera aquilo muitas vezes para outras pessoas durante a guerra, nas trincheiras sujas e florestas devastadas, onde os curandeiros estavam longe demais ou haviam sido todos mortos. Com Alaric, no entanto, era uma experiência diferente. Era um ato quase revelador, poder mapear seu corpo aos poucos daquela forma, com calma, diferente dos toques frenéticos da noite de núpcias. Os dedos dela pressionaram as costas largas, compreendendo a força dos seus tendões, e onde a dor começava.

Quando ela o virou de barriga para cima, para cuidar das feridas no peitoral e no abdome, ela se viu traçando com o dedo o vestígio de um machucado muito mais antigo... a linha rosada e nodosa embaixo da clavícula, tudo que restara da noite em que Talasyn enfiara a adaga nele, no dia em que se conheceram.

Embora estivesse desorientado, Alaric não deixou de notar o que atraíra a atenção de Talasyn.

— Não me diga que está sentindo culpa depois de todo esse tempo — disse ele, com uma voz monótona, mas com um traço de amargura.

O corpo de Alaric se enrijeceu, a mesma reação que Talasyn tivera ao silêncio dele ao lhe contar sobre sua vida antiga, na pobreza. O mesmo reflexo que tivera quando presumiu que Alaric sentia pena dela.

Não sinto pena de você, dissera ele na época. *Na verdade, sinto raiva por você.*

Ela adoraria poder repetir aquelas exatas palavras para o homem orgulhoso e ferido na sua frente, mas fazer aquilo implicaria admitir o que Alaric não dissera em voz alta no passado. Talasyn não fazia ideia de como o marido reagiria se ela falasse com todas as letras aquela verdade inconveniente: que os dois, na verdade, traziam bagagens muito mais parecidas do que era prudente admitir.

Os dois também eram parecidos de outra forma. Havia uma linha branca comprida e fraca no braço esquerdo dela, do único corte que deixara uma marca dentre os ferimentos superficiais da foice de guerra dele naquela primeira batalha. Era pouco visível a não ser que se soubesse onde procurar, mas era o lembrete permanente de Talasyn do que acontecera naquela noite.

— É óbvio que não sinto culpa por me defender de você — murmurou ela.

Em seguida, afundou outra toalha na água morna e voltou a cuidar dele.

E era… diferente, com Alaric a encarando enquanto ela trabalhava. Mais perigoso, com o peitoral esculpido dele subindo e descendo sob as mãos dela enquanto Talasyn limpava o sangue e o cobria de ataduras, cuidadosamente navegando por um labirinto de hematomas arroxeados em uma pele pálida como o luar. Foi pior ainda quando foi preciso se dedicar à parte inferior do tronco dele, o abdome definido se contraindo de leve a cada toque de Talasyn.

O momento evocava memórias dos dedos dela escorregando para debaixo da camisa dele, roçando aqueles mesmos músculos enquanto Alaric beijava seu pescoço. Memórias do que ela encontraria ali se fosse ainda mais para baixo, além da linha de pelos escuros entre os quadris esguios.

Você é péssima, ralhou uma voz horrorizada na mente dela. *Esse homem está coberto de feridas e você está aí, pensando no…*

Encolhendo-se, Talasyn lançou um olhar furtivo para Alaric, seu coração batendo mais forte ao notar que ele já a encarava, com as pálpebras quase fechadas.

Ao prestar mais atenção, porém, ela notou que o olhar de Alaric estava desfocado, provavelmente por causa da raiz de valeriana que o deixara entorpecido. Talasyn praguejou em sua mente, percebendo que deveria ter tratado o ferimento na cabeça primeiro. Então subiu mais um pouco na cama, limpando o corte na testa.

— Não é tão fundo quanto achei — avaliou ela, colocando uma atadura da melhor forma que conseguia. — Mas se sua cabeça doer ou você sentir que vai desmaiar nos próximos dias, realmente deveria chamar um curandeiro.

Aquele olhar sonolento cor de carvão a examinou sob os gestos cuidadosos da mão dela.

— Isso é uma ordem, imperatriz?

Ela ergueu o queixo em teimosia, sentindo as bochechas corarem com o novo título. Com a voz rouca e provocadora que ele usara.

— É, sim. Não posso impedir o Nulífero sem você.

— Já sobrevivi a coisas piores.

Ela limpou as manchas de sangue nas maçãs do rosto altas e no nariz comprido, e então aquelas localizadas ainda mais embaixo, na lateral da boca. Talasyn sentiu um nó na garganta.

— Por que seu pai fez isso?

— Porque eu o decepcionei.

Era uma resposta sincera e direta. Uma que Alaric jamais teria dado de bom grado se não estivesse sob o efeito de um chá anestésico e fraco devido à perda de sangue. Seus lábios roçaram suavemente no dedo de Talasyn quando ele falou:

— O ataque inimigo quase foi bem-sucedido porque eu não estava preparado. Fui fraco. Aquele rebelde que eu não matei… Alguém viu e contou para o meu pai.

Talasyn ouviu, abalada. Alaric só poupara Hiras porque Talasyn implorara a ele que fizesse isso. Não importava o que ela fizesse, alguém sempre acabava se machucando. Estava presa em um labirinto, sem enxergar um caminho adiante.

Com um suspiro, Alaric abriu mão de suas últimas defesas, os músculos do peito relaxando de leve.

— Eu estou… *cansado*. Suponho que foi inocência minha achar que a luta acabaria depois de Refúgio-Derradeiro…

A guerra não acabou. Os dedos de Talasyn torceram a toalha manchada de sangue. *Não enquanto ainda existem coisas pelas quais lutar, e pessoas para lutarem por elas.*

Contra seu pai.

Contra você.

Talasyn foi dominada pela angústia ao se ver alimentando pensamentos sobre sua traição iminente e inevitável enquanto estava ao lado de Alaric, em meio a lençóis de seda e à luz de lanternas, quando ele estava vulnerável, exposto, com ataduras de algodão, deixando escapar confissões que normalmente eram contidas por seus lábios sempre tão rígidos.

Sem saber como reagir, Talasyn decidiu pela solução prática. Ficou em pé com a intenção de descartar as toalhas usadas e o balde, mas Alaric agarrou seu cotovelo, o desespero irradiando dele em ondas, e a puxou de volta. Talasyn soltou um gritinho indignado quando se viu deitada em cima do peito nu de Alaric, o nariz a centímetros do dele. A Tecelã ficou imóvel, sem querer encostar nas ataduras, e a mão de Alaric desceu do cotovelo para a lombar dela, exposta pelo decote na parte de trás do vestido azul, os dedos quentes fazendo uma corrente elétrica percorrer seu corpo. Ela não sabia que era tão sensível naquele ponto.

— Não vá — murmurou ele, rouco, inquieto, um homem preso em um sonho febril. — Não vou falar dos rebeldes de novo. Não vou falar mais nada. Só... não me deixe sozinho, Tala. — O apelido pelo qual ele a chamara na noite de núpcias fez com que a mente de Talasyn rodopiasse com as lembranças estreladas. A palavra ficou presa na garganta dele, junto às que soltou a seguir: — Por favor.

Talasyn encarou a aflição vazia nos olhos de Alaric, uma derrota completa. Ela conhecia aquela solidão. Ela a compreendia, no fundo de sua alma.

— Eu só ia limpar as coisas, só isso — sussurrou a Tecelã. — Não vou embora. É só... o balde e...

— Esqueça o balde — disse ele, com um toque da arrogância habitual rompendo a névoa de valeriana. — Fique aqui.

— Tudo bem. — Não era seu momento mais inteligente, mas era difícil pensar quando estava pressionada contra o corpo sólido dele, a mão de Alaric descansando nas suas costas. — Eu fico.

O marido a encarou como se não acreditasse, e aquilo partiu o coração dela. Talasyn se perguntou se aquilo acontecia com frequência: Alaric rastejando de volta para os aposentos depois de ser punido por Gaheris, cuidando dos próprios ferimentos, sonhando em não estar mais sozinho.

De repente, tudo que Talasyn mais queria era garantir a Alaric que estava ali, ao seu lado. A Tecelã se afundou nele, seu peso o pressionando, enterrando o rosto no pescoço de Alaric em uma imitação casta do que ele fizera com ela antes, em outra cama.

— Estou aqui — jurou Talasyn, contra a pele lisa e quente. — Não vou a lugar algum.

Ele emitiu algo entre um grunhido e um arquejo, acariciando as costas de Talasyn, a mão traçando o relevo de sua coluna, apertando-a junto ao corpo. Com a outra mão, emaranhou os dedos no cabelo dela.

— Eu não consegui matar aquele rebelde. — Era um ruído engasgado e assustado nos ouvidos dela. — Bastou uma palavra sua para eu baixar a minha guarda. Também não consegui matar *você*, em todas aquelas vezes... O que eu sou, se não for uma arma? O que você fez comigo?

Nada do que Alaric dizia deveria importar, aquilo era só um delírio causado pela valeriana. Havia, porém, uma semente de verdade nas perguntas desesperadas. Daquela vez, a voz que se esgueirou na mente de Talasyn não foi a de Urduja, embora a Tecelã definitivamente se perguntasse o que a avó faria naquela situação.

Ele se importa com o que você pensa. Era a voz da própria Talasyn, vinda de algum recanto obscuro da mente dela. *Você pode usar isso.*

Ela bloqueou aquela epifania. Focou somente em Alaric, em como as palavras dele a lembravam do orfanato em Bico-de-Serra, dos punhos violentos dos cuidadores, de como berravam que ela e as outras crianças jamais sairiam da sarjeta de onde vieram. O corpo dela derretia contra sua vontade nos braços de Alaric, a racionalidade cedendo lugar ao impulso do reconforto. Para fazer por alguém o que ninguém jamais fizera por ela.

— Você não é só uma arma — murmurou Talasyn no pescoço dele. — Você tem um fraco por doces, e às vezes você me faz rir. Eu conto para você coisas que nunca contei para mais ninguém. — O ar parecia tecer fios dourados em torno de cada memória, o éter zumbindo entre os dois. — Você me ajudou com a minha magia. Você me empurrou para me salvar de um disparo nulífero. Hoje você se certificou de que eu conseguia correr e lutar. Todas essas coisas... não são do feitio de uma arma, nem são o propósito dela. Você é muito mais do que uma arma. Você pode ser muito mais.

Talasyn tinha consciência de que suas palavras eram sinceras, de que não falava aquilo só por falar. Todas as interações entre eles no passado viraram um borrão, e ela sentiu como se, nas profundezas de seu coração, estivesse se rendendo. Tudo que disse era verdade.

Os dedos de Alaric se apertaram mais no cabelo dela, um puxão gentil que ergueu a cabeça de Talasyn, afastando-a de seu pescoço. Ela estudou aquelas feições pálidas e atormentadas, seu coração acelerando ao se ver presa na tormenta que rugia nos recônditos escuros dos olhos dele.

— Seja gentil comigo, esposa.

Era uma súplica rouca, enroscada em uma voz feita de fumaça, cheia de aspereza e valeriana, encaixando-se em algum lugar entre o desejo e a loucura. Ela congelou ao ouvir *aquilo*, mas então um arrepio que não era desagradável se espalhou por seu corpo, enquanto as mãos dele deslizavam pelo cabelo dela, segurando sua nuca, exercendo pressão o bastante só para trazê-la mais para perto.

Talasyn se permitiu ser levada, assim como fizera no Teto Celestial, naquela clareira de plumérias brancas como a neve banhada pela luz do sol. No momento, porém, Sevraim não ia aparecer para interrompê-los, e a boca de Talasyn se encaixou na de Alaric, e o mundo ficou... *suave*. Como uma chuva de verão.

Era uma péssima ideia. Sempre seria uma péssima ideia. Mas os lábios de Alaric pressionaram os dela com uma voracidade silenciosa, as mãos quentes e pesadas sobre o corpo dela, os dedos cheios de calos enroscados na nuca de Talasyn, irradiando eletricidade pela coluna dela. Alaric cheirava a ervas e suor, e era tão largo embaixo dela, oferecendo uma prova do que seria o fim da solidão. Ela se entregou, relaxando nos braços fortes, procurando a boca de Alaric sem pensar.

Então, ele ficou imóvel.

Estou fazendo isso errado? Em um surto de pânico, Talasyn interrompeu o beijo para cautelosamente verificar o estado de Alaric. Os olhos dele estavam fechados, a respiração regular e a boca, relaxada.

Tinha adormecido.

— Babaca — reclamou ela.

O xingamento ecoou pelo quarto silencioso, iluminado por lamparinas, mas Alaric nem sequer se mexeu.

Apesar da irritação, talvez houvesse um afeto no toque de Talasyn quando se abaixou para afastar da testa enfaixada as mechas onduladas do cabelo escuro dele. Permitiu-se aquele único e singelo gesto, porque ninguém jamais saberia. *Especialmente* Alaric.

Talasyn acordou com o som da Fenda de Sombras, um guincho leve e engasgado como o de uma geleira despencando.

Ela se sentou com um sobressalto na cama de Alaric, olhando pela janela aberta para algo distante, onde o Sombral esparramava seus tentáculos de fumaça nas beiradas cinzentas da Cidadela.

O quarto de Alaric dava vista para o prédio de onde a horda de quimeras escuras irrompera no dia anterior. No telhado, uma embarcação negra levantava voo, e não demorou muito até seguir na direção da Fenda que transbordava. Entre os legionários no convés, Talasyn conseguiu vislumbrar uma figura corcunda com um manto escuro, de dedos pálidos e frágeis como galhos, segurando a balaustrada.

Gaheris.

Só podia ser ele. Os Forjadores de Sombras o circundavam de forma protetora, todos virados para fora. Antes que Talasyn pudesse entender melhor o que observava, eles invocaram um domo de magia obsidiana, escondendo o convés por completo.

A figura envelhecida continuou ocupando a mente dela muito depois que o navio se tornara um pontinho afastando-se das muralhas da Cidadela. Talasyn vira etergráficos de Gaheris apenas de antes da Guerra dos Furacões. Não havia nenhum registro dele posterior àquela época. Agora ela entendia o motivo. A mudança do Imperador da Noite daquelas antigas imagens para o regente fantasmagórico do presente era alarmante. O poderio da etermancia de Gaheris e a fragilidade de sua forma física eram incongruentes.

Alaric se remexeu ao lado dela.

Seu cenho estava franzido mesmo enquanto dormia, o que denunciava a dor imensa que sentia. Um mero vislumbre das diversas ataduras que ela se esforçara para fazer foi o suficiente para acender uma brasa de fúria dentro de Talasyn, seus punhos se cerrando. Ela deveria ter atirado uma adaga tecida de luz no peito do pai dele quando teve a chance. Ela deveria...

... *deveria ir embora.*

Talasyn olhou para o relógio na mesa de cabeceira e, incrédula, o checou mais uma vez para se certificar de que estava vendo certo. Sua delegação partiria para Nenavar dali a duas horas, e muito em breve Jie entraria no quarto dela para ajudá-la a se aprontar. Se a dama de companhia descobrisse que a Lachis'ka não estava em sua cama ainda arrumada e intacta, bem no dia seguinte a um ataque devastador...

Pulando para fora da cama de Alaric, Talasyn nunca se mexeu tão rápido na vida, mas *também* nunca foi impedida de se mexer tão rápido, quando Alaric entrelaçou os dedos dos dois assim que sua mão roçou na dele.

— Aonde você vai? — murmurou ele contra o travesseiro, de olhos ainda fechados, fazendo uma carícia lenta no dorso da mão dela.

Aquela coisa acelerada era o coração de Talasyn? As bochechas coradas, o estômago rodopiando como um coracle sem controle... Ela ainda poderia culpar algum espécie de intoxicação alimentar?

— Vou voltar para Nenavar — sussurrou Talasyn. De alguma forma, parecia a coisa mais difícil que ela já precisara dizer. Desvencilhou a mão da dele com o máximo de delicadeza que conseguiu. — Eu... vejo você lá?

— Tudo bem. — A voz dele era baixa, quase infantil. Alaric parecia abandonado e resignado, e Talasyn não fazia ideia se ele estava sonhando ou não. Se ele sequer se lembraria da conversa quando acordasse. — Até logo.

Talasyn saiu em silêncio do quarto. Não olhou para trás, com medo de ver alguma coisa que a faria querer ficar mais.

CAPÍTULO 9

— Imperador Alaric, peço perdão, mas não compreendo.

O tom anasalado e bajulador pareceu perfurar o crânio de Alaric, ameaçando-o com uma dor de cabeça muito pior que os ferimentos causados por qualquer uma das lições do pai infligidas dias antes. Ele ergueu o olhar do mapa do Continente que examinava junto ao Alto-Comando kesathês, um documento que exibia os antigos territórios da Sardóvia, e fuzilou o oficial com o olhar.

— E que nuances da distribuição de arroz são *tão* misteriosas assim para você, comodoro Lisu? — inquiriu ele.

Com um rosto pontudo e magro, cabelos pretos espetados, pele marrom-clara e olhos cor de âmbar escuro, Lisu era o membro mais jovem do Alto-Comando. Alcançara sua posição graças a uma mistura de pura astúcia e influência familiar.

No passado, os sentimentos de Alaric com relação a Lisu não passavam de um desdém sem muita importância. No entanto, desde que Alaric subira ao trono e se vira forçado a trabalhar com o comodoro com frequência, ele tinha certeza de que odiava o homem.

Se o sentimento era mútuo, Lisu não demonstrava nada. Ele abaixou a cabeça em uma deferência discreta.

— Apenas gostaria de entender melhor, Vossa Majestade, por que vamos distribuir arroz quando deveríamos focar em problemas da segurança nacional. Os rebeldes...

— ... podem ser perseguidos e mortos ao mesmo tempo que alimentamos nosso povo — rebateu Alaric. — Uma das muitas vantagens de ter milhares de soldados é a capacidade de delegar tarefas, comodoro. Sem mencionar que uma população faminta se mostrará mais disposta a se aliar aos tais rebeldes.

Lisu não pareceu se abalar com a reprimenda de Alaric, um sorriso vagamente conciliatório se formando nos lábios finos.

— Por mais que eu confie plenamente no julgamento de Vossa Majestade, sem dúvidas é esperado, dentre os meus deveres, que eu tente verificar que suas decisões não estejam sofrendo a influência de... certas alianças mais recentes.

Alaric estudou os oficiais sentados à mesa. Os outros nove membros do Alto-Comando permaneciam imóveis, as cabeças abaixadas em respeito. Ele se perguntou quais deles se aliaram a Lisu e planejaram testá-lo daquela forma. Seus olhos endureceram ao recair sobre a comodora Mathire... uma conclusão óbvia. Afinal, ela agira pelas costas de Alaric para entregar o sariman a Gaheris e, durante o banquete, não tivera escrúpulos ao se entreter com a declaração de que a sombra e a luz trabalhariam juntas, sabendo muito bem que Gaheris e seus Feiticeiros estavam planejando arrancar a magia de Talasyn.

Alaric, porém, não poderia descartar o envolvimento de *nenhum* dos oficiais presentes. Todos tinham as próprias ambições, e ele sabia que duvidavam de sua habilidade de conduzir Kesath a uma nova era. O fato de ter se casado com Talasyn só piorara as coisas.

Ele quase teve um sobressalto quando outro oficial se pronunciou... e em defesa de Talasyn.

— É uma pena que seu bom senso ainda precise alcançar essa sua língua que beira a traição! — vociferou o general Vim para o comodoro Lisu. — Ou você estava se escondendo em algum buraco durante o ataque? Porque o *resto* de nós testemunhou, de forma bem nítida, quando a imperatriz Alunsina matou os rebeldes com sua magia!

Vim era um imbecil atrapalhado em seus melhores dias, mas Alaric nunca sentiu tanto apreço por ele quanto naquele instante. Especialmente quando mais alguns oficiais pareciam dispostos a concordar de fato com a declaração do general.

Alaric aproveitou a vantagem.

— A Imperatriz da Noite está sujeita aos termos do acordo matrimonial, assim como eu — disse ele, dirigindo-se à sala. — Por mais que tenha lutado pela Confederação no passado, ela renunciou a tudo isso quando reivindicou seu direito de nascença como a Lachis'ka nenavarina, e acredito que qualquer lealdade reminiscente que ela poderia ter sumiu quando tentaram matá-la. Além disso, ela jurou diante de todos vocês que ficaria ao meu lado contra meus inimigos, e não há margens para dúvidas quanto ao que vai acontecer com o Domínio caso decida desrespeitar esse juramento. Podem confiar no bom senso *dela*, ao menos.

Ele se sentiu inquieto ao falar sobre Talasyn de forma tão insensível, como se ela fosse uma peça de xadrez, mas a manobra serviu a seu propósito. Alguns oficiais assentiram, e Vim assentiu vigorosamente. Lisu pareceu indignado por ter se tornado motivo de piada, mas Alaric considerou aquilo um bônus e nada mais.

O Imperador da Noite levou-os de volta à distribuição do arroz e aos desafios de logística relacionados a territórios cujos campos foram destruídos durante a guerra, mas não demorou muito antes que fossem interrompidos outra vez. Daquela vez, o culpado era Nordaye, que entrou timidamente na sala, com uma expressão de verdadeiro pânico.

— Dei ordens explícitas de que não deveria ser incomodado — disse Alaric, com frieza.

— Sim, Majestade. Peço perdão, Majestade. — Havia um leve tremular na voz do criado, mas ele conseguiu se conter e não se debulhar em lágrimas. — No entanto, Vossa Majestade nos instruiu a dar prioridade a todas as mensagens vindas do Domínio de Nenavar ou que mencionassem a região, não importassem as circunstâncias. Uma águia mensageira chegou, senhor.

Alaric saiu da sala a um passo acelerado, dizendo a si mesmo que apenas estava com pressa para retornar a seus afazeres com o Alto-Comando. Isso era até verdade, já que ele não queria dar aos oficiais a oportunidade de fofocar e tramar coisas por um segundo a mais que o necessário. Mas *também* estava ávido por notícias de Talasyn, que era a única pessoa em Lir que lhe mandaria cartas usando os pássaros mensageiros nenavarinos.

Não, ávido, não... curioso. Sim, era isso. Estava *curioso*. Alaric se perguntou o que a esposa queria. Só isso. Nada mais.

Alguns dias antes, ele acordara e não a encontrara no quarto, tendo seu séquito já partido para Nenavar. Graças à raiz de valeriana, ele tinha apenas uma vaga memória de Talasyn cuidando das suas feridas. Ele falara muito, porém. Lembrava-se ao menos daquilo, como as palavras escaparam facilmente dos seus lábios a cada toque das mãos gentis da esposa. Ele tinha certeza de que à certa altura lhe contara por que fora punido pelo pai, mas depois a noite virou um completo borrão em sua mente.

Uma possibilidade terrível ocorreu a Alaric. E se a mensagem nem fosse de Talasyn? E se houvesse acontecido algo com ela durante a jornada a sudeste? Um novo ataque rebelde...

Ele apertou o passo, o coração acelerado.

O pombal da Cidadela era uma torre adjacente ao prédio do Alto-Comando. O edifício abobadado era pontuado por buracos que deixavam o ar e a luz do sol entrarem, e os moleiros dos regimentos kesatheses e os corvos da Casa de Ossinast poderiam entrar e sair quando bem quisessem ou conforme as necessidades das comunicações. Lá dentro, as paredes altas eram repletas de prateleiras estreitas cobertas por dezenas de ninhos, com vigas do chão ao teto onde os pássaros se empoleiravam.

Alaric foi recebido por um alvoroço atípico. Durante a longa história da torre, os corvos e os moleiros haviam chegado a uma coexistência relutante, mas, naquele dia, penas voavam por todos os lados. Uma águia nenavarina pousara no meio do espaço, e suas garras curvas e perversas envolviam um dos poleiros mais baixos, com um rolo de pergaminho atado a uma perna. Diversos corvos e moleiros rodeavam-na em um turbilhão de penas pretas sedosas e plumagem marrom-clara, grasnando e guinchando, batendo as asas em aviso.

A águia solitária estava pronta para uma briga. Tinha quase o tamanho de uma canoa pequena e era muito maior que seus oponentes. As penas brancas na cabeça se eriçaram quando o animal virou o pescoço em um movimento como o de uma cobra. Os sibilos que emitia também remetiam aos de uma serpente, acrescentando mais barulho à cacofonia ensurdecedora que ecoava entre a pedra e a madeira. Os olhos azuis cinzentos avaliaram os outros pássaros com a intenção mortal de um predador.

Nordaye avançou, fazendo barulhos para afastar as aves e acenando os braços. Os corvos e moleiros se espalharam, indo até as prateleiras, mas a águia — com a fúria assassina típica dos animais nenavarinos, desde os dragões até a porcaria das vacas — *atacou*.

Nordaye se encolheu com um gritinho agudo, por pouco escapando de ser eviscerado pelo bico grande e poderoso. A águia estendeu as asas enormes como se estivesse prestes a voar até o criado e bicá-lo até a morte, mas Alaric, sabiamente, escolheu aquele instante para se aproximar. O pássaro ficou imóvel, virando a cabeça com sua juba de penas, encarando-o. Fios prateados de éter cintilavam em suas pupilas negras, como os relâmpagos contra a noite.

Em seguida, o pássaro estendeu a perna e aguardou com um ar de impaciência quando Alaric retirou a mensagem trazida do outro lado do Mar Eterno.

Milorde, começavam os garranchos de Talasyn no pergaminho, na caligrafia atrapalhada de Marinheiro Comum de uma pessoa que estava pouco acostumada com aquele alfabeto. Sua criação devia ter lhe oferecido pouquíssimas oportunidades para escrever, talvez só o suficiente para sobreviver. *Estou entrando em contato porque teremos três eclipses no próximo mês, todos bem próximos entre si, e será uma boa oportunidade para Vossa Majestade vir até Nenavar para uma estadia prolongada a fim de nos prepararmos para a Escuridão Sem Luar. Resido agora no castelo em Iantas, que está devidamente preparado para receber você e sua comitiva.* Algumas manchas de tinta se seguiram, como se ela tivesse segurado a pena por tempo demais no pergaminho, indecisa sobre o que escreveria a seguir, e então: *Espero que esteja se sentindo melhor.*

Ela assinara com seu nome de nascença. *Alunsina Ivralis.* Alaric franziu o cenho ao examinar aquele formato pouco familiar, um muro que era erguido entre os dois para ocultá-la de vista, como no dia em que ele a conhecera como a Lachis'ka na sala do trono do Teto Celestial depois da Guerra dos Furacões.

A carta era contida. Formal. Será que a avó lhe instruíra quanto ao que escrever? Será que Talasyn contara para a família o que Gaheris fizera com ele? O príncipe Elagbi parecia bastante inofensivo, mas era evidente que a rainha Urduja usaria aquilo como possível munição.

De qualquer forma, mesmo se Alaric lhe tivesse pedido para manter o ocorrido em segredo, Talasyn não estaria disposta a fazer aquilo. O casamento dos dois era uma manobra puramente estratégica, e as suas respectivas cortes ficariam felizes demais em ter qualquer oportunidade para ganhar o jogo. Era assim que as coisas eram. Ele não precisava que a aliança entre ele e Talasyn fosse mais do que isso.

Ele só desejava se sentir um pouco menos vulnerável. Um pouco menos carente.

— Escreva uma resposta para a Imperatriz da Noite — instruiu a Nordaye. — Diga que irei me juntar a ela em Iantas daqui a um mês. — Ele notou que a águia fixara o olhar astuto nos ninhos de moleiros acima, onde filhotes de passarinhos gordos e peludos cor de palha estavam piando alegres, e acrescentou: — É melhor alimentar o mensageiro dela primeiro.

Nordaye engoliu em seco, pálido que nem papel.

O passar do tempo fizera com que o acampamento sardoviano no Olho do Deus Tempestade passasse de uma série de cabanas mal-ajambradas feitas com folhas de palmeiras a algo que se assemelhava a uma cidade, com animais pastando, um pavilhão comunal ao centro e diversas construções que já contavam até com andares superiores. A carcaça gigantesca do *Nautilus*, no entanto, ainda reinava suprema, lançando suas sombras sobre tudo e todas as coisas em meio ao luar.

Talasyn estava impaciente demais para organizar um encontro clandestino como o que fizera em Lidagat. Entrara em contato com Surakwel e voara para o Olho do Deus Tempestade assim que botou os pés em Nenavar. Ela ordenou que o jovem lorde esperasse na praia enquanto atravessava o mangue sozinha. Precisava conversar com Vela a sós.

Ela tinha enviado uma das águias do castelo antes de embarcar no iate de Surakwel. À espera na fronteira do assentamento, Vela fez um breve aceno de cabeça ao vê-la se aproximando.

Talasyn relatou à amirante a visão que teve de Gaheris— esforçando-se para não entrar em certos detalhes —, além de contar sobre seu encontro com Darius e o movimento de resistência. Vela recebeu as notícias de Darius com seu estoicismo habitual, mas não foi fácil descrever a expressão no rosto dela à menção dos rebeldes. Era a exaustão de alguém que estivera se escondendo nos pântanos do Olho do Deus Tempestade pelos últimos meses. Era o alívio de descobrir que ela e sua causa não tinham sido esquecidos pelas pessoas deixadas para trás.

Talasyn detestava a ideia de ver aquele lado suave sumir, mas não lhe restava escolha. Ela não podia adiar mais.

— Tem outra coisa que deveria saber, amirante. A resistência atacou durante a minha coroação.

As feições de Vela congelaram, e Talasyn não teve coragem de encará-la ao repassar toda a triste história, o medo e a vergonha a corroendo por dentro a cada palavra. Um dos três últimos porta-tempestades sardovianos destruídos. Dezenas de rebeldes mortos, cinco pela mão de Talasyn, e Hiras e o restante capturados. As perdas eram terríveis demais para serem descritas com simples palavras.

— Mas nós podemos libertar os prisioneiros — apressou-se a acrescentar ela quando Vela não disse nada. — Descobri que estão sendo mantidos na ala leste. A guarda é forte, mas não tem nenhum Forjador de Sombras patrulhando lá dentro, e fica do lado do refeitório, então pensei que poderíamos entrar escondidos pelo porão da cozinha...

— Talasyn. — A amirante ergueu a mão. — Não foi sua culpa. Não havia nada que você pudesse fazer, e você precisava salvar a si mesma. E se deixasse Alaric Ossinast morrer naquele dia, *nós* todos estaríamos mortos quando chegasse o dia da Escuridão Sem Luar.

— Mas posso consertar a situação — disse Talasyn, exasperada. — Vou com vocês na tentativa de resgate...

— Não vai haver nenhuma tentativa de resgate. Não da minha parte. Precisamos poupar nossos recursos, e Kesath só pode descobrir que estou sã e salva e em Nenavar quando estivermos prontos para o ataque.

Talasyn ficou indignada.

— Mas Hiras e os outros estão sendo torturados bem nesse momento. Não podemos só *deixar* que isso aconteça.

— É uma infelicidade, mas estamos de mãos atadas. Bem lá no fundo, tenho certeza de que você entende isso. — Era chocante o quanto Vela lembrava Urduja naquele momento, fria e resoluta. Inabalável. — O sofrimento deles não será em vão, nem as mortes na praça, porque cada rebelde morto ajudou você a ganhar a confiança do Império da Noite. Eles serão vingados quando reivindicarmos o Continente.

Éramos apenas pecinhas de xadrez em sua guerra, e éramos descartáveis. Talasyn se lembrou das palavras de Darius.

Ainda assim, ela *entendia* o ponto de vista de Vela, certo? Coordenar uma fuga da prisão seria um pesadelo logístico e estratégico. Talasyn só estava insistindo no assunto para abrandar a culpa que sentia. Não tinha considerado quanto estava pedindo de Vela, nem o risco grave que o resgate representaria para a sobrevivência da Sardóvia.

Engoliu as respostas e as súplicas. Sabia que seu silêncio condenaria Hiras e os outros prisioneiros, um fardo que ela carregaria pelo resto de seus dias.

Também havia outro assunto que precisava tratar com Vela.

— Amirante — começou Talasyn, hesitante. — Sobre Alaric...

O olhar severo que Vela dirigiu a ela teria feito as pernas de qualquer soldado bambearem, mas Talasyn não era mais uma soldada, a própria amirante lhe dissera isso, então ela seguiu em frente.

— Ele ia matar Hiras, mas eu implorei para ele não fazer isso, e Alaric não o matou. O pai dele o torturou por isso. Com magia das sombras. — Ela não tinha contado aquilo a mais ninguém. Sentiu-se mal ao revelar o segredo de Alaric, mas Vela poderia ter alguma ideia do que fazer. — O corpo dele estava muito machucado. Gaheris é cruel até com ele e...

Ela parou de falar, porque a amirante parecia... *indiferente.*

— Eu sei o que o pai faz com ele — disse Vela. — Além das Fendas, é através da dor que os Forjadores de Sombras de Kesath acessam sua etermancia.

Você me perguntou uma vez por que não entrei para a Legião Sombria, e eu respondi que não o fiz porque não queria ser a pessoa que exigiriam que eu fosse. Então mantive minhas habilidades em segredo.

Ela deu um suspiro diante do aceno de cabeça perplexo de Talasyn.

— A verdade — continuou Vela —, *toda a verdade*, é a seguinte: eu era timoneira fazia quase um ano quando o Sombral irrompeu dos meus dedos. Fui até a Cidadela para informar à Legião, como era o requerimento da lei kesathesa. Gaheris e Alaric estavam treinando em um dos pátios, e parei para observar. Isso foi muitos anos antes da Guerra dos Furacões, e Alaric não tinha mais do que dez anos. Era uma criança encarando o Imperador da Noite, no auge do seu poder. Eu vi a magia de Gaheris sobrepujar seu filho. Vi Gaheris gritar para Alaric se levantar e lutar como um homem. E foi o que o príncipe herdeiro fez. O sangue escorria da camisa dele, e parecia que um dos braços estava quebrado, mas ele nem sequer chorava. Estava só preparado para receber o próximo golpe.

Vela falava baixo, como se ainda fosse assombrada pela lembrança.

Talasyn conseguia imaginar tudo: um menino que ainda não se moldara às feições ossudas, sofrendo ataques impiedosos do pai, repetidas vezes, em meio àquela cidade cinzenta e escura feita de pedra cruel. Ela pensou na pessoa que aquele garoto se tornara: seu marido, com os silêncios taciturnos e os comentários secos ocasionais, com seus momentos de gentileza que Gaheris fracassara em apagar. Ela pensou na raiva fria de Alaric, e em como ele nunca erguia a voz mesmo quando estava frustrado... algo que ela tanto estranhara no passado, mas que passou a entender.

Seja gentil comigo, foi o que Alaric pedira. Ele estava à mercê dela, devastado e machucado, a valeriana apagando suas defesas, e a única coisa que ele pediu foi: *Seja gentil comigo*.

— Naquele momento, decidi que não queria tomar parte naquilo — concluiu Vela, solene. — Deixei a Cidadela e voltei para o meu posto. Pratiquei minha magia em segredo, sem jamais revelar a ninguém que eu também era uma Forjadora de Sombras... até o dia que desertei e usei minha magia contra os soldados que nos perseguiam.

— Por que não me contou essa história antes? — perguntou Talasyn, sem conseguir conter a mágoa na voz.

A admissão de Vela lhe lembrara muito Elagbi e Urduja, escondendo dela informações sobre o Nulífero, um corte novo sobre uma antiga cicatriz.

— E de que adiantaria? Aquele garoto cresceu e se tornou o mestre da Legião Sombria, derrotando todos os outros em provações que duraram dias. Ele concluiu a guerra do pai, ou ao menos é o que pensa, sem ter um pingo de remorso. Por mais que tenha sido tratado de forma horrível, ele foi moldado por Gaheris. De que adiantaria ter empatia por...

Vela se interrompeu abruptamente.

— Você *sente* alguma empatia por ele? — inquiriu ela.

— N-não — gaguejou Talasyn. Uma voz interna rugiu, denunciando que aquilo era uma mentira, esvaziando-a por dentro. — Mas, já que ele não matou Hiras, e considerando o tratamento que recebe de Gaheris, eu pensei que talvez... talvez ele pudesse vir para o *nosso* lado.

Ela nunca pensara em como aquela declaração soaria absurda. A sugestão pairou no ar entre ela e a amirante, uma proposta constrangedora, sua esperança secreta exposta — tão secreta que até então ela não tinha sido sequer capaz de admitir para si mesma que a alimentava.

Vela a encarou com uma expressão horrorizada.

— Você acredita, de verdade, que um momento de humanidade pode superar uma vida inteira de treinamento? Que o Imperador da Noite vai *nos* escolher, acima de Kesath?

Talasyn não conseguia suportar a ideia de decepcionar a amirante. Aquela era a mulher que a acolhera, que mantivera a Sardóvia unida por tanto tempo. Que ainda mantinha viva a possibilidade de a Sardóvia sobreviver. A noite no quarto de Alaric parecia distante, afogada pela dura realidade, pelo gorgolejo do pantanal e dos brilhos de éter.

Talasyn, porém, precisava ao menos tentar.

— Ele... ele se importa com o que eu penso. Está procurando por Khaede porque eu pedi. Ele me contou seus planos de... melhorar a economia...

Aquilo era fraco demais. Vela piscou, e Talasyn nunca se sentiu tão idiota.

— Se eu puder só, não sei, convencer Alaric de...

— Me escute — disse Vela, agarrando a mão de Talasyn, com força o bastante para doer. — Não importa o que Alaric Ossinast disser, não importa qual seja o entendimento a que vocês dois chegaram ou a que podem chegar em dias futuros, ele nunca vai se rebelar contra os desejos do pai. A lealdade dele é com Kesath, assim como a sua deveria ser com a Sardóvia. Quando ele descobrir que você... que *nós* estivemos esse tempo todo o enganando, não vai hesitar em matar você, assim como tentou fazer quando se encontraram pela primeira vez e nas vezes seguintes. Ele jamais pode descobrir o que estamos tramando, não antes de chegar a hora certa para isso, quando for tarde demais para ele impedir os nossos planos, ou as consequências serão desastrosas para todos nós. Talasyn, *por favor*, tenha cuidado.

PARTE II

CAPÍTULO 10

UM MÊS DEPOIS

— Quais são as chances de isso ser algum tipo de armadilha? — questionou Sevraim.

Estava apoiado na balaustrada do convés de uma chalupa preta kesathesa que planava sobre as ilhas de Nenavar, soltando a fumaça verde-esmeralda da magia dos ventos. Ele ameaçara dar um chilique se Alaric o obrigasse a usar o elmo naquele clima úmido, então o rosto despido estava voltado na direção do sol tropical, os olhos quase fechados em um contentamento lânguido.

Da proa da embarcação, Alaric lhe lançou um olhar mortal, um aviso muito claro, mas o legionário não se deixou abalar.

— Pense um pouquinho — continuou ele. — Era para termos encontrado a Lachis'ka em Iantas, mas os coracles do Domínio nos interceptaram, e agora vamos segui-los para outro lugar enquanto nosso porta-tempestades está à mercê deles, atracado no porto *deles*. É suspeito.

Suas palavras eram ditas com um sorriso de provocação. Alaric não resistiu ao impulso de argumentar:

— Você sabe que, caso suas suspeitas se confirmem, isso vai ser um problema *seu*, certo?

— O trabalho de um guarda-costas nunca acaba — concordou Sevraim. — Vossa Majestade deveria me dar logo um título.

— Além de todos os outros nomes pelos quais chamo você?

Sevraim jogou a cabeça para trás e soltou uma gargalhada que era ainda mais animada que o normal. Alaric entendia o amigo, assim como entendia a tripulação da chalupa, que espiou os dois com divertimento, como nunca teriam feito dentro das fronteiras do Império da Noite. Havia certa leveza em estar ali, em Nenavar — nos céus azuis límpidos e nos ventos quentes, nas areias reluzentes, cidades douradas e florestas tropicais tão espessas quanto nuvens de tempestade —, depois de saírem da primavera fria e úmida de Kesath.

Teria sido pitoresco, se não fosse pela... *plateia*.

Nas outras vezes em que Alaric voara sobre o arquipélago, ou a travessia tinha sido realizada em plena madrugada, ou quando as embarcações civis estavam ancoradas por motivos de segurança. No entanto, era o meio da tarde e, pelo visto, os habitantes do Domínio tinham concluído que Alaric não faria nada tão grosseiro quanto atirar em embarcações nenavarinas aleatórias, uma vez que estava casado com sua Lachis'ka.

De certo, o esquadrão de coracles mariposas de Iantas, com seus cascos iridescentes, canhões de bronze e velas de asas, era suficiente para bloquear embarcações aéreas de se aproximarem demais. Não impedia, porém, que pessoas em canoas de tamanhos variados, iates recreativos e cargueiros encarassem Alaric boquiabertas, mesmo de longe. Era possível ver diversos indivíduos cochichando entre si em seus navios, as velas exibindo todas as cores do arco-íris com brasões flutuando na brisa. As embarcações aceleravam por pistas inteiramente desorganizadas, cortando um a frente do outro, sem nenhuma lógica de prioridade.

Alaric ficou grato pela máscara de lobo, que lhe dava a impressão de ter uma armadura contra as fofocas nenavarinas, mas também se perguntou se seria melhor livrar-se dela. Não era difícil identificá-lo, mesmo a distância. A curiosidade e a apreensão transpareciam no rosto dos plebeus, que tentavam reconciliar aquela figura monstruosa com a do consorte da Lachis'ka.

E falando em Talasyn...

O rosto dela invadiu seus pensamentos como a luz do sol entrando por uma janela. Alaric franziu o cenho ao se dar conta da sensação palpitante no peito, embora isso tivesse acontecido todas as vezes em que pensou nela naquele último mês. Ainda assim, era um reflexo estranho.

Alaric acreditava que seu desconforto se devia ao nervosismo, à aflição que sentia diante do plano do pai. Com certeza era isso. Ainda restava tempo para dissuadir Gaheris, especialmente à medida que os experimentos kesatheses com o sariman não produziam resultados promissores, mas Alaric também se preocupava com a reação de Talasyn se algum dia descobrisse o que o Regente estava tramando.

Ela jamais acreditaria que Alaric não tinha nada a ver com aquilo. E mesmo que os deuses sorrissem para ele e o segredo fosse mantido, ainda assim era uma traição horrível roubar um sariman de suas ilhas nativas e sujeitá-lo a tamanha crueldade. Existia uma forma de consertar as coisas, porém. Precisava existir. Alaric só precisava descobrir qual era.

Tudo era tão incerto. Havia tantos caminhos possíveis para o futuro, a maioria desastrosa. No centro de tudo aquilo, contudo, estava o instante presente, a inquietação de reencontrá-la. A antiga inimiga que o salvara no campo de batalha. A primeira pessoa que cuidara dele depois de uma das lições do pai. A esposa que continuava a aparecer em seus sonhos, em uma visão borrada de sardas, olhos dourados e mãos carinhosas.

Após um tempo — e após muitos olhares aterrorizados de embarcações próximas —, Alaric tomou uma decisão. Retirou a máscara e a entregou a um membro da tripulação para que fosse guardada com o resto de seus pertences. A máscara era uma promessa letal à Confederação Sardoviana, mas uma ver-dadeira aliança com os nenavarinos não poderia florescer baseada no medo.

Além do mais, o sopro de ar fresco no rosto era um alívio no calor insu-portável, embora nunca fosse admitir aquilo para Sevraim.

Os coracles mariposas que compunham a vanguarda por fim começaram uma descida acelerada, e o resto do comboio seguiu, aterrissando sobre Vasiyas, a ilha mais ao centro entre as sete principais do arquipélago... e onde a Fenda Nulífera estava localizada. Alaric sentiu um calafrio agouren-to espalhando-se lentamente por seu corpo. O Nulífero transbordara mais cedo naquele dia, o brilho ametista iluminando o nascer do sol. Ele o vira do porta-tempestades quando estava se aproximando das águas nenavarinas. Será que algo tinha acontecido com Talasyn? Será que ela estivera próxima da explosão, de alguma forma? Teria sido *aquele* o motivo por trás do des-vio da rota deles?

Alaric estava entorpecido quando o comboio por fim atracou perto de uma floresta densa de coqueiros, nas cercanias de uma pequena vila. A plataforma de aterrisagem já continha diversos coracles mariposas, mas a maior parte do espaço era ocupado por um navio de guerra com apoios laterais, uma embarcação imensa em comparação com a chalupa kesathesa. Uma integrante da guarda real de Talasyn — reconhecível entre os demais soldados ali perto graças à armadura pesada que remetia a ossos de dragão — aguardava-os em terra firme. Assim que Alaric desembarcou, ela fechou o punho enluvado com espinhos e o levou ao peito, fazendo a saudação característica do Domínio.

— Onde ela está? — exigiu saber Alaric, o medo quase o sufocando.

A mulher arqueou a sobrancelha diante do tom ele... um lembrete sutil de que, para os nenavarinos, o *principal* título de Alaric era o de consorte dentro de seu sistema matriarcal, não o de Imperador da Noite de Kesath. A guarda era quase da altura dele, e seu cabelo escuro estava preso em um penteado apertado, que realçava o rosto de feições rígidas.

— A Lachis'ka me instruiu a levá-lo até ela, Vossa Majestade. Me chamo Nalam Gao, kaptan das Lachis-dalo de Sua Graça, e estou a seu dispor.

Alaric e Sevraim seguiram Gao para além das palmeiras, na direção do vilarejo, que era pouco mais que um conjunto de cabanas com telhados altos de palha e paredes feitas de tapetes de bambu em padrões geométricos tecidos juntos. Da vista que tiveram da plataforma, o local parecia bem comum, mas, conforme se aproximavam, passando pelas primeiras casas, logo ficou aparente que algo terrível tinha acontecido ali.

Foi o fedor que atingiu Alaric primeiro. Um odor invasivo de enxofre e infecção, assombrado por um toque doce e enjoativo. Ele o reconhecia de imediato: era o miasma que seguia uma batalha, tão pungente como se os mortos estivessem apodrecendo no calor do verão continental. E a umidade de Nenavar ainda o tornava muito, muito pior.

No entanto, nenhuma luta fora travada no pequeno vilarejo. Seus habitantes estiveram fugindo. Seus rastros se espalhavam pelo caminho de terra entre as cabanas. Galinhas, porcos, bodes e humanos, transformados em cascas dissecadas, carbonizados como se estivessem apodrecendo havia semanas, empilhados no resultado pavoroso de uma debandada inútil. Não havia uma única folha de grama verde restante, nem no caminho nem nos quintais cercados onde as frutas ficaram pretas ainda nos galhos e as flores tinham murchado em seus caules.

A distância, ouvia-se o som de um choro.

— A cratera onde o Nulífero se encontra a apenas alguns quilômetros ao norte — explicou Gao. — Começou a transbordar pouco depois do nascer do sol, atravessando os campos dos vilarejos e então suas casas. A Lachis'ka veio de Iantas assim que soube da notícia. Ninguém estava esperando por isso. A escala dessa conflagração, assim tão longe do sétuplo eclipse lunar, é sem precedentes. Temo que seja um sinal das coisas que veremos no futuro.

Esse ano promete ser o pior de todos, foi o que a rainha Urduja dissera a Alaric. Dali a dois meses, a Fenda Nulífera estaria bem mais volátil e afetaria uma área cada vez maior, até que atravessasse o Mar Eterno e sujeitasse o Continente ao mesmo destino daquele vilarejo.

Seguindo Gao por uma curva na estrada, Alaric enfim avistou a esposa. Com as Lachis-dalo e outros soldados do Domínio afastados para formar um perímetro de segurança, os sobreviventes tinham se reunido na praça do vilarejo, e Talasyn estava entre eles, falando baixinho com todos, que choravam, contorciam as mãos e tentavam em vão consolar as crianças aos prantos. Vestida com uma túnica de algodão e uma calça, a trança castanha jogada por cima do ombro, ela não se parecia em nada com um membro da realeza, mas era impossível não notar que as pessoas igualmente em farrapos se reuniam ao redor dela, ouvindo cada palavra com atenção, observando cada movimento tanto com esperança quanto desespero estampados no rosto.

As pessoas na beirada da multidão notaram Alaric primeiro. Como uma onda, a notícia se espalhou, fazendo cabeças virarem, olhos se arregalarem e pulmões perderem o fôlego. Ele queria tranquilizá-los de quê... de que o quê? Que ele não lhes faria nenhum mal? A frota dele não teria feito isso e coisas piores se Urduja Silim não tivesse oferecido a herdeira do trono em casamento? Os porta-tempestades do pai não tinham infligido morte e destruição em tantos outros assentamentos civis no Continente?

Que direito Alaric tinha de garantir a essas pessoas que estavam seguras ao seu lado?

Quando Talasyn o viu do outro lado do mar de aldeões, no entanto, suas feições não demonstraram raiva nem medo. Algo suave e hesitante surgiu no rosto da esposa, e ele estava caminhando rumo a ela antes mesmo de perceber o que estava fazendo, preso em um sonho acordado. À periferia da sua visão, os nenavarinos se afastaram e puxaram uns aos outros para saírem do seu caminho, como se Alaric estivesse contagiado com a peste, mas ele só prestava atenção em Talasyn.

Parou diante dela, e não tinha ideia do que fazer a seguir. Talasyn o encarou como se os dois não se vissem havia anos.

— Como você... — Alaric começou a perguntar.

— Eu achei... — disse ela ao mesmo tempo.

Os dois se calaram. As pontas das orelhas de Alaric coraram enquanto ele gesticulava para ela falar primeiro.

— Achei que seria melhor você vir para cá — murmurou Talasyn —, em vez de fazê-lo ficar esperando em Iantas e deixá-lo desconfiado, achando que estava preso em alguma armadilha.

Alaric decidiu que jamais lhe contaria da piadinha de Sevraim no porta-tempestades. Ele apenas assentiu.

Talasyn franziu o cenho de leve diante das expressões preocupadas dos aldeões. Em seguida, aprumou a postura e enganchou o braço no de Alaric. *Uma declaração de união*, percebeu ele, quase aturdido com o toque repentino, com a sensação de tê-la ali ao lado.

Ela falou com os aldeões na linguagem do Domínio, com sílabas fluidas e ritmo cantarolado. Alaric captou o próprio nome, além de *Iantas*, mas não entendeu muito mais. Observou o receio do público ser transformado em um otimismo cauteloso, mudando a cada palavra de Talasyn. Alguns até aplaudiram.

— O que você disse a eles? — perguntou Alaric, com discrição.

— Disse que *nós…* — o aperto de Talasyn no braço dele aumentou — … insistimos para que eles morem conosco em Iantas, onde não vai lhes faltar nada, até que seus campos estejam prontos para serem arados outra vez. E prometi que, no devido momento, você e eu vamos fazer tudo em nosso poder para impedir o Nulífero.

Talasyn botou seus soldados para trabalhar. As Lachis-dalo e os timoneiros dos coracles, além da tripulação do navio de guerra solitário de Iantas, todos foram despachados para ajudar os aldeões a recolherem seus pertences e enterrarem seus mortos. Os cadáveres dos animais seriam descartados mais adiante, pelo batalhão que chegaria para se encarregar da limpeza. Mesmo assim, mais de vinte pessoas tinham morrido, e Talasyn não estava prestes a forçar as famílias de luto a partir de seus lares sem antes cumprirem seus ritos.

No entanto, precisavam cuidar daquilo rápido. Era impossível saber quando o Nulífero transbordaria de novo.

A kaptan Gao tinha algumas observações quanto à transferência dos sobreviventes para Iantas.

— Vossa Graça, a Zahiya-lachis não deveria ser consultada primeiro? — perguntou enquanto Talasyn, carregando uma pá, passava por ela.

— Por quê? — retrucou a Tecelã, sem diminuir o ritmo. — O castelo foi cedido ao meu marido como parte do meu dote, então podemos fazer o que bem entender com a propriedade.

Além do mais, Talasyn já enviara uma transmissão por onda de éter ao Teto Celestial, e ninguém aparecera para ajudá-la. O silêncio devia significar que ela tinha a bênção da avó para lidar com a questão sozinha.

Alaric e Sevraim recuaram para a fronteira norte do vilarejo. Talasyn os encontrou em silêncio, observando diante de si a expansão de um marrom-

-escuro quase preto dos canaviais apodrecidos. No horizonte, coberto por nuvens, ficava a silhueta imponente do Aktamasok, o Dente do Dragão, o antigo vulcão em formato de cone que expelia magia nulífera em vez de cinzas e lava. Sua encosta acidentada era de uma cor profunda de carvão, sem qualquer sinal da rica vegetação que cobria outros picos de Nenavar.

E, no momento, a devastação tinha se espalhado, dizimando a terra que era a fonte principal de renda do vilarejo e matando todos os animais.

— Aqui. — Talasyn estendeu a pá na direção de Sevraim. — Estão cavando as covas. Vá lá ajudar.

Pela primeira vez, o legionário não respondeu alguma gracinha. Apenas pegou a pá e se pôs a seguir as instruções de Talasyn, que tomou o lugar dele ao lado de Alaric.

— Você está bravo? Por eu decidir levar os aldeões para o castelo?

Tecnicamente, o castelo era *dele*, afinal.

O olhar de Alaric encontrou o dela.

— Não estou bravo.

— Contrariado, então.

— Não. Você está fazendo o certo. O justo. — Ele indicou os campos arruinados para reforçar seu argumento. — Comparado ao que sofreram, ficarmos apertados no castelo não é nada.

Talasyn não percebera até aquele instante o quanto torcia para que ele concordasse com sua decisão. *Tem um coração aí, em algum lugar*, refletiu Talasyn, sentindo uma dor contundente no peito. *Talvez a amirante esteja errada. Talvez ele ainda possa...*

— Como posso ajudar? — Havia uma sinceridade perceptível no tom de Alaric. — O que precisa que eu faça?

Que fique do meu lado, quando chegar a hora.

Talasyn engoliu em seco. Forçou-se a se concentrar no presente, naquela maré de mortes e na sombra do Dente do Dragão.

— Venha. — A Tecelã deu as costas para ele e para as coisas que nunca poderia dizer em voz alta, voltando para as tarefas imediatas. — Precisamos ajudar a carregar o navio.

Embora, na teoria, os cem aldeões sobreviventes pudessem ser acomodados no navio de guerra de Iantas, havia ainda seus cestos de vime e bolsas de lona, além dos animais que conseguiram escapar da fúria do Nulífero.

Talasyn resolveu o problema ao decretar que metade da bagagem e alguns dos animais seriam levados na chalupa do Imperador da Noite.

— Nós vamos virar — alardeou Sevraim, observando tudo com um ar cético enquanto um tripulante kesathês timidamente tentava levar um búfalo-do-sol pela rampa. — Não sei nem se vamos conseguir zarpar.

— Vai dar tudo certo. — Alaric também não estava convencido, mas com um cesto de vime repleto de roupas molhadas em um braço e uma galinha insatisfeita no outro, ele não tinha paciência para aplacar os medos do legionário. — Pare de reclamar e me ajude com... isso aqui.

Sevraim pegou a galinha de penas alaranjadas e brancas. Ele observou Talasyn no convés do navio de guerra nenavarino, levando bagagens para o cargueiro e gritando ordens para seus homens, tudo ao mesmo tempo.

— Nossa nova imperatriz é muito mandona para alguém desse tamaninho.

A cor se esvaiu do rosto de Alaric com a lembrança da sua noite de núpcias, que voltou à sua mente com a força de um soco no estômago. Ele sabia muito bem o *quanto* Talasyn era mandona, em primeira mão...

— E agora esse bicho cagou em mim — resmungou Sevraim.

A galinha se acomodou no braço dele, emitindo um pio satisfeito.

Alaric seguiu o companheiro pela rampa até o convés da chalupa, onde traçou um caminho precário por meio do labirinto de bagagens e animais de fazenda, até encontrar um lugar para se sentar... em uma pilha de cestos de vime, ao lado do búfalo-do-sol amarrado. Talasyn apareceu minutos depois, largando-se ao lado dele e suspirando, exausta.

— Meu navio está lotado — disse ela. O búfalo-do-sol mugiu baixinho, e Talasyn riu. — Ora, *isso* é familiar.

O animal tinha só metade do tamanho do búfalo-do-pântano, seu parente semiaquático e selvagem que perseguira Alaric e Talasyn na selva do monte Belian com uma fúria assassina. Em vez dos chifres colossais e em formato de foice, os chifres do búfalo-do-sol eram como adagas oblíquas, seguindo para baixo o contorno do seu crânio largo. Os olhos vermelhos do búfalo-do-pântano encontravam os de seu alvo com uma ameaça sinistra, mas seu primo domesticado avaliava os arredores com um semblante afável, satisfeito em mastigar sua ração enquanto a chalupa levantava voo.

Alaric passou a meia hora seguinte encarando as próprias botas. O silêncio entre ele e Talasyn se tornara sufocante, pontuado apenas pelo zumbido da magia dos ventos, os passos e a comunicação brusca da tripulação, os pios constantes de uma dúzia de galinhas e, de vez em quando, o balir de um bode. Alaric ansiava por falar com ela, mas o *que* poderia dizer para sua esposa de conveniência política, uma mulher com quem já havia tido um orgasmo inconveniente? Uma esposa que ele deixara cuidar de seus ferimentos, e para quem ele revelara seus maiores segredos quando deveria mantê-la afastada?

Alaric nem sequer poderia contar com alguma dica de Sevraim. O legionário, muito mais hábil socialmente, estava do outro lado do convés, completamente desanimado enquanto as galinhas e os patos o bicavam.

— Que bom que não ficou com nenhuma cicatriz — soltou Talasyn.

Os punhos dela estavam cerrados sobre o colo, e, quando Alaric se virou em sua direção, ela levou uma das mãos à testa, indicando o lugar onde a magia do pai o cortara.

Foi um golpe doloroso, aquele lembrete de que ela o vira em seu pior momento, no meio de sua maior humilhação. Alaric pensou em todas as outras cicatrizes que carregava no corpo, de todas as vezes que seus fracassos deixaram uma marca permanente. Ela tinha ficado enojada com as cicatrizes, naquela noite em seu quarto? Quem não ficaria?

— É verdade, um marido cheio de cicatrizes de batalha pode ser um motivo para se orgulhar no Continente, mas não é a última moda aqui no Domínio — comentou ele, em um tom cáustico trazido à tona pela escuridão em seu âmago, que não deveria existir em um lugar tão paradisíaco e ensolarado, ao lado da garota que carregava luz dentro de si.

Talasyn piscou, os lábios rosados entreabertos em perplexidade. Ficou bastante evidente que era um pensamento que não tinha lhe ocorrido, e Alaric precisou relutar contra uma pontada de arrependimento. Preparou-se para a fúria dela, para mais uma discussão acalorada.

Ela cruzou os braços e... *olhou* para ele.

— Mas não eram cicatrizes de batalha.

Ele fez uma careta. Talasyn não deixaria que ele sentisse pena de si mesmo, mas também não permitiria que pensasse tão mal dela. Ele entendia essa atitude, e até era grato por ela. Ainda assim, quando conseguiu falar, as palavras saíram forçadas, quase engasgadas:

— Peço desculpas.

— Obrigada — disse Talasyn, rígida.

— *Eu* que agradeço — acrescentou ele, às pressas, desesperado para que a esposa esquecesse sua hostilidade de minutos antes. — Pelo que você fez na Cidadela. Espero não ter sido um paciente muito difícil. Se eu disse ou fiz alguma tolice...

— Você não se *lembra?*

— Não me lembro de quase nada depois que tomei o chá de valeriana — confessou ele. — Eu não me comportei bem?

Talasyn parecia *furiosa*, e ele começou a entrar em pânico, achando que tinha piorado as coisas, mas devia ter se enganado, porque logo a fisionomia da esposa ficou impassível.

— Não — murmurou Talasyn, balançando a cabeça. — Você não estava mais mal-humorado que o normal.

Os lábios de Alaric se curvaram, relutantes.

— O que você fez... — repetiu ele, tomado pela vaga afeição que só sentia perto dela. — Aquilo foi mais do que qualquer um já...

Talasyn mordeu o lábio, as feições desmoronando com uma tristeza dolorosa e profunda, considerando o que entendia da situação dele. Então, ela pousou a mão na de Alaric, que estava apoiada nas faixas de vime entre os dois. Ele ficou desconcertado pela delicadeza do gesto, pela forma como cada toque dos dedos esguios dela queimavam através do couro das luvas.

— Alaric... — começou Talasyn, e o coração dele acelerou.

Sim, o que é? Cada gota do seu sangue parecia perguntar aquilo, um dos dedos levantando como se tivesse vontade própria para enganchar no dela. *O que é? Qualquer coisa que eu...*

Um homem da tripulação tocou o gongo no tombadilho ao lado do leme do navio, rugido metálico sinalizando o início da aterrisagem e que estilhaçou o momento por completo.

Talasyn ficou de pé, e, após conseguir controlar minimamente o turbilhão de sua mente, Alaric fez o mesmo. Os dois se seguraram na balaustrada para se equilibrar enquanto a chalupa começava o mergulho lento na frente do navio de guerra, aproximando-se da pequena ilha que ficava ao lado da costa de Vasiyas. As praias de Iantas tinham areias feitas de coral e quartzo, que brilhavam brancas contra a água azul do Mar Eterno. No centro da ilha, cercado por palmeiras imponentes, localizava-se o castelo de granito cor-de-rosa, repleto de espirais, arcos pontiagudos e contrafortes aéreos. A fachada magnífica remetia a conchas de murex espinhoso encontradas nos oceanos, encaixadas umas nas outras, ricas em entalhes de espíritos da natureza dançantes e janelas de madrepérola translúcidas.

Talasyn abriu um sorriso tímido e esperançoso para Alaric.

— É lindo, não é?

Mechas de cabelo castanho tinham se soltado da trança dela e sopravam ao vento. O sol ressaltava o dourado em seus olhos, e sua luz dançava sobre as sardas nas bochechas levemente arredondadas. Alaric ainda estava olhando para ela quando disse:

— Sim, lindo.

CAPÍTULO 11

Os corredores de Iantas eram estreitos, e a luz que entrava pelas janelas de vitrais inundava os veios cintilantes que percorriam as paredes de granito, transformando-as em verdadeiras joias. As tapeçarias eram tecidas em tons de dourado, ameixa e cobalto, enquanto as pinturas a óleo retratavam paisagens marinhas tempestuosas e os dragões que espreitavam sob as correntezas.

Talasyn gostava muito mais dali do que do Teto Celestial e sua grandiosidade exagerada, mas não podia negar que se sentia um pouco solitária ali, acompanhada apenas de Jie, de suas Lachis-dalo e, quando comparada à do palácio real, da quantidade reduzida de criados. Com a chegada dos refugiados, o castelo ecoava com passos e vozes. Até as hortas do lado de fora repercutiam com a comoção da equipe tentando acomodar dezenas de animais de fazenda ao mesmo tempo.

Ela se ocupou em acomodar os aldeões enquanto a delegação kesathesa era levada para seus aposentos. Cuidar da própria casa não era tão difícil quanto ela tinha imaginado. Era só pensar no castelo como um exército, onde cada pessoa tinha sua função.

O sol começara a baixar na direção do horizonte quando Talasyn por fim retornou aos seus aposentos — ou, para ser mais exata, aos aposentos que dividia com o marido, o mesmo marido que nem sequer se lembrava de tê-la beijado no mês anterior. A mão dela tremeu ao tocar na porta de bronze do quarto, mas, determinada, a Tecelã a empurrou e entrou no cômodo.

Alaric se virou para encará-la. Estava ao lado das portas de vidro de correr que davam para o terraço, já sem a armadura. Também retirara as luvas, e a luz do entardecer refletiu a pedra vulana em seu dedo anelar, idêntica à dela.

— Desculpe por isso — disse ela, com a voz alta demais. — As coisas são diferentes aqui em Nenavar. Vão fofocar se ficarmos em quartos separados. Mas se você realmente ficar desconfortável...

— *Você* fica desconfortável? — perguntou ele, naquela voz rouca e solene que sempre tinha um efeito peculiar sobre ela, por motivos que não poderiam ser descritos como horríveis.

— Por mim, tudo bem. — Em nome de todos os deuses e ancestrais, por que a voz dela soava tão *fraca*? — A cama é grande o suficiente.

Na mesma hora, a atenção dos dois recaiu sobre o móvel em questão. O colchão com dossel poderia muito bem acomodar cinco pessoas e era decorado com uma montanha de travesseiros de penas volumosos, lençóis de seda vinho e cortinas cor de damasco com acabamentos dourados. Talasyn tentou evitar que as bochechas corassem... Quantas vezes ela ficara deitada ali sozinha, acordada, a mente vagando para os beijos que ela e Alaric compartilharam e a forma como aquelas mãos grandes percorreram seu corpo?

— Então não vou dormir no chão? — perguntou Alaric, arqueando a sobrancelha.

A vergonha dela desapareceu, substituída pela culpa. Considerando o que descobrira sobre o passado dele, foi o auge da crueldade obrigá-lo a dormir no chão quando ela também tivera parte no que fizeram na noite de núpcias. *Essa é a sua casa*, queria dizer para ele. *Esse é um porto seguro longe do seu pai. Ninguém vai machucar você aqui.*

O que saiu, porém, foi a primeira frase que ela conseguiu formular, em meio aos pensamentos atordoados:

— Você é sempre bem-vindo nessa cama.

Foi só quando Alaric prendeu o fôlego que Talasyn entendeu o duplo sentido da declaração. Ela precisava sair logo dali antes de cometer uma tolice ainda maior. Ela...

Ela ficou onde estava enquanto Alaric diminuía a distância entre os dois. Com gentileza, ele afastou as mechas soltas do cabelo de Talasyn para trás da orelha, a expressão perdendo um pouco da reserva comedida.

— Não terminei minha pergunta de antes — murmurou ele. — Como você esteve?

— Você não respondeu minha carta — confessou Talasyn.

Ela queria dar um soco na própria cara. De todos os assuntos para trazer à tona...

Ele franziu o cenho.

— Você não recebeu...

— Recebi a carta que seu assistente escreveu por você — disse ela, sentindo-se tola.

Era verdade que aquilo a incomodara muito mais do que ela gostaria, mas era uma preocupação tão juvenil, dadas as circunstâncias.

A culpa era dele. Estava perto demais. Talasyn não conseguia pensar direito.

Alaric tocou no rosto dela, o dedão acariciando a bochecha, da mesma forma que fizera com o dorso da mão naquela manhã no quarto dele.

— Vou responder pessoalmente, então. Da próxima vez.

— E quem disse que vai haver uma próxima vez? — desafiou ela, bufando. — Odeio escrever cartas. Nunca precisei escrever nenhuma até me declararem Lachis'ka, então sempre acabam saindo um horror...

Alaric segurou o queixo dela, como fizera no santuário em Belian. Tudo naquele momento carregava os ecos de *antes*, sob uma nova luz.

— Achei que a rainha Urduja pudesse ter dito a você o que escrever — confessou ele. — Presumi que você contou para ela sobre... sobre o que o meu pai...

— Não contei — disse Talasyn, de imediato.

Ela *contara* a Vela, porém.

A culpa reapareceu, quase a dominando.

Talasyn tentou se afastar. Tentou recuar de Alaric e daquele emaranhado labiríntico de emoções, mas se viu imóvel quando o alívio inundou o rosto dele, rejuvenescendo-o, a boca a centímetros da dela, quase formando um sorriso.

— Escreva para mim de novo, Tala. — Havia um toque de provocação em sua voz. — Eu vou responder. Prometo. Vamos lidar com suas cartas horríveis juntos.

A faísca de irritação foi eclipsada pela proximidade de Alaric, perto o bastante para um beijo. E talvez ela *devesse* beijá-lo, só para destruir aquela atitude convencida dele...

Garras arranharam o vidro, e os dois se afastaram com um pulo.

Uma águia mensageira pairava sobre a sacada, tentando entrar. Talasyn deslizou a porta de correr, e o cheiro do oceano invadiu o quarto.

O pássaro pousou no braço dela, e Talasyn notou o selo com um emblema de dragão no pergaminho amarrado na perna da ave.

— *Essa* carta é da minha avó.

Alaric recuara para o mais longe da águia que o espaço do quarto permitia.

— Uma dessas quase devorou a próxima geração inteira de moleiros mensageiros de Kesath.

— Aquele era o meu pássaro pessoal, e você deveria tê-lo alimentado assim que ele chegou — informou Talasyn, desamarrando o nó da perna da águia de Urduja. — Pakwan voou a noite inteira para levar minha carta até você. Devia estar morrendo de fome.

— Pakwan.

Alaric pronunciou as sílabas nenavarinas pouco familiares com o mesmo sotaque continental do qual Talasyn vinha tentado arduamente se livrar, e ela quase abriu um sorriso.

— Significa "melancia".

Ela começou a abrir a carta, perguntando-se o que Urduja queria.

— Você deu o nome de "Melancia" para uma ave de rapina — comentou ele.

— O falcoeiro disse que eu podia dar o nome que eu quisesse, e eu estava com fome na hora... — Talasyn parou de falar ao ler a caligrafia elegante e fluida da Zahiya-lachis. Então, ergueu os olhos arregalados para Alaric. — Minha avó e meu pai estão vindo jantar aqui hoje à noite.

A escuna diplomática do Teto Celestial pousou em Iantas junto do crepúsculo arroxeado, as diversas velas azuis e douradas ondulando em harmonia com as folhas balançando ao vento no topo das palmeiras. A rainha Urduja e o príncipe Elagbi desembarcaram e, andando de braços dados na areia branca, misturaram-se aos aldeões que foram até a plataforma para recebê-los. Os dois perguntando pelo estado de saúde deles e se solidarizaram com suas perdas.

Talasyn observou tudo ao lado de Alaric, de onde estavam parados na entrada do castelo. Naquele aspecto, Talasyn não podia criticar a avó. Ela tratava bem o seu povo. A Zahiya-lachis jamais seria carinhosa — ela tinha o filho para compensar em tal quesito —, mas sempre escutava as preocupações do povo e buscava soluções para eles incansavelmente. Os nenavarinos a reverenciavam por isso.

Mesmo que Urduja fosse uma governante cruel ou ausente, os nenavarinos ainda precisariam reverenciá-la. Ela era abençoada pelos ancestrais, que cuidavam do Domínio, dos seus enormes navios no Céu Acima do Céu.

Talasyn não crescera em Nenavar. Embora tivesse se acostumado a invocar os ancestrais quando estava irritada, não sentia uma conexão espiritual com eles. Mal acreditava nos deuses do Continente — havia pouco espaço para a fé entre as favelas e sarjetas de Bico-de-Serra.

Ainda assim, a conduta soberana de Urduja, a forma como seu cabelo branco, o vestido prateado e as pedras preciosas que usava cintilavam sob a luz das estrelas fracas, contra a maré invadindo a praia... tudo contribuía para a ilusão de divindade. E, com os trajes dourados e o diadema de dragão dourado, Elagbi era o sol comparado à lua que era a mãe, conduzindo-a até o caminho de pedra onde Alaric e Talasyn os aguardavam.

— Quanto tempo eles demoram para se arrumar de manhã? — cochichou Alaric. — Aposto que seu pai demorou mais que a Zahiya-lachis.

E foi assim que, quando a Imperatriz da Noite cumprimentou sua família e lhes deu as boas-vindas ao lar dela e de seu marido, precisou se esforçar muito para não *gargalhar*.

A confusão tranquila de Elagbi e a fúria gélida de Urduja diante da falta de compostura da neta não ajudaram Talasyn a recuperar o controle. Enquanto ela e Alaric os acompanhavam até o salão de jantar de Iantas, com a mão dela apoiada no cotovelo dele, Talasyn afundou as unhas no braço do marido em uma tentativa de se conter, e ele a cutucou de volta, repreendendo-a.

— Evite me beliscar, se possível, Lachis'ka.

— A culpa é *sua* — retorquiu ela, abafando a risada. — Não me obrigue a mandar minha águia atacar você.

— Por favor, não. — Os lábios dele estremeceram. — Tudo menos um ataque de Melancia.

Talasyn *engasgou*. Não tardou a sentir o olhar perfurante de Urduja em suas costas, o que foi o bastante para ela se recompor.

Na sala de jantar, a comida foi servida em pratos comunais de folhas de bananeira na mesa de narra amarronzada, com criados a postos. Tanto Jie quanto Sevraim tinham se recolhido, já que nenhum dos dois parecia querer se convidar para o que, na teoria, era uma refeição de família, e foi assim que só os quatro membros da realeza se sentaram: Urduja e Elagbi lado a lado, e Alaric e Talasyn na frente deles.

Um silêncio tenso reinava no ambiente. O som dos líquidos servidos pelos criados nas taças de água e vinho ecoou pelo salão cavernoso até o teto alto e abobadado.

— É bom que vocês dois estejam se dando bem — comentou Urduja, por fim, derramando em seu prato uma concha de cubos de sardinhas recém-pescadas curadas no vinagre de palmeira. — Essa aliança certamente se beneficiaria de uma relação cordial entre seus dois elementos-chave.

Talasyn já tinha bastante experiência com os eufemismos nenavarinos para identificar que Urduja lhe dava um aviso sutil, assim como Vela fizera, lembrando-a do que estava em jogo, do fato de que a natureza daquele casamento era estratégica e nada mais.

Aquilo doeu, mesmo que ela não estivesse muito disposta a entender o porquê. Ela fez cara feia, servindo-se de colheres generosas de arroz.

Alaric, por sua vez, também não parecia disposto a fazer qualquer comentário sobre o assunto. Foi só depois que começaram a comer que Elagbi fez outra tentativa de engatar uma conversa.

— Vamos ter um eclipse amanhã à noite, correto? Suas Majestades treinarão aqui em Iantas?

— Sim, lá na praia — respondeu Talasyn. — Daya Vaikar e os Feiticeiros dela também estarão presentes. Produziram uma nova configuração de amplificação que estão animados para testar.

— Eu gostaria muito de observar. — Elagbi lançou um olhar suplicante para Urduja. — O que acha de voltar para Sedek-We no dia depois de amanhã, Harlikaan?

— *Eu* — começou a Zahiya-lachis — tenho diversas reuniões de conselho para comparecer em Eskaya. Seria melhor se você estivesse lá também, mas... está livre para fazer como quiser.

— Maravilha! — exclamou Elagbi, alegre. — Então serei o convidado de Suas Majestades pelos próximos dois dias.

Talasyn reprimiu uma risadinha por conta da desatenção óbvia de Elagbi diante da deixa bastante evidente de Urduja, enquanto Alaric parecia um tanto escandalizado com a atitude do sogro de se convidar para ficar na casa de outra pessoa. Mas isso era simplesmente a norma entre as famílias nenavarinas, e ele e o príncipe do Domínio *eram* uma família, caso gostassem daquilo ou não. Talasyn deu uma joelhada no marido por baixo da mesa sem que ele percebesse. Alaric disfarçou a expressão em uma máscara de polidez.

— Ficamos honrados em recebê-lo, Vossa Alteza — disse Alaric para Elagbi. — Se precisar de alguma coisa para deixar sua estadia mais confortável, por favor, não hesite em nos dizer.

— Eu sou o ápice de um convidado nada exigente — declarou Elagbi. — A Lachis'ka pode confirmar.

— É verdade. — Talasyn sorriu para o pai.

As visitas ocasionais dele, sempre que conseguia se afastar dos seus deveres, aliviaram um pouco a sensação de isolamento daquele último mês, e ela ficava feliz de poder passar mais tempo com o pai.

Urduja encarou Talasyn.

— Já que está muito ocupada, Alunsina, vou instruir o alfaiate a não aparecer pelos próximos dias.

— O alfaiate? — repetiu Alaric, e Talasyn estremeceu ao perceber que, com tudo o que tinha acontecido, ela se esquecera de mencionar aquilo.

— Vamos dar um baile aqui em Iantas depois da Escuridão Sem Luar — explicou ela. — Um baile de máscaras, para comemorar a derrota do Nulífero. O alfaiate vem tomar as medidas de Vossa Majestade.

Alaric empalideceu, como se sua mente tivesse sido tomada por um desfile horripilante dos trajes coloridos e cheios de joias dos nenavarinos.

— Eu *tenho* roupas.

— E nenhuma é adequada para o evento de fantasias em questão — retorquiu Urduja. — Como consorte da Lachis'ka, o seu traje precisa dialogar com o dela. Temo que seja tradição, imperador Alaric.

Alaric lançou um olhar pétreo para Talasyn, e ela abaixou a cabeça, entendendo a frustração dele. Mas a guerra para serem aceitos no Domínio era árdua, os dois precisavam escolher suas batalhas.

— Não pode usar preto nem qualquer outra cor escura no baile — murmurou ela. — Ou a corte vai pensar que você não ficou feliz de termos impedido a Estação Morta. Que você não compartilha da alegria deles. Então isso descarta todo o seu guarda-roupa.

Ela prendeu a respiração, nervosa com a discussão que com certeza se aproximava e que acabaria com a impressão da Rainha Dragão de que estavam *se dando bem*. No fim, porém, Alaric só deu de ombros.

— Longe de mim ir contra os desejos da minha imperatriz. — Ele ergueu a taça na direção dela, ainda tentando provocá-la, como sempre, mesmo quando estava concordando. — Que o alfaiate faça um estrago.

Muito depois do jantar e de ter se recolhido ao andar de cima para dar a Talasyn mais tempo a sós com a família, Alaric ainda estava se perguntando se, para salvar seu mundo, valia a pena se deixar ser vestido por pessoas tão espalhafatosas quanto os nenavarinos.

Alaric torcia muito para que o traje não contasse com penas.

Ele estava na cama, tomando cuidado para só ocupar metade dela quando Talasyn por fim entrou no quarto real... ou, melhor, entrou *colérica* no quarto real. A esposa fazia um biquinho, o que era estranhamente adorável, mas ele é que não diria aquilo em voz alta.

— O que ela ganha com isso, insinuando que não sei o que estou fazendo?! — explodiu ela.

Alaric já tinha uma ideia do que se tratava.

— Imagino que a rainha Urduja esteja reticente quanto a abrigarmos os aldeões?

— É. Logo antes de ela ir embora, falou que seria mais fácil enviá-los para as casas de transição em Delanep que são exclusivas para esse propósito. — Talasyn foi até a penteadeira batendo os pés, dando um puxão na trança para desfazê-la com tamanha ferocidade que Alaric se encolheu. — Mas o que é tão difícil *nisso*? Iantas tem bastante espaço. E muitos suprimentos!

— Tem, sim — disse Alaric, afável.

— Ela só ficou irritada por eu ter tomado a iniciativa sem consultá--la primeiro... — Talasyn se interrompeu, como se estivesse percebendo pela primeira vez que Alaric estava na cama dela. As bochechas coraram em um rosa forte. — Preciso me lavar.

Então, ela praticamente *correu* até o banheiro, e ele ficou encarando a porta fechada.

Alaric fechou os olhos, largando-se contra a cabeceira com um desespero profundo que era vergonhoso para o mestre da Legião Sombria. Morar com Talasyn, tê-la ali em sua órbita... como ele sobreviveria ileso àquela visita? Ou eles acabariam se matando, ou acabariam se beijando. De qualquer jeito, seria um desastre. A aliança entre eles e toda a incerteza que a cercava era bastante complicada sem acrescentar mais carícias à equação.

A solução é muito simples, disse uma vozinha sarcástica na mente dele. *É só não beijá-la.*

Ele era capaz de seguir aquele conselho. Não a beijara nenhuma vez desde a noite de núpcias e não a beijara quando tiveram aquele momento intenso mais cedo. Ou seja, Alaric *claramente* era capaz de ter autocontrole.

Seus olhos se abriram e se concentraram na porta do banheiro quando uma possibilidade terrível lhe ocorreu. E se ela saísse de lá em alguma túnica transparente como a que vestira *naquela* noite? Ele pularia da sacada.

Os medos de Alaric, no fim, foram à toa. Talasyn reapareceu com uma camisa larga e uma calça frouxa, e ele quase desmoronou de tanto alívio.

No entanto, quando ela apagou as lamparinas e se enfiou sob as cobertas do seu lado da cama, o cheiro do sabonete de flor de mostarda ainda na pele limpa e quente alcançou-o em meio à escuridão iluminada pelo luar, provocando uma reviravolta animalesca de interesse em seu ventre.

— Boa noite — disse Talasyn baixinho, por baixo dos lençóis de seda.

— Boa noite.

Ele *duvidava* que teria uma boa noite.

CAPÍTULO 12

Talasyn estava acordada. Sabia que estava. Os olhos estavam abertos e notavam a luz da manhã que entrava pela janela do quarto.

No entanto, ela não conseguia se mexer. Estava deitada de costas no colchão, os braços e pernas rígidos e travados.

As quimeras a devoravam viva.

Criaturas de éter prateadas e escuras mastigavam sua carne com dentes feitos de tinta, os corpos como enguias se enroscando nos braços e pernas dela. Arrancavam a pele e a engoliam, pedaço por pedaço.

Talasyn gritou… ou ao menos tentou gritar. Nada saiu dos pulmões que explodiam, mesmo que ela se esforçasse ao máximo. Não conseguia se mexer, não conseguia gritar, não conseguia usar sua magia.

Havia uma figura à espreita no canto. Uma escuridão emanava dela como ondas, e o olhar de Talasyn foi até seu rosto. Esperava encontrar a pele enrugada de Gaheris, esperava que o Regente tivesse se esgueirado no quarto dela encoberto pela noite.

Os olhos cinzentos que a encaravam, porém, eram os de Alaric. Ele sorriu, deixando que sua magia a devorasse por inteiro.

Ela gritou outra vez.

O som foi mais um chiado arranhando sua garganta, que secara de tanto medo. Com um sobressalto, ela se sentou na cama, liberta das correntes da paralisia e daquele pesadelo acordado. Não restavam traços das sombras que ela vira e sentira com tanta intensidade, nem da figura que a invocara.

Enquanto o coração martelava no peito e o terror se dissipava, ela percebeu outra coisa: a bexiga implorava para ser esvaziada.

Foi um choque encostar as solas dos pés no chão frio. Ela cambaleou até o banheiro com as pernas pesadas, a mente ainda enevoada. Foi a única justificativa, na verdade, para esquecer que não estava mais sozinha nos aposentos reais de Iantas até se deparar com Alaric no banheiro dela. No banheiro *deles*.

Ele estava curvado sobre a pia, só com uma toalha amarrada na cintura sinuosa, o cabelo preto molhado e o queixo coberto por pedacinhos brancos de espuma do sabonete de barbear.

— Por que você não trancou a porta? — inquiriu Talasyn, de repente muito desperta.

Apesar da bravata, ela não conseguiu se impedir de notar o peitoral nu, as gotas de água acumuladas na clavícula, a pele pálida e os músculos esculpidos, marcados por cicatrizes prateadas. E também os pelos escuros que traçavam um caminho provocante do umbigo até o que estava escondido pela toalha.

— Esqueci — retrucou Alaric, abaixando a lâmina de aço.

A expressão dele era fria e arrogante como sempre, mas exibia traços da mesma crueldade do pesadelo de Talasyn, que quase recuou.

O olhar de Alaric se demorou sobre ela, intenso. Foi só então que Talasyn percebeu que talvez o tecido da camisa em que dormira fosse muito fino. Ela cruzou os braços, tentando agir com naturalidade, mas era tarde demais. O constrangimento compartilhado infectara o ar.

— Eu... hum... preciso... — disse ela, fraquejando.

— Fique à vontade.

Ao sair, Alaric tomou cuidado para não deixar que o corpo encostasse no dela quando a contornou para sair. Uma parte perversa dela lamentou que não tivesse.

Talasyn passou a manhã inteira com o pai em um morro verdejante que ficava a oeste do castelo. Tinha vista para a praia, além do benefício de não estar nas proximidades de Alaric. Sob a sombra sarapintada das folhas de coqueiro, ela e Elagbi fizeram um piquenique e jogaram casongkâ, um jogo de contagem e captura. Era jogado com peças na forma de búzios, em um tabuleiro de madeira comprido com duas fileiras de buracos cujas cavidades eram chamadas de *casas*, emoldurados por buracos maiores que serviam como o *campo* de cada jogador. O objetivo era plantar mais peças no próprio campo do que o oponente possuía no dele ao pegar todos os búzios de uma casa e distribuí-los peça por peça para as demais, sempre em sentido horário. A vez de cada jogador se encerrava quando a última peça era posta em um buraco vazio, e o jogo acabava quando todas as casas estivessem vazias.

Casongkâ requeria cálculos precisos e uma capacidade de observação cuidadosa... ambos necessários também para lidar com a corte do Domínio, pensou Talasyn. Ela era horrível no jogo, e tinha bastante certeza de que Elagbi roubava de vez em quando, mas estava grata pela oportunidade de focar em alguma coisa que não fosse seu marido sem camisa, que nem sequer lembrava de tê-la beijado. Cuja magia a devorara no pesadelo. Quando se tratava de Alaric, o medo e o desejo de Talasyn estavam emaranhados em uma teia perversa.

Elagbi acabara de ganhar mais uma partida, ao som de protestos veementes de Talasyn, quando gritos empolgados a distância chamaram a atenção dos dois. Um dragão rompera a superfície ondulada do Mar Eterno enquanto diversas crianças dos aldeões brincavam na praia.

Era um dragão mais velho, com olhos azuis nebulosos e uma cabeça acinzentada e com chifres. As escamas laranja como chamas estavam incrustradas de cracas e de um grande número de cicatrizes de séculos de batalhas contra tubarões-serra, lulas-colossais e fossem lá quais perigos o oceano continha. Com as crianças gritando e aplaudindo, em polvorosa, o dragão nadou até as águas rasas turquesa usando as patas reptilianas, as asas quirópteras apertadas contra o corpo esguio como as velas de um navio, uma erupção desengonçada de areia e água salgada florescendo a cada movimento.

Quando chegou à margem, ele se deitou e fechou os olhos. Talasyn suspeitaria que tinha morrido, se não fosse pela respiração que soprava fios de vapor. A parte inferior dele se curvou, estremecendo no ritmo da maré.

— Eles passam a maior parte do tempo nas profundezas, mas gostam de tomar um solzinho quando o tempo permite — disse Elagbi. — Provavelmente vai dormir por algumas horas ali.

— Mesmo com aquelas ameaças à solta? — Talasyn gesticulou para as crianças, que cercavam o dragão, escalavam suas escamas e cutucavam as asas recolhidas.

Elagbi riu.

— E por que os leviatãs se importariam com moscas? E as crianças são nenavarinas, então ele nunca vai machucá-las.

De fato, o dragão não deu indícios de estar incomodado com as peripécias dos pequenos. Continuou adormecido, e Talasyn estava prestes a correr morro abaixo para olhar mais de perto até o pai suspirar.

— Eles sumiram durante a guerra civil — comentou ele. — Recolheram-se para o mundo debaixo das ondas. Em todos aqueles longos meses, nem um único dragão foi avistado em uma praia ou deslizando pelos céus. O desaparecimento deles foi um agouro sombrio. Pensávamos que tinham nos deixado para sempre, e bem que teria sido merecido, pela ruptura da nossa nação.

No passado, Talasyn se contivera para não perguntar muito sobre a guerra civil nenavarina, ciente da dor que o pai sentia e cautelosa para não atiçar as chamas da fúria de Urduja. Havia uma liberdade ali em Iantas, no entanto, a duas horas de voo do Teto Celestial e do olhar minucioso da Zahiya-lachis, uma terra onde o sol brilhante sobre as areias brancas queimava todos os segredos e onde as brisas carregadas de maresia suavizavam as mágoas.

Quando os rebeldes se entregaram após Elagbi ter matado o líder deles — seu irmão mais velho, Sintan —, Urduja ordenara que tudo que remetesse a seu primogênito traidor fosse erradicado. Contudo, na semana anterior, ao explorar a biblioteca de Iantas, Talasyn tinha se deparado com um retrato em miniatura escondido em uma gaveta. Mostrava Elagbi e Sintan na adolescência, em poses rígidas e trajes formais ainda mais rígidos. Em contraste aos cachos escuros do jovem Elagbi, o cabelo de Sintan era de um castanho mais claro e os olhos eram os de Urduja, pretos e calculistas.

Talasyn sentira uma inquietação ao ver a versão mais jovem do tio, um garoto que crescera e desejara vê-la morta. E ela desconfiava de que fora Elagbi quem guardou o retrato na gaveta, mantendo-o seguro do expurgo de Urduja.

— Amya. — Talasyn se inclinou para a frente, por cima do tabuleiro de casongkâ. — Por que Sintan fez o que fez?

A expressão de Elagbi desmoronou, e Talasyn se arrependeu da pergunta de imediato, mas era tarde demais para voltar atrás. O ar ficou pesado.

— Você precisa entender, minha querida, que meu irmão e eu éramos muito próximos quando crianças — disse Elagbi, em um sussurro rouco, fitando o horizonte. — Nós só tínhamos um ao outro. Ele era terrivelmente inteligente, e tinha um senso tão forte de justiça... Era um pouco frio, mas sempre me protegia e me contava histórias de ninar quando éramos crianças. No fim, porém, ele se tornou uma pessoa completamente diferente. Com o tempo, uma semente se enraizou na mente dele, quando aprendeu sobre as nações do outro lado do mar onde os homens podiam governar. Sintan ficou convencido de que *ele* deveria ter sido o herdeiro ao trono do Domínio. Usou seu admirável intelecto para em segredo angariar apoio das casas nobres com mais sede de poder, que sentiam que não estavam nas boas graças da rainha Urduja, e então ele planejou e tramou...

— E manipulou minha mãe — disse Talasyn, entorpecida.

Lágrimas caíram dos olhos de Elagbi.

— Minha pobre Hanan. O que ela entendia daqueles jogos? Sintan contou a ela sobre o sofrimento dos Tecelões de Luz no Continente, e é óbvio que ela concordou em ajudar. Eu deveria... — Ele secou as bochechas com o dorso da mão trêmula. — Eu nunca deveria ter trazido Hanan para cá. Ela não foi feliz. Recusava-se a ser nomeada Lachis'ka porque não tinha interesse em política e, mesmo assim, ela acabou sendo um peão.

A garganta de Talasyn queimava, e ela lutou para conter as lágrimas. Sintan fora astuto, fazendo parecer que Hanan Ivralis tinha agido por vontade própria ao enviar a flotilha para o Continente. Quando ninguém da flotilha retornou, Sintan e seus aliados usaram suas mortes como pretexto para depor Urduja. Logo em seguida, Hanan sucumbiu a uma doença, aprisionada em seu quarto enquanto a capital estava cercada, e Talasyn foi levada de Nenavar três dias depois.

Era tarde demais para Talasyn buscar vingança pela mãe. Elagbi já se encarregara daquela parte quando sua espada se fincou no coração de Sintan entre as paredes de calcário do Teto Celestial, na batalha final da guerra civil. Elagbi cumprira seu dever com o país e com a memória de sua falecida esposa, mas guardar aquele retrato em miniatura contra os desejos de Urduja significava que ele não deixara de amar o irmão.

— Só não consigo entender como Sintan convenceu Indusa a participar de tudo — disse Elagbi, após ter recuperado um pouco da compostura.

Talasyn lançou um olhar curioso para ele, que se inclinou sobre o tabuleiro de casongkâ, pegando os búzios dos campos e os redistribuindo pelas casas para começar uma nova partida.

— A memória que você viu na Fenda de Luz no mês passado... Estive pensando nisso desde que você me contou — prosseguiu ele. — Acho que sua ama simpatizou com a causa de Sintan e encontrou uma forma de escapar da escolta das Lachis-dalo para levar você ao Continente. É a única explicação possível para você ter sido abandonada no orfanato. Assim, o Domínio de Nenavar ficaria sem uma herdeira.

— Ela poderia só ter me matado. Teria sido mais rápido para ela.

Diante da declaração brutal de Talasyn, Elagbi congelou, parecendo prestes a irromper em lágrimas outra vez.

— Fico feliz que ela não tenha feito isso — Talasyn logo acrescentou.

— Assim como eu. — O último búzio caiu da palma de Elagbi, a concha ecoando na madeira. — Tentei falar sobre isso com a rainha Urduja, mas ela logo me cortou. De acordo com Sua Majestade, de nada adianta nos preocuparmos com o passado, não quando as pessoas que contam com as respostas ou estão mortas, ou partiram. Suspeito de que ela preferiria esquecer tudo que aconteceu se pudesse. Não posso culpá-la por isso.

Eu posso, pensou Talasyn, com rebeldia. Por mais que Urduja tivesse ficado devastada com a traição do primogênito, ela com certeza não lamentara a morte da nora. A rainha e Hanan não se davam bem, como o kaptan Rapat a informara no santuário dos Tecelões.

Para o próprio desgosto, porém, Talasyn entendia a sabedoria na decisão da Zahiya-lachis de focar apenas no futuro — atitude que, no caso, vinha tomando *todo o tempo* deles.

— Ah — disse Elagbi, um pouco depois. — Vejo que nosso dragão atraiu a atenção de mais espectadores curiosos.

— Se você está me distraindo de propósito para ganhar de novo...

Seguindo a linha de visão do pai, Talasyn se calou.

Alaric e Sevraim estavam na praia, os olhares fixos no dragão, mesmo que a uma distância cautelosa do animal. As crianças já tinham partido, talvez assustadas com a presença dos dois Forjadores de Sombras.

Em um acordo tácito, Elagbi e Talasyn deixaram o jogo de lado e se dirigiram à praia. Não havia como saber como o dragão reagiria aos forasteiros da nação que, havia alguns meses, machucara um de seus irmãos.

Sevraim foi ao encontro deles.

— Vossa Alteza! Quer uma revanche?

— Temos um tabuleiro prontinho para ser usado — disse Elagbi. — Mas não quero tomar seu tempo, mestre Sevraim.

Talasyn arqueou uma sobrancelha para o legionário.

— *Você* sabe jogar casongkâ?

— Aprendi ontem à noite, depois do jantar. — Sevraim apontou para Elagbi. — E derrotei esse homem de lavada, aliás.

— Porque você estava inventando as próprias regras! — queixou-se o príncipe, incomodado.

Elagbi e Sevraim começaram a discutir, deixando Talasyn de lado. Ela se afastou deles e se permitiu ser atraída pela presença de Alaric.

Ecos do pesadelo voltaram à sua mente quando a Tecelã se virou para o marido, que ainda observava o dragão. O rosto dele guardava similaridades com o do pai, como as maças do rosto altas e o nariz comprido. Os mesmos olhos cinzentos arrogantes. A semelhança era o suficiente para imobilizá-la no meio do caminho, prendendo-a de novo na paralisia que sentira no sono.

De súbito, com um grande revirar de escamas alaranjadas, o velho dragão rolou para ficar de barriga para cima. Montanhas de areia molhada se elevaram e caíram, e as asas coriáceas esticaram-se pelas enormes ondas breves nas águas rasas do Mar Eterno, encharcando as quatro pessoas na praia, que recuaram na mesma hora.

Tudo aconteceu rápido demais. Antes de Talasyn entender o que se passara, se viu com as roupas encharcadas e grudadas ao corpo, piscando e tentando, com os olhos molhados e ardendo por causa do sal, identificar a forma borrada de Alaric. Em algum lugar às costas dela, Sevraim e Elagbi grunhiam e davam risada, mas, quando a visão de Talasyn voltou a entrar em foco, sua atenção se concentrou no marido. Os cabelos pretos estavam grudados na testa, o choque nas feições as suavizando por inteiro.

Talasyn se lembrou da lama e de como achatara o cabelo dele da mesma forma, como ele parecera muitíssimo ofendido ao sair do lago e cuspir a terra. Logo antes de o búfalo-do-sol perseguir os dois pela selva.

O peso no peito de Talasyn diminuiu, o pesadelo se dissipando junto à risada que escapou de sua garganta. Alaric lhe lançou um olhar de repreensão, o que só a fez dar mais uma risadinha.

— Você sabe que não está menos ridícula do que eu nesse momento, né? — preguntou ele, irritadiço.

— Vai por mim. É mais engraçado quando é você.

Alaric revirou os olhos. Então, os dois voltaram a encarar o dragão, como se guiados pela mesma obsessão. A fera continuou a cochilar, alegre e alheia a seu público, a barriga para cima, extensa, absorvendo a luz do sol.

Tarde demais, Talasyn percebeu que Alaric nunca vira um dragão tão de perto antes. De uma forma pouco característica ao se tratar dele, sua expressão não tinha reservas… Ele observava a criatura maravilhado, e com uma pontada de arrependimento.

— Eu não dei a ordem de atirar naquele dia — disse ele, baixinho. — Foi Mathire que entrou em pânico.

Aquela memória pairou entre os dois, o dragão cor de cobre desmoronando no Mar Eterno sob a frota kesathesa, gritando de dor enquanto a podridão perversa da magia nulífera atingia a asa esquerda. Em seu âmago, Talasyn sentiu a raiva de antes voltar a crescer.

— Não sei se faz diferença eu ter dado a ordem ou não — continuou Alaric —, mas não vai acontecer de novo. Eu juro.

Se Mathire não tivesse disparado o canhão de magia nulífera no dragão, Talasyn pensou, era muito provável que tivesse ocorrido uma batalha entre a frota kesathesa e os navios de guerra do Domínio atracados em porto Samout. Todos os dragões teriam despontado do oceano para defender os nenavarinos, e nada os teria impedido, não até terem derrubado todas as embarcações do Império da Noite ou terem morrido tentando, fosse lá o que acontecesse primeiro.

Teria sido um massacre.

Então, o que de fato aconteceu foi a melhor alternativa possível, com o restante dos dragões saindo ilesos e Kesath ingenuamente achando que estava em vantagem.

Talasyn precisava agir como Vela e Urduja e ter uma perspectiva mais abrangente do todo. Ela respirou fundo e deixou a ira se dissipar.

Alaric parecia esperar algum tipo de resposta. Talasyn não poderia absolvê-lo — e também não tinha certeza de que o fato de a ordem ter vindo de Mathire fazia alguma diferença ou não —, mas *poderia* mudar de assunto.

— Quer fazer carinho nele? — perguntou ela, apontando para o dragão. A resposta de Alaric foi imediata.

— Não, obrigado.

— Está com medinho? — provocou ela.

— Estou sendo racional — corrigiu ele, tenso.

Ela abriu um sorriso sarcástico.

— E se eu te desafiasse?

Alaric respirou fundo. A ruga entre as sobrancelhas sugeria que Talasyn estava prestes a deixá-lo com uma dor de cabeça, se já não fosse o caso.

Determinada, Talasyn agarrou o braço dele com as duas mãos e o puxou na direção da fera. Na verdade, aquela talvez fosse a pior ideia que já teve, mas ela queria atormentá-lo, em uma espécie mesquinha de vingança pela morte do outro dragão. E também estava curiosa para saber o que aconteceria. Se os Feiticeiros de Ahimsa podiam fazer experimentos com o Imperador da Noite, a esposa dele também podia, certo?

Ainda assim...

— É melhor eu ir primeiro — declarou ela.

A ruga na testa de Alaric se aprofundou, e ele retorceu os lábios.

— Talasyn, se alguma coisa acontecer com você...

A mão dela pousou no dorso da besta.

Não havia outro jeito de descrever: os dragões *fediam*. Tinham o cheiro do que comiam: peixes, lulas, gordura e carniça, com notas pungentes de alga em decomposição e a catinga de campos incendiados. O odor terrível teria sido o suficiente para Talasyn engasgar de náusea, mas a sensação de tocar aquela criatura a encantava, era impossível se afastar.

As escamas laranja e duras eram de uma maciez surpreendente, exceto pela crista no meio de cada uma e pelas emendas triangulares onde se encaixavam umas nas outras. O calor irradiado pelas escamas era quase insuportável, como o que se sentia no último segundo antes de afastar os dedos de uma panela fervendo, só que, no caso, com o dragão essa sensação perdurava. O animal pareceu quase se aconchegar no toque de Talasyn, ainda no meio de seu cochilo, o corpo inflando e se contraindo contra a mão dela a cada respiração sonolenta. O éter fluiu dele para ela, e então dava meia-volta, em uma maré pulsante e infinita de magia. O fogo que criava a luz, e a luz do sol que alimentava o fogo.

Com a mão livre e sem dizer nada, Talasyn agarrou Alaric pelo pulso e o levou até o dragão. A palma dele repousou sobre o dorso reptiliano escamoso ao lado da esposa, os dedos dos dois roçando. E o éter fluiu de Alaric e para dentro dele também, as sombras criadas pelo sol, o fogo vulcânico que rugia na escuridão sob a terra.

Tudo estava conectado. Os corações de Alaric e Talasyn batiam em uníssono com o do leviatã e com as ondas. A mesma luz do verão eterno que se curvava no sorriso tímido de Alaric e que entrou nos olhos de Talasyn.

O dragão *roncou*, um ronco baixo e comprido, os bigodes tremendo.

Talasyn riu. O olhar de Alaric ficou mais suave.

— Quase tão alto quanto você — comentou ele.

— Como você se atreve, eu *não* ronco...

— Diga isso para minhas noites insones.

O comentário foi tão seco que Talasyn riu de novo. Ali estava ela, aquela esperança cautelosa, agitando-se sob o sol, alimentada com a única diferença da qual a Tecelã tinha certeza absoluta. Alaric não era o pai dele.

O marido esticou a mão e tirou um pouco de areia do ombro dela. Talasyn fingiu que ia afastá-lo, mas os dedos se demoraram sobre os dele. A Tecelã olhou na direção da praia, onde Elagbi estava com Sevraim.

O pai os observava. E parecia... *preocupado*.

CAPÍTULO 13

Alaric ainda sentia o fedor do dragão muito depois de a fera ter voltado para o Mar Eterno. Quando a noite recaiu sobre Nenavar, os vestígios do fogo da criatura, misturados à sensação do toque de Talasyn, permaneciam em sua pele.

Dali a poucos minutos, a noite traria o primeiro eclipse do mês. As praias da minúscula ilha estavam em um alvoroço.

Em Kesath, o treinamento de etermancia ao ar livre tinha a tendência de angariar uma quantidade razoável de espectadores, e todos tratavam a Legião Sombria com devido respeito, ao observarem em silêncio, tomando cuidado para ficarem a uma distância apropriada e evitando fazer qualquer coisa que pudesse ser considerada uma distração.

Para o desgosto de Alaric, aquele *não* seria o caso em Iantas. Os aldeões e os criados do castelo apareceram na praia aos montes. Havia uma fogueira. Pessoas compartilhavam garrafas de licor de coco destilado e, para os mais jovens e os que não apreciavam álcool, havia apenas o coco em si, com o topo cortado revelando a polpa branca cremosa e a água doce e translúcida, que as pessoas bebiam com canudos de bambu.

A princípio, a multidão curiosa se reuniu perto dos Feiticeiros de Ahimsa — que organizavam garrafas e fios sobre as areias iluminadas pelo luar —, mas se afastou da margem a pedido de Talasyn, que parecia estar se divertindo com a cena toda. O entusiasmo da população era bem diferente do temor com que os membros da corte de Nenavar testemunharam a etermancia meses antes, os olhares fixos nas gaiolas dos sarimans, como se fossem talismãs de proteção, os gritos de pânico quando Alaric canalizou o Sombral durante o banquete.

— As pessoas têm medo do que não conhecem — comentou Talasyn, notando a perplexidade de Alaric. — Eles agora conhecem nós dois. Sabem que nossa magia vai impedir o Nulífero. Então acho que aprenderam a nos aceitar.

Alaric tinha a impressão de que não era só aquilo. Para ele, sob a luz bruxuleante do fogo e das sete luas, era óbvio que os nenavarinos tinham grande estima por sua Lachis'ka, e por um bom motivo. Não apenas Talasyn abrira as portas de seu lar para os que passavam necessidade, sem um pingo de hesitação, como os dois dias desde que Alaric chegara a Iantas bastaram para que percebesse que a esposa tratava os criados com gentileza, e como seus iguais. Não era difícil aceitar alguém como ela.

— Vossas Majestades! — Sevraim foi até eles com um andar quase bambo, estendendo-lhes uma garrafa. — Posso tentá-los?

— Por que está bebendo em serviço? — repreendeu Alaric.

O legionário fez um bico.

— Não há nenhuma ameaça a você por aqui, e é um insulto à hospitalidade da Lachis'ka presumir o contrário.

Ele estendeu a garrafa sob o nariz da Lachis'ka, e, de onde estava, até Alaric conseguia sentir o cheiro potente do suco de coco fermentado.

Talasyn empalideceu de leve e deu um passo para trás. Sem pensar um segundo na estranheza daquela reação e reagindo somente por um instinto nebuloso e animalesco, Alaric se colocou entre ela e Sevraim, arreganhando os dentes para o outro homem.

Sevraim foi embora apressado. Talvez estivesse bêbado, ou talvez fosse a primeira vez em muito tempo que Alaric respondia a uma das peripécias do amigo com algo além de uma tolerância relutante. Seja lá qual fosse o caso, o legionário partiu na direção da segurança da fogueira, cambaleando pelo caminho.

Quando Alaric se virou para a esposa, o nervosismo que vira momentos antes tinha se dissipado, mas ele ainda precisava saber como ela estava.

— Está tudo...

— Eu estou bem — interrompeu Talasyn. — É só que... não gosto do cheiro desse licor em particular.

Por mais que aquele argumento fizesse sentido, ocorreu a Alaric que ele nunca a vira tomar mais do que alguns pequenos goles de vinho, nem sequer terminar uma taça. No jantar da véspera, a única coisa que bebera foi água.

Antes que pudesse abordar aquele assunto, porém, Ishan Vaikar os chamou para se aproximarem da configuração de amplificação.

— Estou muito satisfeita com isso! — exclamou ela. Era verdade. A daya estava exultante, praticamente dando pulinhos de alegria. — Tivemos uma ideia para aumentar a área de efeito ao acrescentar alguns fios de Tempória aos núcleos de éter. Obtivemos resultados promissores, graças à habilidade do relâmpago e do trovão de se propagarem. Se tivermos sucesso, a magia do eclipse de Vossas Majestades deve ser capaz de cercar por completo a abertura por onde o Nulífero sai! — disse ela, abrindo um sorriso. — Mas é melhor começarmos com essa faixa de praia primeiro.

Alaric fitou as jarras com desconfiança. Tinham a combinação brilhante de sangue de sariman e magia de chuva que ele vira anteriormente no átrio do Teto Celestial. Ali, no entanto, tinha algo diferente. Os núcleos de safira com pontos cor de rubi estavam cercados do calor incandescente de Tempória e estalavam de forma inquietante dentro das paredes cristalinas que os rodeavam.

Pelo visto, Talasyn pensou o mesmo.

— É seguro? — perguntou ela para Ishan.

— Inicialmente, não era — respondeu Ishan, ainda com a mesma alegria. — Quase arrancou os dedos do meu assistente. Pior que fogos de artifício! No entanto, acredito que tenhamos encontrado a diluição apropriada.

Talasyn se dirigiu a Alaric com um sorriso seco.

— Foi ótimo conhecer você.

— Digo o mesmo — respondeu ele.

Os Feiticeiros de Ahimsa primeiro queriam testar se Talasyn conseguia criar a magia de eclipse com outro Forjador de Sombras. Portanto, assim que a Sétima Lua de Lir ficou vermelha, Sevraim, de bom grado, atirou uma faca na direção dela.

Era uma faca forjada de sombras, fina e mortal, sem nenhum peso, assim como o ar que ela cortava. Girou rumo a Talasyn em um caminho errático, a lâmina da arma escura ondulando com os fios prateados do etercosmos.

Em vez de recorrer a um escudo, ela conjurou uma espada incandescente e cortou a faca quando chegou a centímetros do seu peito. As sombras se partiram em duas diante do ataque da luz e então sumiram. Em vez de a magia dos dois se unir e formar uma esfera preta e prateada ao redor deles, Talasyn ficou apenas segurando sua lâmina radiante, encontrando o olhar de Sevraim por cima do brilho incendiário.

Nenhuma barreira. Nem mesmo estando sob o eclipse.

O legionário ergueu as mãos, bem-humorado.

— Parece que sua esposa só sabe fazer um escudo de luz e sombras com *você* — disse para Alaric, que os observava com muita atenção.

— É muito curioso — murmurou Ishan. — Sem dúvida tem a ver com o sangue. Seja pela Casa de Ossinast ou de Ivralis, não sei dizer.

Talasyn também não sabia. Quando Alaric deu um passo para a frente, porém, e a encarou dentro da configuração de amplificação, ela ficou consciente até demais do estranho alívio que a percorria — o alívio de saber que o escudo continuava sendo algo que pertencia somente aos dois.

Mais tarde, Talasyn se perguntaria como as pessoas viram aquela cena de longe, o véu de Luzitura e Sombral se desdobrando na beirada da água, esticando-se e se arqueando até conter a praia e todos os presentes em sua esfera cintilante. Os núcleos de éter brilharam e estalaram dentro das garrafas, e as luas de Lir dançaram no céu acima deles, sua sétima irmã oculta parcialmente em luz escarlate.

— Maravilha, maravilha! — Ishan estendeu os braços, assim como os outros Feiticeiros, tomando cuidado ao controlar a energia que irradiava dos fios incandescentes que ligavam uma jarra à outra. — Vamos ver quanto tempo aguentamos!

Era a primeira vez que alguém além de Alaric se posicionava dentro da esfera de luz e sombras junto de Talasyn. Ishan estava perto o bastante para que suas ordens fossem ouvidas através do rugido da magia, mas era impossível escutar o que os espectadores mais longe da água diziam. Com a barreira embaçando os raios das luas, e as fitas de Sombral ofuscando a fogueira, Talasyn conseguia enxergar os outros nenavarinos — maravilhados com o que viam — em breves vislumbres de éter. A Tecelã notou o fascínio pueril no rosto de Elagbi antes de a Luzitura ondular e ela perdê-lo de vista.

Alaric, no entanto, estavam bem ao lado dela. Talasyn o via com nitidez, os olhos brilhando em prata iluminada como o gelo, a forma emaranhada em teias de chiaroscuro, uma imagem tão etérea quanto um sonho que ela poderia ter tido.

— Talasyn, você não está focada! — esbravejou ele, destruindo até o último pingo da ilusão do devaneio.

Ela fechou a cara, irritada com ele mais uma vez, mas lhe obedeceu e se livrou de todas as distrações. A magia que irradiava da ponta dos dedos de Talasyn tornou-se mais sólida, rugindo pelo véu alimentado pelos amplificadores. A areia rodopiou aos pés dela, agitada pelo vento nada natural.

A última vez que Talasyn criara uma barreira com Alaric dentro da configuração de amplificação fora no átrio do Teto Celestial, quando pareceu que a magia dela estava alçando voo, tornando-se maior do que a soma das partes. Ali, naquele instante, na praia de Iantas, com os núcleos de éter modificados para projetar uma barreira em uma distância maior, era o mesmo, mas também... *diferente*. Quanto mais Talasyn usava sua magia, mais alguma coisa parecia se abrir dentro dela, sob seu coração, avançando por seu corpo.

Ela não podia decepcionar ninguém. Não tinha escolha a não ser aguentar firme, suportar a sensação que lembrava pavor, mas que não era bem aquilo. Era mais como se algo estivesse despertando dentro dela. O suor se acumulou em suas têmporas, e uma rápida olhada para Alaric — de feições pálidas, maxilar travado — revelou que ele também não estava muito melhor.

Eles logo atingiram algum ponto crítico, e as garrafas estouraram. Uma seguida da outra, os fios sofrendo um curto-circuito, o mundo virando um borrão de cacos, chuva e relâmpagos. Com o susto, a concentração de Talasyn se rompeu e a barreira de luz e sombras colapsou, dissolvendo-se em fiapos de fumaça e então mais nada, enquanto os Feiticeiros redirecionavam a massa da explosão de corações de éter para o oceano antes que alguém se machucasse.

— Não tão estável quanto pensei — resmungou Ishan. — Mas aguentou por meia hora, então estamos fazendo progressos. Apenas mais alguns pequenos ajustes ... — Ela parou de falar em um ímpeto renovado de preocupação. — Vossa Graça? Está tremendo...

Talasyn estava queimando. Tinham sido mesmo apenas trinta minutos? Pareceu tão mais tempo. Sua garganta estava seca, e cada centímetro do corpo dela fervia. *Insolação*, pensou ela, grogue. Como os verões implacáveis na Grande Estepe. Luz demais, calor demais. Ela deu um passo na direção da água com um vago intuito de se afogar no Mar Eterno. Faria qualquer coisa por um momento sequer de frescor, mas as areias traiçoeiras remexeram sob seus pés, e ela não conseguiu se equilibrar, e então estava caindo...

E Alaric a segurou, os braços fortes levantando-a contra seu corpo largo e robusto. O alívio foi instantâneo em todos os lugares que a pele dele tocava a dela, a testa febril encaixada no pescoço dele, as mãos sem luvas dele nos ombros dela e na lombar. A sensação de esfriamento se espalhou, o rugido da luz recuando.

Alaric também cambaleava. Não, *tremia de frio*. Seus dentes batiam, e ele estava frio como gelo. Talasyn se enterrou mais fundo no peito dele, apertando-o com força, sem pensar em nada além de lhe oferecer um pouco de conforto. Ela espalmou a mão sob a camisa dele, contra os músculos tensos do abdome. Os tremores de Alaric diminuíram, e sua respiração voltou ao normal ao mesmo tempo que a dela.

Talasyn olhou na direção do eclipse por cima do ombro de Alaric, perdida ao tentar entender o que acontecera. O mundo voltou a rugir em todo o seu caos: as pessoas aglomerando-se ao redor deles, oferecendo opiniões, Feiticeiros de Ahimsa gritando para que todos permanecessem longe do vidro quebrado que enchia as areias e refletia a luz das estrelas nos estilhaços, as ondas quebrando na praia.

Elagbi empurrou a multidão até chegar à filha, agarrando Talasyn pelo braço, gentilmente a afastando de Alaric.

— Minha querida, o que houve? — Ele a segurou pelos ombros, avaliando-a da cabeça aos pés. — Está doente?

— Quente — respondeu Talasyn, grunhindo. — Estava quente demais.

Ela olhou para Alaric.

— Frio para mim — disse ele. — Como... como o inverno nas montanhas.

Se foi uma sensação tão intensa quanto a dela, e ainda assim ele encontrara um jeito de segurá-la para que não caísse...

Os Forjadores estavam acostumados com a dor, foi o que Vela lhe dissera. Talasyn foi tomada pelo ímpeto de envolver Alaric em seus braços de novo e, por um momento terrível, ela se ressentiu do pai por tê-la afastado do marido.

Ishan coçava a cabeça, frustrada. Talasyn sentiu uma pontada familiar de culpa por ser a fonte de todos os problemas da daya desde que as duas tinham se conhecido.

— Magia de eclipse, amplificadores... tudo isso é um território novo na feitiçaria. Não temos muito material de leitura e pesquisa prévia — explicou Ishan, por fim. — É possível que a configuração que planejamos tenha afetado a etermancia de Suas Majestades em um nível interno.

— E ninguém pensou em me informar sobre tal risco? — O tom de Alaric era uma fúria silenciosa e pura.

Talasyn pensou na água do mar borbulhando perto do focinho do dragão mais cedo naquele dia, a superfície ondulando com apenas um indício fraco do inferno de onde surgia.

— Durante todo esse tempo em que me submeti a seus experimentos, ninguém considerou que seria aconselhável me *avisar* que minha magia seria alterada? — continuou ele.

Ishan parecia um pouco perplexa ao ser criticada por um homem, mas se recuperou e aprumou a postura.

— Não posso antecipadamente informá-lo de riscos dos quais eu não tinha conhecimento, imperador Alaric. Como falei, tudo isso também é novo para nós.

— E, ainda assim, teve a audácia de agir como se soubesse o que está fazendo. A magia de sombras é o que protege o meu povo das ameaças e dos inimigos. Se minha etermancia for comprometida de qualquer forma, não posso protegê-los. Se a Lachis'ka e eu formos mortos por essas suas engenhocas, todos os nossos planos terão sido em vão. Nós fomos tolos ao depositar nossa confiança nas mãos de...

— Milorde.

Talasyn segurou a manga de Alaric antes que ele pudesse chamar uma das nobres mais poderosas do Domínio de charlatã ou coisa pior. Alaric se virou para ela, furioso, e Talasyn viu o medo que se escondia sob a raiva. Entendia a exasperação dele, mas a situação precisava ser apaziguada. Ela tentou pensar em algo sensato para dizer, tentou não deixar transparecer a preocupação que também a exasperava.

Antes que conseguisse fazer qualquer uma das duas coisas, porém, Alaric se desvencilhou dela e se afastou.

Enfurecido, Alaric subiu a escadaria de granito. O Sombral estalava na ponta dos dedos, arranhando o corrimão de mármore. Ao menos ele conseguia fazer *aquilo*.

Ele não tinha a menor ideia de qual era o plano dos nenavarinos. Só sabia que nunca mais queria sentir algo como o que acabara de experimentar.

Não o frio que o fez acreditar que estava morrendo, não a forma como o toque de Talasyn canalizara o calor para as veias dele como se a Tecelã fosse sua salvação.

Porque ela *não* era a salvação de Alaric. Talasyn dominava uma magia antiga e perigosa que quase destruíra o país dele, e no que ele estava *pensando*, deixando que ela e seu séquito manipulassem a própria essência da sua etermancia, por mais que aquilo aparentemente tivesse acontecido por acidente?

Ele se descuidara. Deixara que ela se aproximasse demais. Talasyn seria sua ruína. A luz e a sombra não podiam existir juntos sem que um destruísse o outro.

— Alaric!

Talasyn correu atrás dele nas escadas, dois degraus por vez. Alaric parou, relutante, e esperou enquanto a esposa recuperava o fôlego, um degrau abaixo dele.

— Escute. — Talasyn engoliu em seco.

Alaric observou o pulsar no pescoço dela, delicado como asas de borboleta, e se deu conta de que os dois estavam sozinhos na escadaria.

— O que a configuração de amplificação fez com nossa etermancia, eu sei que incomodou você...

— Um eufemismo...

— ... mas também afetou a *minha* etermancia. Nós precisamos continuar. Ainda é a nossa melhor chance de impedir o Nulífero.

— *Nós* somos a melhor chance de impedir o Nulífero. É por isso que não podemos arriscar nossas vidas antes da hora.

— Foi temporário. Nós dois estamos bem — argumentou ela. Então, notou as rachaduras provocadas pelas sombras no corrimão e cerrou os punhos. — Você não pode só andar por aí demolindo o castelo! Alguém vai precisar consertar isso...

Alaric estava dividido entre soltar um riso amargurado e um grunhido incrédulo. *Essa nunca fica sem vontade de brigar.* Não importava qual fosse a situação, sua esposa sempre mostrava as garras.

Só que talvez ele precisasse daquilo no momento.

Precisava afogar a aflição e a frustração que cresciam em seu âmago, e precisava se certificar de que a própria magia não fora comprometida.

Afinal, quem era Alaric sem o Sombral? Como ele poderia liderar e proteger o Império da Noite sem sua magia?

Você é muito mais que uma arma, dissera Talasyn. Ele se lembrava vagamente das palavras, faladas baixinho à luz da lamparina enquanto ela o segurava. *Você pode ser muito mais.*

Ele relutou contra um arrepio que era muito diferente do frio de antes. Novas farpas de magia de sombras faiscaram em seus dedos ainda no corrimão. O mármore rachou diante do ataque.

— E o que você vai fazer quanto a isso? — perguntou Alaric, baixinho.

Talasyn semicerrou os olhos.

Em reconhecimento. Em desafio.

— Eu estou bêbado demais para isso — anunciou Sevraim, chutando a areia sob a luz do luar. — Bêbado demais.

— Cale a boca, Sevraim — disseram Alaric e Talasyn, em uníssono.

Os dois estavam posicionados a alguns passos um do outro, protegidos dos curiosos por uma espessa muralha de palmeiras. O eclipse lunar acabara, e os outros residentes de Iantas haviam retornado a seus lares. A silhueta espinhosa do castelo estava repleta de janelas escuras.

— A Lachis'ka precisa desenvolver seu foco — declarou Alaric. — Ela ainda se distrai com facilidade. Nenhum tipo de configuração de amplificação pode consertar *isso*.

— E o Imperador da Noite precisa se colocar no seu lugar — vociferou Talasyn.

— Vocês dois parecem estar falando comigo, mas ficam só se encarando. É muito confuso — choramingou Sevraim, parando ao lado de Alaric.

Não demorou muito para que o ar noturno se acendesse com magia, uma série de armas forjadas de sombras que se transmutavam ao colidir com um escudo tecido de luz em rápida sucessão e com uma ferocidade assustadora, a coreografia complicada dos três combatentes levantando nuvens de areia branca a cada passo.

Talasyn tinha bastante certeza de que se sairia melhor numa embate com eles, mas não tinha *permissão* para tanto. O objetivo era sustentar o escudo, não importava o que acontecesse.

Assim, Alaric e Sevraim se revezavam em ataques sucessivos, cada vez com uma arma diferente, e tudo que ela podia fazer era cravar a sola dos pés na areia e se esforçar ao máximo para não baixar a guarda mesmo enquanto rangia os dentes diante da brutalidade dos golpes.

— Boa, Lachis'ka! — elogiou Sevraim com um sorriso depois de Talasyn ter defendido sua espada de sombras. — Sua Majestade se preocupa à toa, se quer saber.

— Ninguém te perguntou nada — retrucou Alaric. — Chega de falar.

Ele jogou uma lança de sombras na direção de Talasyn, que abaixou e se protegeu atrás do escudo sem maiores dificuldades, a sombra sumindo no instante em que atingiu a barreira dourada. Só que de repente Alaric estava à sua esquerda, invocando uma segunda lança e a atirando em sua lateral desprotegida.

Talasyn se virou no último segundo, o escudo interceptando o novo projétil antes que a perfurasse, mas então os *dois* oponentes a atacaram de direções diferentes. Por instinto, ela empurrou Sevraim e o machado, fazendo-o cambalear, mas suas ações a impediram de se preparar para o golpe de Alaric. O escudo desapareceu assim que encontrou a espada kalis, de corte duplo e com a lâmina ondulada. Alaric arregalou os olhos prateados e se apressou para afastar o braço do corpo dela, mas era tarde demais. Talasyn soltou um grito ao sentir a lâmina gelada da kalis contra o osso do quadril, fria o bastante para deixar uma queimadura.

Alaric fez sua arma desaparecer, a atenção fixa no sangue que se acumulava na faixa de pele entre a calça e a roupa de cima de Talasyn. Ele deu um passo para a frente como se fosse segurá-la, mas então pareceu pensar melhor e engoliu em seco.

— Vá buscar um curandeiro — instruiu Sevraim.

— Não está tão ruim assim — protestou Talasyn, impedindo o legionário antes de ele seguir as ordens e voltar para o castelo. — Se formos parar a cada arranhão, nunca vamos conseguir nada.

Alaric a encarou, sério, e Talasyn retribuiu o olhar dele, perplexa. Os dois tinham se enfrentado durante uma *guerra* e causado uma quantidade razoável de feridas e hematomas um no outro. Como aquilo poderia ser diferente? Além do mais, a ideia de treinar fora *dele*.

— Tudo bem — respondeu Alaric, controlado. — Da próxima vez, deixe que a etermancia trabalhe a seu favor. Quando estiver em uma posição difícil, modifique o escudo em vez de se virar fisicamente para desviar ou bloquear.

Talasyn assentiu. Ela conseguia fazer aquilo. Eles retomaram o treino, com mais ataques simultâneos dos dois Forjadores do que antes, e ela se concentrou em alterar o escudo sempre que necessário... desde os escudos de guerra em formato de lágrimas usadas no Continente para os retângulos espinhosos de Nenavar, ajustando-os para ângulos e transformando-os em armas diferentes. Era um processo excruciante, e Alaric e Sevraim não demonstravam piedade. Aos poucos, ela encontrou seu ritmo sob as sete luas.

E ainda tinha o alívio — o alívio de perceber que sua etermancia ainda funcionava como deveria. Um alívio que também aparecia no rosto de Alaric.

Ficaria tudo bem. Tinha sido só um susto rápido. Alguma esquisitice com os amplificadores.

A certa altura, Sevraim se afastou, e Alaric e Talasyn se viram presos em uma dança precisa e mortal de escuridão rodopiante e luz mutável. Ele a levou quase até a beira do mar, onde o oceano batia nos dedos dos pés enquanto ela bloqueava os golpes furiosos. Ele era incansável, forçando Talasyn a se mexer cada vez mais rápido, até os braços estarem cansados e a respiração entrecortada, e tudo que ela via era ele, com os cabelos pretos despenteados pelo vento, os ombros largos, e as sombras brilhando na areia e na água do mar tocada pela lua.

Considerando a proximidade em que estavam, foi fácil demais para Talasyn identificar o instante em que uma faísca astuciosa brilhou na profundeza prateada dos olhos de Alaric. A espada na mão dele se derreteu para formar um aguilhão na ponta de uma corrente, e, com um virar do pulso, o grilhão escuro se enroscou no escudo dela, deixando-a imóvel enquanto a ponta letal e afiada do gancho voava na direção dela em um disparo certeiro.

O desespero de Talasyn ecoou em sua magia, o escudo dobrando de tamanho e libertando-se das correntes escuras. O braço que segurava o escudo girou, fora de controle, e a ponta bateu com força na bochecha de Alaric.

Ele cambaleou para trás, o Sombral sumindo enquanto o sangue dele respingava nas águas rasas.

Um grito rouco rompeu o ar. Talasyn mal registrara o fato de que o barulho saíra de sua boca. Estava ocupada demais fazendo a Luzitura desaparecer e correndo até Alaric, a água do mar se agitando na altura dos calcanhares, a preocupação tomando suas veias como se fosse um incêndio.

— Você está…

Ela o segurou pelo pescoço, forçando-o a encará-la, e Talasyn sentiu o coração parar ao ver o corte escarlate que dominava um pedaço da bochecha.

Os dois tinham lutado na guerra, um contra o outro. O que havia de tão diferente naquela vez? Seria arrependimento a vontade de chamar um curandeiro como ele quase fizera quando atingira o quadril dela?

Se nós não queremos ferir um ao outro, pensou ela, *então como ficaremos? O que podemos fazer daqui para a frente?*

Alaric franziu o cenho sob o toque dela, sua mão se entrelaçando na de Talasyn, fazendo o coração da Tecelã bater mais forte.

Alaric apertou o pulso dela, e Talasyn ficou com a impressão de que havia algo compulsivo no gesto, algo sedento… mas o marido logo afastou a mão dela de seu pescoço, com uma amargura que deixava evidente que a intensidade do toque dele momentos antes tinha sido mero acidente.

— Uma manobra engenhosa — disse Alaric —, mas não é o que estamos buscando nesse exercício.

Talasyn empinou o nariz o máximo que conseguia, considerando que ele era bem mais alto.

— Você trapaceou.

Alaric passou o dorso da mão esquerda na bochecha, os dedos pálidos tingidos de vermelho, mas o sangramento parara, para a felicidade de Talasyn.

— Eu estava testando você — murmurou ele, rouco. — No caso, eu poderia argumentar que foi *você* quem roubou. A não ser que de fato esteja planejando esmurrar o Nulífero com o seu escudo.

Talasyn teria continuado a discussãozinha de bom grado, se não tivesse notado que a mão que Alaric usara para afastá-la do pescoço dele ainda não soltara a sua. Os dedos dos dois permaneciam unidos. Ele percebeu só um instante depois dela e, por um segundo intenso, pareceu furioso. Com Talasyn? Com si próprio? Alaric tentou se desvencilhar.

Ela apertou a mão dele com mais força, recusando-se a soltar. O contato prolongado pareceu romper as defesas dele, deixando evidente que a exaustão finalmente o alcançara. Alcançara os dois, na verdade. Todo o impulso de lutar se esvaiu do corpo largo de Alaric, e Talasyn também reagiu com algo que se assemelhava a uma rendição. Eram o espelho um do outro, sob a luz das sete luas.

— Você estava queimando mais cedo — sussurrou ele. — Tentei segurá-la, e, por um momento, você estava igual ao dragão. Só senti o fogo na minha pele.

Foi nesse momento que ela viu o medo que Alaric sentia, o mesmo medo que tentara esconder antes. Não por si próprio, mas por ela. Talasyn esticou a outra mão e tocou o ombro dele, e Alaric se derreteu, como se ela fosse mesmo fogo, se afundando na pele de Talasyn.

— Eu estou bem. Por *sua* causa. — Talasyn contornou com os dedos o braço nu e musculoso de Alaric. — Assim que você me tocou, a febre sumiu. Parecia...

Que alguém tinha impedido sua queda. Como o fim de uma longa jornada para casa. Ela não sabia como colocar aquilo em palavras, as emoções que transcendiam o seu corpo, mais profundas que sua magia, que a elevavam acima do Céu Acima do Céu.

— Eu também senti. — Alaric tocou a mão de Talasyn antes que ela a afastasse. — A luz dentro de você, ela pareceu me invadir. Banir o frio.

Ele segurava as duas mãos dela. Alaric era tudo que ela conseguia ver, a silhueta desenhada no luar.

— Não sei o que isso pode significar para nós. Para nossa magia — disse Talasyn. — Mas... acho que vamos conseguir proteger um ao outro.

Alaric fechou os olhos por um instante, parecendo quase ferido com o sentimento.

— Você não sabe o quanto quero acreditar nisso, Talasyn. Mas não podemos fugir de quem somos. Nossa história foi escrita pela guerra muito antes de nós nos conhecermos. Olhe só o que aconteceu hoje à noite. Veja as consequências da luz e das sombras trabalhando juntas. — Ele desviou o olhar, como se não suportasse vê-la ali. — Veja o custo disso.

Ela queria argumentar. Queria invocar a conexão que sentiram quando estavam com o dragão, mostrando que até forças opostas podiam existir em harmonia. Ela queria lembrá-lo de que foi ele quem disse que os dois eram mais fortes juntos.

Entretanto, outra guerra espreitava no horizonte, uma pela qual ele não estava esperando. As dúvidas de Alaric insuflaram as de Talasyn, a pele dela ainda formigando com a lembrança do calor infernal de mais cedo... e como sua magia combinada quase destruíra os dois.

Ela precisava ter uma perspectiva mais abrangente da situação. Quando chegasse a hora, ela precisaria entregar Alaric para a Confederação. Não havia outro desfecho possível.

Eles não podiam proteger um ao outro. Aquilo foi a Talasyn da Grande Estepe falando, a órfã imunda das ruas que se alimentava de sonhos que jamais seriam realizados. Ela se tornara Alunsina Ivralis, e milhões de vidas estavam em jogo.

Deixe-o ir, pedia a sanidade dela.

E, ainda assim, suas mãos continuavam onde estavam, unidas às dele. Alaric também não se afastou. Ela não conseguia se mexer. Estava impotente diante de um desejo incontrolável que nem sequer conseguia nomear.

Eu não sei o que eu quero.

Sei o que Vela e Urduja querem. Sei o que é melhor para a Sardóvia e para Nenavar.

Mas eu não sabia... ninguém me disse... que seria tão difícil.

Se Alaric apenas olhasse para ela... Bastava que ele lhe dissesse uma palavra, e aquilo seria o bastante para tudo fazer sentido.

Ele continuou em silêncio, porém, recusando-se a encará-la, e o coração de Talasyn se despedaçou. Ele jamais escolheria Talasyn acima de Kesath. E ela não era forte o bastante para travar aquela luta sozinha.

Um gemido baixo estilhaçou o que se passava entre os dois. Sevraim estava deitado de bruços na areia, a alguns metros de distância. Tinham esquecido por completo da presença dele.

— Não se incomodem comigo, Vossas Majestades — balbuciou ele, lamentoso. — Só estou tentando fazer o mundo parar de girar enquanto vocês ficam aí desvendando seja lá o que for *isso*.

CAPÍTULO 14

— Tem certeza absoluta de que não precisa que eu fique?

Era o começo da tarde do dia seguinte e, na plataforma aérea de Iantas, soprada com a areia, Elagbi fitava Talasyn com uma preocupação escancarada sob a sombra da escuna diplomática que o levaria de volta para Eskaya.

— Posso ficar, sabe? — insistiu o pai de Talasyn. — Sua avó vai entender.

— Duvido. — Talasyn abriu um sorriso para suavizar o comentário. — Vou ficar bem, Amya. Não tem por que você negligenciar suas responsabilidades na capital por minha causa.

— Estou preocupado, só isso. Com seu marido naquele mau humor sombrio...

A atenção de Elagbi dirigiu-se às janelas do castelo, como se esperasse que Alaric surgisse a qualquer momento como um fantasma amargurado.

Talasyn bufou.

— O Imperador da Noite está sempre de mau humor. Prometo que sei lidar com ele.

Só depois que o pai se despediu e a embarcação dele partiu, tornando-se uma silhueta pequenina no horizonte, Talasyn se permitiu ficar cabisbaixa. Sua vida ficaria insuportável após a partida de Elagbi. Alaric dormira em seu gabinete na noite anterior e passara a maior parte do dia trancafiado lá também, saindo só para fazer refeições, encarando o prato com ódio em vez de conversar.

Talasyn não se sentia no direito de repreendê-lo. A situação ficava cada vez mais incompreensível sempre que estavam perto um do outro. Ela tinha medo de tudo que Alaric a fazia sentir, e era perceptível que *ele* não ficava feliz em se importar com o bem-estar e as opiniões dela. Também havia aquele novo aspecto de suas magias que precisava ser levado em consideração: a luz e a sombra se alimentando, mesmo enquanto se mantinham como opostos diametrais, cobrindo as fraquezas que um infligira no outro.

Era uma teia emaranhada. Talvez fosse melhor que eles mantivessem distância por enquanto.

O começo de uma nova semana trouxe o alfaiate real para Iantas. O homem se chamava Belrok e tinha quarenta e tantos anos. Era esguio e tinha pele marrom-escura, trajando as peças mais chamativas que Alaric já tinha visto em toda sua vida. Além do acabamento da manga, com listras azuis e rosa, a túnica cor de musgo era coberta por padrões de lagarto em fios prateados que superavam, e muito, até o vestido mais espalhafatoso de Urduja. A faixa dourada e incrustrada de cristais ao redor da cintura brilhava tanto que Alaric nem sequer conseguia olhar para ela na luz direta do sol, com medo de ficar cego.

Como todos os homens nenavarinos, Belrok amava joias. Diversos anéis de pedras preciosas cintilavam nos dedos que ele tamborilava no braço da cadeira depois que Alaric se submetera à indignidade de ter suas medidas tiradas por alguns assistentes, que no momento ladeavam o alfaiate na cadeira, fazendo anotações em rolos de pergaminhos.

— Sinto muito, imperador Alaric, mas só uma jaqueta mais formal não será o suficiente — opôs-se Balrok, sem tentar esconder a exasperação. — A costureira da Lachis'ka foi generosa e me mandou o desenho do traje dela, que é, sem dúvidas, *encantador*. O senhor pareceria um mordomo ao lado da esposa, Vossa Majestade. Temo que simplesmente não possa permitir tal coisa.

Alaric sentiu o olho esquerdo tremer.

— Muito bem — concedeu ele, rígido. — Desde que seja de bom gosto.

— Mas é óbvio. — O alfaiate soou ofendido. — Agora, vamos discutir o conceito. Sua fantasia para o baile de máscaras deve proporcionar um equilíbrio, complementando o traje da Lachis'ka mas sem ofuscá-la, por assim dizer. Prefere personificar a resplandescência do pavão, o poder brutal do tigre, a virilidade do cervo...

— Isso foi um erro.

— Talvez o temperamento impaciente do búfalo-do-pântano? — disparou Belrok. — A teimosia do burro comum?

Alaric deu um sorrisinho.

— Precisarei me abster dessas últimas duas opções, Belrok. Prefiro não ofuscar *você*.

Os dois homens discutiram, trocaram provocações e se lançaram olhares furiosos durante o resto da reunião. Quando por fim chegaram a um acordo quanto ao conceito e Belrok saiu, bufando com frieza junto aos assistentes, Alaric estava com um mau humor terrível. Ele perambulou pelo castelo em busca de Talasyn, preparado para descascar o alfaiate. Afinal, depois de todas as concessões que a esposa arrancara dele durante o maldito relacionamento, o mínimo que ela podia fazer era aguentar todas as reclamações de Alaric.

Um criado o direcionou aos jardins em um Marinheiro Comum hesitante, e logo o imperador estava andando por aquele lugar repleto de claridade e flores de hibisco. De repente, parou. Talasyn tinha visitas.

Sob o teto arqueado e gracioso do pavilhão com teto de conchinhas, a esposa de Alaric estava tomando chá na companhia de Jie e de um grupo de mulheres nobres do Domínio. Ele reconheceu Niamha Langsoune, a daya de Catanduc, que meses antes entrara em seu porta-tempestades armada com a proposta de casamento com a Lachis'ka nenavarina. Ele não recordava o nome e título das outras, mas os rostos cuidadosamente pintados eram familiares o bastante para saber que ou tinham sido convidadas do casamento, ou espectadoras no duelo que travara com Surakwel Mantes no banquete. Era provável que houvessem presenciado ambas as ocasiões.

O fluxo de risadinhas discretas e tagarelice cessou quando as mulheres o viram. As nobres se levantaram e fizeram mesuras. Em seguida, não desperdiçaram tempo em cochichar entre si, lançando olhares curiosos quando Talasyn foi depressa até ele, que estava parado na entrada do jardim, sentindo-se desconfortável por ser objeto do escrutínio feminino.

— O que foi? — questionou ela, de uma forma quase educada, considerando que os dois vinham se evitando sempre que possível desde o eclipse, com exceção dos horários de refeição e de treinamento.

Alaric encarou a esposa, um pouco atordoado. Não podia começar a reclamar do alfaiate *naquele instante*. A mente dele foi a mil, tentando encontrar uma desculpa plausível.

— Estava me perguntando se Sevraim e eu poderíamos usar o pátio. Com sua permissão.

— Para treinar? Você não precisa da minha permissão para isso. Esse castelo é sua residência tanto quanto é a minha.

— Ainda assim. Achei que deveria perguntar. — Ele pigarreou. — Obrigado.

Ela parecia perplexa, mas mudou de assunto.

— Antes que você vá embora... Daya Vaikar mandou avisar que ela e os Feiticeiros ainda não terminaram as modificações do amplificador. Então você e eu precisaremos nos virar sozinhos durante o eclipse de hoje à noite.

— Certo. Não vou dar a Nenavar uma causa para acusar Kesath de renegar o tratado, apesar da incompetência mais recente de sua nação.

— Sua generosidade é imensa e não será esquecida — retrucou Talasyn.

Alaric deu meia-volta e foi embora. Encontrou Sevraim na cozinha e quase o arrastou para o pátio.

— Mas, Vossa Majestade, por quê? — choramingou o legionário. — Estava ajudando a descascar essas nozes pili ótimas, e os cozinheiros prometeram que eu ia até ganhar uma provinha da panela. E está quente *demais* para treinar. De onde você...

— Cale a boca, Sevraim.

O motivo oficial da visita das quatro nobres era prestar homenagem à Lachis'ka, mas Talasyn vivia no Domínio havia tempo suficiente para compreender a verdadeira razão. As notícias do Imperador da Noite finalmente residindo em Iantas se espalharam, e aquele encontro era uma mera desculpa esfarrapada para fofocar. As convidadas de Talasyn não desperdiçaram tempo algum para voltar ao assunto assim que Alaric se foi e ela retornou ao pavilhão.

— Preto deve ser a última moda no Continente, não é, Vossa Graça? — questionou Bairung Matono, cuja pele marrom-clara era coberta de tatuagens de runas em verde-garrafa, uma tradição em sua ilha. — O guarda-roupa do imperador Alaric é um pouco... sem graça.

— Nem todas as civilizações priorizam a estética como nós, lady Bairung — respondeu Talasyn, com cuidado.

— Bem, ignorando o senso de moda ou, no caso, a falta dele... — interveio Harjanti de Sabtang, a silhueta rechonchuda envolta em tecidos laranja de tapeçarias ricas, com padrões de diamante e estampa chevron feitos em fios metálicos prateados — ... até que Sua Majestade não é de todo mau em aparência, para um forasteiro.

Jie deu uma risadinha alta e um empurrão espirituoso na prima, que a empurrou de volta em um momento de camaradagem feminina que ia contra todas as suas vestes elegantes e status elevados.

— A senhora e seu consorte *precisam* visitar as Terras da Seda, Lachis'ka — opinou Oryal. Ela era a única filha de Ito Wempuq, o rajan que dera tanto trabalho para Alaric no banquete de noivado. — As árvores-de-fogo estão em suas cores das monções. Seria uma honra hospedá-los lá.

Embora tivesse o cabelo castanho-escuro do pai, cortado na altura do queixo e com ondas leves, Oryal era tão magra quanto Wempuq era robusto, tão calma quanto o pai era tempestuoso, e, pelo visto, tão acolhedora ao Império da Noite quanto ele não era. Talasyn lhe ofereceu um sorriso hesitante.

— Seria adorável, se tivermos tempo para isso.

— *Convenhamos*, Oryal. — Niamha Langsoune revirou os olhos. — Já ocorreu a você que Sua Graça e Sua Majestade podem querer um tempo só para si? Eles *acabaram* de se casar, afinal.

Ela estava sendo uma boa aliada, como sempre, sutilmente oferecendo a Talasyn uma oportunidade de evitar qualquer compromisso em potencial, mas o que o comentário deixou implícito fez Talasyn querer se atirar de um penhasco.

Oryal bufou.

— Foi apenas uma sugestão, daya Langsoune. Passar tempo demais juntos pode ser muito desastroso para marido e esposa. Nem *todos* temos a sorte de ser Harjanti e Praset.

Harjanti arquejou, fingindo que estava ofendida, e as outras mulheres continuaram tagarelando. O afeto que a daya de Sabtang demonstrava nutrir pelo marido era uma fonte de divertimento para a corte do Domínio, cujos casamentos em geral eram alianças estratégicas, em vez do resultado natural de algo tão ultrapassado quanto sentimentos. No entanto, Talasyn lembrava bem como Harjanti e Praset pareciam felizes e unidos no banquete de noivado, e como trabalharam juntos para sair de uma situação constrangedora.

— Fazer um homem se apaixonar não é muito difícil. Os maridos inclusos — disse Bairung, em tom de brincadeira. — Daya Langsoune, mostre a Lachis'ka sua técnica favorita.

Jie, Oryal e Harjanti *gritaram*, extasiadas. Niamha brandiu o punho na direção de Bairung, contrariada, mas logo se endireitou na cadeira e pigarreou, extrovertida. A descontração atingira seu age. A cabeça de Talasyn estava começando a doer.

— É muito simples, na verdade, Vossa Graça — começou Niamha. — Primeiro, um sorriso discreto, como se tivesse um segredo, e então um leve abaixar da cabeça, encarando-o sem encontrar o olhar dele diretamente...

— Ela encenou o gesto. — E então um piscar de olhos devagar, de uma forma um tanto exagerada. Agora é uma questão de tempo até ele se derreter aos seus pés...

As outras se escangalharam de rir, segurando-se umas às outras, alegres. Talasyn, por outro lado, estava atordoada.

— Perdão, milady, mas está me ensinando a *flertar*? — explodiu ela.

— Os homens são muito mais maleáveis quando seguem o impulso do seu sangue — respondeu Niamha, com tranquilidade. — Vossa Graça não precisa deixar ninguém ardendo de luxúria, mas é impressionante o que um pouco de boas maneiras pode alcançar. — Ela deu um sorrisinho. — Quem sabe talvez até convença Sua Majestade a parar de usar preto.

O último comentário foi dito em tom de piada, e as outras nobres o trataram como tal, mas Niamha sustentou o olhar de Talasyn o suficiente para que ficasse claro que estava lhe oferecendo um conselho. Precisavam que Alaric Ossinast estivesse o mais maleável possível, considerando o que estava por vir.

Talasyn, porém, não estava prestes a seduzir o Imperador da Noite assim tão cedo.

— E *você* conseguiu convencer o lorde Surakwel a fazer o quê, daya Langsoune? — retrucou ela, virando o jogo.

À menção de Surakwel Mantes, Niamha empalideceu, e as outras gargalharam.

Oryal foi a primeira a se recuperar, secando as lágrimas dos olhos.

— Ah, Surakwel... o único homem imune aos poderes de Niamha.

Talasyn não tinha tanta certeza daquilo. O nome da embarcação de Surakwel era uma homenagem a Niamha. E a expressão no rosto dele quando Talasyn o questionou sobre aquela escolha enquanto velejavam ao Olho do Deus Tempestade fora muito reveladora.

Na época em que Talasyn lutava para sobreviver em Bico-de-Serra e, mais tarde, para sobreviver a uma guerra, havia pouquíssimo tempo para pensar em romance. No entanto, desde que sua vida se abrandara, tornara-se mais *fácil*, ela passara a notar esse tipo de coisa muito mais do que antes. Ela nunca motivara olhares açucarados como o de Surakwel, e ninguém nunca a enxergara com o mesmo encanto que Praset destinava a Harjanti. Um anseio tomou seu coração.

Os ecos do sentimento perduraram até muito depois das convidadas partirem e de Jie ter corrido de volta para casa para mandar cartas. Quando um criado lhe informou que Alaric e Sevraim ainda estavam treinando, uma mistura de curiosidade e inquietação levou Talasyn a subir as escadas para o quarto de uma torre isolada com vista para o pátio.

Ela tomou cuidado ao espiar pela janela. O pátio aberto escondido entre as paredes de Iantas estava iluminado pelo Sombral enquanto Alaric e Sevraim, trocando golpes ininterruptos, mudavam de espadas a adagas a lanças sem esforço. Os dois tinham se livrado das camadas mais pesadas. Alaric vestia apenas uma regata preta e a calça e botas habituais. Talasyn o vira com menos roupas, mas estava ocupada demais cuidando dos ferimentos dele para prestar atenção.

Contudo, naquele momento não havia nada para impedi-la de olhar o quanto quisesse.

Ao observá-lo, não via — ou *sentia*, lembrou-lhe uma voz traiçoeira em sua mente — qualquer sinal de suavidade. Todas as vezes que se pressionava contra ela, Alaric era puro músculo, cada centímetro do corpo aprimorado como uma arma. Uma arma que ele estava utilizando muito bem ao bloquear Sevraim, abaixando-se entre os arcos das investidas do legionário e retaliando com uma graciosidade mortal.

Foi só então que Talasyn percebeu o quanto Alaric se continha quando treinava com ela. Aquele não era nada como um dos treinos do casal. Os dois Forjadores de Sombras não demonstravam piedade e lutavam como se quisessem desferir o golpe fatal. Mechas do cabelo escuro de Alaric pingavam de suor e grudavam no pescoço, as bochechas coradas, e havia algo de selvagem nos olhos prateados. Os tendões retesados nos braços pálidos mudavam a cada ataque e bloqueio, e os dentes arreganharam-se em um rosnado feroz quando Alaric chegou a um centímetro de decepar Sevraim.

Talasyn engoliu em seco. O marido era um homem perigoso. Observando-o agindo de tal forma, era fácil demais retornar ao seu velho eu e pensar nele como um monstro.

Então o que aquilo dizia sobre *ela*, por sentir um calor familiar se acumular entre as pernas, agora bambas?

Lembranças da noite de núpcias invadiram Talasyn, tão fortes que ecos de tudo que ela sentira na ocasião sussurraram por toda a sua pele. Os lábios de Alaric colados nos dela, a mão grande segurando seu seio, a ereção roçando contra sua coxa. Ela tampouco tinha esquecido a intensidade ardente do olhar dele, do timbre rouco da voz.

Minha esposa pequena e molhada.

Talasyn se afastou da janela, contraindo os joelhos embaixo das saias. Devagar e cambaleante, foi até uma cadeira no canto e se sentou, sem conseguir ficar em pé. Quente. Ela se sentia tão quente, consumida por Alaric Ossinast, os nervos retesados pelo toque dele, que a assombrava. Ela fechou os olhos, tentando meditar, tentando se acalmar e se concentrar, mas o escuro só deixou sua visão de Alaric mais nítida. Ela quase conseguia sentir seu cheiro, sândalo, zimbro e fumaça. Quase conseguia ouvir a respiração trêmula e ofegante dele em seus ouvidos. Como se estivesse ali, junto dela.

Num ato de rendição, ela levantou a saia. Talasyn não conseguia acreditar no que estava prestes a fazer. Seu corpo estava febril, implorando por alívio, e era melhor não pensar muito no assunto. Ela estava cansada de pensar. De viver constantemente repetindo *não posso* para si mesma, sempre com medo do futuro.

Eu me sinto tão sozinha. Ela sussurrou a confissão no universo secreto de sua mente, onde ninguém mais saberia. Uma única lágrima de vergonha se acumulou no canto do olho, e ela os fechou com força quando os dedos deslizaram por baixo da faixa da sua roupa íntima e, então, começaram a se movimentar.

O eclipse aconteceu, e o escudo de luz e sombras encobriu o Mar Eterno. Foi uma ideia brilhante de Sevraim fazer o navio de guerra de Iantas disparar seus canhões de magia nulífera sem parar, na direção de Alaric e Talasyn, enquanto estavam no convés de uma das embarcações menores da frota do castelo. No momento, o iate recreativo encontrava-se envolto por uma esfera brilhante de preto e dourado. Disparos ametista chocavam-se com ela em vão enquanto o escudo pairava no ar, os pontos de impacto assemelhando-se a fogos de artifício brilhantes nas águas escuras e agitadas abaixo.

Era um bom exercício. A possível ameaça de receber um disparo de magia necrótica foi tudo que Talasyn precisava para não perder sua concentração, mesmo enquanto praticava a etermancia ao lado do homem com quem fantasiara enquanto se tocava em busca de prazer mais cedo naquela tarde.

No entanto, ainda era cansativo, em especial sem a ajuda dos amplificadores. Assim que o último disparo de canhão foi dado e repelido categoricamente, as pernas de Talasyn se recusaram a mantê-la em pé, e ela caiu de costas em um convés frio de teca e pregos.

Alaric caiu ao seu lado com um grunhido. Os dois estavam ofegantes e encharcados de suor. O eclipse da Terceira Lua encheu os olhos de Talasyn com seu brilho escarlate.

Quando a ardência chegou, ela a recebeu com angústia, mas sem surpresa. O corpo dela estava esperando aquilo, mesmo que a mente torcesse para que não acontecesse. O calor se espalhou por ela, como agulhas, e ela sem dúvida sabia que era assim que se sentiam quando morriam... todas as pessoas que ela tinha matado. Aquela era sua punição. Seu acerto de contas.

Ela esticou a mão para Alaric, porque era uma covarde. Os dedos frios como gelo se entrelaçaram nos seus, acalmando o inferno ao mesmo tempo que se aqueciam ao tocar a pele dela.

— Aconteceu de novo. Mesmo sem os amplificadores — comentou Talasyn, uma vez que estava recuperada o suficiente para conseguir falar. — Será que... isso significa que *sempre* vai acontecer a partir de agora?

— Não sei. — Alaric soava tão confuso quanto ela. Derrotado. Exausto.

— Talvez só aconteça depois de criarmos o escudo de luz e sombras. Ou talvez seja causado pelo eclipse. De qualquer forma, com certeza é um efeito dos amplificadores. E se for permanente...

— Espero que não. Não podemos ficar juntos em *todos* os eclipses a partir de agora.

E depois que eu trair você, é provável que você prefira morrer a me tocar mais uma vez, acrescentou ela em silêncio, a dor perfurando de novo seu coração.

O navio de guerra voltou às docas, deixando-os sozinhos acima do mar aberto. Talasyn não quisera pôr a vida de mais ninguém em risco, então ela própria levou o iate para longe da ilha. Já era hora de voltar.

Ela se sentou, com toda a intenção de velejar de volta para a praia, mas Alaric a encarava de um jeito que a fez hesitar. Mesmo que ele *ainda* tivesse algum rancor contra o Domínio e consequentemente por *ela*, por ter afetado a etermancia dele...

Ele se importa com o que você pensa.

Ali estava de novo. Aquela voz sombria na sua mente. Ela não poderia ignorá-la como fez antes. Talvez não houvesse outra oportunidade como aquela, quando estavam apenas os dois, sem distrações, sem mais ninguém por perto para interrompê-los.

Ela não conseguiu tirar Hiras e os outros prisioneiros da prisão, mas ainda podia tentar ajudá-los.

— Sobre os rebeldes que foram capturados depois do ataque na Cidadela... — Era um assunto tão arriscado que ela quase perdeu a coragem ao ver Alaric cerrar a mandíbula. — Você conseguiu obter alguma informação deles?

— Nada útil. — Alaric a encarou, cauteloso. — São todos soldados sem patente. Acredito que tenha sido parte da estratégia deles, já que todos sabiam que não conseguiriam escapar. É uma tática de guerrilha, com muitos grupos em bases diferentes e que estão sempre mudando.

— Então talvez seria bom se as interrogações parassem — sugeriu Talasyn.

Na verdade, ela queria falar *tortura*.

— Eles tentaram *matar* você.

Ele disse aquilo tão lentamente, de forma tão deliberada, como se ela fosse uma idiota, que Talasyn sentiu as bochechas esquentarem.

— Eu sei que eles tentaram me matar, eu estava lá. Mas você mesmo disse: são apenas soldados sem patente e não têm nada de importante a relatar. Forçar os prisioneiros a dar informações que não possuem só está causando sofrimento desnecessário às pessoas.

Alaric ficou em pé. Ele foi até a balaustrada da embarcação e a agarrou com tanta força que Talasyn supôs que o marido a imaginou ali, sob seu aperto, para que pudesse lhe dar uma boa sacudida.

— Por que você ainda se importa com o que acontece com eles? Podem ter sido seus camaradas no passado, mas isso não justifica o que eles fizeram.

— Eles só estavam seguindo ordens, como eu também costumava fazer — disse Talasyn. — Vingança não é justiça. Já falei isso antes, não falei?

— Eu me lembro.

Soturno, Alaric fitou as águas lá embaixo, ondulando sob o luar, refletindo a fumaça de Vendavaz em rodopios de verde-esmeralda.

— Além do mais — acrescentou ela, sentindo um arroubo de inspiração —, esse comportamento dificilmente faz seus súditos gostarem de você. Não é nenhum segredo o que Kesath faz com os prisioneiros sardovianos, mas essa poderia ser uma oportunidade para mostrar que seu governo é diferente do governo do seu pai, e que *você* é capaz de ser misericordioso.

Ele bufou.

— Sem uma punição adequada, *mais* aspirantes a rebeldes vão querer mostrar suas asinhas. Se eu ceder nesse assunto de segurança nacional, as pessoas verão que não sou tão forte quanto meu pai e que não posso defender nossa nação tão bem quanto ele.

— O mesmo pai que bate em você?

Talasyn cobriu a boca assim que as palavras escaparam, mas obviamente era tarde demais. Ela não tinha intenção de mencionar o assunto de forma tão leviana. Não queria ter feito os ombros do marido se contraírem, como se ele estivesse se defendendo de um inesperado golpe baixo.

— Alaric, me desc...

— Não tenha pena de mim — disse ele, aos sibilos, antes que ela pudesse pedir perdão. — Eu me recuso a ser o bode expiatório para sua ignorância no que se trata de Kesath. A dor é instrutiva, e o que você chama de misericórdia não é nada além de fraqueza. E falar do meu pai dessa forma é quase um ato de alta traição...

— T-traição? — balbuciou Talasyn. — Contra quem? *Você* é o Imperador da Noite. — A Tecelã diminuiu a distância entre os dois, invadindo o espaço dele, forçando-o a olhar para ela. — Você é o Imperador da Noite — repetiu, as palavras desdobrando-se com o som das ondas abaixo. — E você me disse na minha coroação que queria mudar as coisas para melhor. Então quando vai começar a fazer isso?

Alaric engoliu em seco e lembrou um animal encurralado. Parecia quase ter medo de Talasyn. Do que ela poderia obrigá-lo a fazer.

— Muito bem — cedeu ele, por fim, tenso. — Vou mandar uma mensagem para a Cidadela para suspenderem os interrogatórios. — Então, a expressão dele ficou sombria, mostrando que aquele animal tinha dentes e garras. — No entanto, se essa decisão acabar comprometendo Kesath de alguma forma...

— Sim, sim, eu sei. Sou eu que vou substituir os meus antigos camaradas na salinha de tortura.

Talasyn estava sendo sarcástica, mas havia um fundo de verdade naquela afirmação. Existia uma possibilidade muito real de aquilo acontecer.

Alaric franziu o cenho.

— Não seja ridícula. Eu nunca deixaria que você...

Ele se interrompeu, frustrado e enojado, e então desviou o olhar.

Ao virar o pescoço de modo tão abrupto, ele soltou um palavrão e ficou paralisado.

Alaric quase nunca xingava. Talasyn o examinou com atenção. A ponta das orelhas dele estava ficando vermelha, como se o marido estivesse envergonhado.

Ela somou dois mais dois. Ele estivera dormindo aquele tempo todo no gabinete, um cômodo que nem sequer tinha um sofá.

— Será que você pode, por favor, dormir na cama hoje? — exigiu ela.

Ele balançou a cabeça. Era um ato lento e determinado, ordenando que os músculos obviamente doloridos se mexessem.

— Precisamos estar descansados e em ótimas condições para o terceiro eclipse desse mês. É o último antes da Escuridão Sem Luar. Não vamos ter mais oportunidades de ajeitar os amplificadores. Você não pode arriscar o nosso sucesso só por causa de um torcicolo...

— Tudo bem.

— Além do mais... Ah. — Ela parou de falar. — Eu não estou acostumada com você concordando comigo.

— E eu não estou acostumado com alguém me atormentando até eu ceder — murmurou Alaric. — Mas todos nós precisamos fazer sacrifícios.

Ele insistiu em guiar o iate até a praia, e Talasyn tinha a sensação de que era uma questão de orgulho, de se provar capaz, de mostrar que o torcicolo não o tinha debilitado.

Ela teria protestado, mas, com Alaric, assim como com a corte nenavarina, tudo se resumia a saber escolher suas batalhas. Ainda assim, Talasyn não resistiu em lhe mostrar a língua assim que ele se virou de costas, guiando-os de volta para casa.

CAPÍTULO 15

Ele sonhou com ela.

Na verdade, poderia ter sido com qualquer pessoa, já que não dava para ver o rosto da mulher, mas Alaric só podia se orientar pelo que sentia... e a sensação indicava que era ela. A pele macia, o corpo esguio, a luz do sol derretida em seus braços. Não parava de repetir o nome dele, e cada toque era tão acalentador quanto um porto seguro em uma tempestade, tão gentil quanto o perdão. Ela devolveu seus beijos com avidez, como se vivessem em um mundo onde jamais houve guerra, e ele era desejado e amado... e foi assim que ele percebeu que estava sonhando.

Alaric abriu os olhos diante da luz pálida da manhã entrando pelas frestas da cortina. A realidade se apresentou para ele aos poucos, por meio de vislumbres do que via e sentia.

Em algum momento durante a noite, ou talvez na madrugada, ele e Talasyn se encontraram no meio do colchão. Ele a puxara para perto de si, as costas dela descansando contra o peito dele, e Alaric a envolvia, com um braço em torno da cintura, o outro segurando o seio dela por cima da camisola. Em alguma hora, o sonho se mesclara ao mundo real, e ele estava excitado, pressionando sua ereção no corpo dela, esfregando-a sem muito ritmo na bunda de Talasyn.

Alaric sabia que devia parar. Que deveria se desvencilhar da esposa e fugir para o próprio lado da cama. Entretanto, estava sonolento demais para ter bom senso e frustrado demais pelo sonho interrompido, perdido demais no que sentira.

Talasyn também estava se mexendo. Mexendo-se *com* ele, ajeitando os quadris em busca de um ângulo melhor e mais perfeito. Ela soltou um gemidinho contido, murmurou alguma coisa sem sentido, e o som perfurou o coração dele ao mesmo tempo que o trouxe de volta à realidade. Aquilo era errado. Não restavam dúvidas de que ela ainda estava dormindo, enroscada em um sonho com alguém muito mais gentil do que ele. Ele começou a soltá--la, mas assim que o braço ao redor da cintura dela afrouxou, ela o segurou, as unhas curtas se enterrando no bíceps dele, prendendo-o no lugar. Ela virou o pescoço para encará-lo, por tempo o bastante para que Alaric visse que os olhos da esposa estavam despertos e os lábios entreabertos, antes que ela se virasse para esconder o rosto no travesseiro e continuar se esfregando nele.

Absorto nela, Alaric inclinou a cabeça para a frente, os lábios roçando a curva do pescoço de Talasyn. Ela pressionou as costas contra o peito dele, uma mão esticada para trás a fim de puxar o cabelo dele. O mamilo dela endureceu, se pronunciando no tecido fino da camisola, e Alaric o sentiu na ponta do dedo, o sangue rugindo em seus ouvidos. *Ele* fizera aquilo, e ela *permitira*, e o sol já tinha se erguido, com os painéis de âmbar iluminando as cortinas, alegres feixes de dourado entrando pelo quarto e cobrindo a cama onde ele e Talasyn se esfregavam juntos naquela imitação atrapalhada de sexo. Não importava, porém, que os movimentos fossem desajeitados, não importava que a única parte racional dele gritasse em oposição. Ainda assim era tão incrível, novo, e ele estava *quase lá...*

Alaric tirou a mão da cintura de Talasyn e envolveu de leve sua nuca. A pele quente da esposa aqueceu o metal frio da aliança no dedo dele.

— Não seria ótimo se você fosse sempre *tão* obediente assim? — provocou ele, rosnando.

Talasyn deu uma cotovelada na barriga dele. Com força.

— Vai à merda.

Mesmo que ela tivesse arrancado o fôlego dos pulmões dele, Alaric não conseguiu conter um sorriso. Em represália, deu um puxão no mamilo dela, fazendo Talasyn soltar um gritinho, e ela se debateu contra ele do jeito certo, do melhor jeito. Ele enterrou o nariz no cabelo da esposa, sentindo o cheiro de manga e jasmim, os quadris dele colados nela, levando-o mais para perto do...

— Pare. — Ela gemeu contra o travesseiro, a voz rouca e arrebatada. — Alaric, a gente precisa parar.

Na mesma hora, ele retirou as mãos do corpo dela. O restante de seu corpo demorou um pouco mais para voltar ao normal, mas, por fim, ele saltou para a beirada da cama, a perda repentina de Talasyn fazendo com que despertasse de vez.

Talasyn estremeceu, e suas costas, ainda viradas para ele, tremiam com a respiração pesada. Será que estava chorando? Alaric apenas a encarou, entorpecido, até que a névoa de luxúria abafando seus sentidos fosse dissipada e então a cruel realidade o atingisse.

A esposa forte e orgulhosa, toda encolhida, com uma aparência tão pequena e frágil nos lençóis. O ar carregado com sua respiração entrecortada. A confusão dela era quase tangível, cortante como o desespero.

Era culpa *dele*. Tinha sido ele que a ignorara, demonstrando raiva, e no fim nem conseguira se conter, mesmo sabendo que teria sido a melhor opção. Mesmo que o sariman roubado ainda cantasse na Cidadela. Mesmo enquanto a frota kesathesa se preparava para invadir Nenavar.

Talasyn dissera que eles poderiam proteger um ao outro. Disse aquilo com sinceridade, com os olhos arregalados, sob o luar. No fundo, porém, era ela que deveria estar se protegendo *dele*.

Alaric destruía tudo que tocava.

O desprezo por si mesmo o corroeu. Ele se levantou da cama e se enfiou no banheiro, para conseguir se controlar e para dar a Talasyn o máximo de privacidade possível. Jogando uma água fria no rosto, contemplou qual seria a melhor forma de conversar com ela sobre o que acabara de acontecer. Se é que deveriam conversar sobre o assunto.

Mas o que é que ele poderia dizer?

Isso foi outro erro. Precisamos parar de cometer tantos erros... Quem sabe poderia dizer aquilo.

Você pôs fim à minha solidão, mesmo que por um tempo... Não.

É por isso que eu não queria dividir a cama. Na verdade, a culpa é sua, por insistir tanto... Péssima ideia. Ele não estava preparado para morrer tão cedo.

Quando retornou ao quarto, ainda não tinha definido o que dizer. Decidiu que deixaria Talasyn falar primeiro, e então seguiria na mesma linha que ela.

No entanto, seu nervosismo tinha sido em vão. O lado dela da cama estava vazio. Alaric não conseguia ouvi-la se mexendo dentro do quarto de vestir, mas a porta estava aberta, como se ela tivesse saído às pressas.

A princípio, Alaric não pensou muito no assunto, não quando Sevraim foi o único a aparecer para o café da manhã. Era compreensível que Talasyn quisesse um pouco de espaço após o ocorrido. Quando, porém, ele não a viu durante o resto da manhã e nem ela nem a dama de companhia se apresentaram para o almoço, seu autocontrole finalmente chegou ao limite.

— Onde está sua senhora? — inquiriu a um dos criados de uniforme azul e dourado que servia Sevraim e a ele.

Levando um susto por ter sido abordado de forma tão abrupta, o homem quase derrubou o prato de omeletes recheadas com carne de bode e chalotas.

— Eu... não sei, Vossa Majestade. Sua Graça partiu em uma embarcação logo depois do nascer do sol.

— Ela *foi embora*?

O criado engoliu em seco diante do tom gélido na voz do Imperador da Noite.

— É possível que lady Jie tenha alguma ideia do paradeiro da Lachis'ka. Vou buscá-la imediatamente.

Enquanto a aguardavam, Sevraim se esbaldava com ostras frescas ainda nas conchas, polvilhadas com o tempero da primeira remessa de pimentas kesathesas. Para a profunda irritação de Alaric, ele *ainda* estava se empanturrando com as ostras quando Jie chegou, quinze minutos depois.

— Imperador Alaric. — A dama de companhia se abaixou, fazendo uma mesura superficial. — A Lachis'ka partiu para o santuário dos Tecelões de Luz em Belian. Retornará daqui a uma semana, a tempo do próximo eclipse.

— E ninguém pensou em me informar disso? — disse Alaric, entredentes.

Sevraim parou de mastigar, encarando-o com olhos arregalados, ao contrário de Jie, que baixava os dela para o chão. Não em deferência, e sim por petulância.

— Estou informando Vossa Majestade agora — murmurou ela.

Ninguém em Kesath teria tanto *audácia*. Alaric precisou respirar fundo diversas vezes para que pudesse responder calmamente.

— Lady Jie, esse castelo foi cedido a mim como o dote da Lachis'ka, não é mesmo?

Ele recebeu um aceno de cabeça afirmativo em resposta, ainda que o gesto deixasse claro a irritação da garota.

— Portanto, é o *meu* lar, e embora estejamos em solo nenavarino, ainda é apropriado que eu seja informado de todas as idas e vindas, em especial com relação à *minha* consorte. Não é possível que esse seja um pedido tão difícil assim.

Para a completa incredulidade de Alaric, a adolescente impertinente respirou fundo também, como se fosse *ela* que o achasse exasperante e estivesse tentando não perder a paciência com *ele*.

— Eu compreendo, imperador Alaric — disse ela, em uma voz cantarolada, com um sorriso tão alegre quanto falso. — Eu me esforçarei ao máximo para mantê-lo informado a partir de agora.

Então, saiu da sala, com o nariz empinado.

Alaric pegou o garfo e golpeou uma omelete.

— Como tenho saudades do Continente.

— *Eu*, não — disse Sevraim. — Isso foi muito divertido.

Alaric teria repreendido Sevraim — ou lançado um olhar mortal em sua direção, no mínimo —, mas naquele dia não tinha cabeça para aquilo. Comeu devagar, sabendo muito bem que Sevraim o observava.

— Entendo que ela partiu sem falar com você, e que isso deve ser difícil para você — disse o legionário, por fim, hesitante. — Talvez lembre você de sua...

— Não é isso.

As palavras eram uma mentira na língua de Alaric, mesmo que as circunstâncias *fossem* diferentes, bem mais do que qualquer um poderia ter imaginado. Ninguém — nem Gaheris nem Sevraim — sabia que Alaric tinha falado com a mãe na noite em que ela fugiu de Kesath. Ninguém sabia que Sancia Ossinast implorara para o filho ir com ela, e ele se recusara.

Ele se recusara e, mesmo assim, ela foi embora. E, embora não fosse a mesma coisa, a partida repentina de Talasyn logo após ele ter feito algo errado aos olhos dela o fez se sentir como aquele garoto outra vez, correndo atrás de alguém que jamais olharia para trás e que nunca mais iria voltar.

Ao pôr do sol, um moleiro adentrou a janela do gabinete de Alaric com uma mensagem de seu porta-tempestades no porto nenavarino: a fragata de Lisu atracara e o oficial estava a caminho de Iantas.

Alaric recebeu o comodoro em seu gabinete, sentindo um prazer mórbido ao ver como o calor tropical afetara o outro homem durante a jornada de chalupa do porto Samout e da curta caminhada das docas de Iantas até o castelo. Gotas de suor encharcavam o cabelo arrepiado de Lisu, e manchas úmidas manchavam seus trajes de viagem. Quando prestou continência, nem mesmo sua expressão perpetuamente entediada conseguia disfarçar o desconforto.

— Descansar, comodoro — disse Alaric com a voz arrastada. — A que devo o prazer da sua visita?

— Estou aqui para escoltar uma remessa de mercadoria nenavarina para Kesath, Vossa Majestade. É uma precaução caso encontremos piratas, sabe?

O Regente me pediu para que eu viesse até seu castelo encantador a fim de lhe transmitir seus cumprimentos.

Então você está aqui para bisbilhotar a mando de meu pai, pensou Alaric, com desgosto.

— Refresque minha memória: temos tão pouca fé na habilidade dos nenavarinos de defender as próprias embarcações cargueiras?

— Na verdade, nossa intenção é apenas não deixar nenhuma ponta solta quando se trata de corações de éter novos para o Império da Noite — respondeu Lisu. — E as mangas, é lógico. Nosso povo está simplesmente *obcecado* por essas frutas.

Havia alguns dias que Urduja enviara a Alaric seus números. Tinha sido bem mais generosa com as mangas que com os cristais de éter, e ele não sabia como se sentia em relação àquilo. Por um lado, Kesath precisava de mais cristais para se proteger. Por outro, a *ausência* de cristais retardava os planos do pai para Nenavar.

— Posso também ter descoberto seu interesse em certa timoneira sardoviana — continuou Lisu. — Uma amiga de sua esposa, creio eu.

Alaric cerrou a mandíbula. Lisu tinha muitos informantes, e fora apenas uma questão de tempo até que ele soubesse das sondagens de Alaric.

— Foi uma das coisas que prometi em troca da cooperação dela: descobrir se essa rebelde estava nas nossas prisões. Meus homens não encontraram nada nos registros, no entanto.

— Porque essa tal de Khaede fugiu antes que pudesse ter sua chegada ao complexo registrada — disse Lisu. — Ela e mais um bando de soldados da Confederação escaparam do campo de concentração logo depois da batalha de Refúgio-Derradeiro. Conseguiram roubar alguns coracles, mas ela acabou separada deles durante a perseguição, e foi a última vez que foi vista pelos companheiros. Os outros fugitivos conseguiram alcançar as montanhas e encontraram o que era na época uma célula pequena de resistência. Alguém ciente do que aconteceu com eles participou do ataque à Cidadela e foi capturado. — Lisu exibiu um sorriso. — Veja bem, quando Vossa Majestade embarcou para Nenavar duas semanas atrás, decidi experimentar minhas habilidades em um interrogatório. Eu já sabia que Vossa Majestade estava procurando por alguém e, naturalmente, queria ajudar. Que sorte eu ter conseguido obter essa informação.

— Eu agradeço a assistência — disse Alaric, entredentes. — É demais presumir que ficará satisfeito em ter providenciado um serviço inestimável ao trono?

— A honra é minha, é evidente — respondeu Lisu, sem hesitar nem por um segundo —, mas creio que eu prestaria um serviço ainda mais inestimável a Vossa Majestade caso receba o comando de um encouraçado dotado de magia nulífera assim que tivermos produzido mais alguns deles.

Em outras palavras, assim que o Império da Noite tivesse dominado a Fenda Nulífera. Quando Talasyn estivesse sem seus poderes e a Sombra tivesse encoberto o Domínio de Nenavar.

Alaric se esforçou para não deixar uma pontada de náusea repentina vencê-lo.

— Muito bem — disse ele para Lisu. — O próximo encouraçado com magia nulífera a ser produzido será seu.

O comodoro teve a audácia de parecer grato em vez de triunfante.

— Uma decisão sábia, Vossa Majestade, eu garanto.

— Esperemos que sim. — Alaric olhou pela janela, com a vista das luas altas no céu e as estrelas brilhando sobre as águas escuras do Mar Eterno. — Devo pedir que os criados preparem um quarto para você?

Lisu balançou a cabeça.

— Vou voltar ao porto, imperador Alaric. Não desejo incomodar mais a rotina do seu lar.

Graças aos deuses por essa pequena misericórdia.

Alaric quis se livrar do homem o mais rápido possível. No entanto, assim que se viu sozinho outra vez no gabinete, também não conseguiu ficar sentado, nem focado no trabalho nem em alguma leitura.

Talasyn só voltaria dali a seis dias. Ele poderia usar aquele tempo para tentar recuperar o foco e planejar os passos seguintes, mas ele também precisava se ver fora *dali*, do local onde a ausência de Talasyn assombrava os corredores. Precisava encontrar um lugar onde não seria consumido pela sensação de ter sido abandonado.

Então, uma ideia lhe ocorreu, e Alaric deixou sobre uma pilha de documentos a pena que estivera girando distraído por diversos minutos.

Ele sabia aonde deveria ir. Onde encontrar a força, a tranquilidade e a determinação que ultimamente lhe escapavam.

Alaric precisava de uma Fenda de Sombras.

CAPÍTULO 16

Entre as pedras em espiral das ruínas de Belian, dentro do abraço denso e verdejante da selva, um homem tomou forma, uma aparição tecida pelos fios dourados da Fenda de Luz. Ele tinha os olhos escuros de Urduja Silim, calculistas e determinados sob o diadema de dragão que adornava seu cabelo castanho grosso. Ele adentrou um quarto feito de éter e lembranças, oferecendo um breve aceno de cabeça a uma mulher que já estava lá dentro, balançando um berço dourado.

— Os navios de guerra partem para o Continente Noroeste amanhã. Ao amanhecer, como você pediu — disse ele. — Você realmente vai conseguir afastar qualquer um que vá ao seu encalço?

— Vou.

A mulher se parecia com Talasyn, mas falava com uma confiança que a jovem jamais tivera esperança de alcançar. O nenavarino dela era áspero, com um sotaque forte. Os olhos brilhavam dourados, e mesmo que aquela fosse apenas uma memória, os fios da Fenda de Luz reuniam-se ao seu redor. Reconhecendo-a pelo que ela era.

— O amanhecer é a minha hora. Consigo manter a frota da Grande Magindam dentro do porto Samout.

— Se você machucar alguém, mesmo que por acidente — avisou o homem —, talvez os dragões ataquem.

— Você não deixou margem para dúvidas quando veio falar comigo da primeira vez. — Ela olhou para dentro do berço. — Tudo que peço, Sintan, é que se algo acontecer comigo, você mantenha minha filha em segurança.

A expressão do príncipe Sintan se abrandou.

— Vou proteger Alunsina com a minha vida. Eu juro, minha irmã. — Ele fez uma pausa. — É lógico que ela ficaria muito mais segura se oficialmente se tornasse a herdeira da rainha Urduja.

— Eu quero que ela possa escolher isso por si mesma — disse Hanan Ivralis, com uma teimosia que, daquela vez, Talasyn conhecia bem até demais.

A mulher estendeu a mão para o berço, e Talasyn a sentiu acariciar a sua bochecha, através do véu dos anos que se passaram.

A cena mudou. Era a mesma sala, mas a guerra se alastrava do lado de fora das janelas em lampejos ametista e com colunas de fumaça. Hanan estava deitada em uma cama, muito mais magra que na memória anterior, o rosto pálido e úmido de suor.

— Deixe-me segurá-la — pediu ela.

A ama com miçangas de argila na testa, Indusa, silenciosamente entregou o pacotinho agitado embrulhado em tecidos bordados. Hanan segurou a filha, encostando sua testa na dela.

— Sempre estarei com você — sussurrou ela, com fervor. As mesmas palavras que Talasyn ouvira uma vez, em um sonho. — Nos encontraremos de novo.

A Fenda de Luz sumiu tão rápido quanto aparecera. Talasyn tentou se prender aos fios dourados o máximo que conseguia, faminta para ver mais do passado, mas acabou sozinha, ajoelhada no meio da fonte vazia, com lágrimas escorrendo pelo rosto.

À tarde, Talasyn foi ao anfiteatro, e as fitas de magia de luz se espalhavam da ponta dos seus dedos, o braço esticado sob o céu cinza.

Chorara tudo o que tinha que chorar, o mais rápido que conseguira. Em algum recôndito de sua mente, ela suspeitava que seria bom poder se lamentar, mesmo que só uma vez, mas aquele era um luxo reservado aos que não tinham o destino do mundo em suas mãos. No momento, ela estava mais uma vez focada na etermancia.

A Fenda de Luz transbordara na noite anterior também. Na verdade, estava transbordando com uma frequência considerável no último mês, como se o próprio etercosmos estivesse inquieto durante a contagem regressiva que levaria à enorme erupção do Nulífero. Talasyn entrara em comunhão com a Fenda diversas vezes antes de Alaric chegar em Iantas; ela refinara sua técnica de formação de escudo — e seu foco, pelo que parecia — e até tinha conseguido tecer a versão de luz dos chicotes pretos que ele usava bastante em combate. Desde então, passara a tentar replicar outra técnica dos Forjadores de Sombras, mas sem tanto sucesso.

No dia seguinte à sua partida desesperada de Iantas, ela ficara de pé naquele campo de luta afundado e antigo e pensara nas quimeras de Gaheris, tão poderosas, prontas para dominar tudo à sua volta. Talasyn estava tentando, pelo que parecia a milésima vez, conceber uma resposta própria a um ataque do tipo.

Como sempre, porém, sua magia fraquejava e piscava, instável. A magia não sabia o que Talasyn queria, e a Tecelã estava perdida. Ela queria uma grande onda? Uma muralha avassaladora, como a que dizem que Hanan Ivralis teria usado para deter a frota do Domínio até que os navios separatistas pudessem sumir de vista? Todas as vezes que ela se levava ao limite e criava um impulso de luz maior que o próprio corpo, acabava perdendo o controle.

Não ajudava em nada ela estar treinando no exato lugar em que ela e Alaric se beijaram pela primeira vez. Talasyn fora ao anfiteatro para uma mudança de ares, mas era óbvio que tinha sido uma má ideia. O marido carrancudo invadia seus pensamentos a cada fôlego que ela tomava. Foi ele quem a ensinou a respirar corretamente, tanto para meditar quanto para usar sua etermancia, e, portanto, nem esses atos estavam livres da sua presença.

Ao menos ele não estava ali daquela vez, o que significava que Talasyn poderia evitar cometer alguma burrice. Ao menos por alguns dias.

Talasyn baixou o braço e começou a subir os degraus de pedra que a levavam para longe do anfiteatro. O plano era voltar para o pátio onde a Fenda de Luz estava localizada, sob a proteção das árvores ancestrais. No entanto, na metade do caminho, ela parou ao ouvir o som de asas.

Uma águia mensageira pousou nos degraus acima dela, esticando uma perna que carregava um rolo de pergaminho e soltando um assobio agudo.

— Oi para você também.

Talasyn acariciou o lugar mais fofo da cabeça de Pakwan, entre o chumaço de penas marrons e brancas.

O bico da águia estava com sangue, os restos de alguma refeição sanguinolenta que provavelmente caçara no caminho, mas o animal se inclinou na direção do toque de Talasyn com uma afeição que mais cabia a um cachorrinho antes de a Tecelã tirar a mão e se voltar para a mensagem.

Era um bilhete escrito de forma frenética por Jie. Talasyn o leu, incrédula.

Alaric partira em sua chalupa para a única Fenda de Sombras do Domínio, em Chal, mais cedo naquela manhã, deixando Sevraim e a tripulação para trás. Ao chegar, mandara embora os coracles mariposas nenavarinos que o guiaram até ali. E, no momento, uma tempestade se acumulava a noroeste.

Eu tentei avisá-lo, Lachis'ka, escrevera Jie, *mas ele não quis me escutar.*

Xingando mentalmente o Imperador da Noite por ser um completo idiota, Talasyn enfiou o pergaminho no bolso.

— *Uwila* — disse ela para Pakwan, seu comando para voar de volta para casa.

A águia piou um adeus e levantou voo, mas Talasyn já corria de volta para o acampamento.

Guardou seu equipamento, saiu em disparada do santuário e desceu a encosta íngreme do monte Belian. Das últimas vezes, ela atracou o coracle mariposa em uma área onde as árvores tinham sido derrubadas por um incêndio florestal causado por um relâmpago havia algumas semanas. Era mais perto das ruínas que a plataforma tradicional usada na guarnição de Rapat, mas ainda assim Talasyn tinha a impressão de que demorou uma eternidade para chegar ao veículo. Mal parou para respirar enquanto embarcava no coracle e apertava o cinto de couro que a prendia ao assento do timoneiro.

Ela remexeu no transmissor de ondas de éter, puxando alavancas e revirando o mostrador até obter contato com a torre de comunicação de Iantas. Ditou suas instruções: ela iria pessoalmente buscar o consorte, e um time de resgate deveria ser enviado se não retornassem dali a dois dias. Talasyn supôs que seria tempo suficiente para o clima se assentar. Ela não queria colocar mais ninguém em perigo.

Chal era uma das sete ilhas principais do arquipélago de Nenavar, e era a mais assolada pelas tempestades que vinham do noroeste durante a temporada de chuvas. O desfiladeiro de penhascos de arenito onde ficava a Fenda de Luz era aberto para o Mar Eterno e não possuía montanhas para protegê-lo. A Fenda *era* o escudo, e era o pior lugar possível para se estar quando as monções libertassem sua fúria.

Alaric era um idiota. Um idiota que logo seria um idiota *morto*, se Talasyn não conseguisse encontrá-lo a tempo.

Ela se desconectou da frequência de Iantas antes que o oficial de comando pudesse dar alguma resposta — Talasyn aprendera que essa era a melhor forma de obrigar as pessoas a fazerem o que ela queria. Enquanto guiava o coracle acima das árvores, ela tentou entrar em contato com a chalupa kesathesa também, embora não tenha ficado lá muito surpresa ao não obter resposta. Teria sido fácil demais.

Após trinta minutos de voo, Talasyn avistou o Mar Eterno e os pilares de nuvens pretas que se acumulavam sobre a água no horizonte. Não havia qualquer outro navio no céu. Todo o restante do Domínio já se abrigara, preparando-se para o pior. Tudo estava sinistramente imóvel. Não havia brisa, nem canto de pássaros. Era como se o mundo estivesse prendendo o fôlego.

Os corações de éter do coracle gemeram e zuniram, cuspindo fumaça verde-esmeralda enquanto Talasyn acelerava. Ela cortou o ar no navio opalino, com as velas como barbatanas azuis e douradas flutuando sobre florestas, rios e vilarejos cujos telhados eram uma colcha de retalhos de cores e padrões. Durante todo o trajeto, os pilares de nuvens se consolidavam, tornando-se mais espessos e mais escuros e cada vez mais cortados por relâmpagos.

Talasyn se apressou para vencer a tempestade, torcendo para chegar a Alaric antes que as nuvens se rompessem, mas seus esforços foram em vão. Já estava chuviscando quando ela cruzou o canal entre Sedek-We e Chal. Às pressas, ela puxou as correntes para dobrar as velas, mas ainda assim o coracle quase foi derrubado por uma rajada de vento. Ela navegou por cima da faixa esverdeada e estreita em forma de espada que era Chal e começou a descer. Foi como mergulhar em uma névoa prateada, com a chuva respingando no casco de madeira, nas escotilhas de metalidro e nas velas de tecido recolhidas. À frente, as nuvens pretas se espalhavam sobre a costa, e o mundo ficou escuro com um uivo que ela sentiu ecoando no próprio coração, no fluxo do sangue, até a ponta dos dedos.

Chuva e vento. Tudo se condensava em chuva forte e um vento que rugia, cortando sua pele. Os *alindari* nenavarinos, porém, foram construídos para climas muito mais brutais e eram muito mais resistentes do que qualquer coisa que a magia do Continente seria capaz de produzir. Então o coracle seguiu em frente, seguindo com a corrente, entrando em brechas seguras entre os ventos. Talasyn acendeu as lamparinas de fogo da embarcação para iluminar seu caminho pela neblina. Ela conseguia ver apenas um punhado de silhuetas indistintas na praia abaixo, mas era melhor do que nada. Por fim, atravessou as nuvens baixas, e tudo estava diante dela, a areia branca e os penhascos repletos de vegetação, e as ondas ruidosas do Mar Eterno.

Ela revirou os olhos quando avistou a chalupa kesathesa atracada a alguns metros de distância do nível de água que subia. Ao menos Alaric teve o mínimo de bom senso e prendeu a embarcação às docas com cordas, mas ele podia ter parado e se perguntado por que era a única pessoa com um barco naquele porto.

Tudo bem, Talasyn não estava sendo muito mais inteligente ao decidir ir atrás dele, mas a confortava um pouco o fato de que *ela* teve o bom senso de atracar o próprio coracle em cima dos penhascos e prendê-lo a um tronco de árvore resistente.

Encharcada até os ossos, com a trança sendo atirada para todos os lados pelos ventos cortantes, Talasyn retirou a mochila com suprimentos e respirou devagar. Seu novo domínio da etermancia seria testado mais uma vez. Ela praticara aquilo nas ruínas do santuário em Belian e na fachada de granito de Iantas, mas nunca tentara de uma altura tão grande. Ela começou a correr… e então, sem hesitar, pulou quando chegou na beirada do penhasco, com o Mar Eterno agitado abaixo, prometendo uma morte sombria na água.

Enquanto caía, Talasyn primeiro teceu uma fateixa em formato de lírio com uma série de ganchos próprios. Ela a lançou, ainda presa à sua mão por uma corrente de luz que não tinha fim, na direção da fachada do penhasco. Os ganchos dourados se fincaram e as cordas se dobraram, e Talasyn foi puxada para cima do arenito pedregoso, onde logo encontrou uma boa posição em uma imitação passável da forma como Alaric impedira a própria queda quando a varanda desmoronara sob os dois na Cidadela. Ela estudara suas lembranças do evento com cuidado e pedira à Fenda de Luz para lhe mostrar como fazer a manobra, mas uma parte de si ainda não conseguia acreditar que tinha funcionado. A tempestade continuou a aumentar enquanto ela descia em rapel com a corda pelo penhasco, a magia cantando em suas mãos, em um esforço de concentração que não era facilitado pelo arenito traiçoeiro coberto de chuva. Cada vez que os joelhos, os cotovelos e a sola das botas deslizavam pela superfície molhada, o coração dela parecia que ia pular do peito.

Por fim, ela chegou à base e afundou na areia molhada e escura da praia mais a oeste de Chal. O céu cinzento rosnava com trovões e cuspia uma torrente incessante. As ondas reviravam como a coluna de um dragão e subiam como torres de água em zigue-zague, agitadas pelo mesmo vento cortante que dobrava as palmeiras da praia quase ao meio e que ameaçava soprar Talasyn para longe enquanto ela saltava por cima das pedras que levavam à caverna da Fenda de Sombras.

Os nenavarinos a chamavam de Bukang-nabi. A Goela da Noite, onde o Sombral escorria do etercosmos em feixes de vapor que saíam lentamente das rachaduras da pedra em vez das erupções de fumaça que irrompiam na direção do céu no Continente.

Fazendo jus ao seu nome, a entrada da Goela lembrava uma bocarra escancarada e dentada na base do penhasco, entalhada pelo oceano que se chocava contra o arenito havia milhares de anos. O Mar Eterno gorgolejava dentro dela, formando corredeiras por cima das pedras e estalagmites, e Talasyn amaldiçoou o marido, mandando-o ir para o inferno, enquanto navegava o caminho traiçoeiro até o interior da caverna, tentando se segurar nas paredes escorregadias demais. Mais uma série de ondas turbulentas colidiram com as pedras, encharcando seu corpo ensopado da chuva com um banho de água salgada do mar, como se estar molhada já não bastasse.

Embora o interior da Goela fosse protegido da fúria dos céus, as condições lá dentro não eram muito melhores. A tempestade alimentava o rio inundado, e Talasyn precisava tomar cuidado onde pisava nas saliências estreitas de pedra que serviam de margem. A ventania assoviava pelo túnel, atingindo com força a coluna de Talasyn, e a luz do sol, que já era fraca, sumiu por completo enquanto ela se aventurava mais fundo.

— Alaric!

O chamado ecoou ao seu redor na penumbra, mas logo foi engolido pelas torrentes, pelo canto do vento contra as pedras. Ela tentou repetidas vezes, mas não obteve resposta.

O rio subterrâneo era imprevisível, especialmente durante as monções. Fora por isso que ela tivera tanta pressa para chegar à Goela da Noite. E se ele já tivesse se afogado? Só cogitar aquela possibilidade já lhe provocou uma pontada de dor. Esgueirando-se pela beirada da água, não conseguia escapar das visões aterrorizantes que a perseguiam mesmo em meio a toda aquela escuridão, imagens de pele pálida ficando azulada, e cabelos pretos enroscados em algas, o corpo de guerreiro forte inerte, inchado, abalroado nas pedras, sem nunca mais voltar a existir com ela outra vez.

Algo subiu pela garganta de Talasyn, algo que pinicava seu nariz e parecia perigosamente com lágrimas. Deuses. Chorar pelo marido kesathês era chegar ao fundo do poço. Ela balançou a cabeça para afastar a sensação, e foi aí que o impensável aconteceu.

Ela escorregou.

A perna esquerda fraquejou sob o peso de seu corpo, e ela caiu no rio congelante. A água só ia até o peito dela, mas o fluxo que adentrava a caverna avançou com ímpeto antes que ela pudesse ficar de pé, e Talasyn foi levada pela correnteza.

CAPÍTULO 17

A água do mar invadiu os pulmões de Talasyn e fez seus olhos arderem. Ela não sabia nadar. Não havia sequer um mísero lago na Grande Estepe. Ela estava impotente diante da enchente que a levava cada vez mais para as profundezas da Goela da Noite, o mundo transformado em uma corredeira de água, gelo e faíscas de magia falhando enquanto ela tentava conjurar outro gancho ou qualquer coisa que pudesse ajudá-la a lutar contra a força da corrente.

No entanto, a magia que possuía não era páreo para o medo e o pânico que a dominaram, para as águas rápidas e violentas que a carregavam. Talasyn foi levada em cambalhotas pelas curvas e voltas da caverna e, por fim, por uma rápida queda d'água que a jogou em um lago escuro e profundo, onde ela chutou e se debateu desesperadamente, em vão. Estava respirando a água, afundando, esmaecendo, e então...

... foi agarrada por um braço em uma pegada firme e levada para a terra úmida.

Entre os feixes de luz solar que entravam pelas rachaduras do arenito no teto alto, Talasyn mal conseguiu registrar as feições furiosas e marcantes de Alaric antes de se virar de bruços, vomitando o oceano salgado que se acumulara em seus pulmões. O som de cada tosse e respiração ofegante era ampliado dentro da gruta na qual ela fora parar. Demorou um século até conseguir respirar outra vez e, àquela altura, ela estava quase se contorcendo no chão, com Alaric ao seu lado, ainda segurando o braço pelo qual a puxara. Ele soltou Talasyn assim que o olhar dela encarou a mão sem luva em sua pele.

Com a mesma rapidez, ele começou a repreendê-la.

— Essa... — disse ele, a prata de suas íris revelando a fúria que espreitava por trás do tom monótono e controlado — ... foi a coisa mais estúpida que você já fez.

— *E-eu*? — retorquiu Talasyn, sentando-se. — Foi você que voou para a beira do mar quando Jie avisou que o tempo ia piorar! Essas tempestades *não* são como as que temos no Continente, pelo menos não como as naturais, e você poderia ter morrido...

— Disse a garota que eu tive que pescar do lago. A não ser que sobreviver a um afogamento seja um de seus muitos talentos?

Ela contraiu os lábios. Alaric montara um acampamento aconchegante em uma pedra mais alta, porém... ela olhou para o nível da água, que estava se elevando em um ritmo constante conforme as águas do Mar Eterno entravam.

— Talvez nós *dois* acabemos afogados, na verdade — declarou Talasyn.

— E, portanto, chegamos à conclusão de que foi a coisa mais idiota que você já fez — reforçou ele, com uma impaciência que a fez trincar os dentes.

Não. Na verdade, ela estava batendo os dentes. A adrenalina já se dissipara, e um frio brutal tomou seu lugar.

Talasyn cruzou os braços em uma tentativa inútil de se aquecer. Cada centímetro de seu corpo tremia nas roupas molhadas, nos sapatos encharcados. Alaric se remexeu às suas costas, e ela tentou perguntar o que ele estava fazendo, mas estava tremendo demais até para falar. O único som que conseguiu emitir foi um guincho minúsculo e estrangulado quando ele jogou os braços em volta dela, puxando-a contra si. Por que Alaric estava sempre *fazendo* aquelas coisas, só agarrando-a e se acomodando como bem entendia, e por que ela sempre *deixava* que fizesse aquilo?

As costas de Talasyn se encaixaram no peito largo de Alaric, as coxas dele prendendo as dela. Aos poucos, ela se deu conta de que sua bolsa de couro não estava ali, separando seus corpos. Talasyn a perdera no rio, junto aos mantimentos, à pedra de fazer fogo e a outros suprimentos essenciais. Naquele momento, porém, aquilo parecia uma preocupação trivial. Ela se agarrou nele com avidez, saboreando o calor que Alaric emitia, apesar do arroubo inconveniente de memórias que se apossavam dela com aquela proximidade.

Memórias de como os dois se derreteram um contra o outro em uma posição quase igual àquela, na cama deles na manhã anterior.

Memórias de como ela se tocara enquanto imaginava a sensação de tê--lo, sozinha naquela torre depois de observá-lo treinando. Como ela tinha chegado ao clímax com tanta rapidez, tão diferente das outras vezes atrapalhadas que terminavam em um auge pouco satisfatório, nas raras ocasiões em que ela decidia resolver o assunto sozinha anos antes de se conhecerem.

As mãos grandes de Alaric percorreram rapidamente os pulsos dela, os braços, o abdome, o esterno e os quadris, esfregando todas as partes do corpo que alcançava para aquecê-la. O calor dele não era como a queimadura intensa que a Luzitura acordava nas veias de Talasyn sempre que ela praticava a etermancia. Na verdade, era um calor aconchegante, como a fumaça perfumada de uma lareira nas noites mais escuras do inverno sardoviano. Talasyn relutou contra a tentação de fechar os olhos, porque aquilo teria tornado tudo real demais. Porque aquilo a faria se deliciar na sensação de estar tão perto dele. Porque o conforto que Alaric podia lhe proporcionar era tão aterrorizante — e tão proibido — quanto o prazer.

— Você vai acabar com uma febre. — Ele parecia tão, *tão* rabugento que o coração traidor dela acelerou. — Precisamos tirar essas suas roupas.

Os dois ficaram imóveis. As palavras, uma combinação infeliz delas, pairaram no ar como as nuvens tempestuosas no mundo acima, e Talasyn foi tomada por um calor muito diferente... Ela não ficaria surpresa se de repente fosse possível fritar um ovo na sua testa.

Alaric a soltou com cuidado e se pôs de pé, então andou até onde a plataforma de pedra encontrava a parede da gruta. Vasculhou sua bolsa até encontrar uma túnica preta limpa, que atirou na direção dela. Talasyn pegou a vestimenta e viu que Alaric estava completamente imóvel, virado de costas para ela como se aquele fosse o ato mais importante de toda a sua vida.

Alguém mais resistente teria preferido pular de volta no lago a se despir com Alaric Ossinast a meros passos de distância. No entanto, Talasyn estava sofrendo demais nas roupas encharcadas e estava louca para se livrar delas.

A barra da túnica acabava a alguns centímetros acima do joelho dela. Talasyn estava sendo engolida pela peça, mas o tecido era de uma maciez incrível e, acima de tudo, estava *seco*. Ela enrolou as mangas até os cotovelos — já que os punhos grandes de rebordas prateadas ficavam muito grandes nos braços dela — e então tirou as botas, sacudindo-as para que a água saísse. Então, partiu para o cabelo, torcendo a trança despenteada entre os dedos.

— Já pode se virar — disse ela.

Foi isso que Alaric fez, devagar, e, mesmo depois, não olhou na sua direção. A iluminação ali era péssima, mas Talasyn poderia jurar que as bochechas proeminentes e a ponta das orelhas estavam vermelhas, como se ele estivesse corando.

Corando ou não, ele continuou irritante como sempre ao perguntar:

— Então, qual era o plano, ó grande salvadora?

— Podíamos começar com você não agindo que nem um babaca — rosnou ela —, mas suspeito de que esse comedimento esteja muito além das suas capacidades.

Ele deu de ombros.

— Não acredito que você o possua também.

Ela jogou a trança na direção dele, gotas rasgando o ar como as facas mais ineficientes da história de Lir. Ele abriu um sorrisinho, dando um passo para o lado para evitá-las.

— Bom, qual era o *seu* plano antes de eu chegar? — questionou ela.

— Esperar até passar. — Ele gesticulou para o lago. — Hoje, mais cedo pela manhã, isso estava seco, assim como os caminhos para as outras cavernas. Eu estava entrando em comunhão com a Fenda de Sombras quando a água começou a entrar. Deve diminuir quando a maré baixar, daqui a algumas horas.

Talasyn balançou a cabeça.

— A inundação é causada pelas tempestades, não pela maré alta. Pode durar dias. E não temos nenhuma garantia de que o nível da água não vai continuar a subir.

Ele não disse nada, e Talasyn aproveitou a oportunidade para reiterar, com raiva:

— Jie *tentou* avisar a você que era perigoso, mas você não escutou.

— Você também não, e agora está aqui comigo.

Enquanto Talasyn fervilhava em silêncio por conta da resposta dele, Alaric se sentou, lançando um olhar cético para os arredores.

— Não me surpreende que os antigos Forjadores de Sombras tenham saído de Nenavar no passado, considerando que o único ponto de conexão sofre uma inundação quando o tempo decide mudar.

— É, isso deveria ser um problema. E os sarimans.

Talasyn se sentou o mais longe dele que a pedra permitia. As feições de Alaric endureceram com a menção aos pássaros, o que ela imaginou que fosse o desconforto geral provocado pela mera ideia da existência deles, temor que ela também sentia às vezes.

Alaric mudou de assunto, erguendo a cabeça para o teto da gruta e as nesgas de luz do sol, com sua profusão de estalactites.

— Podemos usar nosso poder, explodir o teto, se a inundação piorar. Ou se a água e a comida acabarem.

— Você *tem* água e comida suficientes? Eu perdi minha mochila.

Será que ele consideraria dividir? Ela lutou contra o pânico, um resquício de sua infância. Com certeza ele não a deixaria morrer de fome, precisava dela para enfrentar o Nulífero e manter a posição de Kesath em Nenavar. Mas e se...

O estômago de Talasyn roncou, um eco do seu estresse. Alaric levou a mão à boca, uma risada leve escapando dele, e, mesmo constrangida, a Tecelã sentiu uma pontada de culpa, porque se viu morrendo de curiosidade para saber como Alaric ficava quando sorria.

Ele empurrou a mochila em sua direção.

— Fique à vontade.

Ela inspecionou a comida levada em cestos de vime, protegidos por folhas de bananeira. Bolinhos de arroz cozidos no vapor, fatias de queijo branco de búfalo-do-sol, carne defumada de veado e ovos de pato salgados, com as cascas tingidas de uma cor magenta para que todas as cozinhas em Nenavar pudessem distingui-los dos ovos frescos que não tinham passado semanas sendo curados em uma pasta de carvão e argila. Talasyn estimava que tudo duraria três dias entre ela e Alaric, sendo equivalente ao que ela levara para Belian.

— Você estava determinado a ficar aqui um tempo — comentou.

— Entrar em comunhão com a Fenda de Sombras parecia mais útil que ficar sentado esperando que você voltasse.

Havia certo tom de acusação na voz dele, embora sua expressão não desse qualquer sinal disso. Sem querer se explicar, Talasyn se ocupou em descascar um ovo cozido de forma metódica, a tinta de beterraba manchando seus dedos.

Quanto mais tempo ela ficava sem falar, mais o silêncio irritava o marido. Ele se inclinou para trás, cruzando os braços.

— Você adora fugir — comentou ele. — Fugiu de mim no gelo nas Terras Altas. Corria para seus aposentos sempre que discutíamos no Teto Celestial. Pensando bem, não sei o que me deu para achar que seríamos capazes de conversar sobre o que aconteceu ontem como adultos.

— Não há nada para conversar! — esbravejou Talasyn. — Nós dois ainda estávamos meio grogues de sono, *só isso*. Vamos esquecer que aconteceu.

— Assim como todas as outras vezes?

— *Isso.*

— Eu só não consigo compreender por que você não disse isso na minha cara...

— Estou falando agora, seu canalha...

— ... em vez de velejar para o outro lado do país depois do ocorrido, como uma covarde...

— Ah, que foi, eu magoei os sentimentos de Vossa Majestade?

Talasyn cuspiu as palavras por impulso, sem pensar no que estava dizendo. Só uma retaliação venenosa, mais um disparo na guerra incessante que travavam desde a noite em que se conheceram.

O modo como o corpo de Alaric se enrijeceu, no entanto, como se ela o tivesse golpeado, fez com que um nó se formasse na garganta de Talasyn.

— Você ficou *mesmo*... — começou a perguntar, mas ele a interrompeu.

— É uma questão de orgulho masculino — retorquiu ele, com frieza. — Não é bom para o nosso ego quando uma dama foge depois de um momento íntimo.

Talasyn semicerrou os olhos. Um pedaço da casca de ovo que ainda não retirara rachou quando ela cerrou o punho. *E quantas outras damas estiveram na sua cama, posso saber?*, quase perguntou, mas se conteve a tempo. Ela não deveria dar a mínima para a resposta.

— Seu ego bem que poderia dar uma diminuída. — Ela bufou. — Na minha opinião, acabei de prestar um serviço à humanidade.

— Como quiser.

Ele parecia desinteressado, indiferente, se inclinando com um ar despreocupado para pegar um ovo cozido da bolsa.

Ela se odiava por querer que aquele momento na cama entre os dois tivesse significado algo para Alaric, mesmo que o mais prudente fosse que ele não se importasse mesmo. Talasyn odiava aquela coisa terrível que rasgava seu peito quando pensava nas mulheres que existiram antes dela. O passado dele não deveria importar, *ele* mal deveria importar, a não ser pelo papel que precisava cumprir nos objetivos dela.

Ainda assim, Talasyn pensava naquela noite no quarto dele, em como ele estava arrasado, em como pedira a ela para ser gentil. Em como a beijara de forma tão doce.

Só que ele nem se *lembrava* do beijo... e mesmo que lembrasse, ainda assim o momento seria irrelevante, assim como todas as coisas que fizeram juntos.

Era só atração física. Os dois apenas se sentiam solitários.

Depois da refeição, ele lhe ofereceu um dos quatro cantis de água potável que trouxera de Iantas. Ela tomou um gole demorado e então o depositou embaixo de uma das goteiras no teto de arenito para encher com a água da chuva.

Não havia mais nada a fazer senão esperar.

A pedra onde Alaric e Talasyn estavam acampados era o único pedaço relativamente seco que restava em toda a gruta. Ele deveria ter se sentido grato por isso, mas passou as horas seguintes amaldiçoando sua existência.

Era pequeno demais. Apenas um pouco maior que a cama de Iantas, e não tinha espaço suficiente para que conseguisse fugir de Talasyn.

Pensando bem, uma ilha inteira ainda não teria sido espaço suficiente. Porque ela estava vestindo a túnica dele.

Ele sabia que vê-la usando a sua roupa não o ajudaria em nada, e foi por isso que a princípio tentou evitar que seu olhar se demorasse sobre ela. A princípio, ele a achara amarrotada e adorável, mas então, quanto mais tempo passava, mais ele notava detalhes cativantes na luz fraca da gruta — como a gola escorregava dos ombros quando ela fazia determinados movimentos, revelando a clavícula graciosa, como a barra subia e revelava as coxas formosas, expondo mais daquelas pernas compridas que um dia seriam o fim de Alaric.

No momento, ela era mais perigosa que adorável, e ele não sabia quanto mais aguentaria, dividido entre sacudi-la por se colocar em perigo com a ideia idiota de resgatá-lo e beijá-la até ficar sem fôlego por... por ser *Talasyn*. Por ser a esposa exasperante que ficava tão linda nas roupas dele.

A mesma esposa que seu pai esperava que ele traísse depois da Escuridão Sem Luar.

— Preciso te contar uma coisa — anunciou ele.

Era melhor falar logo, antes que os dois se esquecessem outra vez do que deveriam ser um para o outro.

Talasyn se virou para ele, atenta. Teria sido mais fácil não encará-la enquanto relatava as notícias sobre Khaede que Lisu lhe dera, mas fazer isso seria a escolha de um covarde. Ele era o Imperador da Noite, e aquilo fazia parte do seu papel. Escolhas difíceis eram feitas em época de guerra, e ele não seria um governante de fato se não se responsabilizasse por cada uma delas.

Alaric se forçou a manter contato visual, a observar a expressão de Talasyn mudar de choque para uma raiva lenta e borbulhante. Ele a observou respirar fundo, a Luzitura cintilando em suas íris da mesma forma que devia cintilar sob a pele dela, em busca de um alvo.

Alaric se preparou para se defender da magia dela. Preparou-se para ser atacado por gritos.

Em vez disso, Talasyn irrompeu em lágrimas.

Não havia nada de calmo ou delicado. Talasyn chorava da mesma forma como fazia tudo: rasgando o coração, por completo, intensamente. Ela dobrou os joelhos e os aproximou do peito, os soluços atravessando os ombros estreitos, e, antes que Alaric pudesse sequer entender o que estava fazendo, estava ao lado dela, envolvendo-a com um dos braços.

A compaixão será sua ruína, sussurrou a voz do pai na cabeça dele.

Talasyn ergueu a cabeça. As sardas brilhavam na luz subterrânea. Ela parecia tão vulnerável que Alaric sentiu um ódio por si mesmo invadi-lo, repentino, acre e violento. Naquele momento, ele foi atingido brutalmente pela lembrança de como ela ainda era jovem. Jovem demais para ter perdido uma guerra, jovem demais para carregar nas costas o destino de uma civilização inteira, jovem demais para se ver com o fardo dos destroços que compunham Alaric.

Sem conseguir se conter, ele levou a mão ao queixo dela e secou as lágrimas que escorriam como chuva por seu rosto. Ele não estava de luva, e sentia tudo aquilo com tanta força... o calor das lágrimas dela, a maciez da pele, a estrutura frágil dos ossos.

De repente, os dedos de Talasyn se enterraram no pulso dele, e Alaric percebeu que ela não estava chorando de tristeza, e sim por um alívio puro e arrebatador.

— Khaede está viva — Talasyn conseguiu dizer. — Ela... Durante a guerra, não exista timoneira melhor que ela. Se encontrou um coracle, então ela voou mais rápido que seus oficiais e está viva. Ela e o bebê estão vivos.

Alaric não suportaria lhe dizer que as chances de aquilo ser verdade eram mínimas. Também não sabia como se sentiria se ela estivesse certa. Se fosse o caso, Khaede seria uma das muitas inimigas do Império do Norte que ainda estavam em liberdade.

O embate interno deveria estar evidente no rosto de Alaric, ou talvez Talasyn tivesse se tornado muito boa em decifrá-lo. Ela agarrou as mangas dele, mas então, quando ele achou que ela ia puxá-lo mais para perto, ela o empurrou.

— Não aja como se você se importasse! — vociferou ela, ainda chorando. — Como você ousa me abraçar enquanto ainda está pensando que é um grande inconveniente que minha amiga tenha sobrevivido...

— É óbvio que eu me importo — interrompeu ele. — Em troca dessa informação, eu tive que ceder o comando de um dos navios de guerra invencíveis que serão produzidos, então *evidentemente* eu me importo em algum grau, Talasyn...

Ela assoou o nariz na manga da túnica emprestada, cortando-o.

— Se ela aparecer um dia — disse, taciturna —, o que eu quero ainda vale. Ela e o filho vão ficar em Nenavar, sob minha proteção.

— Isso nunca esteve em questão. Mas fico contente que você esteja tão confortável exigindo coisas de mim ultimamente.

Talasyn soluçou.

— Posso exigir que você cale a boca?

Alaric franziu o cenho.

— Só se você parar de chorar.

Ela não o escutou. Raramente o fazia, e não ia começar agora.

Talasyn chorou até não poder mais sobre o lago preto ondulante, o sal das lágrimas misturado às gotas de chuva que entravam pelas rachaduras do teto. Em algum ponto depois da guerra, ela trancafiara Khaede em um quartinho em sua mente, espiando-o apenas ocasionalmente. Era um mecanismo de defesa para que pudesse manter o foco, para que não enlouquecesse pensando nos piores desdobramentos possíveis.

No momento, a porta daquele quarto tinha sido escancarada, e Talasyn deixara tudo aflorar. Toda a culpa, o terror e a esperança. Uma vez que começou a chorar, não conseguiu mais parar. Aquilo, sim, era chafurdar na dor. Era o ponto a que ela tivera tanto medo de chegar.

Se Alaric tentasse abraçá-la mais uma vez, ela acabaria arrancando os olhos dele. Ao menos o marido a conhecia bem o suficiente para nem sequer tentar... e aquilo, por si só, não era uma tristeza? Não seria mais um motivo para chorar, o fato de que ninguém em sua nova vida a entendia melhor que seu inimigo? Ele era um espectro nas beiradas de sua visão borrada, parado constrangido enquanto ela encharcava a túnica emprestada com lágrimas e ranho. E finalmente, *finalmente*, ela se recostou contra a parede da pedra, cansada, e com uma sensação estranha de paz.

Em instantes Alaric apareceu ao seu lado, levando um cantil de água a seus lábios secos. Talasyn tomou goles relutantes, e então fechou os olhos. Envoltos pela escuridão, ela sentiu Alaric passar os nós dos dedos em seu pulso.

Era uma oferta de conforto tímida. Talvez até circunstancial. Mesmo assim, o coração dela se apegou ao gesto.

Estou exausta. Aquele pensamento a atravessou em toda a sua simplicidade. Talasyn manteve os olhos fechados enquanto o toque dele se demorava, aos poucos sumindo. Por um instante, ela se perguntou como seria viver em um mundo onde poderia segurar a mão dele.

CAPÍTULO 18

Uma vez que Talasyn recuperou o controle sobre suas emoções e os dois se recolheram aos seus respectivos cantos na pedra, não havia muito o que fazer na gruta inundada. Alaric ficou de olho no nível da água, demorando-se em pensamentos lúgubres. Vez por outra, pegava Talasyn revirando a aliança de casamento. Talvez fosse por tédio, sim, mas talvez por querer livrar-se daquilo. Ele não podia culpá-la. Talasyn não estaria naquela situação se Alaric não tivesse ignorado os avisos de Jie, em sua avidez para fugir de um castelo que parecia tão vazio.

A luz do sol, já fraca, diminuiu ainda mais quando um fluxo maior de chuva começou a entrar pelas rachaduras acima, acompanhado pelos rosnados de trovões que eram abafados pela pedra. A água do lago se agitava de modo preocupante contra as margens, a queda d'água na entrada da gruta ganhando força. Alaric forçou a vista na direção do teto, a única forma de escapar dali.

— Se eu derrubar o teto — disse ele —, você conseguiria nos proteger dos destroços?

— Conseguiria — respondeu Talasyn, sem um segundo de hesitação. — Suponho que você vá usar a mesma técnica que Gaheris usou quando destruiu o porta-tempestades rebelde.

— Na verdade, eu nunca tentei — confessou Alaric. — Se o lago transbordar, então veremos se eu sou mesmo filho do meu pai.

— Só que você não é.

Ela disse aquilo baixinho sob os sussurros do vento uivando no mundo acima. Quando ele se virou para encará-la, Talasyn mordeu o lábio, como se tivesse se arrependido das palavras, mas logo ela continuou, com uma teimosia, que já era muito familiar a Alaric.

— Você não tem nada em comum com ele. Você jamais machucaria um filho seu do jeito que ele machuca você.

Aquela declaração, por mais simples que fosse, atingiu-o profundamente. Uma faca bem no coração. Com a dor, veio a raiva, e ele abriu a boca para brigar, mas algo na forma como ela estava encolhida contra a parede, minúscula na túnica dele, os olhos castanhos com um brilho suave, sincero, mesmo enquanto ela se preparava para... para o quê?

Por um instante, Alaric parou de respirar.

Talasyn *esperava* que ele revidasse. Todas as vezes que ela mencionava o pai dele, Alaric apenas respondia com fúria e ameaças. Talasyn o observava da mesma forma que a mãe de Alaric observava Gaheris, esperando por uma explosão inevitável.

Quero ser melhor do que o passado, pensou Alaric. *Nisso, mas também de tantas outras formas.*

Ele arqueou uma sobrancelha.

— Um filho meu? — disse ele, seco. — Então isso é uma possibilidade para nós, Lachis'ka?

Aquilo teve o efeito desejado, que era reduzir Talasyn a murmúrios indignados. Alaric continuou, despreocupado:

— Já que você trouxe o assunto à tona, nossas respectivas cortes de fato *apreciariam* alguns herdeiros. Quer passar essas horas escolhendo nomes para a criança?

Talasyn ficou de pé, o rosto retorcido como se tivesse engolido um limão-filipino, não mais esperando receber o golpe da escuridão dele. Sua apreensão era coisa do passado.

— Pensando melhor — continuou ele, aliviado diante da reação dela —, é melhor que eu fique responsável pelos nomes. Não quero que um filho meu seja chamado de "Melancia Ossinast".

— Isso... *Não* era disso que eu estava falando, e você sabe muito bem! — resmungou ela.

Ele inclinou a cabeça.

— Ou você prefere *Goiaba* se for menina?

— Argh!

Ela partiu para cima dele. A Tecelã de Luz esquentadinha *partiu para cima* dele, de verdade. Alaric deixou escapar um grunhido quando as costas dele bateram contra o chão duro e úmido. Por outro lado, ele passara a ter uma coisa quente e macia nos braços, uma que o proclamava como o pior tipo de cafajeste em gritos sem fôlego.

Perplexo com a ofensa refinada, tão diferente do que esperaria de Talasyn, ele deu um leve puxão na sua trança. Ela ergueu o rosto do peito dele e o encarou, a luz fraca mal conseguindo revelar as bochechas sardentas, coradas de vergonha.

— Esqueceu todos os xingamentos continentais? — questionou ele.

— Ah, cale a boca. — Ela ficou ainda mais corada. — Tente *você* morar um ano inteiro em um país estrangeiro com uma língua diferente. Eu já te chamei de babaca mais cedo e não consegui pensar em outra coisa...

Ela parou de falar quando percebeu, no exato instante em que ele percebeu o mesmo, que não havia um centímetro de espaço entre os dois do pescoço para baixo. As pernas dela estavam presas nos quadris dele, e o peito dele subia e descia sob o dela. A mão de Alaric repousava na coxa nua de Talasyn, os dedos encostando na barra da túnica... a túnica que ele nunca deveria ter emprestado para ela, porque no momento ela estava deitada em cima dele, vestindo as roupas dele, e a única coisa que Alaric conseguia olhar eram os lábios dela, e tudo o que Alaric conseguia sentir era ela.

— Estou rendido. — Alaric ficou chocado ao ouvir a rouquidão da própria voz. — E agora?

— Não sei — resmungou Talasyn. O olhar dela também estava focado na boca dele. O coração dela batia em um ritmo selvagem e violento, idêntico ao dele. — Eu não tinha pensado tanto assim no meu plano.

— Que pena.

Os dedos dele subiram mais pela coxa dela, acariciando a pele sedosa. Ela engoliu em seco, a mão deslizando pelo abdome dele, um convite silencioso.

Uma nova torrente de água adentrou a gruta. O lago ondulou e se revoltou, e Alaric viu a onda se formar em sua visão periférica. Ele apertou os braços ao redor de Talasyn, com intenção de rolar e proteger os dois, mas era tarde demais... a onda quebrou por cima da pedra. Encharcando os dois no frio, na água e no sal.

Os dois saltaram para longe um do outro. Iguais aos gatos de rua briguentos de Bico-de-Serra que fugiam quando os moradores jogavam baldes neles para apartar a briga, pensou Talasyn, com amargura. Os dois se pressionaram contra as paredes da gruta, observando com apreensão o nível da água, que se agitava um pouco por alguns segundos alarmantes, mas então se aquietou, subindo apenas alguns centímetros. A queda d'água na boca da gruta também parara de jorrar.

Os calafrios retornaram, uma vez que Talasyn estava encharcada de novo. Ela tentou fazer fogo.

Alaric tinha trazido algum tipo de pederneira e gravetos. Talasyn empilhou os gravetos em folhas de bananeira, para isolar a madeira do chão ensopado, e riscou a pederneira com força. No entanto, com o teto cheio de goteiras e o oceano invasor, estava úmido demais na caverna. Quaisquer faíscas que ela produzia logo se apagavam e, pouco tempo depois, os gravetos também estavam encharcados.

Ainda assim, ela persistiu, porque era uma distração bastante útil quando comparada à presença de Alaric. Ele se retirara para o canto oposto, mas, para Talasyn, nenhuma distância no mundo seria suficiente. Não depois daquele quase-momento, daquele quase-beijo.

Cerca de meia hora tinha se passado quando ele falou:

— Lachis'ka.

Ela continuou concentrada em sua missão. Na verdade, riscou a pederneira com ainda mais força.

— Não vai dar certo. — O tom de Alaric era severo. — Você vai acabar se machucando.

E talvez fosse verdade. Talvez os dedos enrugados dela *estivessem* começando a doer, mas existia uma liberdade tão grande em executar aquela tarefa que não exigia tanta atenção. Ela podia canalizar todas as suas frustrações na força bruta. Podia perguntar à pele arranhada e às faíscas fracassadas da pedra por que não conseguia controlar as reações que tinha ao marido e por que sua força de vontade não conseguia falar mais alto que o seu desejo pelo toque dele. Por que, diante dele, Talasyn se via tão tentada a não se importar com mais nada.

A resposta é simples, na verdade. Aquele pensamento emergia entre os muitos outros que corriam em disparada por sua mente, como uma carcaça apodrecida, surgindo das profundezas. *Os rebeldes estavam certos. Eu sou uma traidora.* Assim que a Sardóvia saísse vitoriosa, ela provavelmente seria executada, a não ser que fosse se esconder nas saias da avó.

Por fim, Talasyn desistiu do fogo, as mãos esfoladas, sensíveis. Ela e Alaric caíram em um silêncio amuado, evitando um ao outro o máximo possível naquele espaço estreito.

Quando a noite caiu, a gruta mergulhou em uma escuridão completa, e nenhuma das sete luas de Lir conseguia atravessar as nuvens espessas. A temperatura baixou ainda mais. O nariz de Talasyn e as pontas dos dedos pareciam feitos de gelo.

Ela ouviu Alaric vasculhando seus suprimentos, e então o baque de algo metálico sobre a pedra, e o clique de uma alavanca. A gruta foi iluminada sob o brilho quente e avermelhado do Fogarantro, emanando de uma lamparina de bronze. O coração de éter contido dentro do vidro ardia como uma brasa solitária.

— Você consegue enxergar no escuro — disse Talasyn.

Ou ao menos tentou dizer. Gaguejou cada palavra, o queixo batendo e o corpo tremendo com o frio que estivera suportando aquele tempo todo.

— Até certo ponto. Melhora a cada exposição aos pontos de conexão do Sombral. — Alaric estendeu seu colchonete. — Nós dois precisamos nos aquecer, então venha aqui.

A intenção dele era óbvia. A resposta dela foi imediata.

— N-n-não. Eu e-estou b-b-bem.

Ele contraiu os lábios.

— *Eu* preciso me aquecer, então.

Ela não falou nada, só continuou o encarando, irritada e tremendo.

— Certamente você não vai me deixar morrer congelado antes de nós impedirmos o Nulífero.

Era pura balela, mas Talasyn já estava sofrendo demais para contra-argumentar. Foi até onde Alaric estava deitado de lado, levantando o cobertor para ela entrar. Talasyn se acomodou no colchonete pequeno, de costas para ele. O braço de Alaric repousou sobre sua barriga. Estavam quase na mesma posição comprometedora e desastrosa em que acordaram na véspera, mas ela estava ávida demais para se aquecer. Aconchegou-se em Alaric, absorvendo o calor que emanava do corpo dele, cobrindo-se até o nariz.

— Vá dormir — ordenou ele. — Eu fico com o primeiro turno da vigília.

— Me acorde daqui a quatro horas para eu ficar no seu lugar.

— Seis. Eu não estou cansado.

— Certo, porque é óbvio que você tem energia de sobra para ficar discutindo.

Alaric apertou o quadril dela, um aviso. Talasyn fez uma careta que ele não podia ver, e então se enterrou mais no abrigo que ele oferecia. A Tecelã observou a luz da lamparina projetar sombras nas paredes da gruta enquanto começava a pegar no sono.

E, naquele meio segundo antes do esquecimento, o cristal imbuído com a luz do Fogarantro se tornou um sol vermelho, e o arenito que os rodeava tornou-se um céu brilhante, e o Mar Eterno planava embaixo dela outra vez, assim como na visão que tivera havia um mês. Daquela vez, espirais com escamas pulsavam com seu fôlego, revolvendo nas águas azuis, e aquela mão ressequida estava se esticando na direção dos céus enquanto algo rugia como trovões...

— O que aconteceu? — perguntou Alaric.

Talasyn percebeu que ficara rígida no abraço frouxo do marido. Era difícil retornar da visão, das imagens do vento, do céu e de sua alma que fugia na direção de algum precipício nebuloso, mas, a certa altura, ela conseguiu escalar aquele penhasco e voltou para o mundo real, a luz da lamparina esculpindo os músculos do braço de Alaric que a segurava.

— Você costuma... ver coisas? — Ela engoliu em seco. — Quando você não está entrando em comunhão com a Fenda de Sombras, no caso.

— Não. Que tipo de coisas você vê?

— Memórias. Por muito tempo, presumi que fossem somente as minhas, que era minha magia me conectando ao meu passado, mas ultimamente...

Talasyn contou a ele sobre o oceano revolto, a mão ressequida, a cumeeira de neve nas montanhas.

Alaric ficou em silêncio por um tempo. Talasyn conseguia quase ouvir as engrenagens rodando na mente dele.

— Eu nunca ouvi nada do tipo acontecendo entre os Forjadores — disse ele, por fim. — Talvez visões sejam um traço dos Tecelões. Não temos como saber.

Porque seu país matou todos eles.

Então os dois ficaram tensos, como se, em meio à escuridão, o mesmo pensamento também o tivesse acometido.

Não importava onde os dois se encontrassem, a guerra sempre estava à espreita em cada canto, arrastando-os de volta para o mesmo lugar de antes. Talvez aqueles lembretes constantes e amargos eram tudo de que Talasyn precisava. Mesmo enquanto continuava deitada nos braços de Alaric, se alimentando do calor dele.

Ela fechou os olhos e se deixou levar por um sono inquieto pelas batidas do coração dele e pelo rugido distante da tempestade.

CAPÍTULO 19

Talasyn nunca admitiria aquilo para Alaric nem em um milhão de anos — nem mesmo se vivessem tempo o bastante para todas as terras afundarem no Mar Eterno —, mas ela acabou cochilando durante seu turno de vigília. Um instante, encarava o lago e, no seguinte, foi acordada por uma gota de água que se acumulara na ponta de uma estalactite antes de acertar a bochecha dela.

O pânico veio primeiro, uma chama intensa. Seu corpo se enrijeceu, e ela quase esperou estar afundada até o pescoço na enchente, mas, quando abriu os olhos, viu a luz matinal e que o lago havia sumido.

Com cuidado, Talasyn olhou por cima da beirada da pedra. As paredes em declive formavam um fosso com cerca de três metros de profundidade. Ainda havia água bem lá no fundo, mas o resto foi drenado pelos outros túneis ao redor do fosso e fluiu de volta para o mar com o recuo da enchente, levado pela trégua da maré baixa.

A lamparina queimara a noite toda. O núcleo de éter piscava, a magia quase toda gasta. Talasyn virou-se para Alaric, que estava dormindo profundamente, metade do rosto escondido no colchonete. Um toque gentil no ombro não foi o suficiente para acordá-lo Ele estava, *sim*, cansado, embora tivesse declarado o contrário na noite anterior. Que homem mais teimoso.

Naquele instante, de perfil, ele mais parecia um garoto do que um homem adulto. A boca estava relaxada, em vez de contraída na eterna expressão emburrada. Uma mecha do cabelo preto caía sobre a bochecha pálida, e os dedos dela estremeceram com uma vontade incontrolável de afastar os fios.

Estou feliz por você estar vivo.

O pensamento surgiu sorrateiro no coração dela, como um ladrãozinho pulando uma cerca de jardim. Ela estava grata por Alaric não ter sido levado pela tempestade, por não ter sido reivindicado pelo oceano. Ela não sabia o que teria feito se...

Alaric abriu um olho.

Antes que Talasyn pudesse se afastar, antes que pudesse inventar uma explicação plausível por encará-lo como uma tonta apaixonada, ele sorriu.

Foi pouco mais que um levantar preguiçoso do canto do lábio, oferecendo um vislumbre breve de um canino um pouco torto.

Foi *arrebatador*.

Talasyn ficou congelada no lugar. Ver o sorriso preguiçoso de Alaric foi como ser atingida por um relâmpago. Foi uma lição, para ela aprender a tomar cuidado com seus desejos. Ela estava curiosa para ver aquele sorriso, não estava? Pois o cérebro dela tinha parado de funcionar e o estômago estava dando cambalhotas.

— Bom dia — murmurou ele, a voz ainda rouca de sono.

Ele levantou a mão na direção dela, mas parou no meio do caminho, o contentamento em sua expressão substituído por algo que não era muito diferente de horror.

Ela demorou tempo demais para recuar, e aquilo também foi uma derrota.

— Teve um sonho agradável, foi?

Talasyn optou por um comentário despreocupado enquanto começava a arrumar o acampamento.

Precisava ter sido muito bom para ele acordar sorrindo daquela forma.

— Meus sonhos não são da sua conta.

E quem é que tinha aparecido neles, invocando uma ternura sonolenta tão evidente no temido Imperador da Noite? Quem ele pensava que ela era, quando acordou? Quem ele desejava que ela fosse?

Porque de jeito nenhum Alaric estava pensando em Talasyn quando sorriu daquele jeito. Ela não era aquela pessoa para ele.

Talasyn chutou uma casca de ovo no fosso. Alaric jurara para ela, no monte Belian, que ele seria fiel apesar da natureza exclusivamente pragmática de seu casamento, mas aquilo não significava que ele não gostasse de alguém, por mais que nunca fosse agir de acordo com seus sentimentos. Qualquer dia desses, ele iria se arrepender de ter jurado respeitar o casamento, se é que já não tinha voltado atrás em sua decisão.

Ela não deveria se importar. Não deveria mesmo. Só que não conseguia descobrir como não ligar para aquilo.

Talasyn o obrigou a ficar de costas enquanto trocava a túnica dele pelas roupas que vestia na véspera. Ainda estavam úmidas e meio duras por causa de todo o sal, mas serviriam. Ela desviou o olhar enquanto Alaric vestia uma camisa preta limpa e continuou evitando observá-lo, porque os músculos definidos dos braços nus e o tecido que se esticava sobre o peito dele a distraíam até demais.

— É melhor irmos embora enquanto o caminho está desimpedido — disse Talasyn, enfiando a túnica de Alaric na mochila de couro que depois ele ajeitou nos ombros. — Não dá para saber se a tempestade vai voltar.

O Sombral passou guinchando por ela na forma de um gancho de escalada, afundando na pedra perto da entrada da gruta. Alaric estendeu a mão esperando que ela a aceitasse e apenas a encarou intrigado quando Talasyn forjou com luz o próprio gancho.

— Tive um ótimo professor — provocou ela, sem conseguir resistir.

E não *era* bem que ela quisesse receber algum elogio sobre sua proeza, mas teria sido bom ouvir algo do tipo. No entanto, ele só grunhiu, e a mão oferecida logo foi retirada, fazendo um gesto para que Talasyn fosse na frente.

Ela se apressou em saltar da pedra e cruzar o fosso na direção da entrada da gruta, de modo que Alaric não visse o quanto ela estava confusa e irritada pelo comportamento dele. O marido a elogiara bastante quando ela praticou etermancia e convocou seu primeiro escudo sólido...

Sem as correntes da enchente para levá-la pela Goela da Noite, Talasyn sentiu que a jornada era árdua, uma combinação de subidas por pedras desmoronadas, agachamentos quando o teto de arenito ficava perto demais do chão e deslizadas por passagens verticais estreitas. Em meio a tudo aquilo, Alaric continuava sendo uma presença ranzinza às suas costas, sempre lá para ajudá-la quando ela precisava de impulso, mas tão silencioso e rígido quanto um túmulo.

A maré da tempestade deixara o sistema de cavernas cheirando a sal e peixe. Faixas de alga se prendiam a Talasyn conforme ela andava. Mais para o alto, perto da saída, existiam piscinões rasos e inundados onde o oceano não recuara por completo. Por fim, eles foram levados ao riachinho que entrava pela boca da caverna — nada além de uma corrente tranquila no momento, quase sonolenta sob a luz do sol.

A luz não fez os olhos de Talasyn doerem tanto quanto achou que iriam após tanto tempo na escuridão da Goela da Noite. Muito pelo contrário: ela tinha a sensação de absorvê-la, como se fosse uma planta recebendo o sol pela manhã. As visitas à Fenda de Luz a presentearam com uma tolerância maior ao sol, da mesma forma que Alaric conseguia enxergar no escuro.

Aquilo a fez pensar em Ideth Vela, com certa tristeza. Todas as Fendas de Sombras do Continente ficavam localizadas na metade do território que pertencia aos kesatheses, e a amirante sardoviana jamais pudera refinar sua magia de sombras. Um etermante não era ninguém sem seu ponto de conexão.

Alaric e Talasyn caminharam margeando o rio e saíram da Goela da Noite. Tinha parado de chover, e o vento não era tão cortante, embora os céus permanecessem em um tom escuro e irrequieto de cinza.

A chalupa kesathesa, como era de se esperar, fora derrubada quando a maré da tempestade encheu a praia e o vendaval soprara forte, uma vez que a corda do ancoradouro se soltara. A embarcação era uma visão frouxa e patética nas areias brancas, em meio a um pano de fundo de palmeiras arrancadas com raízes e tudo.

Era pesada demais para duas pessoas conseguirem virá-la. As costas dos dois ficariam acabadas só de tentarem. E o coracle mariposa de Talasyn — que com muito sorte permanecia onde ela o atracara em cima do penhasco — não poderia levar os dois.

— Vou entrar em contato com lady Bairung para pedir auxílio — disse Talasyn.

Chal era o domínio da Casa de Matono, e Bairung ficaria ávida para se certificar de que tanto o Imperador da Noite quanto a Lachis'ka estivessem em dívida com ela. Além de obter uma fofoca deliciosa em primeira mão para compartilhar com as outras nobres.

Alaric assentiu, e Talasyn subiu no mastro da chalupa — no momento na horizontal —, usando-o como apoio para subir pelo gradeamento virado de lado até alcançar o transmissor de ondas de éter que ficava no tombadilho.

— Você vai acabar caindo — disse Alaric, com notória infelicidade.

Ele largou a mochila na areia e se preparou para segurá-la.

— Quer apostar? — De onde estava pendurada com um braço só, Talasyn esticou a mão e girou o botão do transmissor. — Eu costumava escalar coisas o tempo todo, isso aqui não é na...

O transmissor soltou *uma fagulha*.

Talvez estivesse com água, ou talvez tivesse saído de seu ninho de circuitos ou sido danificado ao capotar... Os corações de éter imbuídos de Tempória dentro do aparelho liberaram uma tempestade de raios em miniatura que se alastrou pelas dobradiças. Um choque agudo percorreu o pulso direito de Talasyn e a sacudiu, e de repente ela estava caindo rumo ao chão, o mundo virando um borrão de areia e oceano.

Alaric a pegou no ar e a puxou contra o seu peito, com um braço ao redor do torso, o outro encaixado sob seus joelhos. Era como se o choque tivesse se demorado no sistema dela, espiralando em fios de estática. Ela se sentiu pequena e segura no abraço dele.

— Obrigada — disse ela, sem fôlego.

Alaric engoliu em seco.

Então ele *fez uma careta*, depositando-a na areia às pressas e dando um passo para longe.

— O transmissor está quebrado. — Talasyn estava constatando o óbvio, mas ela estava aturdida. Ele mal dissera uma palavra para ela desde que acordara. — Podemos usar o do meu barco, mas está lá em cima.

Ela gesticulou para o topo do penhasco.

— Bem, não se atrase por minha conta. — O olhar dele se voltou na direção do oceano, onde permaneceu. — Depois que você estabelecer contato, pode ir embora. De volta para Belian, ou para Iantas, ou para onde quiser. Vou esperar a ajuda chegar.

— *Eu* sou a ajuda que chegou — retorquiu Talasyn, com ironia. — Além do mais, você não quer companhia?

— Não preciso disso — respondeu Alaric, tenso, quase ríspido. — E você tem coisa melhor para fazer.

— Não posso só *largar* você aqui...

— Você já fez isso antes. Não tenho dúvidas de que conseguirá fazer outra vez sem nenhum peso na consciência.

O arrependimento tomou as feições dele assim que as palavras deixaram sua boca. Ele cerrou a mão em punhos.

Tem alguma coisa que não estou captando, pensou ela. *Alguma coisa importante.*

Ela para na frente dele. Alaric poderia ter apenas a ignorado, mas, em vez disso, os olhos cinzentos a encararam, como se Alaric tivesse ficado surpreso com a aproximação dela.

— Alaric — disse Talasyn, cautelosa. — O que aconteceu? Você está de mau humor a manhã inteira.

Ele não respondeu. Ela se animou ao pensar em uma possível solução.

— Ainda não tomamos café da manhã, que tal se...

— Não estou com fome.

Talasyn logo chegou à infeliz conclusão de que não conseguia *suportar* quando Alaric ficava bravo e ela não tinha ideia do que fizera para provocar aquilo. Perdida, ela se lembrou da lição de Niamha sobre como fazer os homens se derreterem. Não estava nem um pouco vestida para a ocasião com as roupas incrustadas de sal, o cabelo desgrenhado e a sujeira da caverna pegajosa na pele, mas a Lachis'ka nenavarina era ainda a Lachis'ka, independentemente de sua aparência. Ela conseguiria fazer aquilo. Conseguiria recorrer ao charme lendário do seu povo e usá-lo para acalmar o temperamento do marido.

— Talvez fique menos rabugento depois que comer alguma coisa — sugeriu Talasyn.

Lembrando o que Niamha lhe ensinara, ela permitiu que um sorriso vago suavizasse o canto de sua boca e encarou Alaric, piscando de forma exagerada.

A expressão dele era de pura confusão.

— O que há de errado com seu rosto? Está com dor?

Talasyn vivera diversos momentos de gafes vergonhosas quando se tratava de Alaric, mas aquela era de longe a *pior* de todas. Ia muito além de enrubescer de humilhação, e da pontada paralisante de arrependimento. Era o limite, uma vontade de imediatamente unir-se ao mundo dos espíritos e nunca mais voltar.

Também era o fim de sua paciência. Não que ela tivesse muita, claro.

— Deixa pra lá! — esbravejou Talasyn. — Você é impossível!

Alaric franziu a sobrancelha.

— Mas o quê...

— Você não... você não reage apropriadamente a nada! — O tom irritado da sua voz se misturava às ondas quebrando na areia. — Eu cuido das suas feridas e você me beija, aí dorme quando eu beijo você de volta, e ainda esquece que isso aconteceu. Eu escrevo uma carta para você e você manda o seu secretário responder. Eu venho resgatar você e você me diz que sou uma idiota... — Ela enfiou um dedo acusatório no peito dele conforme listava todas as transgressões. — E você fica irritado porque não discutimos a vez que ficamos nos esfregando enquanto dormíamos, mas aí, quando finalmente *começamos* a entrar no assunto, você fala de *outras* mulheres. Eu acordo você e você sorri porque está sonhando que eu sou outra pessoa, eu mostro que você de fato me ajudou a melhorar minha etermancia e você só responde com um grunhido, eu agradeço você por me pegar e você quase me *joga no chão*, eu ofereço um jeito de sair dessa crise e você me manda *ir embora*, eu convido você para comer e você fica bravinho, eu flerto com você e você pergunta o *que tem de errado com a minha cara...* — Ela jogou as mãos para o alto. — Chega! Já deu! Fique aqui e apodreça, eu não me importo!

Tremendo, Talasyn se virou e marchou seguindo a beira do mar, andando e chutando a água e a areia molhada O vento aumentou de novo, como se passasse dedos gélidos pelo corpo dela enquanto nuvens escuras se espalhavam pelo horizonte. A superfície do Mar Eterno estava pontilhada por uma profusão de picos de espumas enquanto as nuvens inexoravelmente se aproximavam do litoral.

Talasyn olhou para trás com a intenção de gritar para Alaric ir logo abrigar seu ser miserável antes que outro dilúvio começasse, mas então ela parou de andar e se virou. Alaric estava correndo até ela. As areias movediças faziam com que os passos frenéticos fossem difíceis, mas ele persistiu com uma determinação teimosa e a alcançou bem na hora em que começou a chuviscar.

— O que você quer *agora*? — resmungou Talasyn.

Alaric cerrou a mandíbula.

— Primeiro de tudo — disse ele, entredentes —, eu não sei *como* reagir a você. Você é orgulhosa, irritante e me tortura dia e noite. Segundo, nunca houve nenhuma outra mulher. Nunca houve *ninguém* antes de você, e muito para meu choque, você me provocou tanto que conseguiu invadir até meus sonhos. Você é a única que os atormenta. E uma última coisa... — A voz dele ficou mais baixa, e ele emitiu um rosnado. — Da próxima vez que beijar você, eu quero me *lembrar*.

As gotas de chuva pontilhavam a bochecha de Alaric quando ele se aproximou de Talasyn. Um relâmpago cortou o céu no momento em que ele a puxou contra si. As ondas escuras do Mar Eterno se chocaram na praia, e ele pressionou os lábios contra os dela.

CAPÍTULO 20

Poucos aspectos da vida de Talasyn foram tão maravilhosos quanto aquele instante, o abraço apertado de Alaric protegendo-a da fúria do vento, a boca quente cobrindo a sua, e as ondas e o coração dela batendo intensos no ouvido. Em algum momento daqueles últimos segundos, ela envolvera os braços em seu pescoço, segurando-se nele enquanto o mundo se desfazia. Ela aprofundou o beijo e ele soltou um gemido de aprovação, os dedos traçando a saliência do quadril dela.

Era um beijo diferente dos anteriores. Havia um gosto de raiva na forma como os dois se mexiam, era verdade, mas também era como se Alaric estivesse tentando contar algo a ela com a língua e as mãos... algo que o próprio corpo de Talasyn repetia de volta para ele.

Preciso de você.

Vamos esquecer todo o resto por enquanto.

Talasyn tinha certeza de que teriam ficado daquele jeito para sempre se a chuva não tivesse virado um temporal. Um rimbombar de trovão anunciou o dilúvio que caía do céu em torrentes, e ela se desvencilhou do marido com um som estrangulado, entre um gritinho e uma gargalhada, a água escorrendo nos olhos dela e o respingar das ondas turbulentas batendo contra o corpo de Talasyn.

Ela reparou em um traço de diversão genuína no rosto de Alaric antes de os dois começarem a correr... de volta para a chalupa capotada, onde se abrigaram sob o convés virado de cabeça para baixo que passou a servir então de telhado.

Alaric queria mais e mais. Com um brilho nos olhos escuros, beijou o pescoço de Talasyn, e os joelhos dela ameaçaram ceder, os dedinhos dos pés se contraindo. Ela se inclinou contra o interior de madeira assolado da chalupa, passando os dedos pelo cabelo dele, o sangue nas veias correndo como os trovões, alimentado pelo prazer vertiginoso que sentia.

— Nunca mais flerte de novo — disse Alaric. — Vai ser o meu fim.

Ela teria ficado mais envergonhada se o tom de voz dele não estivesse tão inebriado, se ele não tivesse caído sobre ela como se fosse um homem sedento no deserto.

— Não sei, não, *algo* me disse que foi um sucesso.

Ele mordiscou o pescoço dela.

— Eu não estava sendo sarcástico.

Talasyn agarrou e deu um puxão nos cabelos de Alaric e reivindicou a boca dele com a sua. Com o aguaceiro ainda caindo na praia deserta, as mãos dele exploraram avidamente o corpo de Talasyn e ela o beijava com um entusiasmo que ela em geral reservava apenas à prática de novas técnicas de etermancia. Impaciente, ela descobriu como evitar que os dentes se chocassem e lidou com o ofegar inoportuno para inspirar o ar de que tanto precisavam. Seguiu em frente com uma determinação alucinada que também era demonstrada por Alaric, até redescobrirem o ritmo que encontraram na noite de núpcias. Os dedos grandes percorriam as costas dela, acariciavam as coxas, apertavam sua bunda... e, por fim, esbarraram na barra da túnica dela.

E então levantaram o tecido.

Talasyn permitiu, guiada por algum instinto primordial que implorava por *mais, mais perto*. O pano ficou amassado entre as clavículas e o peito dela, e os dedos de Alaric subiram pelas costelas expostas, deixando uma trilha de arrepios por onde passavam, ficando imóveis quando chegaram à beirada da faixa que ela usava para cobrir os seios.

— Tire isso, Lachis'ka — sussurrou ele.

Receber ordens de alguém da laia dele deveria revoltá-la.

Em vez disso, Talasyn estremeceu.

Alaric observou com olhos de águia enquanto Talasyn desamarrava a faixa que cobria seus seios. Mesmo que a vestimenta simples e prática não fosse nada sedutora, vê-la se despindo fez todo o sangue dele correr para as partes de baixo. Ele lutou para manter qualquer pingo da compostura que ainda lhe restava, mas, quando a faixa caiu em meio às tábuas aos pés dela, e —

deuses, até que enfim — Alaric teve uma visão desimpedida dos seios dela, precisou de muito esforço para não gozar na calça naquele segundo.

A mulher com quem ele aceitara relutantemente se casar tinha os seios mais adoráveis de toda a Lir. Era verdade que a opinião de Alaric estava longe de ser a de um especialista, mas ele mataria qualquer um que argumentasse o contrário. Eram pequenos, bem definidos e, para o enorme deleite de Alaric, cobertos de sardas aqui e ali. Ele poderia tê-los estudado durante horas, e talvez tivesse feito aquilo mesmo, se Talasyn não tivesse começado a cruzar os braços, uma respiração nervosa atravessando os lábios entreabertos.

— Não — disse Alaric, às pressas, a dignidade deixada de lado.

Ele morreria de angústia se não pudesse olhar mais um pouco. Segurou os punhos dela, afastando as mãos dela para a lateral do corpo. Mesmo sob a penumbra da tempestade, ele conseguia ver que os mamilos rosados estavam enrijecidos... talvez por causa do frio, talvez pelo desejo de serem tocados.

Imaginando que seria melhor prevenir do que remediar, ele soprou o ar na palma das mãos e então as esfregou para aquecê-las, e Talasyn arfou quando ele pegou em seu seios, um tremor percorrendo o corpo dela como se Talasyn não conseguisse se decidir se deveria se afastar ou ceder mais ao toque. Misericordiosa, ela decidiu pela última opção, e ele tentou ser gentil no começo, era óbvio, mas era tão... *fascinante*. A maciez da pele dela, dos mamilos aveludados. Ela caiu para a frente com um gritinho agudo, segurando os ombros dele para se apoiar. Aquilo fez com que os seios mais lindos do mundo ficassem a apenas centímetros abaixo da boca dele, e de súbito, ele teve a melhor ideia de toda a sua vida.

Abaixou a cabeça e encaixou o mamilo direito de Talasyn entre os lábios. *Ah*, o pulo que ela deu como resposta, a forma como passou os dedos pela nuca de Alaric enquanto ele chupava seu mamilo. Era a coisa mais incrível do mundo, a única coisa que existia, usar a boca para provocar tantos gemidos surpresos de prazer da esposinha furiosa. Ele deslizou uma mão pelo seio esquerdo negligenciado, rolando o botão apertado do mamilo entre o indicador e o dedão enquanto saboreava o outro, sentindo gosto de oceano e luz solar na pele dela. Os gemidos dela ficaram mais altos, a rouquidão da voz formando o nome dele enquanto as monções rugiam ao redor dos dois, o som e a fúria atravessando o pequeno abrigo de tábuas de madeira e velas de tecido.

Quando por fim os *dois* seios de Talasyn estavam corados e molhados como resultado da dedicação de Alaric, ele não conseguiu mais se conter.

Levantou Talasyn do chão, segurando-a nos braços. Ela mostrou exatamente o que pensava daquela manobra de brutamontes ao morder o lábio inferior dele, uma dor repleta de êxtase, e Alaric rosnou, jogando-a de costas no chão, entre a curva interna do casco revirado da embarcação. Teria que servir como uma cama.

Talasyn se apoiou nos cotovelos, fulminando-o com o olhar.

— O que eu falei sobre me levantar sem permissão?

— Eu vou parar quando *você* aprender a ser mais gentil com seus dentes — retrucou Alaric, se ajoelhando entre as pernas abertas de Talasyn.

Ele limpou a boca com o dorso da mão, o sangue resultante da mordida dela ficando escuro contra a pele naquele dia pouco iluminado.

— Você é igual a um gato selvagem — murmurou ele, perdido nos olhos semicerrados que brilhavam com faíscas douradas. — Fica com as garras de fora mesmo quando está ronronando.

— Não estou ouvindo você reclamar — retrucou ela, sua atenção indo na direção ao volume na calça de Alaric.

Ele se abaixou e abafou uma risada sarcástica num ponto entre o pescoço e o ombro dela, puxando a calça de Talasyn, libertando aquelas pernas gloriosas. Ela chutou a roupa para longe, e então tudo virou um borrão dos dois deslizando um contra o outro, esfregando-se juntos, os lábios abertos com beijos de língua, a mão dele atrapalhada até encontrar o lugar que queria entre as coxas dela, passando por baixo do tecido da calcinha, afundando um dedo ali.

Ela era tão apertada quando ele se lembrava. Molhada e quente, pulsando, ávida por ele. *Me deixe ter isso*, pensou ele, em meio às sensações intoxicantes embaralhadas, em meio ao rugido das ondas agitadas de tempestade, em meio ao seu sangue que palpitava. *Pelo menos por um tempo.*

Talasyn sabia muito bem que estava cavando um buraco cada vez mais fundo para si mesma a cada instante que passava. A cada beijo, a cada carícia, algum canto distante de sua mente gritava que nada bom viria daquilo, que ela estava traindo a Sardóvia e Nenavar, e que havia algumas coisas que sempre seriam imperdoáveis, não importa onde acontecessem. De alguma forma, porém, ela sabia que nada conseguiria afastá-la de Alaric, a névoa do desejo turvando todas as considerações futuras.

Da última vez que fizeram aquilo, ela chegara ao clímax rápido demais, sem estar acostumada ao toque depois de uma vida inteira de solidão. Ali, no entanto, seu corpo já sabia o que esperar, e absorvia tudo, exigindo mais.

E Alaric, tão sintonizado com ela em um momento daquela natureza, tanto quanto em seus duelos, deixou uma trilha de beijos até os seios dela, a boca maliciosa se apegando mais uma vez ali enquanto o dedo dele entrava e se *curvava* dentro dela.

Talasyn estava tão focada no circuito de prazer que Alaric provocava em duas partes do corpo dela que, quando ele acrescentou um segundo dedo, Talasyn quase não notou até ele começar a mexê-lo com força. E como ela amou aquela sensação. Os quadris dela pareciam ávidos para ir ao encontro da mão dele, e ela fincou as unhas no braço dele, e...

— Ai! — Talasyn deu um gritinho.

Os dedos de Alaric estavam afoitos demais dentro dela, e a pontada repentina que Talasyn sentiu foi como de um nervo sendo beliscado.

Ele levantou a cabeça, a expressão um misto de horror e culpa na meia-luz.

— Foi demais?

— Seus dedos são maiores que os meus, é óbvio, e eu nunca tive mais alguém aí dentro antes de você... — começou a reclamar, e o resto da frase morreu na sua garganta ao notar um lampejo de compreensão faiscar nos olhos dele, sendo substituído por uma possessividade ardente.

Alaric se inclinou para baixo e enfiou a língua entre os lábios dela, rolando-a sob o teto da boca de Talasyn enquanto os dedos se mexiam com mais cuidado dentro dela, tentando entender do que ela gostava. Pouco tempo depois, o prazer dela começou a aumentar, como se nunca tivesse sido interrompido. Uma rajada forte de vento fez com que uma leva de chuva pesada atingisse o casco da embarcação, o barulho ecoando no ritmo descompassado do coração dela enquanto batia frenético, quase em sincronia perfeita com a forma como ela pulsava e o desejava. Ele dobrara o dedo anelar, curvando-o, e a beirada dourada e fria da aliança roçando nela a cada estocada da mão dele, acrescentando mais uma camada de depravação que ameaçava sobrecarregá-la. E não restavam dúvidas de ela estava quase lá, só mais um pouco...

— Isso mesmo, Tala. — Alaric pressionou um beijo febril na têmpora dela, e outro no queixo. Ele parecia tão devastado quanto ela, a voz rouca a guiando para um prazer ainda maior. — Goze em cima da aliança do seu marido.

Talasyn remexeu os quadris enquanto se deixava levar pela onda, pela luz, contraindo-se ao redor dele, estremecendo, o grito rouco abafado pela tempestade furiosa. E, o tempo todo, ele olhou para ela como se estivesse observando o sol nascer.

De alguma forma, aquilo não era suficiente. De alguma forma, ela precisava de mais. Depois que o prazer passou rasgando seu corpo, deixou um espaço dentro de Talasyn que implorava para ser preenchido.

Alaric provavelmente identificou aquele anseio na expressão dela, ou pelo menos supôs pela forma como ela esticou os braços para ele, fraca, em silêncio.

Ele se sentou, inclinado contra a madeira da chalupa, trazendo-a para seu colo. Talasyn foi sem oferecer resistência, colocando as pernas ao redor dele, sobre a ereção achatada dentro da calça dele, a fricção fazendo-a ofegar. Um relâmpago brilhou na sua visão periférica, mas a claridade não era nada comparada à expressão nos olhos do marido. Alaric a encarava com um desejo tão puro que mais parecia estar possuído, e Talasyn também não se sentia como se fosse si mesma. Os seios estavam cobertos por marcas das mordidas dele, seu corpo exposto aos céus que uivavam e ao oceano furioso. Havia um vento cruel soprando ao redor dela, ao redor dos dois, ao redor das correntes do etercosmos que acompanhavam a intensidade do vendaval que assolava as paredes da embarcação.

Mal conseguindo se lembrar de como controlar o corpo, o mundo flutuando entre um borrão de beijos quentes e toques ilícitos, Talasyn ajudou Alaric a tirar a calcinha que estava vestindo, e então a túnica amassada. Havia algo primitivo em ficar nua e apenas calçando as botas em uma paisagem tão selvagem, com a trança chicoteando ao vento, com o homem que era dela a encarando com uma expressão de reverência feroz. Havia poder ali, que cantarolava nas árvores que balançavam, nas ondas chocando-se na praia, na chuva que açoitava sua pele exposta. Ela esticou a mão sem ver, levando apenas segundos para abrir a calça e fechar a mão ao redor dele. Era pesada, e estremecia, tão comprida e grossa que uma faísca de nervosismo deliciosa a percorreu. Os joelhos se firmaram nas tábuas de madeira enquanto ela se posicionava acima dele, e um calafrio percorreu o corpo enorme de Alaric quando a ponta do pau roçou na entrada dela. Ele descansou a testa contra a de Talasyn, ofegante. A pergunta dele não foi dita em voz alta, mas era inconfundível.

Sim, pensou ela, também sem conseguir dizer nada. Ela temia que aquela palavra ruísse, deixando sua própria vulnerabilidade vazar pelas frestas. Temia que ele a visse por completo, que soubesse o que era capaz de fazer com ela. Talasyn hesitou por tempo demais. Alaric afastou a cabeça de leve, encarando-a com os olhos cinzentos incertos.

— *E então?* — perguntou ele, a voz rouca.

O rubor atingiu as bochechas dele tão rapidamente que se esparramou até as orelhas. *Nunca houve* ninguém *antes de você*, dissera ele. Os dois eram novos naquilo, e ela deveria ser mais compreensível, mas...

— Como assim "e então"? — esbravejou Talasyn, o próprio rosto ficando corado. — Sou eu abrindo as pernas aqui, não sou? Se *você* não quiser...

— Deuses — murmurou Alaric, entredentes.

Ele depositou um beijo rápido e um pouco contrariado nas sardas na ponta do nariz dela, e então suas mãos cobriram os quadris de Talasyn, empurrando-a para baixo, e ela o estava segurando pela base, guiando-o para dentro...

A invasão daqueles primeiros centímetros foi quase demais para suportar, mesmo que ela estivesse molhada. Talasyn soltou um grito. Um que ecoou pelo confinamento de madeira do navio e que foi levado pela chuva que caía. Talasyn ficou morrendo de vergonha, mas Alaric pareceu *arrasado*.

— Vamos parar? — sugeriu ele, em um ganido, segurando a cintura dela com um aperto tão forte que ela não conseguia deslizar mais para baixo. As feições dele estavam tensas, amedrontadas. — Podemos parar.

Ela remexeu os quadris, experimentando, encarando-o com um ar de desafio enquanto afundava mais um centímetro. Algo na expressão dele se estilhaçou, e ele a trouxe mais para perto de seu peito, e o guincho que ela soltou ao de repente mergulhar mais nele foi abafado pelo pescoço de Alaric, e então ele estava esparramando beijos em suas têmporas, na ponta da orelha. Sem querer perder, ela puxou o cabelo dele, roçando os dentes em seu queixo, e ela podia jurar que os olhos de Alaric quase se reviraram antes de ele enterrar o rosto na clavícula dela. Então Alaric afundou os últimos centímetros que faltavam dentro dela.

No começo, a sensação foi mais de estranheza do que de qualquer outra coisa. Era uma pressão, um preenchimento. A respiração de Talasyn saiu entrecortada enquanto ela se acostumava. Não tinha certeza do que fazer em seguida, mas um tipo de... *esfregação*... parecia ser um bom começo, e era agradável. Tirou um pouco do desconforto, o deslize dele em suas paredes internas. Intrigada, Talasyn subiu de leve, e então deslizou para baixo outra vez.

— *Ah* — disse ela, gemendo, e repetiu a ação, várias vezes, equilibrando-se nos ombros de Alaric.

Não demorou muito até ela perceber que aqueles ombros estavam tão retesados quanto cordas no arco sob o mesmo vento de borrasca que rugia pela praia.

O marido mais parecia uma estátua, o rosto ainda escondido no ombro dela. Ao examiná-lo com mais atenção, porém, ela notou que cada músculo dele se retesava com o esforço de não se mexer, de não machucá-la. Exasperada, ela o levantou o rosto dele... e se deparou com olhos prateados que *ardiam* de desejo.

— Tala. — Ele soava quase quebrado, o nome saindo com tanta urgência que parecia um hino de batalha. — Eu quero... Posso?

— Pode. — Talasyn ofegou.

E aquilo, também, foi se render. Aquilo, também, era se libertar do medo. Aquilo, também, era a queda livre.

— Acho que pode. Pode.

E então Alaric a beijou de novo, e começou a *estocar*.

Apertada, ela é tão apertada, tão quente e molhada e tudo isso por minha causa...

Aqueles eram os únicos pensamentos quase coerentes nos quais a mente de Alaric se dissolvera. O resto era uma estática agradável, um redemoinho de uma linda garota feita de luz do sol.

Talasyn ficou quase em silêncio enquanto ele dava estocadas curtas, fazendo-a balançar. Apenas o mais leve dos suspiros escapava por entre seus lábios. Era mais expressiva com as mãos, os dedos ágeis cravando-se no bíceps dele, traçando a lateral do seu rosto, desaparecendo sob a camisa dele e subindo até encontrar as costelas.

Logo ela estava se esfregando nele também, e ele foi ao delírio com a sensação. Nunca sentira algo do tipo antes, e queria se sentir assim pelo resto da vida. Ele não conseguia parar de beijar cada parte de Talasyn que estava a seu alcance. Teria sido preocupante, se houvesse espaço na mente de Alaric para preocupações, mas não havia nada além do calor apertado que se tornara todo o seu universo.

Teria sido preocupante também o gemido que escapou dos lábios dele quando ela o afastou, mas Alaric logo se derreteu em um grunhido quando as mãos pequenas e fortes pressionaram os ombros dele contra a tábua às suas costas, e ela *cavalgou* em cima dele.

Seria daquela forma que Alaric morreria. Talasyn de fato ia matá-lo, com a sobrancelha franzida em concentração, os seios balançando *daquela forma*. Nua e dourada no colo dele, ela se erguia e afundava de volta a cada guinada dos quadris esguios, como se ele fosse o litoral no qual as ondas dela se quebravam, os olhos fogosos como um dia de verão, os lábios in-

chados pelos beijos formando um sorriso deslumbrante. Um sorriso que...
talvez parecesse um pouco *convencido* demais...

— Me parece que está gostando de ser levado à ruína, milorde — disse
ela.

Talasyn nunca pareceu mais nenavarina do que naquele instante. Ou
mais enlouquecedora.

Ele pressionou a mão na lombar dela, segurando-a no lugar e indo mais
fundo, com força. A boca dela se abriu em surpresa, e ele não deu uma
oportunidade para aquela boca brigar com ele, beijando-a e acariciando os
seios dela.

Quando ela por fim soltou um grito, uma parte sombria e cheia de satisfação mesquinha tomou conta dele. Alaric envolveu a cintura dela, e Talasyn envolveu o pescoço dele, e então os dois estavam se movimentando
juntos, as tábuas do navio rangendo, o sangue e a magia guinchando, o Mar
Eterno tumultuoso, e os céus acima incendiados por relâmpagos.

Na natureza, como animais.

Em meio à tempestade, como se fossem parte dela.

— Cuidado, esposinha — murmurou Alaric em seu ouvido, só para deixá-
-la irritada —, ou vou começar a achar que você gosta de me ter por perto.

E aquela demônia o mordeu *de novo*, afundando os dentes no ombro
dele. Levando-o perigosamente perto do ápice.

— Eu já disse — disse ela, entredentes — para não me chamar assim
quando...

— Quando o quê? — Alaric a segurou pelos quadris, estabelecendo um
ritmo frenético que a fez ofegar e o fez ver estrelas. — Quando estou fazendo você quicar no meu colo? Quando você está pingando de desejo por
mim? Você fode do mesmo jeito que luta, Lachis'ka, sabia disso? Sem piedade. Sem submissão. — Ele atingiu um lugar dentro dela que a fez *estremecer*,
o interior dela o apertando. Ele repetiu o movimento, sem parar. — Letal.
Magnífica. A coisa mais linda que já vi.

Dava para ver, pelo modo que Talasyn se empertigou, que ela estava
prestes a dizer alguma coisa, quem sabe xingar Alaric de alguma coisa, mas
o que quer que fosse, saiu mais como um som entre um suspiro e um grito
enquanto seus olhos se fechavam e o resto dela ficou imóvel. O trovão invadiu o ar, e ela arrastou Alaric consigo, para além do precipício.

Para ele, foi como se algo tivesse se desenrolado em seu âmago. Foi como
respirar pela primeira vez em anos, o mundo ficando branco nos cantos, a
alma inteira concentrando-se na parte de baixo do seu corpo. Ele gozou,

rosnando como um lobo, jorrando dentro da esposa enquanto ela desmoronava contra seu peito. Penetrando aquele calor molhado, dando a ela até a última gota. Permitindo a si mesmo acreditar, naquele momento, que ele jamais estaria sozinho de novo.

Cansei de lutar contra isso. Mais um pensamento coerente, rompendo a névoa de sua mente. Ali, por fim, estava algo que parecia certo. Algo real. *Seja lá o que acontecer, não vou mais lutar.*

E se aquilo fizesse dele um monstro, ou um traidor... então, que assim fosse.

Alaric beijou Talasyn outra vez.

Nunca mais serei a mesma.

A tempestade continuava, e as ondas se chocaram, e Talasyn voltou a si, com os lábios de Alaric macios contra os seus enquanto ela estremecia e deslizava mais pelo corpo dele, completamente exausta.

Lembrarei disso para sempre.

Uma lágrima solitária escorreu por sua bochecha, e ela a escondeu contra o pescoço dele, aproximando-o de si.

Apenas ele, eu e os ventos das monções.

CAPÍTULO 21

A certa altura, eles chegaram ao coracle no penhasco, quando a chuva tinha diminuído. Uma hora depois, um barco da Casa de Matano chegou para levá-los a Iantas, enquanto algumas pessoas da tripulação ficaram para trás para recuperar a chalupa kesathesa na praia.

No castelo, Talasyn dispensou os trinados preocupados de Jie e das Lachis-dalo e fugiu às pressas até seus aposentos reais, enquanto Alaric se ocupava em garantir a Sevraim que ele não tinha se afogado no mar e voltado para assombrá-lo. Ela tomou banho, esfregando com um cuidado redobrado para retirar o resultado do clímax deles, que escorrera por suas coxas, ao mesmo tempo que sua mente rodopiava com todas as possíveis ramificações, todas as dúvidas.

Uma sensação inquietante atormentava sua alma. Depois do banho, ela foi para o gabinete e folheou as mensagens empilhadas na escrivaninha. Havia relatórios agrícolas e detalhamentos do orçamento estatal que Urduja certificava-se sempre de terem sido copiados e enviados para Talasyn do Teto Celestial, além de uma pilha de convites das outras casas nobres para que comparecessem a diversas festividades.

— Vossa Graça. — Um criado apareceu à porta. — Sua Majestade requisitou sua companhia para um almoço tardio. Ou um jantar antecipado. "Como a Lachis'ka preferir chamar", foi o que ele disse.

Talasyn estava faminta, mas a coragem a abandonara. Ela e Alaric não trocaram uma única palavra na jornada de volta para casa, e não achava que conseguiria encará-lo durante algo tão inócuo quanto uma refeição quando o que fizeram na praia ainda era tão recente. Ela nem sequer conseguia sustentar o olhar do criado.

— Avise a ele que estou ocupada.

O criado fez uma reverência e partiu. Um tempo considerável depois, Alaric entrou, parecendo recém-saído do próprio banho. Ele se recostou no batente da porta, com as mãos nos bolsos, examinando-a, atento e em silêncio. Talasyn pigarreou alto e fez um teatro ao repassar seus documentos — mesmo que as palavras nos pergaminhos tivessem perdido qualquer sentido —, mas ele não fez menção de ir embora. Era óbvio que aquele homem era incapaz de entender uma deixa.

— Fugiu de mim de novo — observou ele.

— Não se iluda — retorquiu ela, bufando. — Eu tenho muita coisa para fazer, como você pode ver.

Talasyn ergueu uma das cartas para ele, um convite escrito numa caligrafia marcante e elegante chamando-a para um desfile. A missiva fora escrita em Marinheiro Comum, uma gentileza para o consorte da Lachis'ka.

Não que o tal consorte apreciasse aquilo.

— Ah, sim, coisas muito importantes. Não foi uma desculpa.

Um rosnado de frustração formou-se na garganta dela.

— *Não* é uma desculpa, eu só...

— Não quer terminar o que começamos? — sugeriu ele, prestativo. — Está com medo dessa atração que existe entre nós dois?

Talasyn sentiu algo se repuxando em seu âmago, como um fio de um carretel. Eram a ansiedade e o receio que sentia antes de uma batalha. Ela amassou a carta.

— Não preciso ficar aqui escutando isso.

— Você tem razão. Não precisa mesmo. — Os lábios irritantemente volumosos de Alaric formaram um sorrisinho convencido. — Sinta-se livre para ir embora, então.

Quanta *audácia*. Foi Alaric que entrou ali sem ser convidado, e ele sabia muito bem daquilo, a julgar pela forma *arrogante* como se portava. Ele estava *provocando* Talasyn.

Ela largou o convite infeliz para o desfile e se preparou para atacar. Ainda restavam muitas emoções, ainda havia muito acumulado, e ela se aproveitou da primeira oportunidade de descarregar tudo aquilo investindo contra Alaric, deixando que seu temperamento a vencesse em uma explosão intensa.

— Eu estava aqui primeiro! — trovejou ela. — Como você não cansa de ser tão *irritante* e...

Ele abriu os braços para recebê-la, e ela colidiu contra o peito largo e sólido, e então os dois estavam se beijando. Era um beijo desajeitado, um emaranhado de línguas fustigantes e dentes que mordiam. Não havia graciosidade alguma no ato, mas como poderia existir, se os dois estavam em seu limite, quando ele tentara comprar uma briga e então acabaram naquela posição?

Ele a fez andar para trás, com as bocas ainda coladas, para fora do gabinete e adentrando o quarto que dividiam. Em algum momento da última hora, as monções tinham recuperado a força. Chocavam-se contra as paredes do exterior de Iantas, uma melodia sonora de pingos de chuva batendo no granito esculpido pelo vento. A luz do sol fraca que entrava no quarto banhava os ângulos do rosto de Alaric em um brilho prateado enquanto ele a depositava na cama, e ela rolava para cima dele.

Atrapalhados, agarrando-se, os dois trabalharam juntos para desabotoar a túnica dele, um processo dificultado pela relutância de ambos em parar de explorar a boca um do outro. Assim que ele estava sem camisa, ele a encarou, com os olhos semicerrados, como se fizesse um desafio. Ela não sabia por onde começar. Havia *tanto* dele exposto abaixo dela, a pele pálida fazendo um contraste delicado com os lençóis cor de vinho.

Talasyn, porém, jamais recusou um desafio. Um relâmpago brilhou através das portas da varanda em estilhaços brancos luminosos enquanto ela levava os lábios à curva do queixo dele. Sentiu Alaric fechar os olhos, os cílios roçando o rosto dela, a mão acariciando de leve a parte interna das coxas dela de uma forma que a incentivava.

Logo, ela embarcara na jornada deliciosa de marcá-lo por inteiro, mordendo e chupando, e depois oferecendo alívio à pele com a língua enquanto ele estremecia. Logo, o pescoço e o peitoral dele estavam repletos de hematomas vermelhos que se destacavam como pétalas de rosa na pele de Alaric.

Havia um quê de desespero na forma como ele tentou segurá-la, e havia muita travessura na forma como ela se afastou a tempo, longe de seu alcance.

O olhar de Alaric escureceu.

— Você sabe o que eu quero, Talasyn.

— Não tenho a menor ideia — comentou ela, com sua melhor postura de Lachis'ka.

Ele a jogou de costas na cama. A cabeça de Talasyn atingiu em cheio os travesseiros, e ela deixou escapar um som que era quase uma risadinha, que ele engoliu com a boca, que quase se curvava em um sorriso. Ele a cobriu com o próprio corpo e continuou demonstrando *exatamente* o que ele queria enquanto a chuva batia nas janelas como uma canção de ninar sonolenta.

Abrindo os olhos na manhã seguinte, ainda relutante, Talasyn se viu no abraço de Alaric. *Esmagada* por ele. O homem desconhecia a própria força: os braços a envolviam pela cintura, prendendo as costas dela de forma aconchegante contra o peito nu, e ele a segurava como uma criança seguraria um brinquedo de pano, com tanta força que ficava difícil para ela respirar. Talasyn se debateu da melhor forma que conseguia para se libertar um pouco, mas ele continuou inflexível, murmurando um protesto baixo e incompreensível contra o seu cabelo.

Talasyn congelou quando seus movimentos ineficazes encontraram algo duro que roçou a curva da sua bunda. Alaric podia ainda estar dormindo, mas pelo visto ao menos *uma* parte dele estava pronta para encarar o dia. Ela quase deu uma gargalhada, mas, de repente, foi tomada por uma constatação que a fez gelar, sensação que trouxe consigo uma pontada de dor que pareceu se acumular no fundo do coração.

Ela forçou os braços de Alaric a se afastarem, o pânico renovando suas forças. Talasyn se sentou, as pernas pendendo da beirada da cama enquanto ela estudava freneticamente o quarto em busca de suas roupas de baixo. Onde foi que ela as jogara ontem...

— Não precisamos fazer um estardalhaço, Talasyn.

Ela olhou para trás. Alaric também estava sentado e a encarava sério, os cobertores caídos na altura da cintura. Havia marcas vermelhas no peito definido, sinais deixados pelos dentes e unhas de Talasyn. Fosse lá o que ele viu no rosto dela provocou uma faísca de alguma coisa indefinida no rosto dele. Sob a luz matinal, quase parecia amargura, uma resignação, mas a expressão se desfez em um piscar de olhos e foi substituída pela arrogância de sempre.

— Isso... — prosseguiu Alaric — ... não precisa ser mais do que é. É evidente que existe uma atração entre nós dois. Por mais que isso *mude* o nosso casamento para algo além de uma mera aliança política, não acredito que exista algum mal em ceder a isso de vez em quando. Até a novidade dessa atração se esvair.

Ele propusera aquilo para ela da mesma forma como fizera a promessa de um futuro no qual os dois trabalhavam juntos para construir um mundo melhor.

Só que ele estava falando do mundo melhor *dele*, e não do de Talasyn. Nunca do dela. Não poderia haver um mundo melhor até o Império da Noite ser destruído... e, quando aquele dia chegasse, Alaric a odiaria.

Então por que não?, perguntou aquela mesma vozinha na mente dela, sombria e traiçoeira. *Se ele vai odiar você de qualquer forma, por que não aproveitar o prazer enquanto pode?*

A cabeça de Talasyn latejava. Ela não queria mais pensar.

— Não sei — murmurou ela. — Você pode acabar se apaixonando por mim.

Foi uma piada para distraí-lo, para que ele não exigisse uma resposta mais concreta da parte dela. Deu certo até demais. Alaric *se contraiu* em repulsa.

— Isso não vai acontecer — garantiu Alaric, o tom neutro. — O amor é para os poetas e os sonhadores, não para os governantes. Eu e você não temos esse luxo.

Não era que ela discordava dele, mas o comentário ainda assim a magoou. Como se produzisse uma farpa nos pulmões. Ela expirou o ar devagar, franzindo o cenho. *Por que* ela estava se sentindo assim?

— É, o combinado não sai caro.

— Você vai precisar ir a um curandeiro — disse ele, na mesma hora.

Os dois se encararam.

— Sua... hum — Ele passou a mão pelo cabelo bagunçado depois da noite de sono. — Um preventivo. Porque eu... — Ele engoliu em seco. — Você precisa ir a um curandeiro para pedir um preventivo.

Talasyn quase gritou. Ela se esquecera daquilo por completo.

Ela ficou em pé... e então estremeceu, se atirando de volta no colchão. Virou-se outra vez para Alaric, com um olhar venenoso que era pura acusação.

— Eu estou *dolorida*.

Ele piscou. Uma sombra de um sorriso esparramou-se pela sua boca, e os olhos cinzentos ficaram vítreos, distantes.

— É mesmo? — murmurou ele.

Talasyn pegou o travesseiro mais próximo e jogou na cabeça do marido.

A última explosão vingativa da tempestade antes de se dissipar resultou no alagamento do primeiro andar do castelo durante a noite. Alaric e Talasyn passaram a manhã inteira lidando com o problema, ajudando a criadagem a retirar os suprimentos e artefatos inestimáveis que ainda podiam ser salvos e armazená-los nos andares superiores. Assim que a água terminou de recuar, a esposa de Alaric enfiou um esfregão nas mãos dele, dizendo que as circunstâncias exigiam a colaboração de todos.

Alaric nunca segurara um esfregão na vida, mas gostava de pensar que fizera um trabalho razoavelmente competente. Depois, passou a tarde no gabinete, conferindo uma pilha de mensagens que tinham se acumulado durante sua viagem para Chal... uma pilha que, graças à brecha da chuva, apenas aumentava, conforme moleiros e mais moleiros entravam pela janela. Em meio a tudo aquilo, ele só conseguia pensar em Talasyn, em como ela era deliciosa e macia, e nos belos sons que fizera por causa dele.

A mulher era um tormento para seu espírito. Alaric aguentou o máximo que conseguiu (o que não foi muito tempo, apenas algumas horas) e então saiu do gabinete ao crepúsculo, procurando por ela. Os criados o direcionaram à ala norte do castelo, à biblioteca que ficava no andar mais alto.

A biblioteca de Iantas era uma coleção de tesouros composta de tomos antigos, lindamente encadernados e inscritos, organizados com precisão nas imensas estantes que cobriam as paredes. Quando Alaric passou pelas portas em arco, tropeçou e quase perdeu o equilíbrio. Sua mente estremeceu ao receber um chamado de Gaheris. Dedos sombrios e gélidos o alcançaram, puxando-o para o Entremundos.

Ou, ao menos, *tentando* puxá-lo. Talasyn botou a cabeça para fora de uma fileira de estantes, e ver a esposa fez com que um arroubo de calor percorresse o corpo de Alaric.

Ele foi até Talasyn, dispensando o chamado. O pai poderia esperar. Todo o resto poderia esperar.

Parecia que Jie obtivera sucesso em usar a esponja e o sabão em sua senhora. As feições de Talasyn ainda estavam rosadas do banho quente, e Alaric percebeu que o líquido devia ter sido perfumado com o aroma agridoce de óleo de elemi. Ela usava um vestido lilás translúcido com brocados em prata e cortes geométricos que deixavam expostas as curvas esguias do seu tronco, revelando pedaços de pele marrom-clara na qual ele queria afundar os dedos assim que possível.

O decote também era revelador, descendo quase até o umbigo, e Alaric logo deixou de lado todas as suas reclamações anteriores sobre o maldito alfaiate e agradeceu à benevolência do universo por tê-lo agraciado com o presente que era a moda nenavarina.

— Terminou o trabalho? — perguntou Talasyn, devolvendo o livro que estivera lendo à estante.

Alaric assentiu, sem confiança de que era capaz de falar. Ele se aproximou mais, e algo faiscou nos olhos castanhos adoráveis de Talasyn, a excitação crescente dele refletida por ela em meio ao lusco-fusco.

— E você?

A voz dele saiu baixa demais para uma conversa tão inofensiva, e falar de fato era a última coisa que ele gostaria de estar fazendo naquele instante, mas, desde muito jovem, ele fora instruído a sempre respeitar o decoro, e as boas maneiras insistiam que um homem não deveria apenas atacar a esposa na biblioteca.

— O trabalho da Lachis'ka nunca acaba — respondeu ela, seca. — Principalmente quando o primeiro andar ainda está fedendo a esgoto.

— Não entendo por que seus ancestrais construíram um castelo em uma área que corre risco de enchentes.

— É uma casa de veraneio, então é óbvio que precisa ser à beira do mar.

— Insensatez pura.

Ele deu mais um passo na direção dela. Ela ergueu o queixo, os lábios rosados prontos para receber um beijo.

Foi um lampejo repentino de travessura que instigou Alaric a ignorar a boca dela e seguir direto para o pescoço de Talasyn. Quando ele mordiscou o ponto sensível embaixo do ouvido, ela riu, surpresa e deliciada, e o som doce e inesperadamente excitante o fez sorrir, ao mesmo tempo que ele desceria ainda mais. Queria muito usar os dentes, mas duvidava que ela apreciaria. Diferente da gola alta que ele costumava usar, que ocultava todas as marcas que ela deixara nele na véspera, o vestido de Talasyn não escondia muito da sua pele.

A respiração dela ficou mais instável conforme ele se demorava no vale entre seus seios, depositando beijos leves como penas, as mãos apertando sua cintura. O ar ficara muito quente, e o aroma de jasmins que o cabelo castanho de Talasyn exalava abafava o cheiro de tinta, pergaminho e madeira velha.

Distraído pelo desejo que embotava seus sentidos, Alaric não deu muita atenção a um barulho distante, um rangido, talvez como se uma porta estivesse sendo aberta. A mente dele, reduzida ao instinto mais primitivo, logo descartou o som como algo indigno de preocupações enquanto beijava as sardas a caminho do seio esquerdo da esposa.

Alguém pigarreou. Alto.

Os dois congelaram, os olhares indo para a entrada da biblioteca. O príncipe Elagbi estava parado ali, de braços cruzados, com uma expressão tempestuosa.

Alaric Ossinast, o Imperador da Noite de Kesath, viu sua vida passar diante dos olhos.

CAPÍTULO 22

Talasyn sempre se orgulhara de ser um indivíduo competente. A astúcia e a desenvoltura salvaram sua vida inúmeras vezes na Guerra dos Furacões. Nunca houve uma emergência que ela não conseguira resolver com sua engenhosidade, sua determinação e sua capacidade de se adaptar a mudanças rápidas nas circunstâncias.

No entanto, a mente dela ficou completamente em branco ao ter que lidar com *aquilo*: ser pega no ato, ou ao menos no prelúdio do ato, nos braços do marido, com a boca dele pairando sobre seus seios enquanto o *pai* estava parado na porta com as mãos no quadril, as feições contorcidas de raiva.

Havia quanto tempo Elagbi estava parado ali? O que exatamente ele tinha visto?

Com um sobressalto, Alaric e Talasyn fizeram questão de ficar o mais distante possível um do outro, deixando as mãos ao lado do corpo para enfatizar que *não* estavam se tocando. Depois do que pareceu uma eternidade, Elagbi relaxou. Ele ofereceu ao casal imperial uma reverência elaborada e cortês antes de se aproximar.

— Minha querida — disse ele para Talasyn, estendendo um braço. — Ouvi boatos de que você teve uma aventura e tanto durante a tempestade. Precisei partir de Eskaya assim que os céus permitiram para me certificar de que estava tudo bem com você.

— A enchente hoje mais cedo *foi* angustiante — brincou Talasyn, sem muita convicção, enganchando a mão na dobra do cotovelo do pai. — Creio que todos aqueles lindos tapetes foram arruinados.

Elagbi estalou a língua.

— Não era disso que eu estava falando, e você sabe muito bem disso. Ir até Chal enquanto o vento noroeste sopra só porque deu na telha... Nunca vi tal coisa! Mas suponho que, no final, nada de horrível tenha acontecido. Vamos para o jantar?

— Hum... — Talasyn arriscou uma espiada em Alaric, cujos olhos estavam do tamanho dos pratos nos quais iam comer a refeição. — Claro?

Alaric permaneceu onde estava, como se tivesse criado raízes, enquanto Elagbi escoltava Talasyn para fora da biblioteca, mas logo se mexeu, quando o príncipe do Domínio disse em voz alta:

— Afinal, não existe nenhum motivo para nós três não aproveitarmos uma refeição juntos.

O comentário fez com que o Imperador da Noite os seguisse às pressas.

Elagbi manteve uma expressão neutra e amigável a caminho da pequena sala de jantar no segundo andar, uma vez que o primeiro andar estava inutilizável até tudo secar. Jie e Sevraim já esperavam por eles.

Foi assim que começou a refeição mais constrangedora em toda a história de Lir.

— Não fazíamos ideia de onde Vossa Graça e Sua Majestade estavam, Lachis'ka — comentou Jie. — Fico feliz que o príncipe Elagbi os tenha encontrado sem grandes incidentes.

A colher de Talasyn caiu na tigela de sopa com um estardalhaço. Do lado oposto da mesa, Alaric engasgou com um gole de vinho, abandonando a taça, afobado, e limpando o que escorreu no queixo com um guardanapo.

— Estavam na biblioteca — explicou Elagbi, com um sorriso agradável. — Quando era garoto, passei muitas horas lá. Possui uma coleção inestimável de conhecimento. Eu diria até que é um espaço *sagrado*, com muitos manuscritos antigos e frágeis.

Jie piscou, confusa com a ênfase daquele discurso de Elagbi, mas Sevraim tentou ajudá-la.

— É verdade, os criados aqui em Iantas fizeram um excelente trabalho em cuidar da biblioteca. Eu pessoalmente não encontrei nenhum material de leitura em Marinheiro Comum até agora, mas é um lugar encantador.

— Imagino que o imperador Alaric pense o mesmo, pelo que vi — disse Elagbi.

Talasyn contemplou usar a colher que derrubara no prato para cavar um buraco no chão, se enterrar lá e nunca mais sair. Antes que pudesse tentar, no entanto, Sevraim perguntou:

— O que estava lendo hoje, Vossa Graça?

A princípio, Talasyn não conseguia lembrar, nem se sua vida dependesse daquilo, qual era o nome do livro que tinha em mãos antes de Alaric entrar e começar a beijar seus seios. Por fim, conseguiu visualizar a capa.

— Sonetos. Eu não me deparei muito com poesia no tempo que passei no Continente. São... interessantes.

Jie se virou para Alaric, em um esforço de incluí-lo no que era, para ela, apenas uma conversa sociável.

— E quanto a Sua Majestade?

É óbvio que ela estava apenas fazendo seu trabalho, e não teria como a pobre garota saber o que tinha acontecido na biblioteca, então ela obviamente ficou bastante apreensiva quando a expressão de Alaric ficou tempestuosa.

— Seja lá o que o imperador Alaric escolheu para si, sem dúvida a experiência foi edificante — declarou Elagbi. — Eu gostaria muito de discutir sobre esse assunto com ele enquanto dividimos uma garrafa de rum após a nossa refeição.

Por um momento, Talasyn sentiu a alma sair do corpo. Ela sabia que Alaric não recusaria um convite aparentemente tão inocente do sogro, ao menos não na frente de Jie e Sevraim.

— Sim, faremos isso — murmurou Alaric, com um nível de entusiasmo que dava a entender que tinha sido convidado para andar descalço sobre brasas.

Só que, *em geral*, Alaric soava daquela forma quando respondia a qualquer pessoa, então nem Jie nem Sevraim estranharam sua reação. A conversa mudou de rumo.

O alívio foi temporário, porém. Assim que os últimos pratos foram levados, Elagbi fez um gesto exagerado dando um tapa na própria testa.

— Como sou tolo, acabei de lembrar que também preciso falar com você, minha querida — disse ele para Talasyn. — Vai levar apenas um instante.

Talasyn quase murmurou um "me salve" para Alaric quando ela e o pai seguiram para a sala. A única coisa que a impediu foi a certeza de que tal pedido seria inútil. Alaric sequer conseguia salvar a si mesmo.

— Talasyn — começou Elagbi assim que os dois se viram a sós. Visivelmente preocupado, examinou a filha com cautela, com a testa franzida, tentando pensar na melhor forma de abordar a questão.

Talasyn não disse nada. Sabia que o que estava fazendo era errado, não precisava de sermão nenhum *naquele* quesito, mas também não conseguia lidar com a decepção do pai.

— Essa situação toda é... difícil — confessou Elagbi, por fim.

Os dois estavam parados ao lado da janela que tinha vista para a praia, e ele brincou com os entalhes detalhados nos vitrais antes de retomar a fala.

— Não só a aliança com Kesath, mas todo o resto também. Durante dezenove longos anos, você era apenas uma criança em minha memória. Pequena, precoce e energética, e com uma baita tendência a ter chiliques. Você sabia que não gostava de abraços?

— O quê? — Talasyn ficou tão perplexa que soltou uma risada incrédula. — Não gostava?

— Você *odiava* abraços. Você chutava a mim e Hanan sempre que tentávamos fazer cafuné em você.

— Eu não teria feito isso — disse ela, a voz estranhamente rouca —, se soubesse o que aconteceria em seguida.

Eu teria guardado cada toque, cada momento, no meu coração.

Ele deu tapinhas delicados e carinhosos na bochecha dela. Talasyn tinha uma vaga lembrança de outra pessoa fazendo aquele gesto, alguém de dedos esguios e olhos iguais aos dela.

— O que importa é que você está aqui agora. E essa é a questão, não vê? Você voltou para minha vida completamente crescida, uma mulher forte, confiante e segura de si. Eu me lembro de você exigir que a Zahiya-lachis escutasse o que tinha a dizer a bordo da *W'taida*. Uma menina de vinte anos manchada de cinzas e com roupas puídas, confrontando a Rainha Dragão do Domínio de Nenavar... Fiquei tão orgulhoso de você naquele dia, e esse orgulho só aumentou conforme os meses se passaram e você enfrentou cada desafio sem baixar a cabeça. Você é muito corajosa, minha filha, e também ficou endurecida pela vida que levou antes de nos reencontrarmos. É por isso que não desejo tirar de você qualquer alegria que esteja a seu alcance, mas...

Elagbi se calou, ainda encarando Talasyn. Algo no rosto dela fez com que uma expressão dura e séria recaísse sobre suas feições como uma sombra.

— Essa situação não pode continuar, Talasyn — declarou o príncipe. — Você sabe disso tão bem quanto eu. É um desenrolar de acontecimentos indesejado em uma situação que já está precária. Preciso aconselhar você, não apenas como seu pai, mas como um homem que ama o próprio país, a cortar esse mal pela raiz antes que afete seu julgamento. Sua determinação. A guerra está vindo, e você precisará escolher.

— Não vou entregar a localização dos sardovianos, se é disso que você está falando — retrucou Talasyn, com certa raiva, sem saber se a emoção era direcionada a Elagbi ou a si mesma. — É uma atração física, só isso. Pode ser pela proximidade constante, sei lá, mas posso garantir que não existe nenhum sentimento verdadeiro envolvido.

— Bem, que alívio — disse Elagbi, fraco. — Isso é tudo que um homem quer ouvir de sua única e amada filha...

Talasyn contraiu os lábios e disse:

— O que estou *tentando* dizer, Amya, é que não vai mudar nada. O final permanece o mesmo.

Por que a deixava tão desolada dizer aquelas palavras, mesmo que acreditasse naquilo? Mesmo que ela soubesse que era o certo?

— Quando chegar a hora, ainda vou fazer o que for preciso — garantiu ela.

— Ah. — Todos os traços de sarcasmo desapareceram da voz dele. — Agora *isso* é algo que a Zahiya-lachis gostaria de ouvir. Não consigo saber se isso é bom ou ruim. — Ele a avaliou em um silêncio melancólico por um tempo e por fim balançou a cabeça. — Por enquanto, só posso esperar que tome cuidado, e que não esqueça nunca que estou sempre do seu lado.

Apesar da promessa amorosa do pai, a menção a Urduja fez Talasyn ter uma pequena e intensa crise de desespero.

— Por favor, não conte...

Elagbi logo a tranquilizou, trancando uma fechadura imaginária na boca.

— Não direi uma palavra. Francamente, duvido que o coração de sua avó aguentaria. Agora mande o Imperador da Noite entrar, Lachis'ka. Nós perdemos a oportunidade de fazer muitas coisas, e isso inclui o meu papel de deixar seus pretendentes morrendo de medo dos ancestrais.

— Ele já é meu marido — argumentou Talasyn. — Além do mais, ele não é o tipo de homem que se assusta fácil.

— Eu sei — disse Elagbi. — É por isso que estou preocupado com você.

— Me faça um favor. — Parado ao lado da porta aberta da sala, escondido do campo de visão de Elagbi e falando quase em um sussurro para que o príncipe não ouvisse, Alaric segurou o braço de Talasyn com delicadeza antes que ela pudesse subir as escadas. — Me resgate daqui a duas horas. Diga que temos um treinamento de etermancia.

Ela ergueu o rosto e assentiu. Os olhos de Talasyn não eram a pior visão que um homem poderia ter antes de bater as botas, e aquilo o animou um pouco.

— Caso você volte e descubra que fui me abrigar nos salgueiros — comentou ele —, não seria um grande mistério descobrir quem me despachou para lá.

— Vai ficar tudo bem. — Talasyn fitou a mão em seu braço, e em seguida o rosto de Alaric. Havia certo pesar naquele sorriso pequeno que ela ofereceu. Deixou Alaric com a sensação inquieta de que ela o observava de longe, de alguma praia distante. — Vejo você daqui a duas horas.

Então, ela o deixou. Alaric respirou fundo para se acalmar antes de entrar na sala, onde Elagbi estava pegando a já mencionada garrafa de rum do armário de bebidas, assim como dois copos de cristal, depositando-os em uma bandeja dourada.

Alaric se sentou sem dizer uma palavra enquanto o príncipe do Domínio reivindicava a cadeira na frente dele. Serviu cada copo com três centímetros generosos de álcool, que tinha um tom amarronzado tão quente que mais parecia vermelho.

— É rum de cana-de-açúcar — anunciou Elagbi —, dos infinitos campos de Vasiyas, e o melhor licor produzido em toda Nenavar, em minha opinião. Mais uma coisa que não podemos perder para o Nulífero.

— Talasyn e eu faremos nosso melhor para salvar o rum. — Alaric experimentou tomar um gole e quase o cuspiu. — Pensando bem, talvez não.

Elagbi deu uma risadinha.

— Ele é forte, preciso admitir. No entanto, tem uma doçura intrigante, basta se acostumar ao gosto. — Ele ergueu o copo. — À sua saúde, imperador Alaric.

A forma como ele dissera aquilo era como o prelúdio a um duelo. Alaric não estava prestes a se render. Ele bateu o copo no do outro homem.

— E à sua, príncipe Elagbi.

O gosto do rum começou a melhorar mais ou menos no quarto copo. A nota açucarada profunda poderia ter aparecido até antes, se não fosse pelo fato de o sogro ditar um ritmo que oferecia pouca oportunidade para que a bebida fosse saboreada. Como resultado, Sua Majestade Alaric Ossinast do Império da Noite e Sua Alteza Real Elagbi Silim do Domínio de Nenavar estavam, como diria a população, mais bêbados que gambás.

— Só um gambá. — Alaric corrigiu os próprios pensamentos em voz alta. — Talvez um e meio.

Afinal, ele ainda estava em completo controle de suas capacidades, embora estivessem se afastando cada vez mais do seu alcance.

Elagbi franziu o cenho, servindo-se de mais uma dose.

— Descul-perdão?

— Deixe para lá. — Alaric olhou com certa arrogância para as gotas cintilantes que Elagbi derramara no chão, atrapalhado. — Você está bastante embriagado.

Elagbi bufou.

— É você que está falando de gambás sem motivo nenhum, meu bom homem.

Alaric terminou o que restava em seu copo, sibilando com a queimação na garganta e apoiando o recipiente vazio na mesa com um baque surdo.

— Eu não sou um bom homem.

— Com certeza não é bom o suficiente para minha filha! — concordou Elagbi alegremente. — Até pode ser uma aliança política importante, mas você *não* recebeu a minha bênção.

— Eu não preciso da sua bênção — declarou Alaric, com atrevimento. — Eu já me casei com ela.

Elagbi o xingou na língua nenavarina, e depois coçou a cabeça.

— Não consigo pensar na tradução precisa. Algo como "que o relâmpago queime seu leite". — Aquele dilema pareceu tirar todo o seu ânimo, já que o homem logo se deixou largar na poltrona e serviu mais rum para Alaric. — Você se lembra de quando bebemos vinho no seu porta-tempestades... Pelos ancestrais, por que nós dois estamos sempre bebendo? Enfim, à época, eu disse que você tinha bom gosto para bebida, lembra?

Alaric assentiu, cauteloso, apertando os olhos para tentar enxergar a armadilha, procurando entender de onde ela surgiria. Talvez mais rum o ajudasse a identificá-la. Tomou mais um gole.

— Você reagiu de um jeito tão estranho — comentou Elagbi. — Como se não soubesse reagir a um elogio pequeno daqueles. E eu me peguei pensando: quando foi a última vez que ofereceram uma palavra gentil para esse garoto?

Era praticamente inconcebível como uma frase, uma pergunta simples como aquela, podia destrancar uma porta no coração humano. A verdade é que Alaric não conseguia lembrar quando recebera um elogio do pai que não estivera misturado com uma reprimenda. Seus olhos ficaram marejados, e ele os esfregou, horrorizado, mas, por sorte, Elagbi estava ocupado demais bebendo para notar.

— Aquela foi a única vez que senti alguma empatia por você! — disse o príncipe, com a fala arrastada. — Seu... seu corruptor de filhas!

Alaric pensou nas marcas de chupão em seu peito, que já começavam a desaparecer, bem como nos arranhões nas costas.

— Para ser sincero, foi *ela* que *me* corrompeu...

O sol escolheu aquele exato instante para entrar na sala.

— Amya, preciso insistir em reaver o Imperador da Noite. Precisamos treinar um pouco mais em... — Talasyn parou de falar, perplexa ao ver o marido e o pai segurando-se na mobília, uma garrafa de rum quase vazia entre os dois, como se fosse a visão mais peculiar que já testemunhara nos seus vinte anos de existência.

Alaric na mesma hora se pôs de pé. Era o que mandava a educação, pura e simples, mas precisou de mais esforço que o normal, assim como o ato de se virar para encarar a esposa. Sua esposa linda. Ela fazia o mundo dele girar.

Não, não. A sala estava *girando* mesmo...

Talasyn se apressou até ele, estudando seu rosto com um escrutínio intenso. Ele sorriu.

Ela se afastou em choque — o que, sinceramente, o deixou um pouco magoado, o sorriso dele não era *tão* ruim assim — e então se virou de forma abrupta para Elagbi.

— Você o embebedou?

— Que bobagem! — rugiu Elagbi. — Ele está tão sóbrio quanto uma amêijoa asiática! Ele é um rapaz grande. Tem tolerância alta.

— É — concordou Alaric, porque parecia a coisa mais inteligente a fazer.

Talasyn fechou a cara. Dava para ver que estava muito irritada... e também extremamente beijável. Alaric duvidava que pudesse dar um beijo nela e continuar vivo para contar a história, então se contentou em passar o braço pelo ombro dela. Ela não se encolheu com o toque, e Alaric ficou tão aliviado que se aninhou contra a têmpora de Talasyn.

— Você está com um cheiro tão bom — murmurou ele, fechando os olhos.

Poderia adormecer daquela forma, de pé, inspirando o perfume de manga e jasmim e sentindo o calor da linda esposa.

— Você está com cheiro de destilaria. Vou levar você para a cama. E *você*... — Talasyn apontou um dedo acusatório para Elagbi enquanto guiava Alaric. — Fique sentado aí e pense no que fez.

— Vou ruminar meus pecados! — exclamou Elagbi, alegre, erguendo a taça em brinde enquanto os dois se afastavam.

Tanto os guardas quanto os criados do castelo apressaram-se em se oferecer para ajudar a Lachis'ka a levar o Imperador da Noite aos aposentos reais, mas Talasyn recusou o auxílio de todos. Estava tarde, e ela não queria dar mais trabalho a ninguém depois de um dia tão exaustivo. Ainda mais quando os únicos culpados por aquela cena eram os dois homens que faziam parte da sua vida.

Alaric... Bem, ele estava conseguindo colocar um pé na frente do outro, o que já era alguma coisa. Ele se mexia como se estivesse dividido entre apoiar-se nela e não deixar que ela suportasse todo o seu peso, as sobrancelhas unidas por conta do puro esforço. Ao menos ele era um bêbado atencioso... e também um bêbado quieto. Foi só quando estavam subindo o último lance de degraus que ele se manifestou.

— Tala — disse ele, entre um sussurro e um suspiro.

— Alaric — respondeu ela, seca.

Alaric não disse mais nada, e quando Talasyn lhe lançou um olhar questionador ele a encarava. Alaric sorriu outra vez... aquele mesmo sorriso torto que a surpreendera na Goela da Noite e depois na sala. Tímido e pueril, formando rugas ao redor dos olhos. Talasyn ficou toda... derretida.

— Eu só queria falar o seu nome — disse ele.

— Ah, deuses — murmurou Talasyn.

O marido dela era um bêbado *carente*.

Pelo menos aquela bobeira servia para uma coisa: diminuía o nervosismo que desabrochava de um canto da mente de Talasyn sempre que ela se via perto de pessoas que tinham se embebedado. O tempo que passara no regimento sardoviano e na corte do Domínio a ensinaram que nem todos agiam como os guardiões do orfanato quando exageravam na bebida, mas ainda assim era difícil para Talasyn superar as associações do passado, sufocar o pavor irracional que vivia no fundo do seu estômago quando ela sentia o cheiro de álcool.

Depois do que foi uma eternidade muito demorada, os dois chegaram ao quarto.

— Seu pai... — pronunciou Alaric com seriedade enquanto Talasyn o fazia sentar na beirada da cama — ... é um sem-vergonha.

— Ele puxou ao genro nesse quesito — rebateu ela, ajoelhando-se entre as pernas dele.

Alaric emitiu um som que não era muito diferente de alguém engasgando na própria língua. Foi só naquele instante que ocorreu a Talasyn que aquela era uma posição bem sugestiva.

— *Até parece* — disse ela, esganiçada, arrancando a bota esquerda dele com força para que suas ações não fossem mal interpretadas.

Aconteceu de forma abrupta. Alaric se impeliu para a frente, a mão elevando-se das sombras, o fedor pungente do rum exalando da pele. Talasyn deu um grito, encolhendo-se, outra vez uma criança, erguendo os braços para se defender do golpe.

Só que o golpe nunca aconteceu.

Quando Talasyn ousou erguer o olhar para ele, Alaric estava congelado, a mão parada a centímetros da outra bota. Ele só estava tentando ajudá-la a retirar o sapato, não...

O batimento cardíaco de Talasyn voltou ao normal. Ela se sentiu tola e frágil. E impotente, ao perceber que jamais estaria livre de todas as coisas que viveu.

— Isso... você... — balbuciou Alaric, cada uma das palavras escolhidas com muito esforço em meio a seu torpor. — Você achou que eu... que eu bateria em você?

Talasyn ficou em silêncio por um tempo longo demais. Tempo o bastante para que ele confirmasse que a resposta dela, embora silenciosa, fosse um sim.

— Eu não...

Alaric se jogou no chão de joelhos, engatinhando até ela. Talasyn se endireitou com a intenção de encorajá-lo a fazer o mesmo, mas ele jogou os braços ao redor da sua cintura.

— Tala, eu *nunca*... — ele enterrou o rosto na barriga dela — nunca quando não estivermos treinando — terminou ele, com ferocidade. — Nunca quando eu estiver bêbado, nunca no nosso quarto...

— Eu sei. — Ela passou os dedos pelo cabelo macio, em uma tentativa hesitante de tranquilizá-lo. — Por favor, não conte a ninguém. Nem meu pai sabe disso, mas é que... não consigo evitar às vezes. Fico tensa quando as pessoas bebem. Porque os guardiões do orfanato... eles costumavam bater em mim e nas outras crianças, sempre que bebiam.

Alaric estremeceu e a segurou com mais força.

— Então minha cabeça faz algumas associações — continuou ela. — Não é culpa sua. Eu sei que você não faria isso.

— Nunca — repetiu Alaric. — Me diga os nomes deles, eu vou encontrá-los, fazê-los pagar por...

— É provável que todos tenham morrido no dia em que Kesath atacou Bico-de-Serra.

Ele ergueu a cabeça, um gesto que fez a mão de Talasyn escorregar do cabelo dele para o rosto. Os olhos dele faiscaram prateados com o Sombral e a raiva, mesmo enquanto cedia ao toque dela.

— Ótimo — disse ele.

Ela deveria tê-lo repreendido pelo comentário. Deveria dizer que ele era um monstro. Tantas pessoas tinham morrido quanto o porta-tempestades apareceu. *Ela* própria quase morrera. No entanto, a raiva que ele sentia pelo que ela sofrera era como um canto de sereia. Desencadeava a própria natureza vingativa de Talasyn, fazendo-a pensar em como todos que a tinham maltratado estavam apodrecidos sob a poeira e os destroços, enquanto ela continuava de pé.

E talvez aquilo também a tornasse um monstro.

E se por apenas uma noite eu não precisar me importar com outras pessoas?, pensou Talasyn consigo mesma, em rebeldia, acariciando a bochecha do marido com o dedão. Ela carregara aquele fardo desde que tinha quinze anos e a Luzitura aparecera. Estava cansada de perdoar o passado. *E se puder fazer isso apenas por uma noite?*

Amanhã posso ser boa de novo.

Talasyn levou Alaric de volta para a cama. Assim que o acomodou, ele ficou deitado perfeitamente imóvel, como se estivesse nervoso e não quisesse fazer nenhum movimento brusco que a assustasse. Em outra época, ela teria interpretado o comportamento como pena, e teria sido dolorido. Ela passara a conhecê-lo, porém. Ela o conhecia o bastante para saber qual era a diferença entre pena e compaixão.

Ele se oferecera para encontrar Khaede e trouxera as notícias para Talasyn, enchendo-a de esperança. Ele não hesitara em ajudar os aldeões que perderam suas casas e sustento quando foram atingidos pelo Nulífero. Ele colocara um fim na tortura dos rebeldes aprisionados quando Vela não pôde salvá-los.

Talasyn vestiu as roupas de dormir e então se enfiou debaixo das cobertas na sua metade do colchão. Os minutos se passaram enquanto as cortinas de renda flutuavam na brisa noturna que entrava pela janela, o luar brilhando sobre o dossel acarpetado que ficava sobre a cama.

— Tem uma coisa que ninguém mais sabe. — A voz rouca de Alaric, ainda carregada de álcool, rompeu o silêncio. — Minha mãe me procurou na noite que deixou Kesath. Ela planejou tudo nos mínimos detalhes. Meu pai estava fora e, nas semanas antes da fuga, ela adotara o hábito de caminhar à noite para que os guardas não achassem que alguma coisa estava errada. Havia um navio a esperando nas docas, mas ela parou no meu quarto e me implorou para que eu a acompanhasse. Eu me recusei.

— Por quê? — perguntou Talasyn, quase em um sussurro, com medo de que falar alto demais estilhaçasse os segredos que compartilhavam um com o outro.

— Porque eu era o herdeiro do trono. Eu tinha um dever, mesmo que ela estivesse tão disposta a rejeitar o dela. E porque... — A frase rompeu-se na língua dele, e ele tentou outra vez. — E porque eu pensei que se eu não fosse, ela ficaria.

A mão de Talasyn se aproximou devagar da dele. Alaric devia ter ouvido o farfalhar da seda, ou olhado para baixo e visto a esposa se mexendo no luar. De qualquer modo, sua mão encontrou a dela. As pontas dos dedos se tocaram, um toque mais hesitante que qualquer outra coisa que ela jamais sentira.

— Quando você foi embora... — A mão dele estremeceu contra a dela. — Quando você foi embora, essa memória ressurgiu. Foi por isso que eu precisava ir para outro lugar, para esfriar a cabeça. Não foi culpa sua. Mas minha cabeça também faz associações.

O coração de Talasyn se apertou no peito com tanta força que havia pouco espaço para outra coisa que não fossem uma criança seria de olhos cinzentos — moldada pela solidão e pelo senso de dever, que acreditara e apostara no amor de sua mãe e que ainda assim o perdera — e o homem calado que aquela criança se tornara, impiedoso e assustador nas batalhas, mas também capaz de fazer concessões e de toques gentis quando existiam só os dois e a luz das estrelas.

Ela entrelaçou os dedos nos dele. Ele apertou a mão dela com força, já sem qualquer resquício de hesitação, o dedão dele fazendo carinho na parte interna do pulso dela.

De alguma forma, aquele simples gesto era mais íntimo que qualquer outra coisa que tinham feito um com o outro, as palmas se curvando juntas ali na escuridão.

CAPÍTULO 23

Quatro dias mais tarde, Urduja Silim voltou a Iantas em toda a pompa e esplendor para observar a última demonstração prática dos amplificadores de escudos. Alaric voltaria para Kesath no dia seguinte, e não haveria outro eclipse antes do sétuplo eclipse lunar na noite da Escuridão Sem Luar. Logo, aquela era a última chance de acertar os detalhes, de conseguir fazer tudo certo.

Sem pressão, pensou Alaric, seco, enquanto ele e Talasyn seguiam para a praia depois que Urduja lhes desejara sorte. Ele conseguia sentir o olhar pétreo da Zahiya-lachis fixo em sua nuca de onde ela e Elagbi estavam, bem na primeira fileira da multidão de espectadores reunidos nos degraus do castelo.

Ishan Vaikar e seus Feiticeiros estavam ocupados arrumando as jarras de metalidro brilhantes sobre a areia lisa e branca, e abriram enormes sorrisos para Talasyn quando ela se aproximou. Em contraste, mal reconheceram a existência de Alaric. Era óbvio que ainda se sentiam ultrajados pela explosão irritada do imperador havia quinze dias.

Não que Alaric se importasse com a opinião deles. A seu ver, ele tinha total direito de agir daquela forma. Então cumprimentou os Feiticeiros de Ahimsa com um sarcasmo gélido e deu um sorrisinho irônico quando Talasyn lhe dirigiu um olhar de reprimenda.

— Dessa vez, é para valer — proclamou Ishan. — Se não for, eu vou me cobrir de frutas-espinho e vou desaparecer na floresta.

A determinação da daya era louvável. E, conforme a escuridão recaía sobre a maior parte da Sétima Lua de Lir, deixando para trás apenas um fiapo brilhante prateado, e os escudos eram levantados, Alaric teve esperança de que tudo estava em seu devido lugar.

A luz e a sombra cobriram a ilha por completo, partindo de onde ele e Talasyn se encontravam. Os núcleos de éter recém-modificados rangeram, mas as jarras e os arames suportaram, e aquela rede cintilante preta e dourada se expandiu pelo mar, subindo pelo topo das árvores, alcançando a noite estrelada.

O ataque começou. A frota de navios de guerra trazidos de Eskaya para aquele propósito fora posicionada ao redor da ilha, e as embarcações dispararam seus canhões, todos ao mesmo tempo. Feixes de magia ametista rugiram cortando o ar noturno e, um por um, sumiram no instante em que se chocavam com a barreira, sem causar nenhum estrago.

Através da bruma criada pela junção da Luzitura e do Sombral, Alaric observou os disparos nulíferos faiscarem, brilharem e desaparecerem, e se lembrou dos fogos de artifício estourando no céu de Eskaya. Ele se lembrou da discussão que tivera com Talasyn no terraço na capital do Domínio, da sensação dos ombros ossudos dela sob seus dedos, de aproximar o rosto do dela quase numa súplica.

Mesmo que você construa um mundo melhor, dissera ela naquele dia, sempre *vai ter sido construído em cima de sangue.*

Se eles conseguissem fazer aquilo, se salvassem Nenavar e o Continente do Nulífero, não seria o mesmo que começar do zero? Assim que as ondas de magia mortal recuassem, será que as pessoas poderiam viver sob a luz de um novo mundo, a salvo por mais mil anos, e acreditar que era possível recomeçar?

Alaric não tinha uma resposta, mas jamais teve tanta certeza de uma coisa: ele precisava se esforçar ao máximo para alcançar aquele objetivo. Se conseguissem passar pela Escuridão Sem Luar incólumes, Kesath não lutaria mais nenhuma guerra. Era uma decisão que transcendia o terrível embrulho no seu estômago ao pensar em retirar a magia de Talasyn. Era um desejo sincero de viver, enfim, em um tempo de paz. De preservar aquele lindo e enigmático lugar que era a nação de sua esposa... e reconstruir sua própria terra.

Basta, Alaric jurou a si mesmo de onde estava ao lado de Talasyn, os dois detendo os disparos ametistas, detendo a podridão, mantendo a ilha dos dois segura. *Eu me colocarei contra meu pai para fazer isso. Depois dos rebeldes sardovianos, é hora de dar um basta na guerra.*

Talasyn começou a baquear por volta da marca dos quarenta minutos. Os navios de guerra havia muito tinham cessado seu ataque simultâneo e revezavam-se em disparar um único canhão por vez. O Domínio estava fazendo um racionamento dos núcleos de éter, já que nenhuma nova magia poderia ser extraída da Fenda Nulífera até que ela estivesse estável. Na Noite do Devorador de Mundos, porém, o Nulífero *não* iria recuar, não até que uma hora tivesse se passado. Ela precisava aguentar todo aquele tempo.

Praticar etermancia sem parar por um período tão extenso era como subir um lance infinito de escadas. No começo, não exigia grandes esforços, o corpo repassando os gestos familiares da memória muscular. Uma ação tão intrínseca que era difícil estabelecer o momento exato em que a fadiga começava a aparecer, os músculos começavam a arder e os pulmões a se contrair, soltando o ar como se fossem cacos de vidro, deixando um gosto de ferrugem na garganta, e não havia escolha a não ser continuar deixando porque já era tarde demais para voltar.

Talasyn sentiu tudo aquilo e muito mais. Gotas de suor escorriam pelas costas. Seu corpo todo doía. Por algum milagre, ela conseguiu manter o foco, repassando a variedade de exercícios de concentração que fizera com Alaric, e ela conservou a força, apoiando-se nas horas que passara em comunhão com o fio primordial da Fenda de Luz.

Quando faltavam apenas dez minutos no relógio, algo começou a dar terrivelmente errado.

A sensação... Talasyn conseguia apenas compará-la a quando os núcleos de éter se estilhaçaram dentro das jarras, durante a primeira tentativa daquele mês. Dessa vez, porém, a fragmentação aconteceu dentro dela. Era o corpo *dela*, atingindo um ponto crítico. Sua magia — levada ao limite, amplificada pela chuva e pelo sangue e pela tempestade — redirecionou-se *para dentro*.

Não tinha nenhum outro lugar para onde a magia pudesse ir dentro da barreira. Uma chama radiante engoliu a sua mão esticada, com feixes do Sombral passando por ela como fumaça. O braço queimou e congelou, tudo ao mesmo tempo, e a sensação logo se espalhou por ela, perfurando cada centímetro de seu corpo trêmulo.

Outro disparo de magia nulífera atingiu o escudo. Ao lado dela, Alaric soltou um sibilo. As sombras estavam envolvendo o braço dele, se unindo à Luzitura.

Ele se virou para ela, uma pergunta estampada nos olhos prateados.

Ele queria parar o exercício. Ele queria baixar o escudo.

Mas só faria aquilo caso ela concordasse.

Talasyn não conseguia suportar a ideia de vê-lo machucado, porém precisava acreditar nele, e em si mesma, e no que eram capazes de criar juntos. O destino do mundo todo dependia daquela crença.

Ela balançou a cabeça.

— Não podemos parar agora. — A voz de Talasyn saiu com esforço, quase abafada pelo rugido da magia, mas a expressão no rosto dele deixava evidente que ele escutava cada palavra. — Essa é a última chance. Se de fato não conseguirmos manter o escudo por uma hora, então precisamos bolar outro plano. Precisamos saber disso *agora*.

— Tudo bem — disse Alaric baixinho. — Respire comigo.

Talasyn respirou. Os minutos demoravam a passar, e ela convenceu o ar a entrar e sair do seu corpo da forma que Alaric a ensinara no Teto Celestial e entre as ruínas do santuário em Belian. Ela sentiu-se mais calma, mais centrada. No começo, pareceu afastar a pior das pontadas, mas o calor congelante nunca diminuía, chegando a piorar.

Ninguém sabia que eles estavam com problemas. Os Feiticeiros controlavam os amplificadores de uma embarcação aérea, do outro lado da esfera. Todos os outros estavam longe demais para ver o que estava acontecendo com os dois.

Talasyn observou horrorizada enquanto os dedos espalmados dela e de Alaric ficaram azuis. Então, bolhas vermelhas apareceram na pele. Ela não sentiu dor ali, o que significava que aqueles nervos já estavam embotados, mas em todo o resto do corpo... a sensação era uma mistura de gelo e fogo. A magia do eclipse estava consumindo os dois, ao mesmo tempo que os disparos ametistas dos canhões continuavam a se chocar no escudo.

E então, em um instante de visão dupla, ela olhava para a própria mão pegando fogo com uma luz negra, mas também estava olhando para a mão retorcida e seca enquanto se erguia do desfiladeiro de neve, desdobrando-se sob o sol. Talasyn estava vendo a própria mão, aquele tempo todo? Ela estava vendo algo que ainda não tinha acontecido?

Ela começava a entender então o que acontecera com Gaheris. O Sombral o consumira, cobrando um preço em troca de poder. Era impossível se debruçar ininterruptamente sobre o abismo do etercosmos sem que algo o atacasse, vindo das profundezas.

Aquele era o preço por mexer com o desconhecido.

E a sensação continuava, e as ondas pretas e douradas e ametista, e bem quando Talasyn achou que não aguentaria mais...

Bem quando estava pronta para desmaiar, perder-se na morte de gelo no centro do coração incendiado pelo sol...

Uma hora se passara.

Os disparos nulíferos cessaram. Os Feiticeiros de Ahimsa abaixaram as redes da configuração de amplificação, e a esfera de magia do eclipse diminuiu, recuando do espaço ao redor de Iantas até que por fim sumiu por completo, enquanto Alaric e Talasyn cancelavam sua etermancia.

Os dois cambalearam juntos, segurando-se um no outro, cada qual com seu braço intacto, e oscilaram na areia iluminada pelo luar. As pessoas aplaudiam, triunfantes, mas para Talasyn só havia a exaustão e o inferno e aquele homem largo, os braços envoltos na cintura dela, resfriando a febre que corria em suas veias. O rosto dela estava enterrado no ombro dele, mas, com o canto do olho, ela observou a própria mão direita. Observou o tom azulado sumir das pontas dos dedos, deixando apenas as bolhas vermelhas de queimadura na palma.

— Acredito que talvez devamos nos preparar para a possibilidade de que os efeitos colaterais sejam... duradouros — disse Ishan Vaikar, muito tempo depois, na sala de jantar.

Os demais ocupantes da mesa — Urduja, Elagbi, Talasyn e Alaric — a encararam, sem reação. Talasyn estava faminta depois do penoso exercício, mas ela parou no meio de uma mordida, esperando que a daya confessasse que a declaração tinha sido uma piada.

Uma esperança vã, no fim.

— É evidente que a configuração de amplificação influenciou a etermancia de Suas Majestades em um nível molecular — continuou Ishan. — Creio que nossos experimentos potencializaram a conexão que um tem com o outro.

— Conexão? — repetiu Alaric, franzindo o cenho.

— O elemento que permite que sua magia e a da Lachis'ka se combinem, imperador Alaric, seja lá o que for — explicou Ishan. — Se ao menos houvesse uma forma de os Feiticeiros manipularem a Luzitura e o Sombral também... Assim, eu poderia me aprofundar mais no assunto. — Ela soltou um suspiro pesaroso. — Voltemos à questão atual. O efeito dos amplificadores pode agir como um veneno, lentamente saindo do sistema conforme são metabolizados. Ou os efeitos podem se tornar uma condição crônica, e as mudanças seriam mais... permanentes. A essa altura, é impossível determinar quais serão os resultados.

— Nossa, qualquer uma das opções parece maravilhosamente fantástica — comentou Talasyn, sarcástica.

— Ora, vamos torcer para que seja o primeiro caso — disse Elagbi, com uma carranca semelhante à de Alaric, que o encarava com um olhar igualmente enfezado.

— Suponho que não adiante de nada tentarmos resolver o problema — concluiu Urduja. — É o preço a ser pago para nos salvar da Estação Morta.

Como o pai e o marido, Talasyn sentiu uma onda de irritação dominá-la. A Zahiya-lachis parecia bastante conformada com a ideia de a neta acidentalmente forjar uma conexão crônica com o inimigo. Pensando bem, ter mais uma coisa com a qual ameaçar o Imperador da Noite se encaixava muito bem nos planos de Urduja.

Esses também não deveriam ser os meus planos?

Uma nova onda de culpa fez com que a comida se tornasse cinzas na boca de Talasyn. Na teoria, ela e a Zahiya-lachis deveriam trabalhar juntas, reunindo todas as vantagens possíveis para que a Confederação Sardoviana conseguisse retomar o Continente antes do fim do ano. Era a coisa certa a fazer, a única coisa a fazer, e Talasyn ainda não se decidira onde Alaric se encaixava em meio a tudo isso. Ainda não sabia se conseguiria fazer o que fosse preciso quando o assunto era ele, quando chegasse a fatídica hora.

— Quanto aos ferimentos sofridos durante a prática — disse Ishan —, ficou óbvio que existe um limite para esse tipo de etermancia. A cratera de Aktamasok é um pouco menor que essa ilha, mas a quantidade de magia requerida para repelir a Fenda Nulífera será dez vezes maior. Então eu sugiro... que continuem praticando. — Ishan fitou o próprio prato, desanimada. — Isso é tudo que tenho a dizer.

Alaric abriu a boca, sem dúvida para dizer à daya exatamente o que pensava sobre o assunto, mas Talasyn colocou a mão na coxa dele embaixo da mesa. Era uma ordem inconfundível para ele recuar.

— É arriscado demais — declarou Elagbi. — Deveríamos pensar em outro plano para impedir a Estação Morta.

— Isso é o melhor que temos, Amya — rebateu Talasyn, erguendo a mão direita. — Está vendo? As bolhas já desapareceram. O imperador Alaric e eu temos a resistência da magia do nosso lado. Nós vamos conseguir, ainda mais agora, que sabemos para o que devemos estar preparados.

Apesar de todas as suas palavras, Talasyn estava nervosa. Alaric partiria no dia seguinte, e ela precisaria encontrar uma solução sem ele.

Um criado entrou na sala com uma garrafa de vinho de cevada perolada fermentada e serviu uma quantidade generosa para Urduja, Elagbi e Ishan, passando decorosamente por Talasyn, uma vez que sua aversão a álcool já era de conhecimento de todos no castelo. Quando o serviçal parou ao lado de Alaric e se preparou para servi-lo, os olhos cinzentos se voltaram por um instante na direção de Talasyn. Alaric cobriu a sua taça com a mão.

— Água — instruiu ao criado, sério.

O criado fez uma mesura e foi buscar a jarra do outro lado da mesa.

Algumas escolhas eram cautelosas, decididas após medir os prós e os contras por bastante tempo, tão meticulosas como a distribuição de pedras de casongkâ pelo tabuleiro. Outras dominavam o corpo como um impulso febril, como faíscas que voavam quando um único instante despertava as brasas do coração humano.

Mesmo que ele me odeie depois de tudo...

As faíscas passavam por Talasyn enquanto ela encarava o marido muito tempo depois de ele ter desviado o olhar, canalizando todo o seu treinamento em política para não deixar nem sequer um pingo de emoção transparecer.

Mesmo se eles me condenarem por isso...

Havia o medo, sim, mas também havia a euforia. O desafio. A emoção de tomar uma decisão que era inteiramente sua.

Eu vou salvá-lo.

CAPÍTULO 24

No dia seguinte, o sol intenso nasceu sobre um turbilhão de atividades na plataforma de aterrisagem de Iantas. As malas da delegação kesathesa eram levadas até a chalupa recém-consertada, e a tripulação fazia as verificações antes do voo com as cordas, as velas, o leme e os núcleos de éter.

A cozinha do castelo também estava a toda, cuspindo um desfile de enormes cestos de vime cheios de comida que logo se juntariam às despensas do porta-tempestades atracado no porto Samout.

— É coisa demais — comentou Alaric.

Ele e Talasyn observavam a cena agitada da varanda de seu quarto.

— O que eu e meus homens vamos fazer com cinquenta coxas de porco salgadas?

— Comer — respondeu a esposa. — Vai muito bem com queijo de búfalo-do-sol e mangas secas.

— Você está se referindo às vinte rodas de cheddar e aos cinco sacos de mangas secas, não é?

Ela franziu o cenho.

— É uma viagem de três dias. Muita coisa pode acontecer nesse meio-tempo. E se o barco naufragar e vocês acabarem presos em uma ilha deserta?

— Vou construir uma jangada com as coxas de porco — declarou ele.

Talasyn levou a mão à boca, transformando uma gargalhada roncada em um bufar pouco elegante. Até Alaric teve dificuldade de não sorrir, sentindo algo no próprio peito se inflar ao ver que era capaz de fazê-la rir.

A verdade era que ele passara a manhã inteira tendo todo tipo de sentimentos. A risada de Talasyn foi apenas um alívio temporário do seu tormento, mas ele logo se deu conta de que não a ouviria mais... e de que não veria *a esposa...* por pelo menos um mês.

Ele precisava voltar para Kesath. Não havia dúvidas. Precisava supervisionar os preparativos para a série de evacuações em massa que seriam feitas antes da noite da Escuridão Sem Luar. Ele já passara tempo demais fora, até. Os oficiais kesatheses estavam ficando inquietos, e as inquirições nas cartas sobre sua data prevista de retorno eram cada vez mais incisivas. Ele já recebera um moleiro da comodora Mathire com uma lista de reuniões que exigiam sua presença, reuniões que não poderiam mais ser adiadas. E, como sempre, havia o pai espreitando à beira do Sombral, chamando-o do Entremundos.

Talasyn conseguiu controlar o riso e passou a ralhar com ele por ser tão mal-agradecido. Ela só estava garantindo que ele e a tripulação não morreriam de fome. A esposa usava um vestido que parecia ter sido escolhido para puni-lo por ir embora, com um corpete apertado no corpo esguio que dava a impressão de ser feito de bronze líquido. O cabelo castanho estava solto, caindo em ondas suaves sobre a seda metalizada que os dedos de Alaric se coçavam para amassar entre as mãos.

Você poderia ficar. Aquela ideia traiçoeira invadiu seus pensamentos. Sua mente conjurou uma fantasia de morar ali para sempre, naquele castelo na beira do mar, passando o resto dos dias levando bronca de uma garota minúscula e temperamental. Ele afastou a dor provocada por aquele desejo e deu respostas calculadas para provocar Talasyn ainda mais enquanto saíam juntos dos aposentos reais.

Os corredores de Iantas estavam desertos. A maior parte dos residentes se reunira na plataforma para observar a partida do Imperador da Noite. Alaric sentiu que as vozes dele e de Talasyn eram estranhamente barulhentas naquele lugar tão imóvel, os passos ecoando. Ele mal registrou o motivo da discussão da vez, ocupado demais em contemplá-la, tentando memorizar cada uma das suas sardas.

— Só estou curioso quanto a uma coisa — começou ele, com uma leveza que não sentia enquanto desciam as escadas. — Como vai conseguir passar as próximas semanas sem ninguém para atormentar, já que não estarei aqui? Odiaria que você ficasse sem seu passatempo favorito.

Talasyn ruborizou.

— Você certamente se tem em alta... *Ei!*

Alaric acelerara o passo para não precisar olhar para as bochechas coradas e pensar no quanto queria beijá-las. Talasyn marchou atrás dele, mas a saia diminuía seu ritmo. Ele alcançou a base da escadaria primeiro, e ela agarrou seu braço, forçando-o a encará-la, com aquele olhar furioso e o biquinho irritado, e o controle dele se desfez por completo.

Um mês. O pensamento consumia todo o espaço na mente dele. Um número de dias abstratos e, ainda assim, incisivo. *Um mês longe de você.*

Ele agarrou a mão pequena fincada em seu braço e a arrastou até um cômodo que ficava no canto — que ele descobriu ao abrir a porta *não* ser um cômodo, e sim um armário de suprimentos cheio de materiais e instrumentos de limpeza. Ele derrubou um esfregão ao se apressar a fechar a porta atrás dos dois e acender a lamparina, o brilho suave deixando a expressão perplexa de Talasyn banhada por manchas douradas em meio à escuridão.

Ele a encurralou contra a parede, escondendo o tremor nas mãos ao apoiá-las acima da cabeça da esposa, se inclinando mais para perto dela. Alaric era grande demais para aquele espaço pequeno, atrapalhado demais, desesperado demais. Mas não sabia como ser de outra forma.

— O quê... — Talasyn engoliu em seco. — O que você está fazendo?

Alaric observou a pele marrom-clara do pescoço dela arrepiar. Perguntou-se se Talasyn também estava com a boca seca.

— Quero um beijo antes de partir — disse, rouco. — Caso você queira me conceder um.

Ele capturou os lábios dela em um beijo intenso. Ela se derreteu de uma vez só, cambaleando enquanto ele passava as mãos cobertas por luvas pretas pelo corpo dela, cada carícia uma memória da qual ele lembraria nas noites solitárias que se seguiriam.

Talasyn sempre seria Talasyn, porém, não importava a situação, e não perdeu tempo, pondo-se a brigar com ele assim que Alaric afastou a boca da dela.

— Todo mundo está esperando por nós, seu tonto — censurou ela, embora agarrasse seu colarinho, puxando-o mais para perto.

— Que esperem — disse Alaric, com um rosnado, mordiscando o queixo dela, remexendo as fivelas peroladas da frente do corpete até abrirem, e então deixando a mão desaparecer sob aquela seda derretida.

Talasyn se segurou nos ombros de Alaric, repuxando o tecido da túnica negra e então levantou a saia para que pudesse passar uma perna esguia ao redor da cintura dele. Era uma reação ainda mais entusiasmada que a normal. Impelido por uma leve desconfiança, Alaric passou a costura grosseira da luva no mamilo dela, e algo na alma dele se incendiou quando ela estremeceu e remexeu os quadris.

Ao menos naquele dia não estava usando as luvas com garras que faziam parte de sua armadura de batalha. Ele não tinha nenhum desejo de machucá-la, mas um impulso sombrio floresceu dentro dele ao pensar como seria fazer *aquilo*, e ele se perguntou se ela suportaria.

Talasyn o puxou mais para perto para outro beijo, enquanto ele passava o dedo pelo fecho da calça, reduzido apenas aos instintos mais básicos. Só uma vez, antes de partir. Os dedos dela, envoltos no volume duro dele, eram tão quentes que quase queimavam, como se a magia dentro dela rugisse para devorá-lo por inteiro.

A cabeça de Alaric se encaixou contra o pescoço de Talasyn. Na pressa para diminuir a distância, ele chutara sem querer e fizera desabar uma pilha de cascas de coco que os nenavarinos usavam para polir o chão. Ele grunhiu contra a pele de Talasyn, dando estocadas desleixadas na palma da mão dela. Era uma sensação tão boa que ele se esqueceu de todo o resto... ao menos até ela bufar no ouvido dele.

— Bom, ao menos *você* está se divertindo.

Ele não conseguiu reprimir uma risada. E não conseguiu reprimir o arroubo de afeição que enfim, *enfim*, o fez levar os lábios até a bochecha dela.

— Eu fico genuinamente impressionado com sua habilidade de continuar tagarelando, Vossa Graça. Mesmo quando você me tem nas suas mãos, mesmo enquanto estou fazendo isso...

O tecido fluido das saias dela ficou esmagado entre seus corpos, e ele deslizou a mão, subindo pela coxa dela.

— *Ah*. — Ela deu uma estremecida quando os dedos dele se curvaram, e ele enfiou apenas um em sua abertura. — O couro é tão diferente...

— Minha luva vai ficar com seu cheiro.

Havia um ímpeto de raiva na voz dele mesmo enquanto ele estremecia na palma dela, na euforia proibida e devassa, e talvez ele *tivesse* raiva de tudo aquilo. Raiva por não conseguir ficar longe dela.

As palavras dele, porém, causaram um efeito fascinante na esposa. Os olhos dela se estreitaram, irritados, e os quadris se moveram com um pouco mais de insistência contra sua mão.

— Não diga coisas desse tipo — mandou ela.

— Por que não, querida? — questionou ele, só para contrariar.

Ela fechou o punho contra o ombro dele, apenas uma imitação pouco determinada de um soco.

— Também não me chame assim.

— Quantas ordens — resmungou ele, tirando a mão para prender a outra perna dela ao redor da sua cintura, a luva preta escorregadia com o prazer de Talasyn enterrando-se na carne da coxa. — Eu mal consigo acompanhar.

Ele empurrou a calcinha dela para o lado e deslizou para dentro dela. O gritinho sem fôlego que ela deixou escapar, e a forma como o interior dela se esticava ao redor dele... tudo aquilo se juntou para fazê-lo grunhir outra vez, contra a têmpora de Talasyn.

As prateleiras de baldes, espanadores de pó e panos sacudiram ao redor deles enquanto Alaric começou a tomar impulso com vontade, as saias de Talasyn amassadas entre seus corpos. Ela foi mais ruidosa do que na primeira vez, pensou ele, talvez por causa da natureza frenética e ilícita do momento: os dois em um armário, ainda completamente vestidos, um levando o outro à loucura, os beijos abafando os gemidos, sussurrando exclamações contra suas peles. Para ele, o espectro da separação pairava no horizonte como a Estação Morta, e ele só poderia torcer para que alguma parte dela sentisse o mesmo.

Aquele lembrete grave o fez aumentar o ritmo, com uma urgência incendiária a fim de que ela o sentisse entre as pernas muito tempo depois de ele ter partido.

— Olhe só para você, Lachis'ka — disse ele, a voz rouca e provocante e sombria, as palavras conjuradas como sempre de uma mistura inebriante de coragem e puro desejo. — Sempre brigando com o marido, e ainda assim vai gozar em cima dele. Você vai ter que sair, na frente de *todo mundo*, e se despedir de mim enquanto eu ainda estiver escorrendo entre suas pernas.

— Desgraçado — disse Talasyn, ofegante, com o rosto enterrado no pescoço dele.

As unhas dela o arranharam, deixando-se levar. Quando ela ergueu a cabeça de leve, viu o vislumbre de magia dourada em seus olhos quando chegou ao clímax.

— *Alaric.*

Os joelhos dele quase cederam ao ouvir seu nome na voz dela. Por algum milagre, ele conseguiu permanecer de pé, conseguiu continuar prendendo-a contra a parede até o próprio orgasmo o arrebentar por dentro, glorioso e perfeito.

Se pudesse, ele teria ficado dentro de Talasyn para sempre, mas a perna direita dela escorregou para o chão, e ele soltou um grunhido frustrado, o movimento fazendo com que ele saísse dela. Ele ainda não tinha jorrado tudo que havia dentro de si, mas Talasyn resolveu o problema para ele. Elevou mais a perna que ainda estava ao redor do quadril dele e mirou o pau dele na parte interna da sua coxa. O corpo dele se encolheu sobre ela, uma parte animalesca do sangue uivando com a antecipação de marcá-la daquela forma, enquanto a parte mais humana mal conseguia acreditar que ela simplesmente *deixara* que Alaric fizesse isso.

Ela também tinha sardas ali, uma pequena constelação em espiral. Ele se derramou sobre aquelas estrelinhas queimadas com a respiração entrecortada.

Talasyn mordeu o lábio inferior sob a luz da lamparina, arqueando as costas contra a parede, e a visão de gozar nas sardas dela foi como uma experiência religiosa para ele, foi como o gosto de açúcar, foi como a paz depois de tempos de guerra. Com os ouvidos zumbindo e os sentidos embotados, ele segurou a coxa dela e a manteve imóvel, os dedos a acariciando com calma enquanto ele se esfregava nela até se secar.

As pálpebras de Talasyn tremeram conforme a luva de couro alisava sua pele. Era tão interessante testemunhar aquilo, mais uma faceta daquela dança retorcida que ele, pateticamente, estava ávido para explorar.

Contudo, não poderia mais. Por um mês inteiro.

Ele precisava ir embora.

Depois que a respiração dos dois voltou ao normal e eles arrumaram as roupas da melhor forma possível, Alaric sucumbiu aos seus piores impulsos e puxou a esposa irritadiça para mais um abraço, enterrando o nariz no cabelo dela.

— O que você está fazendo *agora*? — exigiu saber Talasyn, as palavras saindo abafadas na túnica dele. — Todo mundo deve estar se perguntando onde estamos...

— Fique quietinha, Tala — disse ele, sem um traço de raiva, com uma gentileza estranha que era a coisa mais natural do mundo quando se tratava dela.

E, para a surpresa de Alaric, ela desistiu, relaxando no abraço.

— Eu vou escrever — murmurou ela. — Mas é bom mesmo que você responda minhas cartas, entendeu?

— Eu vou responder. — O coração dele deu um salto no peito. — Eu prometi, não prometi?

Depois que o navio do marido partiu, Talasyn foi até a cozinha.

Ela não se dera ao trabalho de corrigir Alaric quando mencionara o assunto, mas, no Domínio, havia pouca necessidade de consultar um curandeiro para pedir preventivos. A árvore chamada lilás-da-sábia crescia em profusão nas selvas densas, e todas as cozinhas bem estocadas contavam com jarras cheias da raspagem do casco à disposição... seja para moer e usar como um tempero picante, seja para fazer um chá do dia seguinte.

O chá também era um tratamento eficiente para cólicas menstruais, e foi essa a desculpa que Talasyn deu aos cozinheiros. Ela o bebeu o mais rápido que conseguia e então se retirou para o andar de cima. Para mandar uma carta ao acampamento sardoviano no Olho do Deus Tempestade.

CAPÍTULO 25

Talasyn aguentou apenas quatro dias antes de escrever sua primeira carta para Alaric.

Em sua defesa, ela tinha notícias importantes para compartilhar.

Havia entrado em comunhão com a Fenda de Luz no santuário em Belian pelo terceiro dia seguido, em sua pose de pernas cruzadas no coração do pilar de magia dourada que a suspendia a alguns metros acima do chão.

Após uma série de tentativas e erros, ela aprendera que a Fenda de alguma forma respondia aos seus pensamentos quando ela ficava imersa por tempo suficiente, e aquela última vez foi o maior transbordamento que a Fenda já fornecera. Durante os últimos minutos, mostrara a Talasyn memórias da mãe de um tempo em que ela devia ser nova demais para se lembrar de qualquer coisa. O etercosmos fluiu para dentro dela, escavando cenas de dentro de sua alma. Sempre que uma memória começava a esmorecer, Talasyn roubava os fios de luz que a compunham, forçando-os a levá-la até a seguinte. A mãe cantando uma canção de ninar para ela dormir. A mãe rindo de uma piada contada por um Elagbi mais jovem enquanto Talasyn — Alunsina — fazia barulhinhos em seus braços. A mãe inclinada sobre o berço, espirais de magia dourada dançando entre a ponta dos dedos enquanto o quarto ecoava com gritinhos eufóricos e infantis.

Entre todas as lembranças idílicas, o etercosmos continuava espiralando de volta para a conversa entre Hanan e Sintan, e para Hanan em sua prisão dourada, ciente de que estava prestes a morrer, segurando a filha uma última vez. Talvez o retorno àquela lembrança também acontecesse pela força de vontade de Talasyn... um desejo inconsciente, embora doloroso, de ficar o máximo de tempo possível naqueles momentos finais que compartilhara com a mãe.

Sempre estarei com você. Nos encontraremos de novo...

A Fenda de Luz parou de transbordar. A coluna de magia recuou de volta para a fonte de pedra e desapareceu. Talasyn caiu no chão. E Hanan se foi, outra vez...

Talasyn gritou. O som reverberou pelas ruínas, assustando os pássaros empoleirados nas árvores ancestrais. Enquanto levantavam voo ao seu redor, ela se voltou para as profundezas do éter em sua alma, desesperada para obter mais tempo com a mãe, desesperada para se apegar a um amor que jamais conhecera.

A luminosidade encheu sua visão. A princípio, ela achou que por algum milagre a Fenda transbordara outra vez. Em seguida, percebeu que vinha de dentro *dela*. A Luzitura fluía dos seus dedos, formando uma abóboda dourada ao seu redor com cerca de metade do diâmetro da Fenda de Luz quando estava ativa, mas foi a maior invocação de magia que Talasyn já conseguira realizar até então e que possuía uma forma sólida. A abóboda não se rompeu, não explodiu e não se elevou até o céu. Estava sob controle. *Ela* a controlava.

Talasyn finalmente entendia como fazer aquilo.

Em seu anseio pela mãe, navegara pelas correntes do etercosmos, repuxando sua conexão com o passado. Talvez estivesse apenas imaginando coisas, mas ela quase podia sentir Hanan Ivralis guiando sua mão... quase conseguia ouvir a voz dela em sua mente, a voz que achava ser de Hanan.

É assim que construímos uma muralha.

É assim que salvamos as coisas que amamos.

Seguindo o comando de Talasyn, a abóboda cresceu e diminuiu, brilhante e oscilante. Ela a manteve ali pelo máximo que sua concentração e energia permitiam, e então se deixou descansar um instante antes de invocá-la de novo.

A primeira vez não fora um golpe de sorte. A segunda abóboda era tão sólida e maleável quanto a primeira, e Talasyn se esforçou para mantê-la por um período até maior de tempo, como Ishan Vaikar recomendara.

Ela conseguia fazer aquilo. Ela não deixaria que a magia do eclipse a consumisse.

Depois de um tempo, ela se ajoelhou na pedra aquecida pelo sol, cansada, sentindo o peso da esperança.

Só um pensamento lhe ocorreu. Ela queria compartilhar o triunfo com alguém.

Ela queria que a pessoa fosse Alaric.

Não era que ela sentisse *saudade* dele. Óbvio que não sentia. Entretanto, o marido era o único que compreenderia de verdade aquele feito. Talvez, se ele estivesse ali, poderia até oferecer seu sorriso breve, torto...

Talasyn levou os dedos à boca e assoviou. Enquanto a águia mensageira sobrevoava o acampamento de onde patrulhava os céus, ela tirou pena e tinta da bolsa, além de um novo rolo de pergaminho, e começou a escrever, determinada a ignorar a tremedeira da mão.

Não é nada, disse a si mesma, repetidas vezes.

No limite da Cidadela, entre os portões de obsidiana e as planícies áridas, feixes grossos de magia de sombras rasgaram o ar.

A Fenda não estava transbordando. Toda aquela energia pura que guinchava vinha do Imperador da Noite, ao centro de um círculo de proteção de escuridão que se elevava, diminuía e fluía como se fosse feito de fogo negro. O círculo sustentou os ataques vigorosos que eram disparados por todos os lados por uma dúzia de legionários, grunhindo e brilhando em prata cada vez que uma lâmina de sombras colidia com sua barreira.

A força de Alaric estava começando a fraquejar. O exercício já durava quase uma hora, bem mais tempo do que conseguira nas sessões anteriores, mas ainda assim não era o suficiente. O olhar dele continuava fixo no relógio no chão infértil sob seus pés. Só mais alguns minutos...

Um machado cruel rompeu o círculo. A atiradora, Nisene, virara a ponta da arma na direção de Alaric, que rapidamente desviou do golpe e ao mesmo tempo dispensou a barreira com um sibilo frustrado. O machado e todas as outras armas que o rodeavam desapareceram em um piscar de olhos, e os campos de treinamento cinzentos voltaram a ficar imóveis.

Alaric ordenou que os legionários voltassem à Cidadela, sem explicações. Eles se viraram e marcharam na direção dos portões grandiosos, Nisene lançando um sorrisinho triunfante ao olhar para trás. Somente Alaric e Sevraim restaram do lado de fora da muralha, sob os olhares atentos de sentinelas postados acima do muro.

Alaric cruzou os braços e encarou o legionário.

— Ainda está aqui porque...

— Só queria falar para você que todos nós demos o nosso melhor hoje — comentou Sevraim baixinho —, e tudo bem se você descansar um pouco.

— Nenhum de vocês está com o destino de civilizações inteiras nas mãos — retrucou Alaric. — Seja lá por qual motivo, esse fardo é meu. Eu descansarei depois da Escuridão Sem Luar.

Sevraim fez uma careta.

— Se voltarmos para Nenavar e você estiver com essa aparência de morte e exausto demais para manter a barreira contra o Nulífero, sua esposa vai...

— *Nós* não voltaremos para Nenavar — corrigiu Alaric. — Você e os outros legionários ficarão aqui, para auxiliar nas evacuações. E, na noite fatídica, estarão a bordo dos navios, seguindo para o norte, para longe da explosão.

Sevraim empalideceu.

— Não posso deixar você ir sozinho.

— Não estou pedindo permissão. É uma ordem.

— Mas...

Alaric ergueu a mão, imperioso. Era um comando de silêncio que ele raramente usava com Sevraim, e o outro homem se calou, contrariado.

— Caso Talasyn e eu não obtivermos sucesso, ainda existe uma chance de sobrevivência para você e os outros kesatheses. Se isso acontecer, preciso que você permaneça com meu pai, para impedi-lo de começar guerras ou tomar qualquer outra atitude equivocada. Preciso que você faça com que ele se concentre em reconstruir o Continente depois que a magia necrótica o atravessar por inteiro.

— O Regente não vai *me* escutar. — Sevraim soava aflito. — Ele ainda me vê como aquele novato que organizou uma festa no quartel e deixou todo mundo bêbado antes de fazermos o juramento.

— Você vai precisar tentar. — O tom de Alaric era firme. — Caso eu não volte do Domínio, essa será a última coisa que pediria a você.

O legionário encarou Alaric, estarrecido. Alaric sentiu a própria mistura de emoções, mas ele forçou todas de volta para as sombras, e pigarreou.

— Se eu morrer e Talasyn continuar viva — continuou ele —, estou incumbindo você de protegê-la. Do meu pai, e de quem mais quiser ameaçá-la.

— Você precisa me dizer o motivo — disse Sevraim, com um toque de ferocidade espantoso e pouco característico. — Acho que eu mereço isso. Você está pedindo para eu abandonar você, meu comandante, meu *amigo*, e continuar obedecendo às suas ordens depois que você partir. Então, me conte, ao menos, por que você ainda se importa com o destino da Tecelã de Luz, mesmo quando você estiver além dos salgueiros.

Alaric engoliu em seco. O que ele poderia dizer sob aquele céu cinzento, contra aquelas muralhas sombrias? O que ele devia à pessoa que estivera ao seu lado desde que eram garotos?

Como ele poderia sequer começar a explicar o que sentia quando pensava em Talasyn?

O quanto sentia saudades dela?

Uma raiva impotente faiscou em seu âmago. Ele nem deveria estar naquela situação, para começar. Ele amolecera, e Sevraim aproveitava para puni-lo por isso.

— Vai fazer isso ou não? — exigiu Alaric. — Se não se sentir capaz, vou encontrar outra pessoa.

Era um blefe, e um blefe patético. Os dois sabiam que ele não poderia pedir aquilo a mais ninguém.

— Tudo bem — cedeu Sevraim. — Pode contar comigo. — Ele estreitou os olhos escuros. — Mas você sabe que, pelo resto desse mês, eu e as gêmeas vamos discutir com você por causa dessa decisão de voltar para Nenavar sozinho, certo? Você nunca mais vai ter paz.

— Eu não tenho paz desde o dia em que me casei. Então, a meu ver, não será nenhuma novidade.

Alguns dias mais tarde, os olhos do pai de Alaric o seguiram através da névoa de magia de sombras que cobriam o saguão.

— Até que enfim — disse Gaheris — meu filho decide mostrar seu rosto.

Uma semana se passara desde que Alaric retornara de Nenavar, uma semana em que ele passara trancado em reuniões do conselho investigando atividades rebeldes ou treinando com os legionários. Uma semana evitando as convocações de Gaheris com qualquer desculpa conveniente que conseguisse usar.

Mas *aquilo*… Alaric não podia mais deixar aquilo continuar assim.

Ele ouviu um pio fraco do único canto iluminado do cômodo. Ao acompanhar o som até sua fonte, Alaric foi atravessado pelo choque e pela inquietação. O sariman parecia doente, a cabeça encolhida e torta junto ao peito. As penas estavam caídas no chão da gaiola, e o que restara do corpo esquelético perdera a maior parte de sua iridescência.

— Não se adaptou bem ao clima, creio eu — disse Gaheris, com leveza.

— Drenar o sangue do animal com frequência com certeza não ajudou — retorquiu Alaric.

— O sofrimento de uma criatura em troca de um bem maior. Você está muito bem familiarizado com esse conceito.

Alaric forçou seus pensamentos a deixarem o animal doente. Ele estava ali por um motivo.

— Precisamos falar sobre a lista de exclusão — declarou ele.

A comodora Mathire apresentara a lista para Alaric mais cedo naquela manhã: era o rol completo de vilarejos no Continente que se desconfiava que simpatizavam com a causa dos rebeldes da Confederação.

Gaheris sorriu.

— Eu me perguntei se isso finalmente o traria até aqui. O que tem a lista? Não é bom senso, puro e simples, negar aos inimigos de Kesath passagem no nosso navio?

— É cruel — insistiu Alaric, com a expressão pétrea. — Não é uma lista de nomes de indivíduos, e sim de cidades inteiras. Eu não deixarei civis inocentes para trás devido a meros boatos.

— Não os deixaremos para trás. Estão livres para partirem dali como preferirem. Só não farão isso em nossas embarcações.

— Então nas embarcações de *quem*?

Diferente de Nenavar, onde aparentemente quase todas as casas possuíam ao menos um coracle, Kesath alocara a maior parte dos materiais brutos de construção de navios nos esforços de guerra. E, mesmo assim, nem os coracles ajudaram a salvar o vilarejo no sopé de Aktamasok quando o Nulífero os pegou de surpresa. O cheiro da podridão, de toda aquela morte... Alaric imaginou o mesmo se espalhando sobre sua terra natal e se forçou a engolir a bile, a raiva e a frustração descendo por sua garganta como se fosse um punhado de espinhos.

— Pai, eu testemunhei a destruição causada pela Fenda Nulífera em primeira mão. Se a barreira de luz e sombras não funcionar — argumentou Alaric, tentando fazer com que Gaheris fosse razoável —, todos que ficarem para trás vão morrer.

Ele encarou o Regente, esperando encontrar um vislumbre do homem que ele fora antes da guerra. O homem que às vezes sorria diante de um comentário irônico da esposa, que às vezes bagunçava o cabelo de Alaric. No entanto, só encontrou uma frieza gélida e determinada.

— O Império da Noite não sustentará o peso daqueles que conspirarem contra nós — decretou Gaheris. — Essas são as minhas ordens.

Quando se tratava de lidar com o pai, Alaric sabia que devia escolher suas batalhas. Aquela não foi uma perda *completa*. Na verdade, funcionaria como um incentivo ainda maior para ele obter sucesso em impedir o Nulífero. Ainda assim, a perda o afligiu.

— Muito bem. — Ele olhou para o sariman na gaiola outra vez, o lembrete decrépito daquelas ilhas banhadas pelo sol, e um impulso inevitável, um grito no abismo infinito, o fez acrescentar: — Mas, se não quiser que *essa* criatura morra, o senhor a deixará sob meus cuidados até que ela esteja forte o bastante para aguentar mais experimentos.

— Duvido que seus parcos talentos se estendam ao cuidado de animais, garoto — desdenhou Gaheris.

Alaric se manteve inflexível.

— O sariman precisa de ar fresco, mais luz e descanso. Não podemos descobrir os segredos do pássaro se ele acabar morrendo antes.

— Talvez seja o caso — considerou Gaheris. — Já fizemos todos os testes possíveis nas penas e nas amostras de sangue. Talvez a chave de sua magia esteja nos ossos. Ou no coração.

— *Não*. — O Sombral rugiu através de Alaric, os olhos faiscando prateados. Ele se conteve, porém, forçando-se a falar com calma sob o olhar atento do pai. — Pai, não desperdice o sariman da forma que os guerrilheiros sardovianos desperdiçaram seu porta-tempestades. Não destrua tudo antes da hora final.

Era mais um recurso para ganhar tempo. Ele prendeu a respiração, até que, por fim, Gaheris assentiu de leve.

— Faça como preferir. Mas se o pássaro acabar morrendo apesar dos seus esforços, a culpa recairá sobre *você*.

— Naturalmente — murmurou Alaric.

Ao deixar os aposentos do pai, ocorreu a Alaric que quase tinha sido fácil demais. Gaheris jamais mudava de ideia uma vez que estava decidido. Talvez os Feiticeiros realmente tivessem esgotado todas as suas hipóteses. Alaric torcia para que fosse aquele o caso. Por ora, ele conseguira o que queria.

Assim, ele se encontrou encarando o sariman nos olhos mais tarde naquele dia, em seus aposentos. Depositara a gaiola ao lado da janela, e seu morador esticava o pescoço despenado na direção do sol, examinando Alaric com os olhos cor de cobre.

E agora?, ele quase imaginou o pássaro perguntando.

— Não faço ideia — respondeu Alaric, em voz alta.

Ele se sentou à escrivaninha para escrever uma resposta à carta de Talasyn, que chegara no dia anterior.

As preparações estavam bem encaminhadas por todo o arquipélago do Domínio para o sétuplo eclipse lunar. Enquanto Aktamasok borbulhava com cada vez mais frequência, a magia necrótica era propelida no ar, vinda da cratera, e escorria pelas encostas rochosas. Sob o pulsar ametista que iluminava o céu por quilômetros e quilômetros, os nenavarinos empacotavam suas casas e levavam as cargas às suas embarcações com o máximo de suprimentos que coubessem a bordo. Sementes e grãos foram extraídos dos campos e pomares, para serem plantados caso os navios retornassem para terras estéreis. Fazendeiros escolheram seus melhores animais para se aclimatizarem na vida nos conveses e nos porões. O restante seria abandonado.

Talasyn ajudava sempre que podia — afinal, ser a única responsável por preparar Iantas era um processo lento que levaria semanas —, mas às vezes conseguia escapulir.

Para Belian, a fim de entrar em comunhão com a Luzitura, certificando-se de que sua magia estaria o mais forte que pudesse na noite fatídica.

Para Eskaya, a fim de visitar sua família, saboreando cada instante como se fosse o último que passaria com eles... caso, de fato, fosse.

Para a privacidade de seus aposentos, onde escrevia cartas para Alaric.

E, naquela noite, para o Olho do Deus Tempestade. Acompanhada de Surakwel Mantes.

Daquela vez, ele insistira em acompanhá-la ao acampamento sardoviano.

— Então — comentou ele, enquanto passavam por entre as árvores do mangue escuro —, em que ponto estamos com o plano de esfaquear seu marido enquanto ele dorme, Lachis'ka?

— Fale baixo — disse Talasyn, aos sibilos. — A Lachis'ka não deveria estar aqui, lembra?

— Não é como se tivesse alguém fazendo patrulhas — retrucou Surakwel. — Todos os soldados estão ocupados com os preparativos para a evacuação.

— Eu não ficaria surpresa se as próprias canoas reportassem diretamente à Sua Majestade Estrelada.

Ele deu uma risada, um vislumbre de dentes brancos e olhos castanhos alegres sob o luar. Em seguida, afastou o cabelo despenteado da testa larga, um gesto que chamava a atenção para o anel em seu dedo, um objeto prateado e largo com a mesma serpente que adornava as velas de seu iate. A serpente representava o selo da Casa de Mantes de Viyayin, mas aquele retrabalho no metal era típico de Lidagat. O domínio de Niamha.

— Mas Vossa Graça não respondeu minha pergunta — prosseguiu Surakwel. — Vai esfaqueá-lo logo depois da Escuridão Sem Luar? Talvez ele já esteja esperando por isso...

— Talvez você devesse se preocupar mais com os próprios relacionamentos — retorquiu Talasyn. — Como é que você nomeou seu iate em homenagem à daya Langsoune, e ela lhe deu um anel, e *ainda assim* nenhum dos dois se declarou para o outro é um mistério para mim.

Surakwel abriu a boca e então a fechou, como se a franqueza de Talasyn tivesse demolido seu repertório de comentários mordazes e lânguidos. O silêncio envenenou a atmosfera entre eles no pântano.

— Niamha vai se casar com outro — admitiu Surakwel, por fim. — Um pacto foi feito entre a mãe dela e a dele, e foi mantido em sigilo por todos esses anos, já que a possibilidade de um matrimônio na Casa de Langsoune é uma ferramenta política poderosa. Mas o noivado deve ser anunciado em breve.

— Ah. —Talasyn engoliu em seco. — Eu não...

Surakwel a interrompeu, dando de ombros de forma brusca.

— A vida é assim. A terra natal abriga a família, e a família é onde nasce o dever. Não é esse o velho ditado nenavarino? E quem é a daya Langsoune para desafiar o desejo da falecida mãe?

O ressentimento dele ressoava em cada palavra. Talasyn não conseguiu pensar em nada para responder e, felizmente, não precisou. Logo, os dois irromperam pela clareira, e seus olhos encontraram os de Vela, que já os esperava.

À distância, o porta-tempestades *Nautilus* ondulava com as faíscas de éter em sua plataforma. Os painéis de metalidro translúcidos iam se iluminando à medida que engenheiros trabalhavam nas modificações internas, as silhuetas martelando e instalando núcleos de éter e circuitos noite adentro. Outra embarcação, uma fragata menor, estava por perto e também recebia alterações. Os canhões foram carregados de corações de éter que ondulavam em tom ametista com a energia do Nulífero.

— As reservas de magia necrótica de Nenavar estão diminuindo — disse a amirante. — Não receberemos mais nenhum coração nulífero até que a Escuridão Sem Luar aconteça, quando a extração da magia nulífera de Aktamasok poderá voltar a ser feita em segurança.

— E boa noite para a senhora também — comentou Surakwel.

Vela o ignorou.

— Eu tenho *algumas* boas notícias — informou a Talasyn. — O general Bieshimma conseguiu assegurar uma aliança com os lordes das Chamas em Midzul. Estão dispostos a enviar cinquenta navios de guerra, e o dobro de etermantes.

Talasyn reprimiu um suspiro de surpresa. Midzul, a Terra do Fogo. A ajuda seria inestimável. No entanto, ela passara tempo demais sob a tutela de Urduja para não reagir com a seguinte pergunta:

— O que eles ganham com isso?

— Corações de éter — respondeu Surakwel. — Já estive por aquelas bandas. O solo deles é quente demais para os cristais se formarem direito. O vizinho mais próximo faz a exportação para eles por um preço exorbitante.

— E deixe-me adivinhar — disse Talasyn, devagar. — Bieshimma deixou de mencionar aos lordes das Chamas que nós explodimos nossas minas na metade sardoviana do Continente durante a retirada e que a metade kesathesa quase não possui mais cristais sobrando.

— *Tudo* é kesathês agora — argumentou Vela. — Esse é o problema que precisamos consertar primeiro.

— Nenavar possui muitos corações de éter, Lachis'ka — lembrou Surakwel a Talasyn. — Tenho certeza de que podemos entrar em algum tipo de acordo depois de vencermos.

Depois de vencermos.

Por que aquele otimismo evocava um pressentimento de ruína? Talvez a origem da inquietação de Talasyn se originasse no fato de que não conseguia ainda ver um caminho bem definido para seguir em frente.

— Não é só isso — disse Vela. — Ornang concordou em servir como um ponto estratégico. São uma pequena nação e não podem oferecer navios nem guerreiros, mas nossos aliados que vêm do oeste podem recarregar núcleos de éter e receber suprimentos por lá. E o benefício que querem... Consideram que Kesath está perto demais. O restante do exército sardoviano é a única coisa entre eles e uma possível invasão.

Surakwel revirou os olhos.

— A invasão é mais provável que possível, amirante. O Imperador da Noite não se dará por satisfeito apenas com a Sardóvia. Ele continuará enviando porta-tempestades para o exterior, ocupando mais terras, roubando mais recursos...

— Ele quer manter o povo dele a salvo.

Tanto Vela quanto Surakwel viraram-se abruptamente para Talasyn.

— Ele acredita que o único jeito de fazer isso é por meio da guerra — continuou ela, lembrando-se da expressão angustiada de Alaric, e do pânico quase incontido em sua voz, do medo de que os amplificadores tivessem enfraquecido sua magia.

Ela se lembrou de um quarto em uma cidade sombria, da água quente e da valeriana, com o marido ferido suplicando: *O que eu sou, se não for uma arma? O que você fez comigo?*

— Ele enxerga a Sardóvia como uma ameaça por causa do Cataclismo e da Guerra dos Furacões. E o Domínio de Nenavar enviou navios para ajudar os Tecelões de Luz muito tempo atrás. Um país como Ornang, porém, que nunca fez nada contra Kesath, ele não iria...

Talasyn se calou, e o resto da frase morreu em sua garganta quando registrou a reação de Vela. Mesmo quando descobrira que Darius os havia traído, o rosto da amirante não assumira aquela expressão.

— Você está... está o defendendo — disse Surakwel, gaguejando. — Lachis'ka, está verdadeiramente...

— Eu *não* estou — insistiu Talasyn, o coração apertado, um nó na garganta. — Só estou tentando explicar que é dessa forma que Alaric pensa.

— Ora, então será que eu deveria instruir ao meu emissário que diga a Ornang para "deixar para lá"? — questionou Vela.

O tom dela era baixo, quase desdenhoso.

Fez Talasyn querer se afundar no chão.

Ela balançou a cabeça.

— Não, é óbvio que não. Eu só estava...

Tentando convencer Vela e Surakwel de que Alaric não era como o pai dele?

Tentando explorar o terreno para que pudesse poupar a vida do marido?

Ela piscou, apressada, encarando a ponta das botas enlameadas. Sentia-se fadada ao fracasso. Não conseguia ver um caminho que levasse ao futuro.

— Eu disse para tomar cuidado — esbravejou Vela. — Eu disse para não nutrir nenhum pingo de empatia por ele.

A amirante soava amarga e enojada. Ela soava como Urduja.

Foi quando Talasyn finalmente compreendeu. Suas superioras a viam como uma Tecelã de Luz, como a Lachis'ka. Ela era uma ferramenta usada para ganhar a guerra e assegurar o trono. Não confiavam nela para tomar suas próprias decisões. Sempre que Talasyn demonstrava o menor sinal de oposição aos objetivos das outras, ambas a tratavam como uma criança.

Ela precisaria começar a agir sozinha, então.

— Eu *estou* tomando cuidado. – Talasyn ergueu o queixo, sustentando o olhar da amirante sem hesitação. — Eu não contei nada a Alaric. Mas o que acham que vai acontecer quando nossa rebelião matar o homem que salvou Nenavar e o Continente inteiro do Nulífero?

— Minha opinião pessoal é que vamos todos sair na rua para dançar e comemorar — respondeu Surakwel, seco. — Por que os sardovianos ficariam de luto pelo Imperador da Noite que os aterrorizou?

— Depois da Escuridão Sem Luar, ele vai se tornar um herói aos olhos do povo — argumentou Talasyn. — E precisamos considerar Kesath como parte do todo. É uma nação quase tão insular quanto Nenavar. Toda a geração mais jovem, todos eles cresceram acreditando que o Continente queria trucidá-los. Eles veem Alaric como seu protetor. Se nós o matarmos, os kesatheses vão querer vingança, e então nunca alcançaremos uma paz duradoura. Em algum ponto do futuro, uma nova guerra *vai* começar.

Vela a encarava com um olhar estranho. Ela abriu a boca, como se para dizer alguma coisa, e depois hesitou.

— Então essa é uma de suas condições, Talasyn? — perguntou ela, por fim. — Que Alaric Ossinast sobreviva?

A nuca de Talasyn pinicou com uma sensação de que havia algo errado. Com a sensação de que *aquilo* não era o que Vela inicialmente ia dizer.

Só que aquela pergunta fora feita, então ela a respondeu.

— Sim, amirante.

— Percebe que ele jamais vai perdoar você? — insistiu Vela. — Mesmo que nós poupemos a vida dele? Já avisei sobre isso antes.

Mesmo que ele me odeie depois de tudo.

Mesmo que eles me condenem por isso.

— Não importa se ele vai me perdoar ou não. — Ouvindo-se dizer aquilo em voz alta, Talasyn sentiu que o coração partia ao meio. — Essa é a melhor forma de agir.

Vela assentiu.

— Então... verei o que pode ser feito.

Talasyn não conseguia sentir alívio. Ainda não. Havia algo que a amirante quisera dizer, mas, fosse lá por qual motivo, não dissera. E Surakwel olhava para as duas com incredulidade, balançando a cabeça.

— Você *entende* o que estou falando, não é? — perguntou Talasyn para ele. Ele ficou imóvel, o olhar mais distante.

— Não, não entendo — respondeu ele, simplesmente. — Mas apostei minhas fichas na Confederação, e isso significa que devo confiar no julgamento deles.

Fez-se um barulho de estalo à distância enquanto os canhões do *Nautilus* se posicionavam para atirar. Os mecânicos estavam conduzindo um teste de armas, e Talasyn observou um feixe de puro relâmpago surgir, arqueando na direção do céu estrelado.

— Enviarei minhas instruções para você depois da Escuridão Sem Luar — disse Vela para Talasyn. — Até lá, tudo já deve estar preparado.

— Podem contar comigo — jurou Surakwel, focado apenas em Vela. — O exército particular da Casa de Mantes está à disposição da Confederação Sardoviana.

Talasyn não disse nada. O canhão de relâmpagos, recém-consertado, recém-carregado, rasgou o céu noturno em fragmentos brancos. Os olhos dela se encheram de tempestades.

PARTE III

CAPÍTULO 26

Quando Alaric voltou ao Domínio de Nenavar um mês depois, encontrou uma terra de fantasmas. Após partir de docas vazias e então do hangar do *Salvação*, a chalupa negra kesathesa velejou sozinha sobre cidades, vilarejos silenciosos e estradas vazias que antes eram agitadas e abarrotadas de carrinhos de mercadores. O horizonte índigo estava repleto de traseiras de navios, as silhuetas diminuindo nas nuvens, embarcações que levavam os últimos refugiados nenavarinos. Eles viajariam o mais longe que pudessem antes da Escuridão Sem Luar, as chances de sobrevivência medidas pela distância que atravessariam pelo céu e por sobre a água enquanto a fumaça de éter os afastava de sua terra natal, que decretaria o fim de tudo e todos, caso Alaric e Talasyn não obtivessem sucesso.

Seremos os primeiros a morrer se isso acontecer. Aquele pensamento cruzou a mente de Alaric, em pé no deque de madeira, sobrevoando lindas paisagens de florestas tropicais e areia branca. Tentou ignorar seus sentimentos — para a Legião Sombria, o medo era uma maldição —, porém, ainda assim, eles mastigavam seu coração com dentes gélidos. Imagens grotescas disparavam livres em sua mente. Parado à beirada da cratera do Nulífero com Talasyn... sendo engolido pela névoa ametista... a magia dissolvendo a forma dos dois antes de se esparramar por todo o mundo...

Naquela noite. Tudo dependeria do que aconteceria naquela noite.

O arroubo de ansiedade só fez com que o humor de Alaric piorasse naquele último mês. As atividades rebeldes tinham diminuído por conta da evacuação em massa do Continente, mas ele teria preferido a simplicidade do combate à burocracia que precisou enfrentar. Um mês inteiro discutindo com seus oficiais, esquivando-se dos golpes verbais do pai, lidando com os desafios de logística de conduzir milhões de pessoas e os suprimentos necessários para sua subsistência...

No final, não conseguiram transportar todos, nem mesmo os que não estavam na lista de exclusão. Simplesmente não havia navios suficientes.

Um mês inteiro de fracassos e becos sem saída, enquanto a canção do sariman ecoava dentro das paredes do seu quarto.

Livre das extrações de sangue constantes e da escuridão da sala particular de Gaheris, o pássaro recuperou sua força, além de sua plumagem de fogo. No entanto, como a maior parte das criaturas nenavarinas (incluindo a esposa de Alaric), o pássaro parecia sentir um prazer cruel em incomodá-lo, sempre piando, cantarolando e batendo as asas contra a gaiola, quando tudo que Alaric queria fazer era descansar.

Na privacidade de sua mente, o pássaro se chamava Goiaba. Uma pequena piada que somente Talasyn entenderia.

Não que algum dia ele pudesse lhe contar.

Os dois até trocaram cartas com frequência, na maior parte levadas através do Mar Eterno pelos moleiros kesatheses, que lidavam melhor com voos de longa distância que as águias nenavarinas e os corvos da Casa de Ossinast. Eram missivas breves, com palavras formais, com uma boa dose de contestação, detalhando poucas coisas relevantes, fora os relatórios do progresso de Talasyn com sua etermancia. Alaric, porém, desfrutara de cada frase que recebera, passando horas lendo as entrelinhas e imaginando como as palavras soariam na voz dela, por mais que a caligrafia tenebrosa ferisse seus olhos.

Ele mal poderia esperar para vê-la. Era uma sensação estranha. Ansiedade e empolgação, misturadas.

Enquanto a chalupa baixava sobre o Mar Eterno e os detalhes de Iantas tornavam-se visíveis, Alaric notou pessoas na plataforma de atracagem esperando para recebê-lo, e outras na praia, ou arrastando redes de pescas para a costa ou escalando as palmeiras para colher os frutos marrons e lanosos. Podia ser apenas mais um dia normal na ilha, não um que tinha potencial de acabar com tudo.

Talasyn, no entanto, estava ausente do comitê de boas-vindas, o que era estranho. Alaric sentiu uma pontada de irritação ao desembarcar. Aquela era uma grave violação do protocolo.

Jie se destacou da multidão para cumprimentá-lo, os cachos escuros balançando.

— Vocês todos ainda estão aqui. — disse Alaric, num tom que era mais de pergunta do que de constatação.

— Ah, Sua Graça implorou para que todos os residentes fossem embora. Os filhos dos aldeões foram mandados embora por insistência dela, mas, quanto ao resto de nós... acreditamos que nosso lugar era ao lado dela. — A atitude da dama de companhia era tão radiante quanto aquelas praias, e os olhos estavam iluminados, escondendo a escolha difícil que fizera. — Os criados da cozinha estavam particularmente preocupados, não queriam que ela ficasse sem comer suas refeições favoritas. O príncipe Elagbi também está aqui — acrescentou, enquanto os dois entravam no castelo pontiagudo e os criados embarcavam na chalupa para retirar as bagagens —, mas está cochilando, e Sua Graça está ocupada também, então se eu puder escoltar Vossa Majestade até os aposentos reais...

— Pode me escoltar até ela — disse Alaric.

Jie virou o nariz empinado na direção dele.

— A Lachis'ka está resolvendo uma questão delicada na cozinha, como já mencionei...

— Então leve-me até a cozinha.

Jie abriu a boca para discutir, mas a expressão séria de Alaric foi um obstáculo eficiente. Não restavam dúvidas de que havia uma marcha birrenta nos passos dela ao conduzi-lo até uma ala no primeiro andar de Iantas, na qual ele nunca estivera antes.

Fosse lá o que Alaric estivesse esperando quando entrou na cozinha, *não* era se deparar com sua imperatriz coberta por um líquido grudento, espesso e rosa. Talasyn estava em pé de olhos fechados na frente do fogão, onde uma panela transbordante estava no fogo. Dois cozinheiros similarmente encharcados a limpavam com toalhas de mão enquanto o resto se encontrava encolhido nos fundos, com um ar apavorado.

— Está tudo bem, sério. — Talasyn tentava tranquilizá-los, gesticulando sem enxergar na direção deles. — É tudo culpa minha, fui eu que sugeri a receita, mas quem poderia imaginar que groselha de salamandra seria tão volátil...

— *Eu* falei que era — murmurou Jie para Alaric.

Ele levou a mão à boca para suprimir a risada que ameaçava escapar. A massa de bolo grudara o cabelo castanho e solto de Talasyn na sua testa; escorria do queixo e descia pela frente do corpete com lantejoulas. Embora estivesse de olhos fechados, ela enrijeceu com o som da risada abafada e então dos passos dele em sua direção.

— Nem comece — rosnou ela.

Algo no peito de Alaric começou a derreter... um aperto ártico que ele nem sequer sabia que estivera ali, após ter vivido tanto tempo com aquela pressão. Os dois cozinheiros se afastaram às pressas, e ele pegou uma toalha limpa, usando-a para tirar a massa rosa do rosto de Talasyn. Não era assim que imaginava o reencontro dos dois, mas ela sempre arranjava uma forma de surpreendê-lo.

— Decidiu dedicar-se às artes culinárias agora? — provocou ele.

— Estávamos testando opções de sobremesa para o baile — resmungou Talasyn. — O bolo explodiu bem na hora que você chegou.

Alaric franziu o cenho.

— Você não se queimou...

— Nem um pouco. Nós mal tínhamos acendido o fogão.

Havia uma tensão na resposta, a mesma que sempre aparecia quando Alaric demonstrava estar preocupado com ela. Como se Talasyn não conseguisse entender o que ele tinha a ganhar com aquilo. Alaric reprimiu um suspiro enquanto esfregava o nariz dela, assim como a pele ao redor dos olhos. Os cílios de Talasyn tremularam, de leve, e então as íris castanhas o encaravam de um rosto ainda coberto de massa rosada nas bochechas. A aparência dela era absurda, e ainda assim...

— Hum. — Talasyn mordeu o lábio. — Bem-vindo de volta. Oi.

O momento se desenrolou em um fio dourado no tempo. Enquanto Alaric fitava a esposa, todo o estresse que sentira no último mês, todos os medos que sentia por conta daquela noite, se desfizeram.

— Olá — respondeu ele.

A Talasyn de quase um ano antes, a órfã exausta da guerra, jamais teria ousado permitir que Alaric Ossinast entrasse em uma sala enquanto seus olhos estavam fechados e ela não estava usando magia. O fato de que permitia tal coisa no momento era uma ironia que Talasyn não deixou de notar. Depois de se recuperar da vergonha — ela realmente *deveria* ter deixado os cozinheiros cozinharem — ela observou o marido em segredo, familiarizando-se outra vez com seus movimentos cuidadosos e as feições angulosas. Tentando determinar se algo nele tinha mudado desde a última vez em que se viram.

Os dois treinaram na praia mais tarde naquela manhã, quando o sol brilhava feroz e o castelo de granito à distância resplandecia com quase o mesmo tom de prata brilhante dos olhos de Alaric. Em vez de ficar cansado após a longa jornada de Kesath, ele estava tão forte e ágil quanto sempre, sem hesitar por instante sequer enquanto revezavam-se entre fazer escudos e trocar golpes. Ela notou, porém, que ele trincava os dentes mais que o normal, e ela se perguntou se era possível alguém manter-se em pé apenas por pura determinação. Ou talvez por puro rancor.

Finalmente, os dois desapareceram com suas últimas armas e tombaram na areia, deitados lado a lado. Talasyn voltou os olhos para os céus ardentes, com o som do mar quebrando em seus ouvidos. Estava ofegante, mas não tão cansada quanto estaria antes das viagens constantes à Fenda de Luz. Os raios do sol entravam em seu corpo como se a estivessem abraçando.

Ela mudara tanto ali em Nenavar. Sua magia mudara.

E, falando em coisas fora da normalidade, àquela altura Sevraim já deveria ter aparecido para oferecer algum comentário irreverente. Horas demais tinham se passado desde a chegada do navio kesathês.

— Não trouxe sua cara-metade, milorde? — perguntou Talasyn.

Alaric estava vermelho do exercício, ofegando como uma criatura marítima derretendo-se sob o calor tropical, mas teve energia suficiente para virar a cabeça e lançar um olhar irritado para ela.

— *Cara-metade?* — ecoou ele, rígido, a bochecha vermelha contra a areia branca e macia.

Talasyn deu um sorriso. Ele piscou, intrigado, e então fechou a cara. *Aquilo,* sim, era uma mudança com a qual ela poderia se acostumar: estar confortável o bastante para implicar com ele.

— Meus legionários são inúteis aqui — argumentou Alaric. — Sevraim está indo para o norte com o resto da Legião, embora meu pai e alguns oficiais tenham sido contra.

— Provavelmente queriam que você tivesse alguma proteção — opinou Talasyn. — Só para caso eu mate você logo depois de salvarmos o mundo.

Alaric abriu um sorriso tímido e melancólico.

— Para falar a verdade, estou mais preocupado com os oficiais que *não* refutaram a decisão.

Ele não precisava dizer mais nada. Ela aprendera o bastante com Urduja para entender o significado por trás do comentário. Talasyn o imaginou na fortaleza de obsidiana fria que era a Cidadela, rodeado de pessoas em quem não confiava. A atenção dela se voltou para onde a mão de Alaric descansava a poucos centímetros da sua, e Talasyn desejou poder segurá-la.

Mas não era como se Alaric pudesse confiar *nela* também. Ela não queria segurar a mão dele com aqueles pensamentos na cabeça, como se pudesse lhe garantir que era melhor que os oficiais. Talasyn também tinha seus segredos.

Uma sombra recaiu sobre os dois. Era o príncipe Elagbi, com um aspecto bastante descansado depois do seu cochilo.

— Eu obtive refrescos, Lachis'ka! — anunciou ele, orgulhoso, indicando com um floreio os criados do castelo que arrumavam uma grandiosa mesa de almoço sob os coqueiros, um pouco mais distante na praia. Ele se virou para Alaric, preocupado. — E, pelo visto, cheguei na hora certa.

— Estou bem — grunhiu Alaric.

— É compreensível — disse Elagbi. — Esteve fora por um mês, e a umidade acaba pesando em quem não está acostumado...

Alaric ficou em pé. Com certo esforço, mas propositalmente, se empertigou todo, de modo a ficar mais alto que o príncipe do Domínio.

Talasyn teria gargalhado da demonstração mesquinha de ego masculino ferido se a visão de seu pai não a tivesse deixado mal-humorada.

— Ainda não acredito que você ficou — brigou ela com Elagbi, enquanto os três caminhavam para se juntar aos criados. — Não entende a gravidade da situação...

Era uma velha discussão, mas daquela vez Elagbi ergueu a mão para ela da mesma forma que faria para espantar um gato em busca de sobras.

— Acredito que é melhor não receber conselhos de vida de alguém que pensou que seria uma boa ideia colocar groselha de salamandra no fogo, querida.

Alaric *riu*, soltando o ar pelo nariz. Talasyn apressou o passo, deixando os dois homens horríveis para trás em um redemoinho de areia. Ela se virou a tempo de ver Elagbi esconder uma risada e dar um tapinha nas costas de Alaric. O imperador abaixou a cabeça, enquanto Talasyn balançava a própria em desgosto. Era óbvio que aqueles dois só agiriam de forma amigável para tirar sarro dela.

Durante o treino de Alaric e Talasyn, o restante dos moradores de Iantas tinham preparado um banquete. Peixe-coelho grelhado em tubos de bambu, siri fermentado embrulhado em juncos laminados, frango cozido em panelas de barro, arroz em bolinhas com sangue de porco... tudo disposto em mesas de madeira em volta dos porcos dos quais provinha o sangue, que foram recheados com capim-limão e assados no rolete. Todos, desde as Lachis-dalo até os criados, se alimentavam usando os dedos e tagarelavam, alegres. Alaric se aproximou, já resignado, esperando que as conversas cessassem e os olhares zunissem em sua direção.

No entanto, para sua surpresa, por mais que *houvesse* algumas espiadas inquietas, a maioria ofereceu seus cumprimentos e inclinou a cabeça em um gesto respeitoso. Algumas das pessoas que ele reconhecia vagamente como sendo do vilarejo se apressaram para lhe entregar uma panela de barro e uma casca de coco repleta da água doce e translúcida do fruto.

Alaric precisou de alguns instantes para lembrar como posicionar as mãos a fim de aceitar os itens ofertados.

— Obrigado — disse ele.

Os aldeões responderam em nenavarino. Não soavam raivosos, tampouco como se quisessem envenená-lo, então Alaric assentiu, hesitante, e eles voltaram a se misturar com a multidão. Logo, Elagbi e Talasyn o guiavam na direção de uma das mesas.

Elagbi apontou para um porco assado em uma cama de folhas de bananeira.

— Recomendo que experimente a barriga, imperador Alaric. É a melhor parte.

Alaric estudou o animal. O corpo tinha sido retalhado, mas a cabeça ainda estava intacta e o encarava de volta, a boca curvada em um sorriso imóvel.

— Só pegue um pedaço — instruiu Talasyn, baixinho.

— O bicho está olhando para mim — respondeu Alaric, no mesmo tom. — E por que estamos comemorando? Talvez o mundo como o conhecemos acabe hoje. Não é bem um motivo para celebração.

— A essa altura, você já deveria saber que a resposta mais típica nenavarina a qualquer acontecimento é dar uma festa — disse Talasyn. — Lembra quando a Zahiya-lachis anunciou nosso noivado?

— É verdade.

Seu pedaço do porco assado foi um filete suntuoso de pele crocante e carne doce que cobriu a língua de Alaric com uma camada gordurosa. Ele também gostou dos outros pratos, observando Elagbi e Talasyn de soslaio para que pudesse imitar a forma como comiam com as mãos, com a comida comprimida na palma, os dedões empurrando-a na direção da boca. Seria melhor sem a brisa perene bagunçando seu cabelo e a areia presa nas roupas, e uma parte cínica de Alaric avaliou que os residentes de Iantas estavam apenas usando tudo que havia na dispensa antes de todos morrerem. Ainda assim, havia uma aura idílica naquele encontro. Era a calmaria antes da tempestade.

Quando o almoço acabou, Talasyn se afastou da multidão e se aproximou da água do mar, tomando água de coco em uma casca. Alaric a seguiu com os ares de alguém que não sabia mais o que fazer, e logo Elagbi se juntou aos dois, reclamando afavelmente sobre ter perdido uma partida de casongkâ para um dos jardineiros do castelo. O calor se dissipara um pouco enquanto o sol se afundava mais no céu. Dali a poucas horas, o dia acabaria, e a noite...

A noite que poderia ser a última.

— Amya. — Talasyn se virou para o pai.

O sorriso relaxado que ele abriu para a filha era tão gentil, tão completamente tranquilo, que o medo de jamais vê-lo outra vez se enraizou nela como o frio do inverno naquela terra dourada.

— Você deveria ter acompanhado a Zahiya-lachis — continuou ela. — E se o escudo não funcionar, e se...

— Vai funcionar — declarou Elagbi, com firmeza. — Tenho fé em você.

— Mas e se não funcionar...

— Então eu navegarei com os ancestrais — disse Elagbi —, satisfeito ao saber que não deixei minha filha sozinha no final.

Era a mesma sensação que Talasyn tivera no dia do seu casamento, quando se sentiu impotente e estupefata diante de tanto amor. Todas as discussões que travaram sobre a questão na última semana se resumiam àquele momento. Ela se aproximou do pai e descansou a cabeça no ombro dele, e Elagbi fez cafuné na filha.

Alaric estava encarando o horizonte, estoico, oferecendo a privacidade que podia. Ficou ainda mais calado que o normal quando se retiraram para o castelo. As preocupações da própria Talasyn aumentavam com o aproximar do crepúsculo, a inquietação assombrando seus passos, seus gestos inquietos. Ninguém sabia o que aconteceria à meia-noite. Todos tinham depositado sua fé na magia do eclipse porque a esperança era uma segunda natureza, era a última coisa boa, mas, se obteriam sucesso ou não, ninguém poderia determinar com toda a certeza.

Talasyn notou alguns dos criados apressando-se em secar as lágrimas enquanto arrumavam o castelo para a noite, e aquela visão também a levou mais perigosamente perto do seu limite. Antes que Alaric pudesse abrir a porta dos aposentos dos dois, ela agarrou o punho bordado da manga dele, os dedos espremendo a seda aquecida pela pele.

— Quer ir a algum lugar? — perguntou ela, balbuciando. — Uma parada rápida antes do sétuplo eclipse lunar?

Os olhos cinzentos a fitaram, graves. Vislumbres da própria apreensão a encararam, mas Talasyn não viu a cautela que esperava em resposta à pergunta abrupta.

Talvez ela não fosse a única que tivesse mudado.

— O que tem em mente? — perguntou Alaric.

Talasyn queria visitar Eskaya antes de irem para a Fenda Nulífera. Alaric concordou. Ainda restavam seis horas antes da meia-noite, e ele também estava irrequieto. Parecia estranhamente apropriado, no que poderia ser a última noite dos dois, voltar para o lugar onde o casamento inusitado começara.

No entanto, outras coisas tinham prioridade. Alaric e Talasyn precisavam se preparar para a batalha.

No quarto, ele vestiu a armadura enquanto meditava, algo que sempre fazia antes de um combate. Os riscos eram maiores que nunca.

Ele não estivera esperando que o pai o chamasse, mas, ainda assim, ali estava, aquele borrão nas beiradas, o véu se diluindo. Alaric entrou no espaço do Entremundos com cuidado, perguntando-se por que Gaheris queria vê-lo em uma hora tão determinante. Olhos prateados o observaram de um trono de sombras, entre as paredes de éter trêmulo e estático.

Gaheris não tinha pressa para falar, então ele rompeu o silêncio.

— Já está bem longe do Continente, pai?

— Nós navegamos mais ao norte possível — respondeu Gaheris. — O resto está nas suas mãos, garoto.

— Eu sei disso.

Os dedos ressequidos do Regente estremeceram sobre os braços do trono.

— Se isso for adeus, então é um adeus. — Seu rosto transmitia contemplação. — Que nossas almas encontrem abrigo nos salgueiros até que as terras se afundem sob o Mar Eterno, e eu e você nos encontremos de novo.

Era vergonhoso como aquelas migalhas de afeição afetavam Alaric, deixando-o calado por um momento. Era vergonhoso que quisesse ainda mais. Houve um tempo em que poderia considerar aquilo o suficiente e se contentado com o que o pai oferecera, mas ele vira como Elagbi tratava Talasyn e não conseguia afastar a sensação de que era assim que um pai deveria ser. Talvez Gaheris pudesse ter sido um pai, se não fosse pela guerra.

Ou talvez Alaric simplesmente estivesse pedindo demais.

— Eu não vou fracassar com o senhor — jurou Alaric. — Ou com Kesath.

O pai assentiu.

— Lembre-se — disse ele. — Quando seu navio voltar para a casa, traga a Tecelã de Luz consigo. Ou nem sequer se dê ao trabalho de voltar.

O Sombral retraiu suas garras gélidas, mas o frio ainda permaneceu dentro de Alaric por um bom tempo.

CAPÍTULO 27

Os nenavarinos estavam determinados a enviar sua Lachis'ka para o possível túmulo em grande estilo. Foi a única razão que ocorreu a Talasyn para justificar a armadura cerimonial que Jie trouxera antes de passar séculos penteando os cabelos da Lachis'ka em uma trança apertada.

Sem dúvidas, era o traje mais prático que o Domínio lhe impusera até o momento. Uma túnica de couro de colarinho alto, tingida de azul, com o corpete apertado, e fendas da coxa ao joelho que permitiam mais movimentos. Nos ombros, a couraça descia como folhas de louro. A calça era azul e drapeada, enfiada em um par de botas resistente e com detalhes em ouro. Talasyn quase se sentiu uma soldada outra vez.

De Iantas, Talasyn e Alaric voaram até a principal ilha de Sedek-We, no mesmo iate recreativo que o navio de guerra atacara com disparos nulíferos durante o treino de etermancia no mês anterior. Era uma embarcação estreita com uma vela principal assimétrica, que se dobrava e ondulava como as asas de uma borboleta ao sair de seu casulo. Era mais vistosa que útil, apresentava um desempenho mais lento que um coracle e não dispunha de armamento. No entanto, eles não iam precisar se defender de ninguém, nem estavam fugindo de nada... exceto do que a meia-noite traria, e não poderiam fugir daquilo por muito tempo.

Elagbi, Jie e as Lachis-dalo queriam acompanhá-los, e os timoneiros de Iantas ofereceram tripular um navio maior, mas Talasyn recusara de forma categórica. Ela não conseguiria se concentrar com seus entes queridos tão próximos da erupção. Em Iantas, ao menos, eles teriam uma chance de escapar da luz ametista, por menor que fosse. Por mais que o Nulífero historicamente deixasse o metal e a alvenaria intocados, ele penetrava pelas rachaduras de todas as construções como o vento e o som, apodrecendo todas as coisas vivas lá dentro.

Pare de imaginar isso, ralhou Talasyn consigo mesma. *Não vai acontecer.* Ela precisava ficar confiante. Precisava estar focada.

Assim como o marido. Ainda que, no momento, ela estivesse um pouco preocupada com ele. Mesmo que Alaric portasse a máscara com o sorriso lupino e trajasse sua armadura de batalha, ela conseguira ver, pelos olhos cinzentos semicerrados, que ele estava com cara de poucos amigos desde que a acompanhara até a plataforma de Iantas. Quando Elagbi apertara a mão dele e desejara boa sorte, em vez de dar uma resposta educada, Alaric simplesmente grunhira.

Ele estivera em um humor razoável durante o almoço. Só restava Talasyn supor que até o temido Imperador da Noite não estaria imune a um ataque de nervosismo, vez ou outra.

Talasyn atracou o iate em uma das docas vazias que cercavam a capital nenavarina, Eskaya. Ela e Alaric saltaram e foram a pé na direção geral do Teto Celestial, a fachada de alabastro reluzente sob o luar, tão imaculada quanto uma estátua de gelo e neve, coroando os íngremes penhascos de arenito. Caminharam em silêncio por um tempo, os dois perdidos em pensamentos, vagando pela cidade deserta. Não havia patrulhas, mercados noturnos ou barcos sobrevoando, nenhuma melodia ou burburinho, nenhum bêbado saindo aos tropeços das tavernas escuras. Eskaya se encontrava tão imóvel que mais parecia que um passo em falso a faria estilhaçar como cristal.

Talasyn parou de caminhar na metade da imponente ponte de mármore que subia por cima do canal principal da cidade. Ela se debruçou sobre o parapeito, apoiando-se nos braços cruzados. Alaric a acompanhou, os cotovelos dos dois quase se tocando. Em outra época, ela poderia ter brigado com ele por ficar perto demais, mas, no momento, depois de tudo que tinham feito juntos, era irrelevante.

O canal de água brilhava com os reflexos: as luas ondulantes, cheias, crescentes e minguantes, as estrelas como respingos entrecortados de prata, as árvores e os telhados estremecendo sob a gentil correnteza. E as próprias silhuetas escuras, duas pessoas sozinhas em uma cidade abandonada.

Não eram, porém, as únicas pessoas restantes em Nenavar. Era isso que mais pesava na mente de Talasyn.

— Fico pensando em todo mundo que ficou — admitiu ela. — Entendo a daya Vaikar e os Feiticeiros não partirem, apesar de não gostar disso. Precisamos deles para a configuração de amplificação. Só que meu pai, e todo mundo em Iantas... eles não precisavam ficar. Até os refugiados do vilarejo não partiram.

— Eles amam você — respondeu Alaric, baixinho.

O coração de Talasyn deu um sobressalto ao ouvir o verbo *amar* dos lábios dele.

— É por isso que não foram embora. Acho que isso tem seu valor. É lealdade. Até Sevraim e as gêmeas... — Ele pigarreou, um pouco constrangido. — Eles queriam me acompanhar. Precisei ordenar que ficassem para trás.

Talasyn não tinha o menor interesse no bem-estar de Ileis e Nisene, mas *ficou* entretida ao imaginar que tipo de discussão Sevraim tinha começado.

— Espero que a evacuação do Continente tenha ido bem, apesar dos melhores esforços daqueles três — comentou ela.

Alaric se encolheu involuntariamente. Ela notou o movimento no reflexo na água.

— Nós não conseguimos retirar todo mundo — disse ele, em tom brusco. — Não havia navios suficientes.

Talasyn sentiu uma pontada de dor.

— Você deveria ter pedido ajuda para Nenavar. Nós teríamos mandado...

— Eu propus essa possibilidade ao Regente Gaheris. — Os ombros largos despencaram, como se Alaric estivesse envergonhado. — Ele não queria dever mais ao Domínio que o necessário.

Com as sobrancelhas franzidas, Talasyn estava prestes a começar o discurso de sempre de que *Alaric* era o Imperador da Noite, e talvez aquela fosse a vez em que o conceito por fim entrasse na cabeça dura dele, mas então ele prosseguiu:

— A maior parte do Alto-Comando compartilhava da opinião do meu pai.

Aí, sim, Talasyn entendia a cautelosa e labiríntica politicagem que era necessária para deixar todos felizes, ou ao menos contentes o bastante para não tramar contra o governante. Um equilíbrio a ser alcançado, que leva em conta todas as segundas intenções dos participantes enquanto o governante promove os próprios objetivos. Urduja sempre estava ocupada com seu próprio conselho de nobres, mas ela contava com décadas de prática, enquanto Alaric acabara de assumir seu cargo.

— Eu fracassei com eles. Com meu povo. — A confissão saiu rouca. Ele parecia tão jovem sob o luar. — Eu queria criar um novo mundo, mas divido o poder com quem não consegue se esquecer dos velhos hábitos. Às vezes eu acho... acho que seria melhor começar do zero. Destruir tudo. — Os olhos de Alaric encontraram os de Talasyn. — E às vezes acho que eu e você poderíamos fazer isso. Se conseguirmos sobreviver a essa noite.

A declaração foi falada quase em um sussurro, mas dava a impressão de ecoar pela cidade abandonada. Parecia iluminar-se por dentro... uma luz no fim do túnel, a saída do labirinto.

Junte-se a mim. Era assim que um pensamento se formava, como um relâmpago, abrindo caminho ao queimar através da sua alma, lançando uma claridade repentina sobre os passos seguintes. *Ideth Vela está viva. Nós temos aliados. Estamos prontos para executar nosso plano depois da Escuridão Sem Luar. Junte-se a nós.*

Vamos acabar com tudo.

Vamos construir uma vida juntos.

As palavras estavam na ponta da língua de Talasyn. Ela respirou fundo, pronta para dizê-las. Ela quase o fez.

E então...

— Podemos acabar com tudo isso, com essa luta infinita pelo poder — continuou Alaric. — Esmagaremos a resistência sardoviana primeiro, caçando os líderes que restarem. Então vamos lidar com a velha guarda kesathesa, que se opõe ao progresso. Assim que as ameaças ao Continente forem eliminadas, podemos reconstruí-lo juntos, e começar de fato a mudar as coisas.

Uma dor dilacerante e horrenda dominou o peito de Talasyn. Ela respirou devagar, lutando em segredo contra a sensação. Uma dor tão secreta quanto a esperança que levava consigo.

Ele se aproximou mais, virando o corpo na direção dela, retirando a máscara. A determinação tomou conta dela enquanto Alaric se aproximava.

Ele vai me beijar, pensou Talasyn.

Ela não deveria deixar.

No entanto, não conseguia se forçar a se afastar. Talvez aquela fosse a última vez.

Ela o encarou enquanto ele diminuía a distância entre os dois. Viu como o luar na água era refletido pelos olhos cinzentos antes de serem fechados, notou cada pedacinho de suavidade nas feições afiadas, e cada pintinha... ela decorou cada um dos detalhes. Talvez jamais houvesse um depois.

Foi só quando os lábios de Alaric encontraram os de Talasyn que ela fechou os olhos, entregando-se ao sentimento, tendo um vislumbre de um futuro que poderia ter sido real.

Na metade do canal entre Sedek-We e Vasiyas, a água começou a se agitar a quilômetros abaixo. Talasyn acionou a alavanca que diminuía a magia dos ventos que impelia o iate, e ela e Alaric olharam a estibordo. Depararam-se com uma visão muito, muito estranha.

Os dragões estavam emergindo. Dezenas deles, as cabeças enrugadas saindo das profundezas sombrias do Mar Eterno, sobre pescoços que mais pareciam troncos de árvore grossos, os corpos serpentinos revirando-se entre as ondas. Suas agitações lembravam a agitação frenética das enguias, quando eram alimentadas dentro de um tanque, mas então os dragões ficaram imóveis assim que viram o pequeno iate, somente seus olhos de joias preciosas acompanhando cada movimento.

— Apenas mais um dia típico de Nenavar? — Alaric aventurou-se a dizer, esperançoso.

— Não — respondeu Talasyn, tentando fazer a menor quantidade de movimentos possíveis.

O estado de alerta dos leviatãs era inquietante. Até o menor deles era grande o bastante para engolir o barco de uma só vez.

— Eu não entendo — retomou Talasyn. — Presumi que todos eles tinham migrado para o sul nas últimas semanas, acompanhando as embarcações que levaram os nenavarinos.

Ela observara diversos dragões flanqueando a *W'taida*, a embarcação principal de Urduja, nunca saindo de perto até a frota desaparecer no horizonte.

Alaric flexionou os dedos enluvados, preparando-se para usar magia.

— Fique perto de mim.

— Eles não atacam ninguém de sangue nenavarino — argumentou Talasyn. — Na verdade, é *você* que deveria ficar perto de *mim*.

Naquele instante, nada menos que quatro dragões decidiram subir mais e cercar o iate, e Talasyn engoliu em seco. Será que as últimas palavras que ouviria em vida seriam um "o que você estava dizendo, hein?" em tom sarcástico de Alaric Ossinast?

Só que não era o caso. As bestas deslizaram em uma formação semelhante à de seus companheiros que haviam escoltado a *W'taida* à segurança. Um deles voou acima, outro abaixo do iate, e os outros dois se posicionaram um de cada lado, tomando muito cuidado para não atingir a embarcação com suas enormes asas. Enquanto Talasyn continuou navegando na direção da crista sombria da costa de Vasiyas, o olhar de Alaric se suavizou, maravilhado de forma pouco característica, hipnotizado pelo festival de escamas ao redor. As batidas das asas de couro rugiam nos ouvidos de Talasyn, os sopros de respiração de pulmões aquecidos pelo fogo tão sibilantes quanto uma chuva forte.

Não demorou muito para que a cacofonia aumentasse, pontuada por um grupo de corpos colossais revirando-se no oceano, e Talasyn se virou para trás, vendo o restante dos dragões levantando voo do Mar Eterno. Seguiam o iate e mantinham distância como se fizessem esforço para não colidir com o barco.

— Talasyn. — A voz de Alaric saiu rouca por trás da máscara. — O que é isso? O que está acontecendo?

— Eu...

Ela fez contato visual com o dragão à esquerda. Uma pupila em fenda preta em meio a um campo âmbar, brilhante como o sol, por mais que estivessem tão perto da meia-noite. Algo se desdobrou dentro dela, algo muito mais antigo que sua magia. A criatura jogou a cabeça para trás e rugiu, exalando uma nuvem de chamas laranja que afogou as estrelas.

Era um cumprimento, não um aviso. O rugido do dragão era como o bater do próprio coração de Talasyn. Ela sentiu o fogo como se fosse o calor do sangue que corria em suas veias.

O mundo mudara mais uma vez, assim como acontecera na primeira vez em que Talasyn pisou na Fenda de Luz. Assim como ocorrera quando Alaric a beijou pela primeira vez, e o ar cintilou com sombras resplandecentes.

Será que a mudança constante era o destino de Talasyn, estar trocando uma vida pela outra, como as peles das diferentes estações na terra do verão eterno? Será que estava destinada a um dia não reconhecer mais a garota de Bico-de-Serra, da mesma forma que o inverno cheio de neve não carregava qualquer traço do outono escarlate que viera antes?

— Eu acho... — disse Talasyn — ... que eles estão cuidando de mim.

Ishan Vaikar concordou com a avaliação de Talasyn, e Alaric notou que a daya não estranhou nem um pouco a horda de dragões que avançava como a maré, acompanhando a embarcação da Lachis'ka e do Imperador da Noite.

— Eu *achei* que algo desse tipo pudesse acontecer! — exclamou Ishan, satisfeita. — Os dragões sempre vão proteger o povo nenavarino, mas alguns de nós ficaram para trás, então é lógico presumir, não acham, que alguns *deles* também tenham ficado? Como será que decidiram quem migraria e quem ficaria? Que animais fascinantes!

Uma conversa animada ecoou do transmissor do iate... a voz de Ishan atravessava a Tempória, vinda de seu coracle mariposa. Cada um dos Feiticeiros de Ahimsa presentes naquela noite, voando em sua própria embarcação fantasmagórica, flutuava em um círculo ao redor da cratera de Aktamasok.

E, diretamente acima da cratera — diretamente acima de seu abismo profundo — encontrava-se o iate.

É um iate muito pequeno, pensou Alaric, inquieto. E a configuração de amplificação que fora estabelecida no convés, o conjunto de jarras e fios, parecia frágil demais em contraste com o fosso gigantesco e abismal.

Ele era um Forjador de Sombras. Não deveria ter medo do escuro. Dentro *daquela* escuridão, porém, espreitava um horror que Alaric era incapaz de enfrentar sozinho.

De alguma forma, Ishan ainda estava tagarelando, especulando sobre como os dragões se comunicavam entre si. Talasyn se afastou do microfone do transmissor de éter.

— Imagine só se a Fenda Nulífera sair vitoriosa dessa só por causa da capacidade de concentração imprevisível da daya Vaikar — murmurou ela.

— Ao menos não será culpa nossa, e os sobreviventes vão se recordar de nós com carinho.

Talasyn riu. Ela brilhava em uma armadura azul e dourada sob o luar, os dragões rodopiando acima dela. Algumas das criaturas haviam se fincado nas encostas vulcânicas, como se em preparação para atacar fosse lá o que surgisse da cratera. Quatro das sete luas de Lir já tinham desaparecido do céu.

A certa altura, Ishan parou de falar, talvez percebendo que ninguém do outro lado prestava atenção. E no silêncio que se espalhou pelo mar...

— Eu só queria dizer... — disse Alaric, mas se interrompeu.

O *que* ele gostaria de dizer?

Talasyn ergueu a cabeça para ele e o incentivou:

— O quê?

Sinto muito por tudo.

Gostei de escrever para você.

Não vou deixar que meu pai te machuque.

Eu sei que concordamos que é simplesmente atração física entre nós, mas às vezes... às vezes eu penso que...

Desde que nos conhecemos, vivi em um sonho do que poderia ter sido.

Contudo, ele jamais poderia lhe dizer nada daquilo. Falar aquelas coisas em voz alta faria com que morrer naquela noite fosse a opção *mais desejá-*

vel. Ele jamais poderia confessar sobre o sariman roubado e os planos de Gaheris antes de descobrir um jeito de consertar tudo.

— Se isso for um adeus — começou Alaric, imitando as palavras do pai, porque era aquela a afeição que ele conhecia, e também tinha o seu valor —, então é...

— *Não* é um adeus — interrompeu Talasyn, feroz. — Você mesmo disse no monte Belian, lembra disso? Quando perguntei a você se achava mesmo que poderíamos impedir o Nulífero, você disse: *Tudo correrá bem. Ou estaremos todos mortos*. Você pode ter falado de um jeito sarcástico, mas estava certo. Nós *vamos* conseguir. Vamos lutar para viver. Você me ensinou a fazer isso.

Duas outras luas desapareceram, deixando apenas a Sétima, mas toda a luz que Alaric precisava estava nos olhos dela, nas lascas de dourado que fervilhavam com convicção.

— Então pare de choramingar e vamos *encarar* logo isso — concluiu ela.

Alaric sorriu por trás da máscara. Esticou a mão para colocar a mecha em particular que sempre escapava da trança de Talasyn atrás da orelha, com cuidado, de modo que as garras pontudas da luva não arranhassem a têmpora. Ela estremeceu sob seu toque, o brilho prateado fraco da Sétima lua iluminando as bochechas cheias de sarda.

Ele absorveu aquela visão.

— Se tem uma coisa em que acredito, é na sua teimosia — disse ele. — É uma irritação frequente, e pode mover montanhas. Eu não escolheria nenhuma outra pessoa para ficar ao meu lado hoje.

Talasyn revirou os olhos.

— Vou lembrar você disso na próxima briga.

Alaric deu de ombros.

— Fico feliz só de pensar que vamos ter uma próxima.

O transmissor de ondas de éter estalou, voltando à vida. Era Ishan de novo, perguntando se estavam prontos. As sombras estavam à espreita cada vez mais perto da lua restante, como uma mancha de um tinteiro virado sobre um pergaminho novo.

— Estamos prontos — confirmou Talasyn no transmissor.

Ishan respondeu em nenavarino antes de desligar. Alaric e Talasyn se aproximaram mais, encarando-se dentro da configuração de amplificação.

— O que a daya Vaikar disse? — perguntou ele.

Talasyn abriu um sorriso apreensivo e traduziu para ele.

— "Vejo você do outro lado, ou no Céu Acima do Céu, onde navegam nossos ancestrais."

CAPÍTULO 28

A Sétima lua se encaixou entre suas companheiras, pela primeira vez em mil anos formando uma linha reta que impedia toda a luz do sol e seus reflexos de alcançarem Lir. Restaram apenas as estrelas nos céus, mas brilhavam tão fracas que era como se o mundo tivesse mergulhado em um mar de sombras.

Nas profundezas daquela noite sem luas, os dragões rosnaram e bufaram e bateram suas asas. A cacofonia primitiva, que conversava com uma magia muito mais antiga do que aquelas ilhas, logo foi acompanhada por um ronco da cratera sob os pés de Alaric.

A atenção dele foi para além do iate. Faíscas de luz violeta ascendiam borbulhando, uma subida lenta e hipnotizante de dentro da escuridão. Em sua vastidão cintilante, brilhavam como vagalumes erguendo-se dos arbustos no começo do verão conforme o crepúsculo se aproximava.

Aqueles "vagalumes", porém, carregavam a morte em suas asas.

Alaric e Talasyn invocaram seus escudos do etercosmos. Luz radiante e fumaça preta, um o reflexo do outro. Ele sentiu uma pontada de orgulho ao ver a solidez do escudo dela, muito diferente de quando ela nem sequer conseguia conjurar algo do tipo.

Eu a ensinei fazer isso. Através da névoa salpicada de prata na beirada do escudo, ele encontrou os olhos dela, tomados de dourado, luminosos como o sol do meio-dia. *Somos mais fortes juntos.* Fora o que ele dissera para Talasyn depois do ataque da guerrilha na Cidadela e, no momento, as palavras eram mais verdadeiras que nunca.

Os dois fizeram os escudos se encontrarem ao mesmo tempo que os Feiticeiros que pairavam ao redor do vulcão começaram a controlar a magia nas jarras de metalidro. Os núcleos de éter brilharam e os fios faiscaram, e a Luzitura e o Sombral se uniram. Os dois escudos se expandiram, fluindo das mãos de Alaric e de Talasyn, e assumindo o formato daquela esfera cintilante já familiar, cobrindo o pico de Aktamasok em uma redoma de preto e dourado.

Das entranhas do vulcão, o Nulífero saiu aos guinchos, uma erupção de ametista derretida, tão quente e espessa quanto lava, que atingiu a metade inferior da barreira e...

Para falar a verdade, Alaric não esperava que a colisão tivesse *tanta* força. Os dois poderiam ter treinado por anos em vez de apenas meses e, ainda assim, ele não estaria preparado para a magnitude do choque. Nada poderia tê-lo preparado. Era como mil... não, um *milhão* de canhões de magia nulífera disparando de uma só vez. O impacto reverberou pela esfera, fazendo seus dentes chacoalharem, balançando o iate com asas de borboleta de um lado para o outro. As jarras de metalidro da configuração de amplificação oscilaram, chegando perigosamente perto de tombarem.

Talasyn reagiu com agilidade. Levantou a mão, cortando o ar e retirando diversos fios da Luzitura do interior da esfera. Transformou-os em cordas, e, sob seu comando, elas se amarraram à popa e à proa, enquanto Talasyn tomava muito cuidado ao controlar a magia, de modo que o casco não fosse cortado.

Com a outra ponta das cordas, Talasyn as conectou de volta à esfera. O iate permaneceu imóvel, amarrado com fios de magia dourada que o prendiam com firmeza às paredes curvadas e cintilantes da barreira.

Alaric piscou.

— Boa ideia.

— Às vezes eu tenho algumas! — retrucou ela.

Ele logo disfarçou uma risada em uma tosse. Não era a hora de implicar com ela.

A Fenda Nulífera brilhou ainda mais, empurrando a esfera do eclipse com mais e mais arroubos de força bruta e descontrolada. Nos minutos que se seguiram, Alaric e Talasyn ocuparam-se em reforçar a barreira, canalizando mais magia nos pontos mais fracos. Era uma façanha que exigia imenso esforço e concentração. Talasyn estava ficando pálida, e Alaric se cansava rápido demais. A cada explosão, o iate sacudia dentro das cordas brilhantes que o prendiam.

Depois de todos os meses de treino, ainda assim estavam despreparados. Apesar dos amplificadores intensificarem sua etermancia, a sensação ainda era de que estavam tentando permanecer firmes sob o tipo de vento uivante que fazia carvalhos maciços se dobrarem ao meio.

— Alaric. — Talasyn forçou o nome dele, trincando os dentes. — Ali...

Ela apontou para um redemoinho violeta em formato de estrela pulsando embaixo deles, espalhando-se em alta velocidade pelos redemoinhos de sol e meia-noite.

Alaric mexeu o braço, os tendões quase se rompendo com o esforço, para puxar feixes de magia das sombras a fim de cobrir a rachadura no escudo. Talasyn o acompanhou com magia de luz. O rasgo ametista começou a se fechar, mas um segundo apareceu acima dele.

A esfera *rangeu*.

Ele olhou para o relógio do barco, ao lado do transmissor na ponta de comando. Como era possível que tão pouco tempo tivesse passado? A exaustão se afundara em seus ossos, e a visão de Alaric ficou borrada, cheia de pontos pretos.

— Mais quarenta e cinco minutos — disse ele, tanto para si quanto para Talasyn. O som da própria voz foi um choque para ele. Estava quase idêntica à do pai, rouca e gasta. A garganta doía do mero esforço de falar. — Quarenta e cinco minutos, e tudo vai acabar. Precisamos aguentar firme até lá.

Ela assentiu, fraca. Estava coberta de suor, o corpo se sacudindo violentamente, os olhos como chamas.

— Fique comigo — sussurrou ela.

A respiração dele ofegou.

— Sabe que sim — respondeu Alaric.

A superfície da barreira ondulou com mais diversas farpas de luz ametista. Os dois se entreolharam e enviaram mais uma explosão de suas magias combinadas, novas ondas de preto e dourado para consertar as rachaduras. O esforço que aquilo lhe exigira era tanto que Alaric poderia ter gritado. Tanto ele quanto Talasyn estavam contando com suas últimas reservas de força... e ainda era apenas o começo daquela provação.

Um feixe do Nulífero irrompeu pela barreira. Luminoso e crepitante, não era mais que um feixe... e, ainda assim, viajou na velocidade de um relâmpago, açoitando o lado esquerdo do rosto de Alaric. Por um momento aterrorizante, tudo que viu foi a cor ametista. A princípio, a dor era profunda, respingando no rosto como gotas de cera de vela. Então, foi como se centenas de dentes afiados se fincassem na sua carne, esparramando-se sob a máscara.

Foi o mais humano dos instintos que o fez levar uma das mãos ao rosto e cair em um dos joelhos. O interior de metal da máscara corroía a pele agonizante, e Alaric tombou de dor. Através da canção furiosa de angústia rugindo em seus ouvidos, ele ouviu Talasyn gritar. Com o olho direito, ele viu um raio muito maior do Nulífero violar a esfera... e vir bem em sua direção.

Talasyn estava do seu lado antes que ele pudesse compreender o que estava acontecendo, uma mão na nuca de Alaric, a outra para o alto, os dedos espalmados contra o ataque de brilho ametista. Uma seção de Luzitura e Sombral combinados foi arrancada da barreira interior da esfera e sobrepujou a magia nulífera invasora, repelindo-a.

Talasyn estava controlando a barreira do eclipse sozinha. Sua mão começou a ficar incandescente nas pontas, como se estivesse sendo corroída por todo aquele preto e dourado. As veias em seu punho e na parte interna do antebraço ficaram vermelhas e começaram a formar bolhas, como se fosse o começo de um congelamento, de uma queimadura, esparramando-se na pele marrom-clara.

Alaric estava com tanta dor que mal conseguia pensar. Uma coisa, porém estava evidente para ele, uma certeza que se ancorava antes que ele perdesse a consciência: ele não deixaria Talasyn queimar.

Mais farpas violeta colidiram contra a esfera pulsante, tentando rasgá-la, embrenhar-se nela. Alaric ficou de pé, e a mão de Talasyn se afastou da nuca dele, enquanto a magia dos dois se reunia ao redor de Alaric. Ele tomou o controle dos feixes, e juntos, Talasyn e Alaric brilharam sob o sétuplo eclipse lunar. Intensificada pelos amplificadores de chuva, sangue e tempestade, mais uma onda de Luzitura e Sombral engoliu o Nulífero, selando as rachaduras.

Mais nenhuma rachadura apareceu.

Bem no instante em que Alaric estava começando a sentir um pouco de alívio, bem quando a dor do lado esquerdo do rosto começava a resfriar...

... bem quando ele começava a pensar que o pior já tinha passado...

... a metade inferior da esfera se arqueou para *cima*, como se um punho enorme estivesse tentando socá-la por baixo.

Alaric e Talasyn se atrapalharam, tentando conter o novo ataque. Embora não conseguisse mais recuperar a antiga forma, a barreira resistiu enquanto mais e mais golpes a atingiam. No entanto...

— Eu... não... gosto... disso. — Talasyn estava ofegando, engasgando nas próprias palavras. — Parece que... quanto mais empurramos, mais ele empurra de volta... como...

— ... como se tivesse uma consciência própria. — Alaric terminou por ela. — Como se estivesse lutando contra nós dois.

Ishan perguntou como estavam. Embora a voz fosse praticamente inaudível acima dos guinchos e zumbidos da magia, era evidente que estava cansada, tendo que controlar os núcleos de éter dos amplificadores.

— Vossas Majestades. Sei que não podem responder nesse instante, mas tem algo *errado*. Os dragões estão inquietos. E estamos ouvindo... *ruídos*. De dentro do vulcão.

É óbvio que existem ruídos, pensou Alaric. *O Nulífero está se mexendo pela terra.*

Uma vez que ele parou e prestou atenção, conseguiu *de fato* ouvir alguma coisa. Além das notas discordantes da Luzitura e do Sombral e do Nulífero transbordando do etercosmos, além do tremular do chão e dos gritos baixos dos dragões, havia mais alguma coisa presente. Uma mistura de respiração e fungadas, como uma cobra esgueirando-se por pedras soltas. Pela expressão de Talasyn, dava para perceber que ela também ouvia.

Um ruído muito alto, considerando que era possível distingui-lo de dentro da esfera, em meio ao caos.

De repente, a Fenda Nulífera foi desativada, as ondas se retraindo de volta para a cratera. De longe, deveria parecer como se o vulcão tivesse prendido toda a sua respiração violeta, de uma vez só. Feixes de morte ametista esgueiraram-se para as entranhas obscuras da terra de onde tinham vindo. Alaric e Talasyn fizeram a esfera desaparecer e tombaram no convés do iate. Bem na hora, o frio o invadiu, e ele virou-se para Talasyn com uma exaustão desesperada, pressionando a testa contra a dela.

Ela segurou o rosto de Alaric com as mãos superaquecidas. Os efeitos que restavam do uso combinado das suas magias recuou aos poucos. Os dedos dela se curvaram com cuidado, com tanto cuidado, sobre a máscara de metal e da pele, mantendo distância de onde ele fora atingido pelo Nulífero. E foi assim que ele soube que algo estava errado. Mesmo antes de ela arquejar...

— Alaric. Seu rosto... Deuses...

Ele sentiu o coração se apertar. Foi o instinto também que o fez se virar para longe, mas ela o segurou no lugar, beijando o dorso do nariz, e então pressionando os lábios contra a máscara do rosnado de lobo. Como um bálsamo, uma bênção. Uma salvação.

— Eu estou bem — murmurou ele. Era verdade. Não sentia mais a perfuração, apenas uma dor entorpecida. — Não é nada...

Ele baixou o rosto para estudar o braço direito dela.

As bolhas tinham desaparecido, apagadas pela tolerância mágica do corpo dela. Entretanto, a disposição das veias continuou marcada em uma forte cor escarlate, do pulso até a parte interna do cotovelo.

Ele sequer conseguia tocar o braço dela para examinar melhor. Estava com medo demais de que as pontas afiadas da luva a machucassem.

O mundo voltou como um dilúvio em sua consciência, um ímpeto de rocha vulcânica e ar abafado, e ainda estava escuro, exceto pela luz das estrelas e das lamparinas de fogo dos barcos.

Os dragões recaíram em um silêncio sinistro.

— É cedo demais. — Talasyn engatinhou até o transmissor de ondas de éter, consultado o relógio do iate. — Daya Vaikar — disse ela —, ainda restam trinta minutos de eclipse, por que a Fenda Nulífera...

— Não sei — respondeu Ishan. O tom dela estava abafado. Perplexo.

— Talvez nós tenhamos assustado o Nulífero — disse Alaric com um grunhido, o que o fez receber um olhar impaciente da esposa.

Mas ele não se importava. Nunca mais queria se mexer.

Contudo, quando o tremor recomeçou e Talasyn se colocou de pé, Alaric fez o mesmo. Os dois se voltaram para a cratera, e Alaric viu com os olhos dos Forjadores de Sombras a bocarra aberta e as fileiras de dentes imensos que vinham com força na direção deles.

Ele mergulhou na direção dos controles da embarcação, ativando os corações de Vendavaz, puxando o timão.

— *O que foi?* — exigiu Talasyn, segurando-se na balaustrada.

Ele não se deu ao trabalho de responder. Ela logo descobriria. Pelo transmissor, ele deu ordens para que Ishan e os Feiticeiros se afastassem. Virou o iate para que subisse quase na vertical, e, atrás dele, Talasyn praguejou alto enquanto as lamparinas de fogo da proa iluminavam o que tinha se erguido das entranhas de Aktamasok.

A pequena embarcação deles se afastou da cratera, a boca dentada em perseguição. Primeiro, a boca dentada; em seguida, o resto do focinho comprido e escamado.

Então, a crista, os chifres curvados, e os olhos violeta reptilianos.

Tudo se desdobrou do interior do abismo em um pescoço de escamas brancas, quase tão largo quanto os estreitos de Lir. As luas ainda estavam desaparecidas e as estrelas brilhavam, e Bakun, o Devorador de Mundos, o primeiro dragão, uma fera imensa que rugia e tão antiga quanto o próprio tempo, levantou a cabeça do cume vulcânico, abrindo a bocarra em um grito gutural de fúria e luto que ecoou até as fundações da terra e do céu.

CAPÍTULO 29

O vento oeste suspira, e as luas todas perecem
Bakun, sonhando com seu amor perdido,
Vem devorar o mundo acima.

No momento, a rima infantil que Talasyn escutara pela primeira vez das crianças batendo palmas nas ruas de Eskaya fazia um coro sinistro em sua cabeça. Todos os outros dragões, que ela pensara que seriam as maiores criaturas que veria na vida, não eram nada se comparadas àquele colosso. Embora a maioria da criatura ainda estivesse dentro do vulcão de Aktama-sok, a parte visível poderia ter esmagado o castelo de Iantas com apenas um desenrolar do corpo.

O braço direito ainda doía, mas ela mal conseguia sentir por conta das ondas de adrenalina que a percorriam. Tudo em Talasyn estava focado no Devorador de Mundos, no mito que ganhara vida.

Mais uma vez, Bakun tentou investir contra o iate. Alaric deu uma guinada brusca com o barco à direita, e a mandíbula colossal se fechou no ar com uma força que reverberou como um trovão. Os coracles mariposas dos Feiticeiros tinham alcançado uma distância relativamente segura, e Ishan mandava mensagens pelo transmissor, implorando para Talasyn segui-los.

Talasyn desativou o aparelho, interrompendo o falatório da daya.

— Se nós fugirmos, ele vai levantar voo e nos perseguir, e nós nunca vamos conseguir impedi-lo — disse ela para Alaric. — Precisamos garantir que ele não vai sair do vulcão.

Ele arqueou a sobrancelha.

— Então que tal eu ficar voando perto da cabeça como se fosse um pernilongo?

— É, irritante como sempre — retorquiu ela.

Por mais que o tom de discussão fosse inadequado à situação, aquilo ajudou Talasyn a se centrar. Era uma coisa familiar à qual se apegar... uma coisa *real*.

Alaric resmungou baixinho, mas fez o que foi pedido. O iate deu voltas aleatórias em torno do vulcão, o pescoço de Bakun acompanhando os movimentos. O dragão branco estava hipnotizado por cada virada do barco; rosnava e fechava os dentes, predatório e alerta. Uma pata gigantesca surgiu do abismo, as garras enroscando na borda da cratera, rasgando a terra e a rocha.

Dava para ver que *aquele* dragão não tinha escrúpulos em machucar alguém de sangue nenavarino.

Os outros, porém... aqueles que escoltaram o iate até Vasiyas, que até então pairavam ali perto ou descansavam na encosta, impeliram-se todos para defender Talasyn. O ar noturno foi preenchido por asas, e o medo dominou o coração dela quando começaram a se aproximar, vindos de cima. Eram tão pequenos se comparados ao Devorador de Mundos. Ela não poderia permitir que um deles morresse.

Talasyn propôs um plano apressado para Alaric. Ele não ficou nem um pouco impressionado, mas guiou o barco para baixo. O olhar violeta de Bakun os seguiu por um breve momento, mas então se voltou para a horda de dragões que se aproximava. Recuou a cabeça e inalou no mesmo instante que os dragões.

Uma muralha de chamas laranja iluminou a noite, indo na direção de Bakun, maior que os mundos e mais claros que os sóis. Ainda assim, as labaredas foram engolidas pelo maremoto de magia ametista que irrompeu com outro grito da bocarra do dragão branco.

O fogo e o Nulífero correram na direção um do outro no que prometia ser uma colisão desastrosa. O ar grunhiu com a velocidade do ataque, o véu entre o etercosmos e o mundo material sendo estilhaçado. Contudo, meio segundo antes de as duas energias se encontrarem, um novo escudo de magia preta e dourada floresceu entre elas, vindo do iate abaixo.

A esfera do eclipse cobriu o pico do vulcão, prendendo Bakun ali.

As chamas dos dragões menores se chocaram, inócuas, contra a barreira e se apagaram. A explosão nulífera ricocheteou nas paredes internas, e diversas faíscas caíram no iate, golpeando a segunda esfera que Alaric e Talasyn criaram dentro da esfera maior para proteger a si mesmos.

— E agora estamos presos aqui *junto* do dragão sanguinário que cospe magia necrótica — resmungou o marido.

— Alaric — disse Talasyn, em um tom muito doce, a afeição e a irritação em guerra em seu âmago —, cale a boca.

Bakun se debatia contra a barreira, gritando cada vez que a magia combinada de Talasyn e Alaric raspava em sua pele. Ainda assim, estava determinado a encontrar um jeito de atravessá-la, mesmo enquanto rasgos negros apareciam nas escamas brancas como a neve, o icor escorrendo como tinta. Talasyn não fazia ideia de qual seria o passo seguinte. Ela e Alaric não conseguiriam manter o escudo para sempre... só até o fim dos eclipses. Quando ela ergueu a cabeça, viu que a borda de uma das luas já estava visível, brilhando prateada e embotada através da esfera embrumada.

Talasyn se obrigou a desviar o olhar... e então se deparou com Bakun.

O Devorador de Mundos se virara para encará-la. O focinho estava na altura do iate, a uma distância que parecia curta demais. O restante do corpo ficou imóvel enquanto ele inclinava a cabeça chifruda, como se tentasse examiná-la melhor.

Ela sentiu mais uma vez, a mesma conexão estranha com as profundezas de olhos antigos e tocados pelo éter.

Algo a chamou, algum ímpeto... fosse instinto ou anseio, ela não sabia determinar qual dos dois. Reverberava por ela, como o ressoar de tambores de batalha.

Ela ousava confiar naquilo?

Que outra opção restava?

Alaric falou, a voz grave e tensa:

— Acho que conseguimos matá-lo. Olhe para os ferimentos nas escamas, onde elas encostaram na barreira. Se nós o atacarmos com a magia do eclipse...

O que ele dizia fazia sentido. Matar Bakun significaria cortar a única fonte do Nulífero em toda a Lir, mas garantiria o fim da Estação Morta. O que era a morte de um ser, se comparada com a vida de milhões?

Ainda assim... aquele anseio. Ele ganhava força, tornando-se cada vez mais irreprimível quanto mais ela encarava o dragão ancestral nos olhos. Ele a chamava, da mesma forma que a Fenda de Luz.

Como ela poderia se declarar uma etermante, se não confiava na própria magia? E se ela e Alaric pudessem salvar todos, e *também aquele único ser*?

Engolindo em seco, Talasyn desfez a Luzitura que encobria o iate. A luz se desmanchou dos feixes do seu equivalente em sombras, e a esfera menor desapareceu em um piscar de olhos.

— *Você...* — Alaric se interrompeu, como se conseguisse pensar em repreendas demais de uma vez só, mas não conseguisse se decidir por qual começar.

Ele se colocou entre Talasyn e Bakun, o contorno da foice se materializando nos dedos enluvados.

Diante da visão da arma forjada de sombras, Bakun soltou um rosnado em ameaça, e pequenos fiapos de magia nulífera subiram como fumaça por entre seus dentes.

Talasyn colocou a mão no braço de Alaric.

— Ele não quer lutar — disse ao marido, ainda capturada pelo olhar do Devorador de Mundos. — Ao menos, não acho que seja o que ele queira. Nenhum animal *quer* lutar.

Era só a necessidade primitiva de proteger o próprio território, perpetuar a espécie, defender-se. Até os lobos caçavam presas mais fáceis quando tinham escolha.

— Está me pedindo para confiar nessa coisa quando se trata da sua vida — rosnou Alaric.

— Não. — Talasyn acariciou o braço dele por cima da armadura. Era o gesto mais tranquilizante que conseguia oferecer, considerando as circunstâncias. — Estou pedindo para você confiar em *mim*.

Ele não fez a arma desaparecer, mas permaneceu onde estava enquanto ela se aproximava de Bakun com passos cuidadosos no convés de madeira do iate. Feixes da Luzitura se desfizeram da esfera principal, reunindo-se ao redor dela como um manto. Ou uma cortina. A magia a protegia da melhor forma que podia. O cabelo de Talasyn voou com a brisa sobrenatural.

Talasyn parou de andar quando a ponta das botas bateu no interior do casco da embarcação e ela não pôde mais avançar. Bakun se inclinou um pouco, aproximando-se mais alguns centímetros. Ela conseguia identificar cada aro individual nos chifres de mármore que faziam uma curva atrás do crânio, cada fileira de escamas que cobria o rosto reptiliano, cada cratera em suas íris. Cada estrela refletida nas fendas das pupilas negras. Sem o véu da magia do eclipse para obscurecê-lo de vista, algo dentro de Talasyn foi arrastado para o mistério que espreitava naqueles olhos ametistas.

Éter e memória. Tudo se resumia ao éter e às memórias. Era o mesmo ali, sob o teto de magia rodopiante e o sétuplo eclipse lunar, igual a como fora naquele dia na praia aquecida pelo sol, quando ela sentiu uma alma — ou sombra de uma alma — passar por ela, Alaric e o dragão adormecido.

Tudo estava conectado, mesmo que às vezes fosse apenas por um único fio.

Dentro do círculo do sangue de sariman, de Aguascente e Tempória, tudo estava amplificado.

Mesmo o passado, que se misturava ao presente. Mesmo a ligação de uma etermante às correntes do que acontecera antes.

Sabe disso, Alunsina, disse uma voz interior que era a voz de Talasyn, mas também não era, e que era uma voz e também centenas e mais centenas de vozes, um caleidoscópio de imagens correndo juntas como constelações no escuro, suas faíscas espiralando para trás nas correntezas dos rios do tempo, do sol vermelho, das sete luas, e uma linhagem ininterrupta de rainhas nenavarinas que estenderam a terra sobre as águas, falando com ela, falando *através* dela, lá do Céu Acima do Céu.

Na aurora do mundo, você estava presente.

Você viu o coração do primeiro dragão.

Talasyn recaiu naquela mesma visão estranha que esporadicamente tinha, mas, daquela vez, era material e nítida, as imagens por fim encaixando-se em sua mente. O que ela viu não foi o futuro, mas o passado. O Mar Eterno, mais escuro e mais profundo, com suas ilhas não tão definidas como se tornariam no tempo dela. Uma sombra alada sobrevoando a terra e a água, as escamas brancas ondulando pelos céus. Uma mulher idosa e encurvada, com esmeraldas trançadas nos cabelos prateados compridos, segurando-se firme com uma mão enrugada. Não era uma montanha coberta de neve, e sim os rebordos ásperos da tez do dragão. A outra mão erguendo-se no ar, os dedos esticando-se trêmulos, tentando segurar a esfera escarlate de um sol mais jovem.

— Não vai demorar muito — murmurou a velha, fechando os olhos enquanto ela voava por sobre o mundo.

O dragão no qual ela estava montada soltou um grito angustiante.

A memória durou só o bastante para se acomodar no coração de Talasyn. Tempo suficiente para que ela compreendesse.

Então, ela estava de volta ao presente, dentro da esfera derretida, e Bakun a encarava, a mandíbula horripilante se mexendo no que se aproximava da fala humana.

— *Iyaram?*

Não havia uma oitava lua. Aquele foi um conto de fadas, contado pelos ancestrais para explicar a pedra vulana, assim como explicava o fenômeno do eclipse.

Mas havia, sim, uma mulher. A primeira Zahiya-lachis, cujo nome o dragão aprendera a falar. Cuja morte o enfurecera.

— Não, Devorador de Mundos. — Talasyn falou em nenavarino, em uma voz que ecoou límpida e alta dentro das paredes cintilantes de preto e dourado. — Ainda não chegou a hora. Volte a dormir.

Bakun gritou mais uma vez. Era um som tão profundo quanto as cavernas da noite e tão agudo que fez com que os pelos na nuca de Talasyn se arrepiassem. Ela encarou a enorme língua bifurcada, entre as membranas lilás da boca escancarada, cada dente afiado que despontava das gengivas e tinha o tamanho de uma árvore ancestral. Um sopro quente de enxofre a envolveu.

E, então, o Devorador de Mundos se *levantou*.

Mais e mais de Bakun surgiu de dentro da cratera de Aktamasok. Uma das espirais brilhantes bateu contra a lateral do iate, e o choque do impacto os sacudiu, estourando os amplificadores. Os núcleos deles, depois de tanto esforço, se dissolveram em uma explosão de metalidro e magia desestabilizada.

A redoma de Luzitura e Sombral acima do vulcão estremeceu, em seguida desapareceu.

Mais duas lascas de lua tinham sido devolvidas aos céus. No brilho fraco que emanavam, Talasyn viu a luz selvagem da liberdade nos olhos do dragão enquanto Bakun se elevava.

Daquela vez, ela não sabia se foi tomada por instinto ou loucura ao fazer o que fez. Talvez fosse o medo... o medo do que aquela criatura poderia causar se estivesse à solta sobre a terra. Alaric estava tentando refazer o escudo, mas ela pulou da beirada do iate e se jogou no pescoço de Bakun, usando os rebordos do couro escamado grosso para ficar em pé. Ela escalou o dragão da mesma forma que escalou as escadas e pontes da cidade de lama vertical na qual crescera. Mais alto e mais alto, entre o ar e o céu...

Uma corda de magia de sombras foi amarrada em um dos grandes espinhos que saíam da coluna vertebral do leviatã, e, de repente, Alaric estava ao lado dela. Sob as ondas de cabelos negros que sopravam no rosto que passara a ter cicatrizes, a veia na têmpora dele parecia prestes a explodir.

— Eu juro pelos *deuses*, Talasyn!

— Você não *precisava* vir comigo — retorquiu ela.

Juntos, eles subiram. Subiram entre o zigue-zague de saliências escamosas que se desenrolava instável até chegarem ao topo da cabeça de Bakun, onde havia menos perigo de serem jogados para longe. Segurando-se na base de um chifre enquanto Alaric se apossava do outro, Talasyn olhou para trás e para baixo, observando as grandes asas brancas se desdobrarem da cratera e erguerem-se no ar. Bakun rugiu enquanto levantava voo, nos céus semi-iluminados, deixando para trás os coracles dos Feiticeiros, os dragões menores, a encosta estéril de Aktamasok. As correntes de vento quase derrubaram Talasyn, mas ela se segurou firme no chifre de Bakun, pressionando-se contra sua curvatura.

Com as veias do dragão pulsando sob seus pés e os braços em volta do chifre, Talasyn conseguia sentir o desejo da criatura pela carnificina... ela quase conseguia sentir o gosto do Nulífero na língua. Bakun não deixava suas cavernas desde que fora dormir pela primeira vez. Satisfizera-se com acordar a cada mil anos e soltar sua respiração em um sopro incessante enquanto ainda continuava embaixo da terra.

Até aquela noite. Até sentir que algo o enfrentava.

Ele esticou as asas, sem a obstrução da terra e das rochas, o corpo ardendo como uma fornalha gigantesca. Sentia-se invencível, triunfante. Queria engolir o mundo, queria *vê-la* outra vez, queria *soltar*...

— Não. — Talasyn fincou os calcanhares na carne de Bakun.

Bakun bufou, voando mais alto. Mais alto que a capacidade das embarcações aéreas. Mais alto que as águias.

Era como cavalgar uma montanha, ou ficar no topo dela e senti-la crescendo sob seus pés, deixando-a mais e mais perto do lugar onde os grandes navios dos ancestrais navegavam. O frio das altitudes maiores chocou-se contra Talasyn, logo seguido de... chuva?

Não, *névoa*.

Ela cuspiu em uma porção de nuvens. Talasyn tinha a impressão de que Alaric teria rido dela se não estivesse igualmente encharcado. No começo, ela só conseguia vê-lo em vislumbres de luz das estrelas, e, então com mais nitidez, a silhueta dele foi se solidificando no brilho das luas que retornavam devagar ao céu. Os olhos dos dois se encontraram enquanto voavam acima do mundo, através de crescentes pálidas e névoa prateada, sobre asas milenares.

Havia pouca oportunidade para se maravilhar com tudo aquilo, no entanto. Bakun jogou a cabeça para trás, fazendo com que Talasyn se sobressaltasse e seus pés levantassem no ar antes de ela apertar mais o chifre, os dentes trincando com o esforço. O dragão soltou mais um grito e disparou uma nova onda de magia nulífera, que fez um arco ascendente. As nuvens se partiram em feixes pulsantes de um violeta tão intenso que o brilho permaneceu na visão de Talasyn muito depois de ter se dissipado.

Mais um grito. Mais uma onda. De novo e de novo, eternos. O Nulífero rugia pelos pulmões do dragão como abismos, derramando-se de uma garganta grande o suficiente para engolir as luas. O céu brilhava com um fogo ametista que se estendia por quilômetros.

O Devorador de Mundos gritou até ficar rouco, e continuou gritando, o pescoço se debatendo com violência a cada arroubo de magia nulífera.

E, mesmo que os amplificadores estivessem havia muito destruídos, fragmentos da memória ancestral permaneciam na alma de Talasyn. Entre o frio e as estrelas, eles despertavam, invocados pelos gritos de Bakun.

Pelo seu lamento.

Talasyn mexeu o braço direito com a cicatriz como se estivesse em um transe. Passou uma das mãos, trêmula, pela borda da crista da criatura. Lágrimas escorriam do seu rosto. Eram as lágrimas dela ou as de Iyaram? Talvez não importasse. No passado, durante a guerra, ela nunca chorava. Nenavar também mudara aquilo nela. E talvez aquilo também fosse bom.

— Ainda não chegou a hora — repetiu ela, baixinho. — Eu sinto muito.

O dragão ficou imóvel, ouvindo-a por cima da batida das asas, através do uivo dos ventos e dos ecos do Nulífero.

— Tudo acaba — continuou ela —, mesmo a noite mais demorada, mesmo o luto.

Com a visão borrada, ela se virou para Alaric, e ele a encarou como se pudesse compreendê-la… se não pelas palavras ditas na língua do Domínio, então pelo tom no qual ela falava. Algumas coisas transcendiam a linguagem. Algumas coisas, como a perda e a esperança, eram universais.

— Um dia, toda a terra vai se afundar no Mar Eterno — disse ela a Bakun, quase sussurrando —, e nós nos encontraremos de novo. Volte a dormir, Devorador de Mundos. *Espere por mim.*

O dragão se virou, suas escamas se agitando. Guardou as asas contra a lateral do corpo e deu um mergulho abrupto.

Os braços de Talasyn doíam e ela sentia muito frio, mas, como não havia escolha, ela se segurou firme. Eles se precipitaram de volta para o mundo, rompendo a camada das nuvens. O sétuplo eclipse lunar estava quase acabando, e o panorama iluminado pelo luar de oceanos e ilhas ergueu-se ao seu encontro, formas vagas que assumiam suas respectivas silhuetas a cada segundo de aproximação. Pontos tornaram-se dragões e coracles mariposas, campos nas sombras se tornaram florestas tropicais, e o mar de escuridão profunda em seu meio se tornou a cratera vulcânica aberta.

E estavam indo diretamente para lá. Diretamente para dentro do vulcão.

Enquanto Bakun começou a mergulhar de cabeça para dentro do abismo, Alaric conjurou um gancho de magia das sombras e jogou a ponta na beirada da cratera. Ele se impeliu rumo a Talasyn, agarrando-a pela cintura, e correu pela inclinação de mármore curvada que descia em alta velocidade. Ele pulou da ponta do chifre do dragão, e então os dois estavam pendurados por uma corda alta da magia dele, os braços de Talasyn ao redor do seu pescoço, os dois sendo chicoteados de todos os lados pelos ventos poderosos causados pela passagem do Devorador de Mundos.

Bakun mergulhou e mergulhou mais. A volta do dragão branco para o interior da cratera demorou uma eternidade. Por fim, o último pedaço da criatura desapareceu escuridão adentro, os roncos se dissiparam, e todos os sete satélites de Lir formaram uma coroa no céu, brilhantes e cheios.

O silêncio e a imobilidade do luar predominaram, rompidos apenas pelo zumbido dos coracles, pelos dragões espiando a cratera e em seguida se afastando assim que viram que Talasyn estava inteira.

— Nunca faça isso de novo — brigou Alaric.

— Isso o quê? — murmurou Talasyn contra o peito dele. — Montar em um dragão milenar que tenta destruir o mundo a cada mil anos porque ainda está de luto por minha ancestral?

Ele suspirou.

— Esse país é absurdo. — A mão em volta da cintura dela passou uma garra em seu quadril, uma carícia atrapalhada. — Quase tão absurdo quanto você.

Ela reprimiu um sorriso. Ainda estavam pendurados precariamente na borda da cratera, com quilômetros de escuridão sob seus pés, mas, de alguma forma, ela não estava preocupada. Alaric jamais a deixaria cair.

CAPÍTULO 30

Mais tarde, na cama, apoiada na montanha de travesseiros que as criadas de Iantas tinham afofado de forma muito meticulosa, Talasyn estudou as cicatrizes na palma direita e na parte interna do antebraço.

A dor sumira, mas a descoloração não mudara em nada. Cada veia naquela região do braço, da ponta dos dedos até o cotovelo, estava delineada em um vermelho intenso, como se em carne viva, revelando os galhos escarlates de uma árvore morta.

O aspecto era grotesco. Era a única palavra para descrevê-lo. Talasyn nunca tinha se importado muito com sua aparência física, mas os nenavarinos valorizavam muito a beleza, e ela gostava de pensar que era tolerável o bastante para os seus padrões.

No momento, no entanto...

O curandeiro do castelo fornecera uma lata de bálsamo que, se aplicada todas as noites, poderia clarear as marcas, mas Talasyn não estava otimista, tampouco o próprio curandeiro. Aquelas eram cicatrizes de etermancia, infligidas por um tipo de magia que o mundo jamais vira antes... não até Alaric e Talasyn a criarem juntos. Não havia mais nada que o curandeiro pudesse fazer, uma vez que não doía.

Talasyn só precisaria viver com aquilo.

Era idiotice ficar tão incomodada. Ela não teria se importado quando estava no regimento sardoviano. Todos lá tinham cicatrizes de batalha. Na corte do Domínio, porém, todos tinham uma pele lisa e eram lindos, e ela já vivera tempo o bastante ali para que aquilo afetasse sua percepção.

Alaric saiu do quarto de vestir. Talasyn enfiou o braço embaixo das cobertas, tão inibida que chegava a doer.

Ele não se aproximou de imediato. As lamparinas de fogo tinham sido apagadas, e apenas metade do rosto dele estava visível, a palidez esculpida no luar que entrava pelas janelas de vidro da varanda. A outra metade permanecia na escuridão.

A metade com a cicatriz.

No furor do retorno do casal imperial para Iantas (em uma embarcação de Ahimsa providenciada pela daya Vaikar, porque Bakun aparentemente tinha jogado o iate vazio na lateral da cratera), Alaric se recusara a ver o curandeiro. Ele sumira quarto adentro com a armadura completa, ainda de máscara, e permanecera lá por muito tempo.

Talasyn pensou em como ele tentara se afastar dela no convés, depois que a onda inicial do Nulífero tinha cessado. Ela o imaginou fitando o próprio reflexo no espelho, examinando as cicatrizes da mesma forma que ela estudara as dela.

A Escuridão Sem Luar irrevogavelmente mudara os dois, mas eles não precisavam enfrentar aquilo sozinhos.

— Venha deitar — disse Talasyn. — Deve estar cansado.

Alaric continuou onde estava.

— Posso dormir no meu gabinete, se você...

— Quero que você durma *aqui*.

O tom dela não permitia discussão. Alaric andou até ela com rigidez, como um homem prestes a ser executado. Abaixou a cabeça para não bater no dossel e manteve o lado esquerdo do rosto para o outro lado, o colchão cedendo sob o peso dele.

O coração dela se apertou como que por um punho cruel, e Talasyn segurou o rosto de Alaric com as duas mãos, esquecendo-se das próprias cicatrizes. Ele resistiu, mas Talasyn conseguiu virá-lo para que ficasse de frente para ela. E viu na íntegra, por fim, o que surgira sob a máscara, quando o disparo de magia nulífera o atingira.

Rodopios negros como a meia-noite espalhavam-se da base da orelha por toda a bochecha, alguns fios derramando-se por cima da ponte do nariz, subindo até o canto externo do olho. O formato lembrava uma folha de carvalho soprada pelo vento. Cada linha como tinta se curvava em uma coluna de fumaça sobre a pele pálida de feições aristocráticas.

O foco dele estava fixo nos lençóis, mas, depois de um tempo, os olhos cinzentos encontraram os dela em uma expressão taciturna e desafiadora.

— Dói? — perguntou ela, com a voz rouca.

— Não. — Os dedos dele se curvaram no braço direito dela, mal tocando as marcas vermelhas. — Isso dói?

Talasyn balançou a cabeça. Ela alisou o cabelo preto de Alaric, afastando-o do rosto, e então pressionou um beijo lento na cicatriz no canto do olho dele. O corpo forte de Alaric estremeceu, os cílios vibrando contra a pele. Talasyn se aconchegou nele, traçando o caminho da magia necrótica com os lábios.

— Pensando bem — murmurou ele —, arde um pouco. Você deveria... continuar fazendo isso.

O comentário foi tão inesperado que ela riu. Não, ela deu uma *risadinha*, um som que estava fazendo na presença dele com uma frequência alarmante nos últimos tempos. Ela desceu os beijos pelo rosto com cicatrizes e então, de alguma forma, os lábios deles se encontraram, e então sua alegria se transformou em um suspiro.

O alívio de terem conseguido sobreviver à Escuridão Sem Luar explodiu dentro de Talasyn como o disparo de um canhão de porta-tempestades. Naquelas últimas horas, ela conseguira se conter, distraída pelas questões práticas que se seguiram à prevenção da catástrofe, mas, no momento, ela se apegava a cada som que ele fazia, cada vez que o peito dele subia e descia, e os elevou contra a mão da morte, que se retirou como uma sombra enquanto o sol chegava ao seu apogeu.

Alaric nunca a beijara daquela maneira antes, com tanto cuidado e cautela. Aquilo assustou Talasyn de uma maneira que ela nem sequer sabia descrever, mas que deixou que acontecesse, hipnotizada demais pelas batidas do coração dele contra seus dedos enquanto ela deslizava as mãos pelo peito quente e sólido. Eles tinham combatido o perigo usando unhas e dentes, e muitos outros perigos ainda espreitavam no horizonte, mas, naquela noite, sob as tapeçarias de seda, os dois estavam vivos, e aquilo era *tudo* que importava.

Ela o ajudou a puxar a camisa por cima da cabeça. A peça foi atirada no chão, seguida pela dela, que Alaric tirou pelos ombros, beijando cada centímetro da pele conforme era revelada. Quando o restante das roupas tinha se juntado à pilha, ela estava tremendo, os dedos dos pés se curvando. O que havia naquela lentidão que deixava tudo tão insuportável e delicioso ao mesmo tempo? Ela se jogou nos travesseiros e ele a seguiu, os lábios unidos, os quadris esguios dele se acomodando entre as coxas de Talasyn. Ele já estava duro, roçando nela em um deslizar quente que a fazia se retesar de pura necessidade, mas Alaric agia como se tivessem uma eternidade diante deles, beijando o pescoço de Talasyn, a clavícula, os seios, até ela começar a se debater debaixo dele, completamente corada.

O braço direito dela se acomodou no travesseiro acima da sua cabeça. Alaric o observava enquanto beijava as sardas no peito dela, e aquele único olhar foi suficiente para que ela ficasse inibida de novo, que sentisse algo frio e terrível rompendo a névoa do desejo.

Alaric a achava atraente. Aquela conexão tinha sido mais forte que a inimizade entre eles, mais forte que o ódio dele pelos Tecelões de Luz. Aquele tinha sido o poder que ela tinha sobre ele.

E, então, fora perdido.

Ela mexeu o braço, para aninhá-lo contra o corpo ou escondê-lo embaixo do travesseiro, ela não sabia ainda, mas ele a impediu, segurando-o pelo pulso.

— Você também não tem direito de sentir vergonha disso. — Ele pressionou os lábios no braço dela. — São cicatrizes de batalha. Mostre-as com orgulho. — Ele beijou cada traço escarlate das veias com a mesma voracidade com que beijara o pescoço dela. — Você impediu o Nulífero. Você salvou o nosso mundo.

— Você salvou o mundo comigo. — Ela entrelaçou os dedos dos dois. A mão livre traçou as cicatrizes pretas no rosto dele. — Eu lutei lá da forma que você me ensinou.

Quando a boca de Alaric voltou a cobrir a dela, foi como brasas queimando devagar, provocando faíscas. Ela já estava tão perdida no momento que não queria esperar mais. Queria sentir algo que não fosse o medo, que não fosse o luto do Devorador de Mundos, que não fosse um labirinto de conspirações e mentiras. Ela o beijou e o beijou mais, os dedos percorrendo as novas e antigas cicatrizes, e então, seguindo mais para baixo, ela o guiou até sua entrada.

Alaric passou um braço entre o colchão e as costas dela, a outra mão puxando o joelho de Talasyn para cima para conseguir se posicionar em um ângulo melhor. Para isso, precisou interromper o beijo, e Talasyn *rosnou*, o que fez uma risada rouca escapar da boca dele. O sorriso de Alaric brilhou sob o luar, antes de ele levar os lábios à têmpora de Talasyn e se embrenhar nela.

Pele contra pele. Respiração e magia. Vivos, e não mais sozinhos. Ela cruzou as pernas nas costas dele, levando-o mais fundo, deixando-o penetrá-la enquanto balançava os quadris contra os dela, enquanto alternava entre beijar sua boca e todos os outros lugares que conseguia alcançar.

— Quando você abandonou a sua metade da esfera... — Ele parecia tão desmantelado quanto ela se sentia. — E quando você pulou no dragão... eu tinha certeza de que...

— Está tudo bem — disse ela, a frase abafada pelo cabelo dele. — Eu estou bem, e nós estamos vivos. — Como era bom dizer aquelas palavras. Como era fantástico afirmar que eles tinham enganado a morte naquela noite. Ela ainda conseguia ver a respiração ametista de Bakun pulsando na escuridão cada vez que fechava os olhos. — Nós estamos bem.

Ela se segurou nele enquanto os dois se mexiam juntos, enquanto um arrebatava o outro, enquanto a morte se afastava mais. Era um momento tão dolorosamente gentil, tão diferente de qualquer outro que tivessem compartilhado. A aliança de Alaric esfregava no quadril dela, e ela deixou beijos na têmpora dele, e era tão... *tão* perigoso, aquela coisa palpitando no coração dela outra vez, a agitação no estômago que não tinha nada a ver com excitação sexual, e talvez fosse só intensificada por ela ...

Acho que estou me apaixonando.

Não. Ela não podia.

Ela não podia fazer aquilo com todo mundo.

Talasyn nem sequer percebera que seu corpo tinha se retraído até Alaric ficar imóvel em cima dela.

— O que foi? Algo errado? — perguntou ele, afastando as mechas de cabelo para trás da orelha dela com um cuidado que se opunha à tensão vibrante do corpo dele, quase devastado pelo esforço de manter o controle. — Seja o que for, eu posso consertar, eu...

Ele se aconchegou no pescoço dela, e aquilo pareceu um gesto de amor.

Algo a que eles não tinham direito, como ele mesmo dissera.

Algo que ela não merecia.

Se ele soubesse... Quando ele descobrir...

Pensamentos dispersos uivavam na mente dela como ventos de um turbilhão. Ainda assim, no meio de tudo, recusando-se a fraquejar, havia a chama acesa do quanto ela precisava dele. Do quanto ela precisava *daquilo*.

Talasyn arrastou as unhas pelas costas do marido. Alaric sibilou, estremecendo dentro dela, a boca no pescoço mordendo-a como forma de retaliação. Mas não era nada além de uma mordidinha, uma brincadeira.

— Mais forte. — Foi tudo que ela disse.

Alaric ergueu a cabeça, contraindo um pouco os lábios inchados por conta dos beijos. Ela se impeliu contra ele, um movimento de impaciência que disfarçava o aperto cada vez maior no seu peito. Os olhos dele brilharam, prateados, entre a pele pálida e as cicatrizes pretas, e ela suprimiu um gemido quando ele ficou de joelhos, deslizando para fora dela.

A separação deveria ter ajudado sua mente a recuperar o foco, mas tudo que Talasyn sentiu foi a perda. No entanto, Alaric não a deixou esperando por muito tempo. Encaixou-se dentro dela outra vez, ergueu-a pelos quadris e então arremeteu até o fundo com um único movimento poderoso, provocando um guincho pouco gracioso dos pulmões de Talasyn.

É demais, foi o primeiro pensamento dela, a cabeça pendendo para trás, os ombros no colchão. *É demais, eu não...* Ele se retirou poucos centímetros, mas em seguida afundou-se outra vez em uma estocada que a sacudiu por inteiro, fazendo-a cravar as unhas nos lençóis. Ela escancarou a boca e soltou um gemido rouco, e o olhar que ele lhe lançou era animalesco e possessivo. As sete luas brilhavam sobre cada músculo no peito nu de Alaric enquanto ele estabelecia um ritmo vigoroso, atendendo ao pedido dela. Ele sempre lhe dava tudo que ela queria quando estavam assim... O pensamento foi uma epifania agridoce e perigosa que invadiu sua mente.

Dava para perceber que uma parte de Alaric ainda estava na cratera. A raiva dele voltou, o controle que mantinha sobre as emoções se afrouxando a cada nova investida.

— Nunca coloque sua vida em risco assim de novo, Tala — murmurou ele, enquanto a tomava com selvageria. — Sou eu que vou controlar seus impulsos se você se recusar a fazer isso. Sua segurança importa, por mais difícil que seja para você acreditar nisso.

— Você não manda em mim — retrucou Talasyn, ofegante.

As feições com cicatrizes turvaram-se de frustração. E havia uma frustração na maneira como ele se afundou nela em seguida, acertando *aquele* ponto e fazendo as costas de Talasyn se arquearem. Um canto traiçoeiro do coração dela chorava pela suavidade de antes, mas ela sabia que o jeito atual era a melhor opção em uma série de infinitas decisões ruins. A brutalidade física era um refúgio.

Logo ela não conseguia mais falar, apenas soltar suspiros estilhaçados sempre que ele acelerava, dando gemidos lascivos quando ele diminuía a velocidade, os dedos de Alaric formando hematomas nos quadris dela de tão forte que a seguravam. Logo ela se lançou naquele espaço intenso onde existiam apenas ela, o marido e a guerra que travavam. O orgasmo ganhava força em seu centro, e Talasyn desceu uma das mãos pelo próprio corpo em uma tentativa frenética de ganhar mais estímulo, um último impulso que a levaria à reta final.

O ritmo de Alaric vacilou quando ele a observou se tocar. Os olhos dele queimaram como a luz das estrelas, fixos no dedo anular que deslizava pelo clitóris, o brilho da pedra de vulana da aliança refletido no rosto dele como raios de sol na água de um lago, como traços fantasmagóricos das lágrimas do Devorador de Mundos.

E foi quase a mesma luz, aquelas constelações, que explodiram na visão de Talasyn quando ela gozou, o corpo se retorcendo em ondas ferozes antes de ela desabar, extenuada, nos lençóis. A cama rangeu obscenamente quando Alaric se abaixou para diminuir a distância entre os dois, capturando os lábios dela em um beijo sensual, dobrando-a ao meio conforme ele buscava o próprio clímax, seus dedos entrelaçados no cabelo de Talasyn.

Perto demais. Simplesmente demais. Ela deveria ter se afastado. Quase o fez, mas então os quadris dele oscilaram, e ele estava dizendo o nome dela em um grunhido baixo, abafado contra o pescoço dela. Ela sentiu um fluxo quente enquanto ele despejava o gozo dentro dela, seguido pelo peso completo dele, por um breve momento tornando quase impossível para ela respirar.

Ele rolou e ficou de costas na cama, e por um tempo os dois não fizeram nada a não ser encarar a tapeçaria do dossel, ombro a ombro, os corações acelerados se acalmando e o suor esfriando no corpo.

Por fim, a mão de Alaric encontrou a de Talasyn. Ela estava cansada demais para se desvencilhar. Ao menos, foi o que disse a si mesma.

A voz dele rompeu o silêncio, rouca, baixa e melancólica.

— Às vezes, eu queria...

Ele hesitou, e aquilo, por sua vez, fez com que a coragem de Talasyn desaparecesse. Ela encarara Bakun sem nem piscar, mas era uma covarde quando se tratava daquilo, quando se tratava do que os beijos tenros e as carícias desvelavam.

Ela não queria que ele dissesse nada. Não quando o juízo dela já estava enevoado por tanta proximidade, por tantos quases.

Não quando os dois tinham concordado que havia um ponto que não poderiam ultrapassar.

Talasyn virou de lado, jogando um braço e uma perna por cima do corpo de Alaric. Apostara que o gesto o deixaria surpreso o suficiente para que ele se calasse, e funcionou, até bem demais. Ele se ajeitou para que ela pudesse usar seu bíceps como apoio, puxando-a mais para perto.

— Boa noite — murmurou ela, as palavras abafadas na pele dele.

Ele não disse nada, mas os dedos dançaram no ombro dela, traçando formas sonolentas, até ela cair no sono enquanto sentia o cheiro de Alaric.

CAPÍTULO 31

Assim como fora um dos últimos nenavarinos a ir embora, Urduja estava entre os primeiros a retornar. Talasyn entendeu aquilo como um ato calculado de governança: era uma garantia para o Domínio de que as coisas estavam de volta ao normal. Afinal, o que seria melhor que encontrar a Zahiya-lachis reinando alegremente do Teto Celestial quando todos voltassem para casa?

No entanto, Talasyn acreditava que as coisas jamais seriam normais de novo. Não quando o Nulífero, na verdade, era o sopro de um dragão gigantesco adormecido sob a terra.

— Será que *todas* as Fendas são assim? — questionou Niamha Langsoune. — O vento, a tempestade, a chuva e o restante... Estamos colhendo a respiração dos dragões esse tempo todo?

— Espero que não — respondeu Kai Gitab, o rajan de Katau. — Ou não saberemos o que fazer quando *eles* acordarem.

O conselho de Urduja se reunira apenas dois dias após a Escuridão Sem Luar. Talasyn finalmente saíra da cama para comparecer à sessão, mas ainda estava um pouco esgotada. Alaric nem sequer tinha se mexido quando chegou a hora de partir de Iantas para a capital. Ela não tivera coragem de forçá-lo a acompanhá-la, especialmente quando ele precisaria de toda a sua energia para lidar com a corte de Talasyn e o baile de máscaras na noite seguinte.

— O que o Devorador de Mundos faz, a meu ver, é um tipo de estivação — opinou Ishan Vaikar. — Uma redução dos processos metabólicos, talvez para estender sua longevidade? Antes disso, o dragão mais antigo do qual tínhamos registro tinha pouco menos de novecentos anos, e suponho que

Bakun acorde uma vez a cada milênio, apenas por uma hora, porém expelindo cada vez mais energia mágica. Assim, o ciclo recomeça. No entanto, isso não nos ajuda a determinar o fator que contribuiu para a ativação da Fenda Nulífera em todas as vezes anteriores.

Ishan estava se esforçando ao máximo para pensar numa explicação que conciliasse ciência e folclore, mas Talasyn sabia apenas o que tinha visto nos olhos do Devorador de Mundos.

— Ele cospe o Nulífero toda vez que sonha — disse ela. — Com a batalha, e com ela.

As outras pessoas do conselho se entreolharam, irrequietas. Lueve Rasmey, tia de Surakwel e mão direita de Urduja, revirou os anéis de opala em suas mãos.

— Se de fato existiu uma batalha, como nossos ancestrais conseguiram fazer com que uma fera daquele tamanho entrasse no vulcão?

— Na época, nós tínhamos outros etermantes em Nenavar — respondeu Gitab. — Não só os Feiticeiros. Talvez essa seja a resposta. — Ele ajeitou os óculos sobre o nariz. — Talvez nós só deveríamos matá-lo.

Ele olhou para Talasyn, quase esperançoso, e ela se lembrou da promessa de aliança que ele fizera quando os dois estavam juntos naquele corredor de retratos mal iluminado.

— Fora de questão — decretou Urduja. — Nós precisamos da Fenda Nulífera. É nossa maior arma, e é única em toda a Lir.

— *Dificilmente* pode ser considerada única agora, Harlikaan — argumentou Gitab. — Devo lembrá-la de que Kesath pôs as mãos...

— Nós ainda não sabemos como estão conseguindo manter seu suprimento limitado — rebateu Urduja. — O que acontecerá se a Fenda Nulífera desaparecer para sempre e os corações de éter de Nenavar acabarem? O Império da Noite será a única nação do mundo que dispõe dessa tecnologia. Eu me recuso a dar a alguém essa vantagem sobre nós, seja nosso aliado ou não.

Especialmente considerando nossos planos de trair os nossos supostos aliados, pensou Talasyn, mas não disse nada em voz alta. Gitab era o único nobre presente que desconhecia o acordo de Nenavar com a Sardóvia. E precisava continuar no escuro, ou ele e sua facção de dissidentes usariam aquilo contra Urduja de alguma forma.

Pensar na guerra deixou o estômago de Talasyn embrulhado. A conversa com Alaric na ponte antes do eclipse deixara evidente que ele não estava pronto para considerar estabelecer a paz com a Sardóvia, e era provável que nunca estaria. O melhor que ela poderia fazer era salvar a vida dele.

Uma vida que não a incluiria, não depois do que ela faria. Do que ela precisaria fazer.

Talasyn se forçou a guardar Alaric em uma caixinha na sua mente e fechá-la por enquanto. No momento, a prioridade era continuar seguindo em frente. Ela precisava aguentar a sessão do conselho primeiro.

— Não precisamos matar nada — declarou ela. — Nós descobrimos que é possível estabelecer uma comunicação com Bakun. Só precisamos que esse conhecimento perdure até... a próxima vez.

A voz dela oscilou de leve. Mil anos era muito tempo.

— Mas será que é possível comunicar-se com ele *antes* que o Nulífero jorre na noite do sétuplo eclipse lunar? — perguntou Gitab, e Talasyn não deixou de notar que o homem se dirigia a ela com mais gentileza que a Ur-duja. — Ou nossos descendentes ainda precisarão da magia do eclipse para impedir a Estação Morta? Não há nenhuma garantia que teremos posse *disso* daqui a mil anos.

— Poderia haver *alguma* garantia — argumentou Ishan, cautelosa. — A etermancia é uma herança sanguínea. Não sabemos se as propriedades condutivas da magia do eclipse estão no sangue da Casa de Ivralis ou da Casa de Ossinast, mas... — Ela baixou o olhar, como se de repente estivesse muito interessada nas mãos cruzadas. — Podemos preservar as duas, se a linhagem de Sua Graça e do Imperador da Noite continuar intacta.

Lueve, Niamha e Elagbi respiraram fundo ao mesmo tempo, como se fossem uma única pessoa. A Zahiya-lachis era astuciosa demais para demostrar muitas emoções, mas ela ficou levemente tensa. O príncipe, por sua vez, que até o momento não se manifestara durante o encontro — e que estava com um ar entediado, para dizer a verdade —, demonstrou o mais completo horror diante de tal sugestão.

Talasyn, ou a garota que Talasyn havia sido um dia, também teria ficado horrorizada. Teria corado e gaguejado, e teria relutado contra a mera ideia de ter um herdeiro com Alaric Ossinast quando ela já precisara se casar com ele, e um dia destruiria seu império.

Ela aprendera algumas coisas com a avó, entretanto. Observou o rajan Gitab, que examinava a reação dos outros membros do conselho com o cenho franzido de forma muito discreta.

— Daria para ouvir um alfinete caindo no chão — comentou Gitab, distraído. — A Lachis'ka e o Imperador da Noite *já* estão unidos em dever matrimonial para preservar as suas linhagens. Esse novo objetivo não é diferente, não é mesmo?

Talasyn forçou os lábios a formarem um sorriso, um pouco divertido e ainda sereno.

— Precisa perdoar meu pai, rajan Gitab. Ele não suporta esse tipo de conversa quando se trata da única filha.

Elagbi tossiu.

— É verdade, é impossível. — Ele se recostou na cadeira.

Urduja olhou de forma teatral para o relógio da parede.

— Vamos nos reunir em outra ocasião para discutir o assunto mais a fundo — disse ela. — Alunsina já está bastante ocupada preparando Iantas para as festividades de amanhã.

No entanto, pela forma com que sustentou o olhar de Talasyn por um breve instante, uma coisa ficou evidente: da próxima vez que discutissem o assunto, Kai Gitab não estaria presente.

Alaric não esperava ou *queria* que os nenavarinos se prostrassem aos seus pés por tê-los salvado do espectro macabro da Estação Morta, mas *um pouco* de gratidão do alfaiate real teria sido bem-vindo.

No entanto, quando o dito-cujo invadiu Iantas durante a tarde, Alaric precisou aguentar diversos minutos de pequenas indignidades, como sempre. Ele estaria muito mais apto a lidar com a situação se tivesse dormido o suficiente, em vez de ter sido acordado sem a menor cerimônia pelos gritos incessantes de um moleiro na janela do quarto, trazendo as notícias de que seu porta-tempestades voltara ao porto Samout após fugir do Nulífero junto com as embarcações nenavarinas.

Para completar, Belrok tinha empalidecido consideravelmente ao notar a cicatriz de Alaric e, embora o alfaiate tivesse se recuperado logo, a reação inicial não o tornara mais estimado aos olhos de Alaric.

— Acredito que isso conclui nossa última prova, Vossa Majestade — informou Belrok enquanto um assistente guardava o traje do baile com o maior cuidado em um baú. — Farei algumas alterações finais e entregarei o resultado completo amanhã.

— Quer dizer que *ainda* não acabou? — retrucou Alaric.

— Eu me orgulho muito da qualidade impecável de todos os trajes que saem de minha loja — disse Belrok, com uma arrogância gélida. — Temos alguns pequenos detalhes que precisam de melhorias. É evidente que passam despercebidos facilmente pelo olhar leigo daqueles que desconhecem as técnicas...

Alaric sabia exatamente onde queria que Belrok enfiasse as técnicas dele, mas estava ávido para deixar o encontro desagradável para trás assim que possível. Eles saíram do gabinete de Alaric e foram forçados a caminhar juntos em um silêncio constrangedor, porque os dois seguiam para o andar de baixo, com os assistentes de Belrok atrás.

Por pura sorte, depararam-se com Talasyn e Niamha no saguão. Assim que os cumprimentos foram concluídos, Belrok virou-se para Niamha com um grito entusiasmado.

— Daya Langsoune! Minha luz, minha musa!

— Quanta lisonja, Belrok — disse Niamha, mas não hesitou em aceitar o braço dele com um sorriso charmoso. — Sua Graça e eu acabamos de resolver as últimas complicações na distribuição de mesas do baile.

— Ah, a vida de nobre… não é lá tão divertida — ralhou Belrok. — Qual a graça da vida sem uma crise diplomática de vez em quando?

— Para ser sincera, duvido que a daya Rasmey aguente mais alguma diversão a essa altura — comentou Niamha, e Belrok explodiu em uma gargalhada. — Embora ela estivesse relativamente alegre no conselho hoje mais cedo. Escapar da Estação Morta traz seus milagres! — Ela virou-se para Alaric. Se a cicatriz no rosto dele a incomodava, a mulher não demonstrou. — Aliás, *obrigada* por isso, Vossa Majestade…

— Como você está? — Alaric deixou escapar, encarando Talasyn.

Ele perguntou como se os dois não se vissem havia eras, como se não morassem juntos.

Antes que ele pudesse se repreender pela pergunta tola, ela respondeu:

— Eu estou bem. — A atenção dela estava fixa nos sapatos.

— Que bom — disse ele.

— E você?

— Eu… estou bem.

Alaric estava vagamente ciente de que Belrok os observava em um fascínio horrorizado.

— Que tal bebermos chá, mestre Belrok? — ofereceu Niamha de repente, arrastando o alfaiate sem esperar por uma resposta. — Eu os verei no baile de máscaras, Vossa Graça, Vossa Majestade!

— Mas…

Belrok ainda estava protestando enquanto Niamha o levava para longe das portas do castelo.

Os assistentes fizeram reverências para Alaric e Talasyn e também partiram.

— Eu de fato *preparei* chá — murmurou Talasyn, lançando um olhar um pouco desesperado na direção do lugar vazio onde antes estava a daya Langsoune. — Suponho que você não se importaria em me acompanhar?

Alaric levou um instante para perceber que a esposa falava com ele.

— Vamos.

Ele esperava que não soasse ávido *demais*.

Talasyn conduziu Alaric até o mesmo pavilhão coberto de conchas marinhas no jardim de hibiscos onde ele uma vez a interrompera com as outras nobres do Domínio. O chá da vez tinha uma cor cerúlea vívida, feito com pétalas de flores de ervilha-borboleta. Era o favorito de Niamha, mas Talasyn achava que todos os chás tinham o mesmo gosto.

Alaric serviu a bebida, e os dois a tomaram. Como sempre, Talasyn tentou não franzir o cenho nem torcer o nariz.

Ele inclinou a cabeça para o lado, examinando-a do outro lado da mesa.

— Você não gosta mesmo de chá.

— É só água com folhas — comentou ela, na defensiva.

Alaric deu um sorrisinho.

— Então por que decidiu servir chá?

— Porque os lordes e as damas esperam que eu sirva chá.

— Mas do que *você* gosta?

Talasyn mordeu o lábio, pensando na resposta.

— Chocolate quente, acho.

Foi a vez de Alaric fazer uma careta, mas ele chamou um dos criados e deu ordens imediatas para que um bule da bebida fosse preparada. Talasyn decidiu não informá-lo de que não era uma prática comum entre a nobreza do Domínio tomar chocolate quente àquela hora. Na verdade, ela gostava da consideração dele. Deleitava-se com aquele tipo de gesto. E se alegrou bastante quando trouxeram o bule quente com o líquido doce e espesso.

— Você é a herdeira do trono nenavarino — disse Alaric enquanto tomava o chá e Talasyn bebia o chocolate. — Não precisa fazer nada que não queira. Na verdade, você pode começar uma nova moda.

— Uma moda da qual você não ia gostar muito, considerando a careta que fez.

— Ah. — Ele sorriu de um jeito que deixava a luz do sol mais iluminada, de algum modo. — Você me pegou.

— Você me pegou primeiro. Achei que estava ficando melhor em esconder minha aversão.

— É essa coisinha que você faz. Parece... — Ele coçou o queixo, como se ficasse envergonhado. — Você levanta o queixo de um certo jeito quando está determinada a enfrentar circunstâncias das quais não gosta.

— Bom, o *seu* olho treme — rebateu ela.

Ela sentiu um calafrio ao se dar conta de que Alaric notara um detalhe tão pequeno, mas íntimo, sobre ela, e se perguntou se o fato de também conhecê-lo dessa forma melhorava ou piorava as coisas.

Naquele dia, naquele momento, não havia olhos tremendo. Pelo contrário, rugas se formaram nos cantos dos olhos dele quando abriu um sorriso. Ela não entendia por que aquele sorriso quase a deixara sem ar. Como se ele a tivesse beijado.

— Meu olho teria tremido se eu tivesse comparecido ao conselho? — perguntou ele. — O que... Está tudo bem?

Talasyn engasgara com o chocolate. Antes que Alaric pudesse se levantar da cadeira para ajudá-la, ela ergueu a mão para indicar que estava tudo bem.

— Os dois olhos teriam tremido — disse ela, com a voz rouca, limpando a boca na manga, e querendo na mesma hora se dar um tapa ao lembrar que era para aquilo que serviam os guardanapos.

Ela contou para ele a sugestão de Ishan Vaikar de que as linhagens sanguíneas de Ossinast e Ivralis fossem preservadas de modo a poderem impedir a próxima Estação Morta. Ela contou para ele por mais que a conversa lhe constrangesse. Contou para ele porque, em alguma hora, Alaric acabaria descobrindo.

E porque sentiu que aquele era um dos únicos assuntos sobre o qual ela poderia ser sincera, sem arriscar a vida ou segurança de ninguém.

Alaric recebeu as notícias com uma expressão impassível. Nenhum dos olhos tremeu.

— É a primeira vez que me falam disso — acrescentou ela, rapidamente. — Nunca me ocorreu antes. Eu tomei o preventivo, todas as vezes...

— Talasyn. — O tom dele estava calmo demais, na opinião dela, mas ao menos fez com que ela parasse de falar. Ele tomou fôlego antes de falar: — No fundo, eu sempre soube que, a certa altura, teríamos que fazer isso. Os nossos dois reinos precisam de herdeiros. Conforme formos ficando mais velhos, nossas respectivas cortes insistirão ainda mais nessa necessidade. Esse novo plano não muda o que já estava implícito quando nos casamos.

O mundo dela caiu e se estilhaçou todo. Filhos. Com Alaric. Um filho para Kesath e uma filha para Nenavar. Aquele futuro se apresentou diante dela em formas nebulosas e sem rosto.

— Tudo que eu peço... — disse ele — ... é que nós esperemos até a situação do Continente ter se estabilizado. Se tivermos um filho, não quero que cresça durante uma época de guerra.

Assim como nós crescemos.

As palavras que não foram ditas pairaram no ar.

Naquele instante, Talasyn não estava olhando para o Imperador da Noite. Ela viu apenas um garoto que também fora mandado para o fronte cedo demais, assim como ela, e entendia o que aquilo acarretava. Ela viu apenas um homem que estava determinado a ser melhor do que o passado.

Em outra vida, seria tão fácil amar você.

O pensamento floresceu dentro dela repleto de melancolia. E foi como se a *queimasse*, e ela o afastou.

— É — disse ela. — Por mim, tudo bem esperar.

— Desde que estejamos de acordo, então.

Alaric olhou em volta do jardim. Para as profusões de flores de hibisco laranja e vermelhas, com as grandes pétalas que evocavam saias, para os caminhos de pedregulhos por entre a grama verde. Era pitoresco. Idílico.

Surreal.

— Afinal, nós chegamos até aqui — refletiu ele, ecoando os pensamentos de Talasyn. — Durante os últimos cinco meses, a Escuridão Sem Luar era a minha maior preocupação. E foi a fundação na qual nosso tratado de casamento foi feito. E, agora, acabou.

E o tratado serviu a seu propósito. Perceber aquilo foi como levar um soco. Talasyn segurou a xícara com força. O restante do exército sardoviano e os aliados que tinham reunido iriam se arriscar. Alaric descobriria que ela sempre tivera a intenção de traí-lo.

Ele seria feito prisioneiro. Aquela era a única forma. Ou talvez um exílio...

— O que aconteceu? — Os olhos cinzentos ficaram mais brandos, cheios de um zelo que Talasyn não merecia.

— Só estava pensando nas mesas do baile.

O que era mais uma mentira àquela altura?

— As coisas que a daya Langsoune mencionou? — questionou Alaric.

— Isso — disse Talasyn, sentindo as rachaduras se expandirem em seu peito.

Ela explicou então a ele os problemas que ela e Niamha discutiram depois do conselho, coisas tão triviais, e ele escutou com atenção, oferecendo algum comentário seco de vez em quando. O ar estava carregado de perfume e pólen, e o céu era tão azul quando o chá na xícara de Alaric. Havia momentos, fragmentos de momentos, em que Talasyn quase podia se deixar acreditar que aqueles dias durariam para sempre. Que não havia uma tempestade no horizonte, ou uma teia emaranhada os aguardando. Que seus dias poderiam ser sempre como aquele.

CAPÍTULO 32

Duas horas do baile de máscaras, Alaric entrou no quarto de vestir como um homem que ia para a forca e se submeteu à forma de tortura cruel e estranha de Belrok com muito menos graciosidade do que teria normalmente dispensado aos pequenos pecados da vida na corte. Belrok se dedicou por toda uma eternidade à aparência de Alaric, estalando a língua e murmurando sozinho em nenavarino enquanto penteava o cabelo do Imperador da Noite e passava pincéis que foram mergulhados em pigmentos de uma *cintilância* preocupante no rosto dele. Como, em nome dos deuses, Talasyn aguentava aquilo todos os dias?

Um tempo depois, Alaric escutou a esposa e seu séquito entrarem nos aposentos reais, uma profusão de passos e vozes femininas alcançando seus ouvidos, abafadas pelas paredes. Ele tentou se levantar com a vaga ideia de ir cumprimentar Talasyn, mas Belrok soltou o que apenas poderia ser descrito como um bramido.

— Vossa Majestade, com todo o respeito, essa é uma tarefa *muito* delicada! Por favor, não se mexa!

A explosão temperamental foi recebida por uma expressão sombria de Alaric, mas Belrok só fungou e continuou determinado a cumprir com seu trabalho, pegando outro pincel de seu arranjo complexo de ferramentas.

— De toda forma, é melhor que o senhor e a Lachis'ka só se vejam uma vez que estiverem prontos. Para apreciarem o efeito completo do visual.

O crepúsculo já tinha escurecido o céu quando Belrok declarou estar satisfeito, erguendo um espelho para que Alaric avaliasse. Ele piscou, sem reação, diante do reflexo. Não estava tão ruim quanto temia. É verdade que *parecia* que alguém jogara um balde de pó cintilante nele, mas a maior parte estava concentrada no cabelo, uma poeira dourada cobrindo as mechas pretas que foram penteadas com elegância. O glíter que acabara no rosto de Alaric fora espalhado nas têmporas e na maçã do rosto e nas linhas esfumaçadas da cicatriz. As sobrancelhas estavam salpicadas com pequenas lascas de ouro, e *kohl* em tons da meia-noite foi passado perto dos olhos. Uma faixa de um pigmento dourado brilhante marcava a metade de seu lábio inferior.

— Na estética tradicional do Domínio, essa é a marca do consorte, imperador Alaric — informou Belrok, notando onde a atenção do outro homem se focara no espelho. — É para simbolizar o beijo da Lachis'ka. Mostra que recebe o favor dela. — O alfaiate inclinou a cabeça, perplexo. — Impressionante. Sua Majestade está muito bonito.

— Você está apenas parabenizando a si mesmo — respondeu Alaric, seco.

— Ah, com certeza — disse Belrok, alegre. — Todos nós precisamos de elogios. Ou estaríamos fadados a uma vida muito triste.

Já caracterizado, Alaric esperou no quarto para que Talasyn saísse do próprio quarto de vestir. Ele preferiu ficar em pé, porque corria o risco de empurrar Belrok pela janela se o alfaiate ralhasse com ele mais uma vez para não sentar na capa. A máscara que lhe foi entregue era o inverso da sua armadura de sempre, cobrindo os olhos, nariz e a parte de cima das bochechas, mas não era mais leve que a outra, feita de ouro puro e com o peso de diversas pedras preciosas.

Uma criada entrou. Era uma das mais jovens, em seu melhor vestido e uma máscara com um focinho comprido e bigodes finos e brilhantes.

— Todo mundo está aqui! — exclamou ela com um sotaque pesado em Marinheiro Comum. — Está quase na hora. Por favor, desçam quando... — Ela se sobressaltou quando viu Alaric mais de perto. — Ah, como Vossa Majestade está bonito!

Ela logo fez uma reverência e se afastou, apressada. Alaric fez uma carranca. Já Belrok parecia muitíssimo satisfeito consigo mesmo.

A porta do quarto de vestir de Talasyn foi aberta, e ela saiu de lá. Alaric ficou sem palavras e sem fôlego. Jie e a costureira nenavarina, assim como as assistentes, acompanhavam-na, mas ele só tinha olhos para a esposa. Não havia possibilidade de olhar para mais ninguém naquele instante.

O cabelo castanho fora reunido no topo da cabeça e trançado com delicadas correntes de lírios-da-montanha trabalhadas em ouro, incrustadas de pequenas esmeraldas e diamantes, o mesmo tipo de pedras preciosas que ornamentavam as belas asas de borboleta que cobriam a metade superior do rosto. Os ombros e as clavículas foram deixados nus, surpreendentemente, mas não havia necessidade de colares quando o corpete da fantasia em si era uma enorme joia. A peça não passava de uma faixa pequena, feita de folhas douradas, envolvendo a caixa torácica e mal cobrindo a leve curva dos seios. As folhas descansavam sobre talos graciosos espaçados de modo a oferecer vislumbres generosos da barriga bronzeada antes de se ligarem a uma saia verde volumosa, com uma bainha mais curta na frente. A peça revelava as pernas torneadas que acabavam em tornozelos finos cercados de diamantes pendurados nas tiras das sandálias de salto.

Alaric sentiu como se seu cérebro tivesse derretido, não só por causa da silhueta de Talasyn, etérea e digna de uma criatura da floresta, mas também ao ver tanta *pele*. Uma pele que brilhava, como se estivesse iluminada por dentro. De forma pragmática, ele sabia que a esposa devia ter se banhado em leite de cabra e pó de pérolas para obter tal efeito, mas Talasyn tinha uma luz própria, era feita de luz, e seu resplendor o abraçaria...

E todos os outros presentes no baile, sussurrou uma vozinha que residia nos cantos mais obscuros da mente dele.

Alaric já a vira em roupas reveladoras antes, mas, até então, ele jamais precisara enfrentar a ideia de dividir aquela visão com um salão cheio de nobres do Domínio. Um sentimento sufocante e incendiário cresceu no peito dele quando pensou em todos os outros homens que encarariam Talasyn por trás de suas máscaras, que sem dúvida fariam fila para beijar sua mão, dançar com ela e colocar as mãos no seu corpo. Deuses, ele queria até expulsar Belrok do cômodo só por *olhar* para ela.

— Você não vai usar isso — rosnou Alaric.

Talasyn o encarou, os olhos se estreitando por trás dos limites dourados da máscara.

— O *que* você disse?

Jie e as outras mulheres logo se puseram em movimento: agarraram Belrok e saíram correndo pela porta. Assim que Alaric e Talasyn estavam sozinhos, ele cerrou os punhos.

— Você me ouviu.

— Então me permita explicar uma coisa para você.

Talasyn levou as mãos aos quadris, o sinal universal de que algum marido estava encrencado, pensou Alaric, sardônico.

— O que faz você achar que tem *algum* direito de dar ordens quanto ao que eu visto? — continuou ela.

— Não é isso — respondeu Alaric, mas ele não sabia como explicar que as coisas eram diferentes, e que ele se *sentia* diferente, e que não queria que alguém sequer *pensasse* em fazer as coisas que ela deixara que ele fizesse com ela.

— Então *qual* é o problema?

Ele não respondeu de imediato, então Talasyn fez um biquinho e prosseguiu, a voz carregada de sarcasmo:

— Sinceramente, sinto muito se minha fantasia não está à altura dos seus elevadíssimos padrões, mas está meio tarde para mudar de ideia e vestir outra roupa.

— Você tem guarda-roupas inteiros cheios de vestidos. Com certeza, um deles é menos... — ele procurou por uma palavra específica, sentindo-se pressionado, e então escolheu a primeira que surgiu, e sabia que era a errada assim que a proferiu: — ... obsceno.

Uma veia pulsou na testa da esposa.

— Eu poderia ir até o baile pelada se eu quisesse...

— Por favor, não faça isso — disse ele, com veemência.

— ... e ninguém poderia me impedir, muito menos *você* — rosnou Talasyn. — Agora, já estamos atrasados, então ou você pode me escoltar até o salão, ou pode ficar aqui e apodrecer! Eu não dou a mínima!

Ela marchou para fora do quarto, escancarando a porta e provocando gritinhos assustados de Jie, Belrok e todos os outros nenavarinos que estavam com os ouvidos colados ali para escutar a conversa.

Alaric raramente usava linguajar chulo, mas, naquela noite, ele xingou baixinho enquanto se apressava para ir atrás dela. Seria uma noite longa.

Qual era o problema *dele?*

Talasyn estava cuspindo fogo pelas narinas ao sair da ala real e descer as escadas para o segundo andar do castelo. Ela e Alaric entraram na antessala do salão de baile, onde deveriam esperar as luzes diminuírem antes de se juntarem de fininho à multidão. Diferente das outras celebrações, não haveria uma entrada grandiosa para a família real, uma vez que desejavam preservar a ilusão do baile de máscaras — a ilusão de que os nenavarinos de alguma forma não reconheceriam a Zahiya-lachis, a herdeira, o Imperador da Noite e o príncipe de imediato só por estarem com os olhos e os narizes escondidos. Tudo aquilo era um pouco bobo, mas, até aí, a corte do Domínio prosperava com artifícios do tipo.

Urduja e Elagbi já estavam entre os convidados. Sob o abrigo silencioso da antessala, onde havia apenas Alaric e Talasyn, ela quase conseguia *sentir* Alaric travando uma batalha interna consigo mesmo. Tentou não prestar atenção nele, mas, como sempre, era difícil ignorá-lo.

Ela tentou entender o ponto de vista dele. Tentou, de verdade. A moda no Continente requeria mais camadas, mais partes do corpo cobertas devido ao clima. Portanto, não era *muito* absurdo que Alaric ficasse escandalizado com os trajes nenavarinos, embora ela sentisse que uma questão como aquela deveria ter surgido muito mais cedo.

No entanto, sua tentativa de ser compreensiva fracassou. Tudo que ela sentia era irritação sempre que olhava para o marido. O que era uma pena, considerando a aparência dele. Seu coração dera uma cambalhota quando ela o viu em sua fantasia mais cedo. Saindo pelas laterais da máscara de Alaric, pouco acima dos buracos para os olhos, ficavam um par de galhadas douradas, resplandecentes e majestosas. A túnica com um caimento perfeito era do mesmo tom de verde profundo e iridescente da saia dela, apertada na cintura dele por um cinto de seda dourada que combinava com os acabamentos do colarinho alto e das mangas largas. Havia um padrão de árvores estilizado bordado na frente da túnica em um fio dourado cintilante, o tronco esguio subindo pela metade direita do torso, os galhos despidos esticando-se para fora e marcando o peitoral como raios queimados. Pelo visto, Belrok tivera pena de Alaric ao confeccionar a calça, que era simples em comparação ao restante do traje — apenas seda preta de diversos pesos —, mas as botas formais tinham um tom escuro de amoreira, assim como a capa que fluía por seus ombros largos.

As cores eram deslumbrantes com o contraste da pele pálida e do cabelo escuro. E Talasyn gostava da poesia de ser uma borboleta e ele ser um cervo... mas aí ele abriu a boca e fez aquele comentário.

As cortinas de um vinho opaco que pendiam do batente da antessala e a separavam do salão de baile por fim foram abertas por um criado vestido como um besouro. Sabendo que precisavam manter as aparências, Talasyn enganchou o braço no de Alaric sem dizer uma palavra sequer. Ele fez uma expressão emburrada, antes de contrair os lábios em... uma expressão menos emburrada.

O salão de baile empoeirado e pouco usado de Iantas fora completamente transformado. O ar estava doce e perfumado com uma profusão de buquês de rosas e hibiscos montados sobre pedestais de mármore. Os padrões celestiais pintados nas tapeçarias e toalhas das mesas conferiam um leve brilho sob a luz suave lançada pelos candelabros de cristal e bronze. E a multidão em si era um encanto, um mar de máscaras de pedras preciosas e fantasias deslumbrantes. Alguns já se serviam da abundância de aperitivos e vinhos, outros conversavam alegremente em pequenos grupos. Havia ainda aqueles que deslizavam com seus parceiros pelo chão de mármore ao som etéreo de uma orquestra de cordas.

Enquanto atravessavam a multidão estonteante, Talasyn torcia para que ela e Alaric fossem capazes de fingir que se toleravam.

Os dois se dirigiram à rainha Urduja, que não era difícil de identificar: ela usava uma máscara prateada de dragão e um vestido com um padrão de escamas com uma gola de babados impressionante. A nobre mascarada como beija-flor ao lado era ofuscada por ela.

A Zahiya-lachis cumprimentou Talasyn primeiro e então examinou Alaric enquanto bebericava sua taça de champanhe.

— Imperador. Bem-vindo de volta à terra dos vivos.

— Peço perdão por ter faltado ao conselho, Harlikaan — respondeu Alaric, sucinto. — Impedir a Fenda Nulífera foi mais cansativo do que eu antecipava.

— Perfeitamente compreensível — apaziguou-o Urduja. — Eu não possuo nenhum conhecimento de etermancia e nem sequer sou capaz de imaginar como deve ter sido difícil. — Ela inclinou a cabeça na direção da mulher com a máscara de beija-flor, enfim incluindo-a na conversa. — Você deve se lembrar da daya Musal.

— É evidente.

O tom de Alaric era dotado de um tom neutro porque, conforme Talasyn percebeu, ele de fato *não* se lembrava da nobre que liderara o ataque a fim de deixá-lo desconfortável em seu banquete de noivado. Talasyn se intrometeu, ávida por evitar uma situação constrangedora.

— Como é bom que possam se reencontrar em circunstâncias mais felizes! Daya Musal, torceremos para que não aconteça nenhum duelo *hoje à noite*, não é?

Ralya Musal soltou uma risada melodiosa, os olhos castanhos brilhantes embaixo do bico fino e pontudo de bronze da máscara.

— Ninguém teria a ousadia de duelar com o homem que ajudou a salvar Nenavar. Nem mesmo o lorde Surakwel... e aposto que até ele não está muito animado para tentar de novo depois de ter sido tão massacrado por Sua Majestade da última vez!

Você perderia essa aposta, minha senhora, pensou Talasyn.

Enquanto Ralya conversava com Alaric, a rainha Urduja aproveitou a oportunidade para se aproximar de Talasyn e dar um comando sussurrado no idioma nenavarino.

— Certifique-se de que Mantes e Sua Majestade fiquem bem longe um do outro.

— Se é que Surakwel vai aparecer — murmurou Talasyn.

— Ah, ele virá. — Urduja tomou um gole do champanhe. — O garoto *vive* para me causar inconveniências.

Há quanto tempo, perguntou-se Alaric, sozinho em um tempo interminável depois, *estou aqui nessa sala?*

Certamente parecia mais tempo do que o gasto mantendo a redoma do eclipse contra a Fenda Nulífera. Certamente mais tempo do que Bakun passara dormindo sob os ossos do mundo.

Mais e mais nobres se aproximavam dele, falando com ele e então *falando uns com os outros*. A etiqueta ditava que todos, até aqueles que se separavam em seus pequenos grupos ali por perto, usassem o Marinheiro Comum para que Alaric pudesse participar na conversa caso quisesse. E ele *precisava* participar, ou acabaria desperdiçando a boa vontade do Domínio, conquistada a duras penas. As conversas eram intermináveis.

Para piorar as coisas, Talasyn fora levada para a pista de dança havia algum tempo e ainda não voltara, já que estava ocupada indo dos braços de um parceiro ávido para o seguinte.

— Não apenas a Lachis'ka conseguiu impedir o Nulífero, mas também deu uma festa esplêndida — comentou um dos nobres. — Pelo visto, Sua Graça é uma mulher de muitos talentos.

Alaric desviou o olhar de Talasyn e de seu parceiro de dança para encarar o homem que falara. Um *garoto*, na verdade. Pela aparência, tinha vinte e poucos anos, e os lábios estavam encaixados entre os caninos afiados da máscara de morcego. Ele também usava um peridoto no formato de lágrima pendurado na orelha. Alaric não tinha ideia de quem ele era, mas logo chegou à conclusão de que o detestava.

Alaric também detestava o homem com quem Talasyn estava dançando, o nobre pomposo com máscara de sapo que teve a audácia de apenas... de apenas *se aproximar dela e pedir que o acompanhasse em uma valsa*, quando ela *obviamente* tinha terminado de dançar e qualquer ser humano decente a deixaria descansar um pouco. Ele também detestava o trio de homens metidos que não se fartavam de admirá-la, comentando sobre o excelente ritmo que a *esposa de Alaric* tinha e como ela fazia uma figura elegante sobre as lajotas de mármore.

— Professo que estou com um pouco de inveja do lorde Yaltik — comentou um deles. — Tenho grandes esperanças de que Sua Graça possa também me conceder uma dança.

— Ela já sorriu na sua direção no último jantar formal — protestou o amigo. — Deixe que nós tenhamos uma chance...

O terceiro membro do grupo foi quem notou que Alaric franzia o cenho para o trio. Ele cutucou os companheiros, e todos sorriram educadamente e fizeram reverências idênticas. Então, retomaram a conversa.

Alaric se esforçou ao máximo para não se sentir profundamente ofendido, mas estava cada vez mais difícil.

O príncipe Elagbi se aproximou, erguendo a taça no que dava a impressão de ser um brinde animado, mas as palavras que falou perto do ouvido de Alaric eram sérias.

— Percebo que as coisas são diferentes no Continente, Vossa Majestade. Aqui, é esperado que os homens falem sobre as mulheres nessas ocasiões. É somente mais um jeito de passar o tempo, e as mulheres aceitam isso como elogios apropriados.

Alaric ficou feliz por a máscara de cervo esconder as bochechas coradas. Ele estava sendo *tão* óbvio assim?

Elagbi deu um sorriso seco.

— Essa cara emburrada fala muito alto quando está sendo direcionada a todos os jovens lordes, imperador Alaric.

Seguindo o conselho de Elagbi, que foi socializar com convidados mais animados, Alaric tentou relaxar um pouco a boca e suavizar a expressão. Para se distrair, Alaric voltou sua atenção para Urduja... bem a tempo de vê-la seguindo para a pista de dança com um rajan mais velho em uma fantasia de javali. Houve uma mudança sutil na atmosfera quando os nenavarinos começaram a cochichar entre si por trás dos leques de renda e das mãos enluvadas.

Na mesma hora, Lueve Rasmey inteirou Alaric do assunto. Estivera fofocando com ele a noite toda, ou, mais precisamente, fofocando *na direção* dele. Ele atribuiu a atitude tagarela da daya apenas ao alívio por não estarem todos mortos.

— Aquele é o rajan Birungkil, dos Terraços da Neblina. Era um favorito da rainha Urduja durante uma época.

Alaric congelou.

— Um favorito — repetiu ele, antes que pudesse pensar duas vezes.

Ele sabia o que a expressão significava na linguagem da corte. Uma pessoa tinha um consorte, e então tinha um *favorito*.

Lueve lançou um olhar de leve censura para ele.

— A Zahiya-lachis já *foi* jovem uma vez, Vossa Majestade.

Aquele não era o motivo do transtorno dele. Embora ele e Talasyn tivessem jurado lealdade um ao outro no altar do dragão, pelo visto o matrimônio ali era tão sagrado quanto em Kesath... ou seja, não era sagrado coisa nenhuma.

Lueve prosseguiu defendendo a soberana do que claramente pensava ser uma visão conservadora de Alaric, com a afetação descontraída que era tão natural aos nobres do Domínio.

— Tenho certeza de que não sei como é em Kesath, mas faz parte dos costumes daqui, imperador Alaric. Afinal, pessoas casadas ainda precisam construir alianças estratégicas. E, assim como o casamento, é só mais uma forma de lidar com o cenário político...

Alaric deixou de escutar Lueve, e o olhar dele se voltou para Talasyn com algo que não estava muito longe do pânico. Ela tivera dois outros parceiros de dança após o lorde com máscara de sapo, e diversos nobres reuniam-se ali na beirada da pista de dança, aguardando sua vez.

Sem desperdiçar tempo pedindo licença, Alaric se afastou de Lueve, apressando-se rumo à pista de dança. Ele estava com uma vaga ideia de interromper a dança. Podia ser alguma gafe social, mas *certamente* estava nos direitos dele, *certamente* um marido poderia resgatar a esposa de todas aquelas sanguessugas que queriam usá-la para seus fins políticos.

Não foi isso que você fez quando se casou com ela?, questionou aquela vozinha mental irritante, que ele fez questão de repelir, mas não antes de sentir um gosto amargo na boca.

Antes que Alaric pudesse alcançá-la, Talasyn trocou de parceiro mais uma vez, o antigo entregando-a direto nos braços, que já a aguardavam, de um nobre de cabelos despenteados com uma máscara de águia e uma fantasia marrom e dourada cheia de penas que destacavam sua silhueta esguia.

Surakwel Mantes.

Foi bastante expressivo que toda a conversa que se espalhava ao redor de Alaric foi conduzida na língua do Domínio em vez de em Marinheiro Comum, por mais que ele estivesse nas cercanias. Os nenavarinos sabiam quando ser educados e quando deveriam ser discretos. Entretanto, os arroubos de risadinhas sugestivas e silenciosas e o tom intrigado de suas falas não exigiam nenhuma tradução.

Surakwel segurava Talasyn mais perto do que era de fato necessário, e ela também se inclinava para ele, os dois murmurando enquanto dançavam. Uma mistura repugnante de fúria e desespero cresceu dentro de Alaric até ele não conseguir mais enxergar direito. Talvez ele devesse ter antecipado aquilo após a noite em que Talasyn pulara na frente do Sombral por causa de Surakwel e o defendera usando seu primeiro nome. Talvez fosse somente uma questão de tempo.

De repente, as luzes no salão estavam claras demais, e o barulho da multidão era quase ensurdecedor. Alaric cerrou os punhos para interromper os tremores que atravessavam seus dedos e, antes que pudesse se permitir pensar duas vezes, ele voltou a andar determinado na direção da esposa. Da *sua* esposa.

CAPÍTULO 33

— Fui verificar as coisas com a Confederação, como me pediu. — A voz de Surakwel era baixa no ouvido de Talasyn enquanto eles valsavam. — A amirante me mandou avisá-la de que ela ganhou novos cabelos brancos desde a Noite do Devorador de Mundos, mas, fora isso, as coisas andam bem.

— Graças aos deuses — murmurou Talasyn.

O restante do exército sardoviano não deixara as ilhas de Sigwad durante a evacuação, puramente porque o risco de serem descobertos por nenavarinos que não eram aliados era grande demais. Ela nem sequer conseguia imaginar o terror que deviam ter sentido.

— Você está em Nenavar, Lachis'ka. Aqui, nós agradecemos aos ancestrais. — Surakwel disse aquilo apenas com uma leve provocação. Ele adotara uma postura bem mais distante após testemunhar Talasyn fazendo um acordo para salvar a vida de Alaric. — Aliás, tenho novas ordens para Vossa Graça.

A pele de Talasyn formigou com temor.

— E quais são?

— A amirante quer que Vossa Graça volte para o Continente. Descubra como Kesath está equipando os navios de guerra, uma vez que possui um acesso limitado de magia nulífera por conta do coracle vespa que Ossinast roubou.

Surakwel fez Talasyn girar no mesmo compasso da música, a saia dela rodopiando pelo mármore, e então a puxou para mais perto outra vez.

— Vela esteve conversando isso com o pessoal da daya Vaikar — continuou ele. — Eles acham que todos os corações nulíferos de Kesath estão conectados a uma única fonte de poder que, de alguma forma, consegue se reabastecer. Seria de grande valia se Vossa Graça conseguisse descobrir uma forma de incapacitar essa fonte antes da Sardóvia atacar.

— E como ela propõe que eu faça isso?

Surakwel deu de ombros.

— É a Imperatriz da Noite, e é uma Tecelã de Luz. Use *esse* poder, e logo, porque Midzul e os outros aliados estão a caminho. Se precisar da minha ajuda, estou a apenas uma águia de distância. — Ele piscou, notando algo às costas dela. — Preciso partir.

— Não é um grande entusiasta de festas? — perguntou Talasyn, espirituosa.

— Em certas ocasiões, até gosto delas — disse ele, devagar —, mas essa saída apressada tem mais a ver com o fato de que seu marido está vindo na nossa direção com um olhar que diz que ele quer me matar.

Ele a deixou na beira da pista de dança e desapareceu na multidão, oferecendo uma última mesura cortês. Talasyn se virou. Era verdade: Alaric estava diante dela, sem prestar nenhuma atenção aos numerosos convidados que o chamavam enquanto ele passava.

— Milorde — disse ela, entredentes.

— Milady — respondeu ele, no mesmo tom.

Os punhos dele estavam cerrados e os olhos, cinzentos, obscurecidos com uma raiva avassaladora. Uma raiva que não estivera ali mais cedo. Aquela não era a continuação de sua briga atual, mas algo novo.

E justamente porque *acabara* de falar com Surakwel Mantes sobre o exército sardoviano, na mesma hora Talasyn se sentiu apavorada. *Alaric sabe. Alguém nos ouviu e contou para ele. Ou um dos aliados de Urduja finalmente a traiu e contou.* Era irracional, mas ela não conseguia não pensar naquilo, naquele "e se?" lancinante. Ela ficou completamente entorpecida, sentindo somente um aperto no peito.

— Lachis'ka! — Ito Wempuq, das Terras da Seda, se materializou ao lado dela.

O rajan optara por cobrir sua silhueta corpulenta com uma fantasia de bode, e os chifres protuberantes da máscara quase arrancaram os olhos de Talasyn quando ele lhe ofereceu uma mesura. O homem repetiu o gesto para Alaric, porém com bem menos entusiasmo. Era evidente que salvar Nenavar do Devorador de Mundos não fizera o Imperador da Noite cair nas graças de Wempuq.

— Ouvi que Oryal a visitou um tempo atrás acompanhada de outras damas — disse Wempuq para Talasyn. — Espero que não tenha sido muito incômodo.

— Sua filha é tão encantadora quanto você, rajan — reassegurou-o Talasyn.

O peito de Wempuq se encheu de orgulho.

— Devo dizer, Lachis'ka, que está divina esta noite, uma visão de adorável resplandescência...

— Er... obrigada — disse Talasyn, preocupada com a fúria estampada no rosto de Alaric diante daquela interrupção.

— A fantasia de borboleta está *deslumbrante*, e é tão adequado que uma criatura do sol e do verão e de graça divina...

— Você usou *divina* duas vezes — indicou ela, sem conseguir resistir.

Era fácil fazer piadas com Wempuq sempre que ele a elogiava demais. Era um dos amigos mais antigos do pai dela, e talvez, se Talasyn tivesse crescido em Nenavar, ela poderia tê-lo considerado um tio.

Wempuq levou a mão à testa, fingindo desapontamento.

— É verdade! Talvez possa permitir que eu expanda meu vocabulário enquanto dançamos.

— Ela não está disponível. — Alaric passou por Wempuq, agarrando o braço de Talasyn.

Talasyn teve presença de espírito suficiente para olhar por cima do ombro em direção ao rajan e lançar um sorriso de desculpas enquanto era levada embora. Então, semicerrou os olhos para o marido e falou:

— Ser grosseiro com os convidados em uma festa em que *nós* somos os anfitriões é uma falta de educação revoltante, até para você.

— E, para grande surpresa, eu não me importo.

Alaric a levou até a antessala pela qual tinham entrado no salão de baile. A orquestra começou a tocar as notas de abertura de uma dança popular de ritmo rápido, e, enquanto os nobres mais jovens disparavam para a pista de dança, rindo alegres, Alaric e Talasyn conseguiram sair relativamente despercebidos. Ela precisava se esforçar para acompanhar os passos largos do marido e, quando as cortinas enfim se fecharam atrás deles, ela estava *bastante* irritada, porém ao menos um pouco mais equilibrada do que antes.

Ele não tem como saber. Ela respirou fundo, acalmando-se.

Alaric se aproximou e a beijou com uma ferocidade tão grande que a deixou tonta.

Ah.

Era sempre um choque, aquela pressão inicial dos lábios dele contra os dela. Alaric, porém, não deu a Talasyn tempo para se deliciar na sensação... Ele enfiou a língua dentro da boca da esposa de novo e de novo, até que aquilo não parecia mais um beijo, e sim uma investida. Ela o beijou de volta, determinada a não perder seja lá qual fosse o novo jogo, depositando no beijo todas as suas irritações. No entanto, as máscaras pesadas e elaboradas atrapalhavam seus movimentos, e não demorou muito para Talasyn precisar se afastar, porque os filamentos dourados da borboleta estavam cutucando sua bochecha.

— O que deu em você? — perguntou ela, aos sibilos, ajustando a máscara.

Os olhos do marido faiscaram, prateados.

— Eu não quero dividir.

Ela ficou apenas muito confusa.

— Dividir o quê?

Ele franziu o cenho.

— Você não sabe mesmo do que estou falando?

— Não sou capaz de ler sua mente! — exclamou ela, exasperada.

Mais uma vez, Alaric diminuiu a distância entre os rostos deles. Talasyn o encarou, séria. Se ele tentasse beijá-la de novo, *naquele segundo*, depois daquele comportamento enervante, ia levar uma joelhada na virilha.

Só que ele não fez aquilo... ao menos, não na boca.

Em vez disso, ele desceu direto para o pescoço dela.

— Eu não quero dividir — repetiu ele, mordiscando um ponto sensível no pescoço dela. — Não com Mantes, nem com *ninguém*. — Ele a segurou pela cintura, os dedos acariciando a pele exposta à altura da lombar. — Eu não estou nem aí para o que a porcaria da sua corte diz. Eu não estou nem aí se é habitual que você escolha favoritos. Você fez uma promessa a *mim*.

— Isso... — Ela estava com dificuldade de formar frases. Estava abalada pela mão dele na sua coluna, pelo choque afiado dos lábios e dentes no pescoço, pelos joelhos traiçoeiros cedendo. — Isso tudo é porque eu dancei com...

Ele inclinou a cabeça para encontrar um ângulo melhor no pescoço dela e depositar beijos furiosos que mais pareciam mordidas. A galhada dourada da máscara de cervo encostava, fria, no canto da boca dela.

— Eu duvido muito que *dançar* fosse a única coisa que todos os seus pretendentes tivessem em mente.

Era a injustiça daquela alegação, acima de que qualquer outra coisa, que finalmente lhe conferiu forças para afastá-lo com um empurrão.

— Se foi esse o caso, então é problema deles, não meu! Por que você está bravo *comigo*?

Alaric cambaleou para trás.

— Eu não estou bravo *com* você...

— Ora, é o que parece...

— Eu estou com *ciúmes*, Talasyn — disparou ele.

— Então você é um imbecil! — Ela bateu com o pé no chão, porque ele a reduzira àquilo. — Nós não prometemos um ao outro no monte Belian que não haveria desonra entre nós? Por que minha palavra não significa nada para você?

Ela se calou, um gancho fincando no seu âmago. A palavra dela de *fato* não significava nada quando se tratava dele. Só que não do modo como ele pensava.

Eu reuniria exércitos em sua defesa.

Eu juro lutar com você, contra seus inimigos.

Talasyn jurara tudo aquilo, no casamento e na coroação como imperatriz de Kesath, mas nada daquilo iria se concretizar.

Alaric engoliu em seco, o corpo inteiro retesando. Depois de uma eternidade, ele se pronunciou:

— Eu sinto muito.

Eu também sinto, pensou ela. *Por tudo que ainda vai acontecer.*

E porque ela não *queria* sentir muito, porque ela estava se sentindo mesquinha, cruel e egoísta, porque seu dever sempre foi tão nítido para ela, mas ele a deixara confusa e ela não tinha certeza de que conseguiria mesmo salvá-lo, Talasyn se abrigou no refúgio das brasas de sua fúria, na esperança de que reacendessem a dele. Na esperança de que houvesse mais uma briga, porque aquele era um idioma que ela compreendia.

— Você *deveria* sentir mesmo — disse ela. — Vou te falar uma coisa: aqueles outros homens não me dariam metade da dor de cabeça que você...

A boca dele estava de volta à dela antes que Talasyn pudesse compreender o que estava acontecendo. Intransigente, *possessiva*. Quase desesperada. Antes que ela pudesse decidir se queria retribuir o beijo ou seguir com o plano de dar um pontapé nele, Alaric se afastou, com os olhos escuros e o maxilar cerrado.

— Se falar de outros homens de novo...

— *Foi você que começou, Alaric!*

E, de alguma forma, ela estava gritando na cara dele, de alguma forma estava se erguendo na ponta dos pés e... os beijos seguintes vieram, rápidos e vorazes. Era como a guerra, à sua própria maneira. Eles se beijaram e morderam e puxaram até que os dois estivessem respirando ofegantes contra a boca um do outro. As máscaras se chocavam, e o metal voltou a fincar na pele dela. Talasyn se desvencilhou de Alaric para retirar a máscara por completo, mas antes que pudesse removê-la ele aproveitou a pausa e a guiou para trás, com as mãos no quadril dela, até a área de poltronas da antessala, onde ele a empurrou contra uma chaise dourada, deixando-a inclinada no móvel acolchoado.

Alaric era um deus da floresta, caído de joelhos diante dela, as galhadas douradas cintilando sob a luz. Ele enganchou a perna esquerda de Talasyn sobre um dos ombros largos, dando um beijo apressado na pele do tornozelo entre as tiras da sandália. Em seguida, deixou mais uma série de beijos febris na sua batata da perna desnuda, enquanto a mão deslizava sob a nádega direita dela, aproximando seu centro da boca que percorria sua pele.

Assim que Alaric passou da altura do joelho, Talasyn estava tremendo, a roupa íntima encharcada. A primeira mordiscada na parte interna da coxa a fez dar um gritinho, e deuses, era a forma de tortura mais deliciosa do mundo enquanto ele se demorava chupando a pele até formar hematomas, a dor e o prazer se transformando em uma mistura inebriante que fazia tudo mais desaparecer. Ela precisava de algum alívio... precisava tanto que sentia como se estivesse de volta à Grande Estepe no auge do verão, sedenta pela água que satisfaria sua garganta seca. Fechou os olhos, e o sol sardoviano brilhou na escuridão acompanhado do som da orquestra de cordas que emanava do salão de baile.

Enquanto a orquestra seguia com uma *tawindalen*, uma música de dançar tão fluida quanto o mercúrio e leve como o ar, os dedos de Alaric seguraram a lateral da calcinha de Talasyn e puxaram com tanta pressa que ela ficou surpresa pela peça não ter arrebentado. Ela balançou os quadris para ajudar, provavelmente parecendo ridícula, mas ao menos resolveu o problema.

Alaric estava impaciente, porém. Ele mal acabara de descer o pedaço de seda de uma perna quando desistiu da outra e voltou sua atenção para o espaço entre as coxas de Talasyn. Ele não forneceu nenhuma chance de ela ficar constrangida, imediatamente grudando seus lábios sobre ela...

E era como o fogo, a música, a estática, o céu aberto...

Ainda no regimento da Confederação, após ter ouvido falar daquilo pela primeira vez, muitas vezes ela se perguntara qual seria a sensação. O que imaginara era patético quando se comparado ao ato real. O nariz de Alaric roçava seu clitóris enquanto ele a lambia, com carícias demoradas e profundas. Ele unia os lábios ao final de cada movimento, de modo a dar quase novos pequenos beijos, cada sensação provocando correntezas de prazer que ondulavam por ela até Talasyn estar alucinada, puxando o cabelo dele, esfregando-se contra a boca carnuda. Às vezes, era demais, e às vezes, não era o bastante, mas ela não se importava, encorajando-o com gemidos de *aí* e *isso* e *mais devagar* e *mais*.

O marido, felizmente, era rápido em responder. Quando ele compreendeu o ritmo que a deixava enlouquecida e então o adotou com uma determinação impiedosa, Talasyn quase *gritou*, as costas arqueando, a cabeça jogada para trás. Ela se viu no teto espelhado da antessala, a saia esmeralda cintilando nas almofadas de veludo vermelho, sua boca aberta e a cabeça escura de Alaric entre as coxas, as duas figuras banhadas de dourado. As máscaras, de borboleta e cervo, aumentavam a ilusão de luxo depravado. Ela parecia e se *sentia* uma deusa sendo idolatrada, os quadris se mexendo no mesmo ritmo da *tawindalen* enquanto a orquestra tocava na sala ao lado.

— Nós não deveríamos... — Ela ofegou. — Qualquer um... pode entrar...

— E daí? — Alaric se afastou dela, o movimento gerando um estalo obscenamente alto. Ele a encarou com olhos sedentos e intensos, o pigmento dourado no lábio inferior inchado levemente borrado. — Deixe que os nenavarinos vejam a sua Lachis'ka montada no rosto do Imperador da Noite. — Havia uma provocação rouca na voz dele. A respiração era quente contra a parte molhada de Talasyn. — Que eles me vejam fazendo minha esposa gritar. Que eles saibam que, além da Sombra e das estrelas, você é *minha*.

Ele abaixou a cabeça sobre ela outra vez, lambendo-a com aquela língua implacável. O corpo dela estava dividido entre se afastar dele e buscar o prazer, e acabou decidindo pela última opção quando ele começou a *chupar*. As coxas dela se fecharam ao redor do pescoço dele, os saltos do sapato fincados nas costas de Alaric, e ele grunhiu e redobrou seus esforços. A *tawindalen* aumentou em um crescendo, e a voz de Talasyn também, o grito coberto pelo ápice da sinfonia, os olhos dela brilhando dourados no reflexo acima enquanto perdia o controle, atingindo o clímax mais voraz e *glorioso* de toda a sua vida.

Ainda ajoelhado, Alaric se esticou, segurando-a enquanto as ondas passavam, a parte inferior sem máscara do rosto enterrada no pescoço de Talasyn.

— Finalmente ficou claro? — perguntou ele, rouco.

— Você deveria parar de falar tanto — respondeu Talasyn, sem fôlego. Aturdida. — Essa sua boca pode ser usada de formas bem melhores.

Ela sentiu Alaric sorrir contra sua pele. Ela levantou uma mão frouxa, pretendendo lhe dar um soco de brincadeira no braço, mas, em vez disso, os dedos dela se enroscaram nas ondas do cabelo do marido.

Uma pergunta lhe ocorreu, de forma quase preguiçosa, na sonolência agradável depois do orgasmo.

— De onde você tirou essa ideia absurda de que eu arrumaria algum favorito?

Pelo menos ele pareceu envergonhado ao repetir o que Lueve lhe informara. Talasyn ficou perplexa.

— Em geral, podemos contar com a discrição da daya Rasmey. É estranho que ela tenha escolhido fofocar sobre o passado da rainha Urduja.

— Quem sabe o vinho tenha soltado a língua dela. Você deveria lhe dar uma bronca. — Alaric se aconchegou em Talasyn. — Mas... depois?

— É.

Depois parecia uma ótima ideia. Ele estava quentinho, e ela estava contente, e Talasyn queria que aquele momento durasse só um pouco mais.

CAPÍTULO 34

Quando voltaram para a festa, Talasyn estava no melhor humor que Alaric já vira desde que a conhecera. Ela sorria sem parar para todos e até foi mais afetuosa com o marido, inclinando-se de leve para o seu lado enquanto conversavam com os convidados puxando sua manga sempre que falava com ele. Logo, Alaric angariou a coragem de retribuir o gesto, a mão descansando na lombar dela enquanto iam de um grupo a outro.

Preciso fazer aquilo *de novo*, pensou Alaric, um sorriso ameaçando dominar seus lábios. Não só o gosto dela era incrível e viciante — *como sentir um raio de sol* —, mas ele também não conseguia se lembrar de outra vez em que fizera alguém tão feliz. Era uma sensação inebriante.

O baile de máscaras só começou a perder força após a rainha Urduja se retirar para um dos quartos de hóspedes do andar superior, altas horas da madrugada. Alaric e Talasyn se postaram ao lado das portas principais do salão de baile, aceitando as despedidas de nobres de aparência cansada. Um número considerável de convidados ainda dançava ou consumia o que restara dos comes e bebes.

Já fazia vários minutos que Talasyn lançava um olhar desejoso para as mesas.

— Vou pegar alguma coisa para comer — anunciou ela, o que não espantou nem um pouco Alaric.

O que *foi* uma surpresa foi Talasyn erguer seus grandes olhos castanhos para ele e perguntar:

— Quer alguma coisa?

— Já me banqueteei hoje — respondeu ele.

Talasyn *corou*. Mais uma vez, ele precisou conter um sorriso enquanto a observava se afastar.

A caminho das mesas, Talasyn se deparou mais uma vez com Ralya Musal. A daya com a máscara de beija-flor estava acompanhada de Kai Gitab, vestido como um porco-espinho. Problemas de vista o impediram de usar uma máscara, mas a armação dos óculos foi enfeitada com espinhos dourados para honrar a ocasião.

— Ah, Lachis'ka — chamou Ralya. —, Rajan Gitab e eu estávamos discutindo como a senhora e Sua Majestade foram corajosos na Noite do Devorador de Mundos! Salvaram a todos nós, e realmente não podemos ser gratos o suficiente.

— É verdade — concordou Gitab. — Meus camaradas e eu há muito estamos em desacordo com o trono quando se trata de certos assuntos, mas essa quase catástrofe destacou o que importa de fato. A partir de hoje, todos os recursos de minha casa estão à sua disposição.

— Assim como os da minha casa — disse Ralya, sem querer ficar para trás. — Tepi Resok está a seu lado, Vossa Graça!

Os brincos de pena tremularam com a força do seu entusiasmo.

Talasyn agradeceu aos dois, um pouco tímida, mas também sentindo certo orgulho de si mesma. Ela estava conseguindo conquistar aliados improváveis. Gitab jurara lealdade em particular meses antes, no salão de retratos no Teto Celestial, e aquela declaração pública demonstrava que ele dissera a verdade.

Ela precisou de certo esforço para educadamente se desvencilhar dos dois nobres, mas por fim conseguiu, com a barriga roncando. Pouco depois que começara a comer, escolhendo da variedade disposta nas mesas iluminadas pelo luar ao lado das enormes janelas do salão de baile, outro grupo a abordou: Jie, Niamha e duas das outras nobres que visitaram Iantas quando Alaric começara a residir no castelo. Elas se reuniram em um grupo empolgado ao redor de Talasyn.

— Lachis'ka, Vossa Graça e Sua Majestade estão sendo particularmente carinhosos essa noite! — exclamou Bairung Matono. — Creio que a mão dele não deixou suas costas durante *horas*.

— Grudados, simplesmente grudados — disse Oryal, com um suspiro sonhador que pareceu tremular através das asas de louva-a-deus cor-de-rosa que a adornavam dos pés à cabeça. Embaixo da máscara combinando, pe-

quenas flores brilhavam nas bochechas, pintadas com um pigmento vermelho cintilante. — Como um dos espinhos no óculos de rajan Gitab.

As outras riram, mas Talasyn estava se esforçando muito para não ru-
borizar.

— Espero sinceramente que as senhoritas tenham tido tempo de aproveitar a festa, além de ficarem reparando nos outros — devolveu ela, as
bochechas cheias com o bolinho de lua com recheio de porco que mastigava.

— Reparar nos outros *faz parte* da diversão — comentou Bairung. —
Agora nos conte: esse romance começou quando ficaram ilhados em Chal?

Talasyn quase cuspiu o bolinho.

— Eu ficaria tão triste se descobrisse que meu barco de resgate interrompeu alguma coisa — completou ela.

Bairung jamais poderia saber o quanto aquela provocação acertara em
cheio. Antes que Talasyn pudesse bolar uma resposta rápida, Jie deu uma
cotovelada em Niamha.

— Viu a forma como Sua Majestade apareceu quando Sua Graça e lorde
Surakwel estavam dançando! Você ficou *muito* aliviada, daya Langsoune?

— Meu alívio, na verdade, veio do fato de Surakwel não ter pisado nos
pés de Sua Graça uma vez sequer — respondeu Niamha.

Oryal soltou uma risada.

— É verdade, eu me lembro de todas aquelas aulas de dança quando
éramos crianças. Ele era o pior de todos nós!

Mesmo em meio à alegria da conversa, Niamha lhe lançou um olhar
sério, que Talasyn não soube se era porque Niamha nutria sentimentos por
Surakwel, ou porque *ela* não podia nutrir qualquer sentimento por Alaric.

Talasyn hesitou. *Eu não tenho... eu não posso... ter sentimentos por ele.*
Havia uma atração, e só. Era tudo que poderia haver.

Especialmente uma vez que Vela lhe incumbira uma nova missão, uma
que aproximaria de um fim a continuação secreta da Guerra dos Furacões.

Naquele instante, a claridade que iluminava as fantasias das nobres
sofreu um tremular quase imperceptível, uma chuva de pequenas sombras
que bloqueavam o luar. Talasyn se virou para as janelas e franziu a testa,
confusa.

O príncipe Elagbi e o rajan Wempuq tinham se aproximado de Alaric após a
partida de Talasyn. O imperador descobriu que não conseguia olhar o sogro
nos olhos, considerando o que tinha acabado de fazer com sua filha, mas o
príncipe do Domínio parecia determinado a fazer Wempuq gostar de Alaric.

A quantidade copiosa de vinho que os dois homens mais velhos estiveram ingerindo a noite toda contribuiu, e a conversa não foi tão afetada quanto poderia ter sido.

No meio do relato de Elagbi e Wempuq acerca de uma história complicada de sua juventude, Alaric notou duas figuras mascaradas entrarem no salão.

Figuras que não deveriam estar ali de forma alguma.

Ele pediu licença a Elagbi e Wempuq e se dirigiu aos recém-chegados, que logo se viraram ao vê-lo se aproximando, levando-o a uma alcova discreta em um canto do salão.

— O que estão fazendo aqui? — exigiu Alaric, sem preâmbulos.

— O que *você* está fazendo — rebateu Sevraim — vestindo *isso*?

Ele apontou para a roupa cintilante verde e dourada de Alaric com um ar de total perplexidade.

— Foco — rosnou Ileis para Sevraim. Virando-se para Alaric, ela declarou: — Trazemos notícias urgentes, Vossa Majestade. O Regente Gaheris nos incumbiu de escoltá-lo de volta ao Continente assim que possível. Ele insistiu que garantíssemos *pessoalmente* o seu retorno.

Gaheris podia ter convocado Alaric no Entremundos. Todos os legionários sabiam daquela opção. O fato de que ele escolhera não fazer aquilo — o fato de que ele reconhecera algo tão pequeno, que o filho pudesse precisar de um incentivo extra do que apenas sua palavra — deixava muito evidente a seriedade da questão.

Alaric sentiu o batimento acelerar.

— O que houve?

— Uma fuga da prisão durante a Escuridão Sem Luar — respondeu Ileis. — As guerrilhas sardovianas entraram na Cidadela, cortaram a garganta dos guardas e libertaram seus compatriotas. Todos eles.

Em retrospecto, Alaric compreendeu que não haveria um momento melhor para o ataque dos rebeldes que em uma noite na qual havia apenas a mais reles das forças na Cidadela, e quando Gaheris não estaria presente.

— E quanto aos legionários que ficaram para trás? — perguntou ele. — Por que eles não conseguiram impedir a fuga?

— Os sardovianos armaram uma cilada para atrair e afastar os legionários do local — disse Sevraim. — Foram para o outro lado da Cidadela. Os rebeldes tinham sido informados da disposição da prisão, imperador Alaric. Alguém lhes contou que os seus camaradas estavam detidos na ala leste. No momento, os comodoros Darius e Mathire estão procurando o informante, enquanto Nisene está cuidando da caça aos fugitivos, mas você precisa estar presente. Precisamos partir *agora*.

Pelo menos dessa forma, pensou Alaric, entorpecido, era que ele não precisaria levar Talasyn até seu pai. Ele poderia usar a emergência como uma desculpa por não ter tempo de convencê-la a acompanhá-lo em sua jornada.

— Diga à tripulação da chalupa para se preparar para embarcarmos — ordenou Alaric aos dois legionários. — E mande uma mensagem ao meu porta-tempestades, para que a tripulação esteja à nossa espera. Encontro vocês nas docas. Só vou me despedir da minha... da Imperatriz da Noite.

Sevraim prestou continência.

— Sim, senhor, Vossa Majestade Ofuscante! É para já, meu mestre cintilante!

— Tenho uma última instrução, Ileis. — Alaric indicou Sevraim com a cabeça. — Jogue esse aqui no mar.

Depois de Ileis arrastar Sevraim, às gargalhadas, para longe, Alaric olhou em volta do salão de baile até sua atenção repousar em Talasyn. Ela e as amigas estavam reunidas perto da mesa de comida. Atrás dela, havia centelhas nas janelas iluminadas pelo luar do salão de baile com vista para o mar... Pedras, que caíam do céu.

Chuva de granizo? Em Nenavar?

Aquilo era estranho. Alaric forçou a vista.

As pedras ficaram maiores. Não estavam caindo do céu, e sim sendo atiradas pelas janelas por mãos fora da linha de visão. Todas as pedras eram redondas nas laterais e cônicas na base...

Granadas.

Alaric começou a correr na direção da mesa. Talasyn e as amigas estavam perto demais das janelas, e longe demais dele. Ele não foi rápido o suficiente. As granadas de cerâmica atingiram o alvo, e a câmara vasta estremeceu com uma série de explosões enquanto todos os vidros se estilhaçavam, os cacos atingindo a multidão como uma chuva.

Situações que envolviam armadilhas não eram uma novidade para a Legião Sombria. Anos de treinamento e a guerra prolongada com a Sardóvia tinham preparado Alaric para lidar com crises do tipo, mas, naquele instante, toda a sua perspicácia tinha sumido. Ele foi consumido apenas por um pensamento. Por um nome. Um nome que ele gritou repetidas vezes enquanto ele forçava caminho pela multidão apavorada de nobres aos gritos. Silhuetas entraram pelas janelas quebradas, disparando bestas contra as paredes e o teto. Os enormes candelabros arrebentaram e as lamparinas de fogo foram apagadas, deixando o salão em uma escuridão completa. Alaric, contudo, mal prestou atenção no caos. Ele só conseguia pensar em encontrar Talasyn.

Era uma batalha difícil. Os nenavarinos se acotovelavam, empurravam e tropeçavam, os gritos abafando a voz de Alaric enquanto o puro instinto o fazia repetir o nome de Talasyn, arrancando-o dos lábios. Ele tirou a máscara dourada desconfortável, largando-a no chão, repleto de corpos dos que tinham tropeçado ou foram derrubados em meio à debandada.

Talasyn sumira. Frenético, Alaric vasculhou o salão... e algo na alma dele se partiu ao meio. O Sombral o abandonara, sem deixar nada no lugar, apenas um vazio doloroso. Alaric já sentira aquilo antes, e reconheceu o que era: um campo de magia nulífera de sariman.

Havia muito tempo que ele ordenara aos nenavarinos que retirassem as gaiolas de sua presença, e ele não enxergava nenhuma no momento, porém, ainda assim, o efeito o sobrepujou duramente, fazendo-o cambalear contra um pilar próximo. Apoiando-se ali, ele olhou em volta, uma tentativa atrasada de compreender a situação.

A horda de agressores se deslocava com propósito pelo caos. Usavam elmos e armaduras de couro, e diversos carregavam mosquetes nulíferos, além das bestas manuais. Não estavam atirando indiscriminadamente na multidão, um sinal evidente de que não era um simples ataque ao Domínio. Na verdade, pareciam estar à procura de alguém.

E não demorou muito para Alaric descobrir quem era o alvo. Disparos de luz ametista se voltaram na direção dele.

— Fiquem aqui — instruiu Talasyn, aos sibilos. — E em silêncio absoluto.

Jie, Niamha, Oryal e Bairung assentiram, abraçando umas às outras, os olhos arregalados.

Talasyn guiara as quatro nobres para baixo de uma mesa assim que as janelas se estilhaçaram. No momento, ela engatinhava para deixar o esconderijo e se atirou no meio da comoção, à procura de Alaric e Elagbi.

Foi então que a Luzitura sumiu.

Sariman, percebeu ela com uma pontada lacerante que a fez congelar... só por um instante, mas tempo suficiente para que os convidados desesperados trombassem nela e a levassem ao chão. Alguém começou a correr e pisotear Talasyn, e ela se levantou, derrubando a outra pessoa de cima dela antes que o peso esmagasse suas costelas. *Desculpe, seja lá quem você seja*, pensou, com uma pontada de culpa, dando chutes para se livrar das sandálias e ficando em pé outra vez e então encarando o barril de um mosquete nenavarino, o bronze cintilando sob o luar.

Talasyn arrancou a máscara e a atirou na cabeça do agressor. O homem gritou quando a enorme borboleta repleta de pedras preciosas acertou seu rosto, e ela agarrou o mosquete, virando-o nas mãos dele e disparando no peito do desconhecido. O som foi ecoado por diversos outros tiros à distância, a magia violeta iluminando a penumbra.

Ela se apossou da arma do cadáver e correu na direção da luz.

Alaric se escondeu atrás do pilar bem a tempo. O granito reverberou com a fúria de uma dúzia de disparos nulíferos, e em seguida ele se pôs a correr, desaparecendo entre a multidão apressada rumo à saída. O bom senso ditava que ele também deveria fazer o mesmo, mas não iria embora. Não sem Talasyn.

Mais tiros ressoaram às suas costas. Alaric usou a turba em movimento a seu favor, indo sempre aonde estava mais cheia, mais caótica. Dois dos pedestais de mármore com flores tinham sido derrubados. Enquanto ele se aproximava, as colunas refletiram o brilho ametista do Nulífero, e ele mergulhou atrás delas, jogando-se de bruços no chão. Os pedestais tremeram quando a magia fez contato, e o ar foi tomado pelo cheiro doce de flores apodrecidas.

Alaric engatinhou até chegar à área na beirada da pista de dança, onde a maior parte das mesas e cadeiras tinham sido derrubadas na confusão. Uma das mesas estava virada de lado, e um braço fino saiu de trás dela e puxou Alaric para perto com uma força surpreendente.

— Você... você está bem? — sussurrou Talasyn.

— Estou. — Alaric passou as mãos pelo corpo dela no escuro, mal conseguindo acreditar que ela estava viva, que os dois estavam juntos. — E você?

— Não consigo usar a etermancia. Como eles estão fazendo isso?

Alaric pensou na disposição do castelo.

— Existe um terraço ao redor do salão de baile. Se tiverem colocado as gaiolas de sariman ali...

Ele se calou. Cada sariman só conseguia projetar seu campo de anulação da magia dentro de um raio de dois metros. Os agressores não poderiam abarcar todo o salão, a não ser que...

— Deram algum jeito de amplificar — concluiu Talasyn por ele.

Ele suspirou.

— Com sorte, Sevraim e Ileis estão bem.

Apesar das circunstâncias em que estavam, havia algo estranhamente encantador na forma como ela franziu o nariz ao ouvir o nome dos legionários. Ou talvez fosse só uma reação à menção de Ileis.

— O que eles estão fazendo aqui?

— Conto para você depois.

Os dois espiaram por cima da mesa. Um grupo considerável de assassinos estava vindo na direção do esconderijo. Ela recuperou o mosquete e começou a mirar.

— *Perdeu completamente a cabeça?* — criticou Alaric, aos sibilos. — Se você atirar agora, *todos* vão saber onde estamos.

— Eles vão descobrir logo de qualquer forma. A essa altura, partir para a ofensiva é nossa melhor opção.

— Eu preferiria muito mais uma ofensiva que não terminasse em nós sendo cercados — comentou ele, seco. — Escute, eu tenho um plano.

CAPÍTULO 35

Enquanto seus companheiros se espalhavam pelo resto do salão de baile, os dez assassinos vasculharam a área em uma formação compacta, os mosquetes empunhados.

Uma figura em pânico surgiu por trás de uma das mesas viradas e começou a correr desesperadamente até a saída. Um assassino acionou o gatilho por reflexo, e o disparo seguinte de magia nulífera destacou a máscara de chifres de bode em luz violeta antes de seu alvo ser derrubado ao chão.

Atrás da mesa onde ela e Alaric estavam escondidos, Talasyn cobriu a boca, sufocando um grito.

— Imbecil! — rosnou alguém. — Você acabou de matar o rajan Wempuq!

As palavras foram ditas em nenavarino. Talasyn soubera, era evidente, que os assassinos tinham que ser nenavarinos, considerando os mosquetes nulíferos e as gaiolas de sariman, considerando que os dragões não tinham saído do mar para defender o Domínio. Aquela certeza, porém, deu um nó em suas entranhas. E lá estava Wempuq, morto, e não havia tempo para o luto. As pessoas que o mataram se aproximavam mais de onde ela e Alaric se escondiam.

No entanto, alguém *estava* gritando. Do outro lado do salão, acima da confusão. Gritos devastados de *não* e *amya*, entrecortados por soluços sem palavras.

Oryal. Ela acabara de ver o pai morrer.

— *Agora* — disse Alaric.

A mesa redonda era pequena o suficiente para ser carregada, com algum esforço, e grande o bastante para oferecer certa proteção. Alaric a ergueu e segurou o tampo na frente deles como escudo enquanto ele e Talasyn corriam na direção dos seus inimigos, ela atirando um disparo nulífero atrás do outro. O móvel servia tanto como escudo como aríete, rompendo a formação do inimigo, deixando os assassinos em desordem.

Alaric e Talasyn conseguiram sobrepujar diversos inimigos, mas o restante deles se espalhou assim que a mesa se desmanchou ao receber uma saraivada de disparos de besta, deixando os dois sem escolha a não ser se separar. Talasyn sabia que eles não tinham a menor chance de vencer. Não tinham a etermancia e estavam em menor número. Alaric, porém, era feroz e furioso como um tigre enjaulado, e aquilo a inspirou ainda mais. Ela se protegeu atrás dos pilares e deslizou por baixo dos lustres caídos, e, quando percebeu que usara todo o núcleo de éter do mosquete, não se abalou, recorrendo a seus punhos, cotovelos, *dentes*. Ela deixou uma trilha de cadáveres por onde passava, mas logo dois dos assassinos conseguiram cercá-la. Ela se abaixou no instante em que abriram fogo, e um deles foi vítima do disparo do seu camarada. Talasyn não perdeu tempo e se jogou em cima do outro, agarrando-o pelas pernas. Eles colidiram no chão de mármore, mas o desconhecido se levantou primeiro e mirou...

E sofreu um espasmo, ficando imóvel, o mosquete caindo de sua mão frouxo, a ponta de uma espada saindo de sua barriga. Quando a lâmina foi retirada, o cadáver tombou no chão, revelando a kaptan da guarda real de Talasyn.

— *Onde está meu pai?* — perguntou Talasyn conforme Nalam Gao a ajudava a levantar.

O restante dos assassinos que se aproximavam dos cantos do salão de baile foram interceptados pelo restante das Lachis-dalo, e o som de uma luta furiosa atravessava o ar.

— O príncipe Elagbi foi levado em segurança por sua guarda pessoal — disse Gao. — Está a caminho de Eskaya, acompanhando a Zahiya-lachis. Os soldados do castelo foram envenenados, Vossa Graça. Os atacantes cercaram o salão. Precisamos tirá-la daqui... Nós abriremos o caminho lutando.

— Mais fácil falar do que fazer — murmurou Talasyn.

Havia apenas dez Lachis-dalo, e inúmeros assassinos. A maioria dos convidados estavam se avolumando na saída, mas diversos permaneciam, acovardados atrás dos móveis e congelados de medo, à vista.

Ela tomou uma decisão.

— Jie e algumas das outras estão escondidas perto da janela — disse ela para Gao. — Leve-as e o restante dos civis para algum lugar seguro.

Gao empalideceu.

— Lachis'ka, meu dever é para com a Vossa Graça...

— Essa é uma *ordem*, kaptan.

Talasyn se afastou de Gao antes que pudesse argumentar mais. E correu até Alaric, para lutar ao lado dele.

Depois do duelo com Surakwel Mantes, Alaric não estivera muito ansioso para usar uma espada nenavarina outra vez. Contudo, uma das guardas de Talasyn jogara sua espada para ele, e a arma era bem mais eficiente que apenas as mãos dele.

Na teoria, uma espada também era mais eficiente do que o que Talasyn usava no momento, mas, de alguma forma, não era aquele o caso. Ela arrancara a perna de uma das mesas e passara a usar como um porrete improvisado, o que deixaria Alaric assustado se ele mesmo não estivesse lutando por sua vida. Ela rachava os crânios com o porrete, acertava barrigas e joelhos e usava a madeira para ajudar a dar uma gravata nos inimigos.

Sem poder contar com a etermancia, a esposa de Alaric partia para a *briga*.

Alaric bateu a testa na cabeça de um assassino, libertando-se do aperto mortal em que o outro homem o mantinha. Os dois recuaram, com dor. Quando os borrões pretos sumiram da visão dele, a primeira coisa que Alaric enxergou foi a expressão de Talasyn, de quem achava graça.

— Onde será que você aprendeu *isso*? — comentou ela.

Ele arreganhou os dentes para ela.

— Aprendi com a melhor.

Alaric estava diante das janelas quebradas. Acima da cabeça de Talasyn, ele viu uma das embarcações de guerra menores de Iantas, uma chalupa cheia de bestas, navegando ao lado do castelo, as velas quadradas brilhando em azul e dourado contra o céu negro aveludado.

Elagbi estava no timão.

Talasyn seguiu o olhar de Alaric e ficou boquiaberta.

— Era para ele estar com sua guarda pessoal!

Ainda usando sua fantasia de crocodilo do baile, o príncipe do Domínio disparou as bestas do navio na direção de alguma coisa no terraço. *Diversas* coisas. A explosão resultante era idêntica ao que Alaric vira quando a configuração de amplificação tinha se desestabilizado durante os testes, e de novo na Noite do Devorador de Mundos. A intensidade de sóis brilhantes, criando vida, e, com eles... *o retorno do Sombral.*

De repente, os olhos do marido ficaram prateados, e aquele era o único aviso de que Talasyn precisava para criar um escudo. A Luzitura irrompeu de dentro dela, quente e densa, e o escudo dourado que se materializou em sua mão tremeu e faiscou enquanto ondas de pura magia de sombras se chocavam contra ele, fluindo ao redor dela para engolir os agressores mais próximos. Os gritos dos que morriam se misturaram ao guincho gutural do etercosmos, uma paródia discordante de uma orquestra.

Mais assassinos foram na direção de Alaric e Talasyn.

Na ausência de um eclipse, nem a luz nem a sombra poderiam impedir o Nulífero. Entretanto, os atacantes que carregavam os mosquetes eram feitos de carne e osso, ambas matérias facilmente rasgadas com lanças resplandecentes e facas de atirar feitas de sombras, facilmente empurrados de um lado a outro por correntes brilhantes. Enquanto Talasyn exultava com o retorno da etermancia, tentou não sentir uma satisfação vingativa, e sim se concentrar nos convidados assustados, e em como sua família se aproximara tanto de ser exterminada, e no coitado do Ito Wempuq, e aquela queimação se intensificou dentro dela. A sua raiva alimentava a Luzitura, formando uma espada em suas mãos, enquanto Alaric e ela rompiam as formações dos inimigos.

Talasyn estava envolvida demais na tempestade de golpear e esfaquear para perceber que o último agressor ao seu lado tinha sucumbido. Quando ela detectou um movimento e um rodopio de éter à esquerda, ela automaticamente se virou para atingi-lo. Presa na própria fúria, sequer percebeu que era Alaric até encará-lo de frente, através da névoa do encontro de suas armas cruzadas.

Talvez o rugido nos lábios dela deveria ter desaparecido. Talvez os olhos ferozes dele deveriam ter se suavizado em reconhecimento ao vê-la ali.

Mas aquilo, também, era a memória. Estavam cercados de cadáveres, o chão um caos de manchas de sangue e estilhaços de vidro, as roupas rasgadas e os peitos ofegantes, a adrenalina fluindo pelas veias. Os instintos de Talasyn diziam que ele era perigoso. O corpo dela conhecia o dele desde a Guerra dos Furacões.

No estado em que estavam, um poderia facilmente ter cortado a cabeça do outro fora.

Só que Alaric se inclinou para a frente, por cima de onde suas lâminas se cruzavam, e plantou um beijo forte e intenso nos lábios dela. Então, um novo disparo de tiros nulíferos iluminou a escuridão, e os dois se separaram.

Enquanto Talasyn se apressava em busca de um local mais protegido, ela viu Oryal de joelhos, encolhida sobre o corpo de Wempuq. Oryal se afastara da multidão de nobres que fugiam em busca de segurança e atravessara o campo de batalha para ficar ao lado do pai morto.

A mente de Talasyn atingiu seu limite depois de ter visto tanto horror nos últimos minutos. Nos últimos anos. De repente, ela não estava vendo Oryal e Wempuq, mas o próprio passado. Khaede, no convés do *Veraneio*, com a cabeça de Sol em seu colo. A máscara de louva-a-deus de Oryal, descartada nos azulejos de mármore, se tornou um virote de besta, ensanguentado com o sangue de Sol, rolando pelas tábuas de teca e pregos de ferro.

Tudo terminava, até a dor, até os impérios. Tudo, menos aquilo.

A guerra era a estação invariável, o estado eterno. Não importava o que Talasyn fizesse, não importava qual coroa usasse, não importava quem amasse ou não amasse, alguém sempre ia morrer.

Oryal ergueu a cabeça. Os olhos dela encontraram os de Talasyn. E havia algo...

Por um milésimo de segundo, havia faíscas brancas nos olhos de Oryal, brilhando por entre as lágrimas. Só que Talasyn devia estar imaginando coisas, ou era apenas um reflexo do luar... De qualquer forma, ela não podia pensar naquilo. Diversos assassinos se juntaram ao redor dela, todos usando espadas em vez de mosquetes. Seu estoque de corações de éter nulíferos devia ter se esgotado. A batalha estava quase terminada, por mais que a guerra nunca fosse acabar. Ela invocou adagas douradas, rasgando o corpo dos inimigos. Todos caíram, um após o outro, e quanto Talasyn enfim saiu vitoriosa...

Oryal tinha desaparecido.

Talasyn olhou em volta, frenética, o coração disparado. Precisava tirar Oryal dali. Ela perdera Khaede em Refúgio-Derradeiro, deixando-a para lidar com um destino desconhecido. No entanto, ela não fracassaria com *aquela* pessoa, não iria se esquecer daquilo que ainda poderia ser salvo.

Na penumbra, ela viu uma saia de asas cor-de-rosa desaparecendo na antessala na qual Alaric e ela estiveram mais cedo. Talasyn correu até lá, abandonando a batalha. Gao mencionara que os assassinos tinham cercado o salão de baile. Poderiam estar à espreita do lado de fora da antessala também, prontos para massacrar quem quer que tentasse sair da mesma forma impiedosa que massacraram Wempuq.

Logo antes de entrar ali, Talasyn arriscou olhar uma última vez para Alaric. Ele estava de costas para ela enquanto lutava em formação com as suas guardas. Ele tinha a etermancia e tinha ajuda, enquanto Oryal estava sozinha. Talasyn precisava ir.

Ainda assim, enquanto se virava, uma sensação estranha se propagou do fundo do seu estômago. Foi breve e não fazia sentido, mas, ainda assim se fez presente, brevemente se alojando em seu coração... Era a sensação de que ela nunca mais o veria de novo.

Talasyn sentira aquilo antes, tantas vezes que já perdera a conta. Era um tipo de paranoia enraizada em sua psique. Quando estavam travando uma série de batalhas infinitas pelo Continente, sob a sombra do porta-tempestades, sempre havia a possibilidade de estar olhando para alguém pela última vez.

Mas aquilo não aconteceria ali. Ela levaria Oryal para um local seguro, e depois voltaria para ficar ao lado de Alaric.

Talasyn entrou na antessala. O local encontrava-se vazio, mas a porta que levava ao corredor fora escancarada. Corpos estavam estirados além do batente... dois deles com a armadura dos assassinos. Ela ficou um pouco chocada que Oryal tivesse conseguido fazer *aquilo*, mas talvez até damas da sociedade lutassem quando estavam encurraladas.

Enquanto passava por cima dos cadáveres, uma vaga suspeita começava a pinicar a nuca de Talasyn. Os corpos ainda seguravam suas armas. Então como Oryal conseguira...

Forçando a vista no corredor vazio, onde todas as lamparinas tinham sido atiradas para longe das arandelas, Talasyn ouviu um choro abafado ecoar mais adiante.

A esposa de Ito Wempuq falecera havia muito tempo. Ele também fora navegar com os ancestrais. A filha dele era uma órfã.

Eu não tinha ninguém, pensou Talasyn. *Na Grande Estepe, não havia ninguém para me abraçar quando eu chorava, quando sentia saudade de uma família que nunca conheci, quando eu sentia que não tinha nada.*

Ela seguiu na direção do som, virando uma esquina. Oryal estava inclinada contra uma parede de granito aos prantos, o rosto enterrado nas mãos.

— Lady Oryal — disse Talasyn baixinho, tocando a moça no ombro. — Nós precisamos...

Oryal pareceu desmoronar com aquela gentileza. Ela se virou para Talasyn, abrindo os braços como uma criança que implorava para ser carregada. As florzinhas pintadas nas bochechas tinham derretido com as lágrimas e escorriam por seu rosto como rios de sangue.

Talasyn a abraçou.

— Lachis'ka — disse Oryal, enquanto os soluços dominavam seu corpo com um luto desesperado —, é tão difícil. Entende como eu me sinto, não é?

Talasyn assentiu sem dizer nada, fazendo carinho nas costas de Oryal enquanto observava os arredores, avaliando qualquer ameaça em potencial.

— Não sei qual de nós duas é mais infeliz — continuou Oryal, tremendo nos braços de Talasyn. — Nós duas perdemos a mãe quando éramos jovens, e agora… ao menos você ainda tem o príncipe Elagbi, mas… mas ao menos a *minha* avó não matou minha mãe.

O quê?

O véu entre o mundo material e o etercosmos se rasgou, e Talasyn ouviu um estalo, como óleo pingando sobre uma frigideira quente, porém cem vezes mais alto… o som que ela reconhecia como o das Fendas de Tempória sendo ativadas. A mão de Oryal estava nas costas de Talasyn, e ela sentiu um choque, como se aquela mão a tivesse empurrado com toda a força bruta de um coice de cavalo. Relâmpagos azulados e brancos encheram o campo de visão de Talasyn e então passaram *pelo* corpo dela, uma dor imensa, como um milhão de fios queimando.

Seus joelhos cederam, dobrando-se como galhos conforme uma sensação entorpecente assustadora e abrupta a consumia dos pés à cabeça. Ela caiu no chão acarpetado com um baque, uma névoa escura se apoderando de sua visão.

Alguma coisa pontuda tinha sido enfiada no seu pescoço. Uma lâmina… não, uma agulha. Talasyn mal conseguia sentir, com tudo o mais que acontecia, mas logo uma nova camada de dor, diferente, floresceu sob o choque do relâmpago. Milhares de estilhaços de vidro inundavam suas veias enquanto… *alguma coisa*… corroía sua magia.

Aquilo não tinha nada em comum com a perda abrupta de quando se entrava no campo de anulação de um sariman. Tratava-se de uma erosão atormentadora e lenta. A luz em seu âmago se apagava. Ela se esforçou para preservá-la, esforçou-se para se manter consciente. Implorou para que a luz não desaparecesse.

Uma seringa de vidro atingiu o tapete ao lado dela. Estava vazia, mas restava ainda uma gota de líquido na agulha de aço. A gota brilhava em turquesa, com feixes como fitas de escarlate.

Sangue de sariman e magia de água.

Oryal pairou acima dela, uma assombração em um vestido cor-de-rosa. Relâmpagos estalavam em seus punhos. Seus olhos cintilavam brancos com a magia de Tempória.

— Você realmente não pertence a Nenavar, Lachis'ka. — A voz de Oryal, vindo de algum lugar distante, foi a última coisa que Talasyn ouviu, e o rosto manchado de escarlate transformou-se em uma máscara de desdém enquanto os fragmentos da Luzitura sumiam de dentro dela, e tudo ficava escurecido. — Ninguém na corte do Domínio *jamais* teria caído nesse truque.

Talasyn mergulhou naquele espaço escuro, tão vasto e profundo quanto a Goela da Noite. Ela se viu dentro daquelas cavernas outra vez, com o vento uivando e o nível da água se elevando, com dedos quentes traçando a parte interna de seus punhos, como um porto-seguro em meio à tempestade.

Alaric, pensou Talasyn.

Ela tentou segurar-se a ele de uma forma que não conseguira se segurar à sua magia, mas logo até ele também desapareceu.

E, então, só havia a escuridão.

AGRADECIMENTOS

Entre a publicação de *A Guerra dos Furacões* e o momento em que escrevi esses agradecimentos, só posso dizer, em suma, que foi um ano incrível. Como autora estreante, eu não sabia o que esperar, mas tudo que aconteceu superou muito os meus sonhos mais loucos. Isso tudo graças a muitas almas maravilhosas ao redor do mundo.

À minha agente, Thao Le, minha eterna e leal defensora e guia, e a fonte da sabedoria que tanto me faz falta, e para todos que trabalham na Sandra Dijkstra Literary Agency, que me ajudaram a navegar o mundo louco que é o mercado editorial.

Aos excelentes profissionais da HarperCollins nos Estados Unidos, que tornaram memorável o meu livro de estreia. Obrigada pelo entusiasmo e trabalho duro nos bastidores: publisher Liate Stehlik, publisher associada Jennifer Hart, editora sênior Julia Elliott (e Teddy, o Devorador de Mundos), assessoras de imprensa Danielle Bartlett e Genessee Floressantos, profissionais de marketing DJ DeSmyter e Samantha Larabee, editora de produção Jeanie Lee, supervisor de produção Gregory Plonowsky, editora responsável Jennifer Eck, diretor editorial David Pomerico, designer de livros Jennifer Chung e diretor de arte de capa Richard Aquan. Isso que é trabalho em equipe! Obrigada por aguentarem tudo comigo.

Às pessoas adoráveis na HarperCollins do Reino Unido, que me acompanharam na minha primeira turnê de divulgação e sempre foram inquestionavelmente gentis e acolhedores: editoras Kate Fogg e Ajebowale Roberts, assessoras de imprensa Maud Davies e Emilie Chambeyron, profissionais de marketing Sian Richefond e Sarah Shea, produtora Emily Chan, e o time de vendas (Leah Woods, Harriet Williams, Holly Martin, Erin White e Montserrat Bray) e o time de arte, Dean Russell e Ellie Game.

À minha extremamente talentosa capista, Kelly Chong (@afterblossom_art), minha amiga dos *fandoms* e de muito mais, e à extraordinária cartógrafa Virginia Allyn (@virginiaallyn): vocês duas elevaram minhas palavras a novas alturas com sua arte maravilhosa. Adoro trabalhar com vocês!

Ao cônsul-geral Senen T. Mangalile e ao Consulado Geral das Filipinas e à organização Sentro Rinzal em Nova York — vice-cônsul Cathe S. Aguilar, sr. Joselito P. Aguinaldo e sra. Nikka B. Arenal, só para mencionar alguns — e Tita Dely Go e Sir Troi Santos, que me receberam de braços abertos nos Estados Unidos e pediram à comunidade filipina no exterior que apoiasse meu livro.

A todos os bibliotecários e livreiros que arrumaram um cantinho para *A Guerra dos Furacões* nas suas prateleiras: o livro nunca teria alcançado tantos leitores sem sua paixão e esforços incansáveis. Sou eternamente grata.

Aos jornalistas e podcasters que me convidaram para conversas e compartilharam minha história com seus públicos: foi uma grande honra estar com vocês, e prometo que vou me esforçar ao máximo para ser uma entrevistada menos sem jeito no futuro.

Aos influenciadores de livros no Instagram, TikTok e outras redes: onde é que eu estaria sem todo o conteúdo incrível que vocês criaram sobre meu livro? Cada foto linda, cada vídeo divertido e cada post atencioso foi um ato de amor, e meu coração recebeu cada um deles e devolve em dobro para vocês.

A todos aqueles que tiraram um tempinho para comparecer a uma sessão de autógrafos e que esperaram com tanta paciência: foi um prazer imenso conhecer todos vocês. A energia naquelas salas — do Reino Unido a Nova York, Singapura e Manila — era inacreditável. Vou guardar essas memórias tão preciosas para sempre.

E, é lógico, aos meus leitores queridos, que criaram artes da série, desde ilustrações de tirar o fôlego e cosplays elaborados a artes lindas e fanfics safadinhas; e que dedicaram um tempo para escrever para mim com perguntas empolgadas e resenhas; que recomendaram meu livro a todos os cantos do mundo; que fizeram reflexões mais perspicazes e os memes mais engraçados (na maioria sobre Alaric ser um otário) sobre a história. Como uma autora que começou em um fandom, nunca vou conseguir superar esse sentimento. Vocês são meu mundo inteiro.

INTERLÚDIO ANTES DOS EVENTOS DA PARTE III DE
O DESPERTAR DAS MONÇÕES

Acompanhem a seguir algumas correspondências pessoais trocadas entre Sua Graça Alunsina Ivralis do Domínio de Nenavar e Sua Majestade Alaric Ossinast do Império da Noite — longo seja seu reinado — durante o mês que antecedeu a Escuridão sem Luar.

Milorde,

Ficará feliz em saber que obtive progresso em aumentar a área de efeito do escudo de luz no santuário em Belian. Espero que esteja se dedicando ao máximo ao seu escudo de sombras. E que tenha chegado ao Continente em boa saúde e com bons ventos.

Alunsina Ivralis

Milady,

Quanta formalidade. Sua águia tentou comer outro ninho de moleiros. Diga a Melancia para se comportar, ou vou picá-lo em pedacinhos, colocar sal e servi-lo numa bandeja.

Sim, tenho treinado, o que significa que fico parado no meio de um escudo de sombras enquanto tropas de legionários tentam romper a barreira para esmagar minha cabeça. Ouso dizer que eles gostam mais do exercício do que eu.

E sim, cheguei ao Continente inteiro. Agradeço os suprimentos.

Está sozinha em Belian?

Alaric

* * *

Para o Imperador da Noite, que está brincando com o perigo:

Se você encostar numa única pena da cabeça de Pakwan, vai se ver comigo! Além do mais, não vou aceitar nenhuma crítica a minha escrita, já que nem sequer <u>preciso</u> escrever para você, para começo de conversa.

Não estou mais em Belian. Nenavar começou a se preparar para a Noite do Devorador de Mundos, e tenho ajudado da forma que posso. As pessoas estão com medo, mas esperançosas. Suponho que não é tão ruim assim, considerando tudo. Como andam os preparativos no Continente?

Esse seu treinamento parece perigoso.

~~Alunsina~~ TALASYN
(já que eu sei que você vai continuar me atazanando)

* * *

Para minha querida esposa, que me inunda com suas carinhosas preocupações:

Não precisa ficar aflita. O treinamento <u>é</u> perigoso, mas eu aguento.

Estou mandando essa mensagem de volta com Pakwan porque ele se recusa a ir embora sem ela, mas outra carta chegará em breve de um dos moleiros. No futuro, prefira mandar suas respostas com esses últimos, já que são mais adequados para voos de longa distância. Também são mais rápidos.

Por mais que seja louvável que esteja ajudando seu povo, certifique-se de descansar. Os preparativos de Kesath estão procedendo em ritmo aceitável.

Seu marido, bicado por uma águia,
A.

* * *

Alaric,

Vejo que todos os quilômetros entre nós são um impedimento irrisório — você continua sendo insuportável. Apesar disso, preciso admitir que o moleiro foi uma das melhores ideias que você já teve.

Hoje mais cedo eu e a Zahiya-lachis estávamos em um dos vilarejos agrícolas próximos de Eskaya. Os fazendeiros estavam escolhendo quais animais levariam nas embarcações de evacuação e quais precisariam ser deixados para trás. Eu sei que esse tipo de decisão é necessária. Não há espaço ou recursos suficientes para todos os animais, e os fazendeiros precisam escolher o seu gado mais saudável e valioso. É lógico que compreendo isso.

Só que tinha uma menininha lá, veja bem, que se apegara a um porquinho preto magrelo, o mais fraco da ninhada. O porquinho dormia na cama dela, e ela o ensinara a fazer truques. Estava implorando para o pai deixar o animal ir com eles quando partissem, mas é óbvio que isso seria inviável. Eu entendo completamente a recusa dele. No entanto, a menininha abraçava o porco aos prantos, e eu me vi discutindo com o fazendeiro e defendendo o porquinho.

Foi uma atitude muito idiota da minha parte. Sei disso. A rainha Urduja me puxou num canto, muito brava. Ela me deu uma bronca por interferir no sustento do fazendeiro e por colocá-lo em uma posição difícil, e no fim, ela estava completamente certa.

Mas eu fico pensando naquela menininha e no porquinho. Eu só queria que houvesse um jeito de salvar tudo, e fico ressentida por ser tratada como se eu fosse idiota por sequer tentar.

Não sei por que estou contando isso a você. Talvez eu <u>seja</u> idiota. Sinta-se livre para ignorar esta carta, como preferir.

Talasyn

Tala,

<u>Existe</u> um jeito de salvar tudo. Nós vamos fazer isso — eu e você. Nenhum porquinho magrelo vai morrer enquanto estivermos cuidando disso.

Percebo que o tom dessa última frase parece jocoso, mas escrevo com sinceridade, considerando o panorama completo.

Não é idiota importar-se com o seu povo e com as coisas que eles valorizam. A Zahiya-lachis não pode falar com você dessa forma. Eu vou dar uma palavrinha com ela da próxima vez que nos encontrarmos.

Não cultivo o hábito de ignorar qualquer coisa que você diga para mim. A essa altura, certamente já deve saber disso.

> Seu, em nome da salvação dos
> minúsculos animais de fazenda no mundo,
> A.

P.S.: Qual tipo de flor você prefere?

***

Homem com um Desejo de Morte,

Você não vai dirigir nem uma única palavra à minha avó! Não consigo nem imaginar a enxaqueca diplomática que isso iria causar. Ela iria jogá--lo aos dragões, para ser devorado.

Mas falo sério agora: deixe esse assunto para lá. Urduja está acostumada a lidar com esse tipo de coisa. Eu vou superar.

Por que está me perguntando sobre flores?

> T.

***

Mulher Geniosa,

Há planos de reformar a ala da Imperatriz da Noite na Cidadela. Você e seu séquito com razão ficaram espantados pelo estado lamentável de suas acomodações naquela primeira visita, mas pode ficar sossegada, porque a partir de agora terá todo o conforto que Kesath pode oferecer. A construção é antiga, e os aposentos da Imperatriz da Noite não foram utilizados desde a partida da última residente, mas estarão completamente reformados a tempo da sua próxima visita.

O quarto de dormir dispõe de uma varanda que dá vista para um jardim, que está abandonado. Não tem mais do que ervas daninhas no momento, mas mandarei plantar novas flores. Só me diga do que você gosta.

E tudo bem — vou ficar de boca fechada e não direi nada à sua avó. Mas só porque você me pediu com <u>tanta</u> gentileza, conjurando visões sangrentas do meu massacre e tudo mais.

A.

* * *

Para Sua Majestade, o Decorador de Interiores (ou Jardineiro?):

Não vou mentir e dizer a você que a Zahiya-lachis ficou abismada diante de tais aposentos, mas não perca seu tempo pensando no que vai ou não me agradar. Você sabe onde eu cresci. <u>Como</u> eu cresci. Uma cama é uma cama e um teto é um teto, e é muito melhor do que já tive antes.

Sobre as flores, como já deixei claro, minha infância me impediu de nutrir qualquer preferência quanto ao assunto. Todas as flores me parecem iguais. Divirta-se escolhendo uma, ou não. Não se preocupe com isso, de verdade.

Aliás, eu me lembro do quanto você gostou do pudim do mercador em Eskaya, então pedi aos cozinheiros para tentarem preparar essa sobremesa em Iantas. Nós não temos os ingredientes necessários, infelizmente, mas vou garantir que façam mais doces para satisfazer esse seu vício insaciável em açúcar.

T.

* * *

Para minha esposa, a Soberana dos Doceiros:

Eu não tenho um vício em açúcar. Isso requereria que eu apreciasse doces em qualquer formato ou consistência, mas, pessoalmente, não suporto cacau. Não deixe que isso, no entanto, desencoraje os cozinheiros.

Também não há nada de errado em saber que você merece coisa melhor. Só me dê um pouco de tempo, e providenciarei aposentos adequados. E também um jardim.

Na noite passada estava fazendo um frio pouco característico para a estação, e todas as luas estavam apagadas. Por algum motivo, me fez pensar na noite em que nos conhecemos.

Não sei por que escrevi isso. Não fique brava. Escreva de volta.

Espero que esteja bem, Tala.

A.

* * *

Al,

Nunca vi um homem meter os pés pelas mãos por escrito antes. Achei bem impressionante, na verdade.

Você gostou do seu novo apelido? Nada mais justo.

T.

* * *

Lachis'ka,

Se algum dia me chamar assim pessoalmente, temo que não terei outra escolha senão recorrer a um método eficiente e comprovado de silenciá-la.

Estou falando, é claro, de nossos treinamentos.

Alaric

* * *

Imperador,

Não consigo imaginar no que mais estaria pensando além de nossos treinamentos!!!

Você vai chegar às praias do Domínio daqui a uma semana, então poderemos treinar, suponho.

Foi um mês muito longo e cheio de medo e preocupações, e continua sendo, agora que a Noite do Devorador de Mundos está cada vez mais próxima. Mas tenho para mim que ver você de novo vai ajudar, já que seu jeitinho irritante vai me distrair de todo o medo e preocupação.

Desejo a você uma viagem segura. Não vá encher meu saco por conta disso, mas é um costume continental e seria errado não falar:

Que o sopro de Vatara garanta bons ventos para trazer você de volta para mim.

Talasyn

* * *

Esposa,

Percebi tarde demais que não há motivos para treinar quando posso simplesmente me vingar ao chamar você pelo apelido que mais a irrita. No entanto, confesso que estou ansioso para treinarmos juntos.

Parto para Nenavar amanhã, esposa. Vejo você em breve.

Seu,
A.

GLOSSÁRIO

MAGIA

DANÇARINOS DE FOGO: Etermantes capazes de canalizar a dimensão de magia de fogo, conhecida como Fogarantro.

DOMADORES DE RELÂMPAGOS: Etermantes capazes de canalizar a dimensão de magia de trovões, conhecida como Tempória.

ÉTER: O elemento primordial e a essência da magia; uma linha que une o mundo material a todos os outros.

ETERCOSMOS: O termo abrangente usado para todas as dimensões que existem além do mundo material, tão infinito quanto a quantidade de favos em uma colmeia infinita.

ETERMANTE: Um manuseador de magia; um humano que tem a habilidade hereditária de acessar uma dimensão específica de energia no etercosmos para manipular suas propriedades.

FEITICEIROS: Manuseadores de magia únicos entre os etermantes porque são incapazes de canalizar qualquer uma das dimensões. No entanto, podem manipular apenas certos tipos de magia que já se encontram presentes no mundo material, como é o caso de uma Fenda ativa.

FENDA: Um local tênue entre o mundo material e o etercosmos, onde a energia pode se derramar sobre o mundo como um gêiser, fortalecendo a magia dos etermantes e concedendo a eles certa clareza sobre seus poderes, além de reativar lembranças.

FORJADORES DE SOMBRAS: Etermantes capazes de canalizar a dimensão de magia de sombras, conhecida como Sombral.

INVOCADORES DE VENTOS: Etermantes capazes de canalizar a dimensão de magia de ventos, conhecida como Vendavaz.

NULÍFERO: Uma dimensão de magia necrótica que não tem etermantes praticantes, mas cuja Fenda pode ser manipulada por Feiticeiros quando está ativa.

TECELÕES DE LUZ: Etermantes capazes de canalizar a dimensão de magia de luz, conhecida como Luzitura.

TROVADORES DE ÁGUAS: Etermantes capazes de canalizar a dimensão de magia da água, conhecida como Aguascente.

TECNOLOGIA

CORAÇÃO DE ÉTER: Uma pedra preciosa cristalina extraída da crosta terrestre de Lir que pode ser imbuída de magia do etercosmos para acionar ferramentas, desde embarcações aéreas até chaleiras. É um recurso natural abundante em todo o mundo, mas sofreu extração excessiva em Kesath.

CORACLE LOBO: Embarcação de guerra de assento único do Império da Noite; ela é mais robusta do que as vespas e mais desajeitada de conduzir, mas tem artilharia mais pesada.

CORACLE MARIPOSA: Embarcação de guerra de assento único do Domínio de Nenavar, conhecida como *alindari* no idioma nenavarino. Mortal e leve, é armada com canhões de bronze que disparam magia nulífera.

CORACLE VESPA: Embarcação de guerra de assento único da Confederação Sardoviana; ela é armada com bestas, muito leve e altamente manobrável.

MOSQUETE: Arma utilizada pelo exército nenavarino que dispara magia nulífera. Pode ser calibrada para deixar o alvo inconsciente, em vez de matar diretamente.

PORTA-TEMPESTADE: Embarcação aérea colossal que pode detonar ondas devastadoras de magia de tempestades.

TRANSMISSOR DE ONDAS DE ÉTER: Um aparelho de comunicação que utiliza o poder da magia de trovões de Tempória para produzir ondas de som.

DEUSES E DEUSAS DO CONTINENTE

ADAPA: Conhecida também como a Ceifadora, cuida do bosque de salgueiros onde as almas dos mortos se abrigam dos espíritos malignos que atormentam a vida após a morte.

MAHAGIR: Deus da guerra e da coragem; é representado normalmente como um jovem guerreiro com o coração atravessado por um sabre.

PAI-UNIVERSAL: A divindade da criação; representado comumente como um velho desgrenhado com unhas amareladas e compridas e dentes manchados de tanto mascar noz de areca.

VATARA: Deusa dos ventos, a quem os marinheiros invocam para pedir a benção de uma viagem segura.

ZANNAH: Deusa da morte e das encruzilhadas. É dito que as Fendas de Sombras são uma representação da sua fúria.

PESSOAS

CASA DE OSSINAST: A família real de Kesath.

CASA DE SILIM: A família real do Domínio de Nenavar.

IDETH VELA: A amirante, chefe do Conselho de Guerra da Confederação Sardoviana. Tem controle supremo de todos os seus soldados e frotas.

KHAEDE: Considerada a melhor timoneira do regimento sardoviano e que abateu mais inimigos. É a amiga mais próxima de Talasyn. Certo, a única amiga de Talasyn.

SEVRAIM: Um membro charmoso e despreocupado da Legião Sombria, a quem Alaric tolera relutantemente mais do que os outros.

1ª edição	ABRIL DE 2025
impressão	LIS GRÁFICA
papel de miolo	LUX CREAM 60 G/M²
papel de capa	CARTÃO SUPREMO·ALTA ALVURA 250 G/M²
tipografia	SABON